Ulrike Schweikert

DER DUFT DES BLUTES

Roman

LYX
EGMONT

Der Roman „Der Duft des Blutes“ erschien unter
dem Pseudonym Rike Speemann erstmals bei
Droemersche Verlagsanstalt Th. Knaur Nachf., München.

Neuausgabe März 2008 bei LYX
verlegt durch EGMONT Verlagsgesellschaften mbH,
Gertrudenstraße 30–36, 50667 Köln

1. Auflage
Satz: Greiner & Reichel
Druck: CPI – Clausen & Bosse, Leck
ISBN 978-3-8025-8147-2

www.egmont-lyx.de

Zum Andenken
an meinen geliebten Vater
Manfred Schweikert

Der Vampir

Er ruhte in einer langen, schmalen Kiste. Bewegungslos lag er da, die Hände über der Brust gefaltet. Die Haut seines Gesichts und seiner schlanken Finger war von wächserner Farbe, der Mund von blassem Rosa. Unnatürlich düster hoben sich die schwarzen Wimpern und Brauen und das ebenso schwarze Haar vom Weiß seiner Haut ab. Kein Atemzug hob seine Brust.

Der Tag neigte sich dem Ende zu, und mit der Dämmerung senkte sich Stille über die Hamburger Speicherstadt. Die letzten Touristenboote knatterten durch den Brooksfleet an der Kaffeebörse vorbei und dann unter dem Brooktorkai hindurch in Richtung Industriehafen.

Als die letzten Strahlen der Sonne hinter dem Hafen verblasst waren, bewegten sich die bleichen Lider plötzlich. Glutrote Augen glänzten in der Finsternis. Die mit einem alten Smaragd geschmückte Hand hob den hölzernen Deckel an, bis er gegen die rote Backsteinwand fiel. Die Brust unter dem schwarzen Hemd begann sich zu heben und zu senken, die bleichen Nasenflügel bebten.

Peter von Borgo sog den gewohnten Geruch in sich ein. Am kräftigsten roch der Tee, der aus Indien, Sri Lanka und Indonesien kam und in metallbeschlagenen Holzkisten direkt hinter der Bretterwand aufgestapelt war. Etwas schwächer nahm er den Kakao aus Brasilien und Ghana wahr, der einen Boden tiefer sortiert und gelagert wurde. Unter den Tee- und Kakaogeruch mischte sich ein Hauch exotischer Gewürze, denn eine weitere Treppe tiefer stapelten sich Säcke mit Chilipfeffer und Nelken, Sternanis und Cascararinde, sudanesischen Sennesschoten und sündhaft teurem Safran. Im dritten Stock lagerte ein Posten Rohseide. Die untersten beiden Böden des Speichers P am Wandrahmsfleet beherbergten die gewebten Kunstwerke eines türkischen Teppichimporteurs.

Zwei Mäuse tippelten über die Bohlen, doch die hochgewachsene Gestalt in der offenen Kiste rührte sich nicht. Noch einige Augenblicke genoss Peter von Borgo die Sinfonie der Gerüche, die in dieser sich rasant ändernden Großstadt über Jahrzehnte hinweg so tröstlich gleich geblieben waren.

Wie an jedem Abend spürte der Vampir nagenden Hunger und überlegte gerade, wo er seinen nächtlichen Beutezug beginnen sollte, als ungewohnte Geräusche sein Ohr streiften. Horchend setzte er sich auf. Stimmen wehten von der anderen Seite des Fleets zu ihm herüber. Es waren nicht die normalen Laute der Quartiersleute oder der späten Touristen. Er hörte schrille Rufe, hektische Worte und harsche Anweisungen, dann die Sirenen der Wasserschutzpolizei. Kurz darauf polterte ein heulender Streifenwagen über das Kopfsteinpflaster. Eine Megafonstimme befahl den Menschen zurückzutreten, um die Arbeit der Polizei nicht zu behindern.

Neugierig geworden, erhob sich Peter von Borgo, klopfte sich den Staub aus seiner schwarzen Hose und schlüpfte dann durch ein loses Brett in den Teespeicher hinüber. Er trat an die große, rundbogige Ladeluke und sah hinüber zum Brooksfleet. Irgendetwas ging dort drüben am Pickhuben vor sich, doch er konnte von seinem Platz, sechs Stockwerke über dem trüben Wasser des Wandrahmsfleets, nicht erkennen, was die Menschen dort unten so in Aufruhr versetzte. Der Vampir trat vom Fenster zurück, eilte leichtfüßig die Treppe hinunter und umrundete dann das kleine Fleet.

Zwei rasch aufgestellte Lichtmasten tauchten das schmutzige Elbwasser des Brooksfleets mit seinen verwitterten Kaimauern in gleißende Helligkeit. Uniformierte in beigen Hosen und schwarzen Lederjacken hatten die Straße auf beiden Seiten mit einem rot-weißen Plastikband abgesperrt und hielten knapp zwei Dutzend Neugierige zurück. Einige hatten Fotoapparate oder Mikrofone in den Händen. An der hinteren Absperrung erkannte Peter von Borgo einen Reporter der *Hamburger Morgenpost*, der versuchte, sich zwischen der Hauswand und einem Streifenwagen hindurchzuschieben, doch ein Polizist mit silbernem Stern auf den Schulterklappen schickte ihn zurück.

„Wie soll ich ihn untersuchen, wenn ihr ihn nicht aus dem Wasser holt!“, ereiferte sich ein Mann in grauer Flanellhose, weißem Polohemd und blauem Leinensakko.

Ein untersetzter Polizist im Blau der Hafenpolizei hob beschwichtigend die Hand. „Er ist tot, da gibt es keinen Zweifel. So eilig ist das also nicht. Warten wir lieber, bis die Kripo da ist.“ Der Arzt knurrte unwillig und trat dann an die Kaimauer, um einen Blick hinunter auf das graubraune Wasser und seine tote Fracht zu werfen.

Peter von Borgo duckte sich unter der Absperrung hindurch. Er wusste, dass er unentdeckt bleiben würde, solange er nicht bemerkt werden wollte. Der Vampir schritt auf die Pickhubenbrücke zu, blieb aber stehen, bevor der helle Lichtkegel ihn erfasste, und beugte sich über das Geländer. Ein Stück weiter vorn schaukelte eine leere Schute auf dem Wasser. In dem durchhängenden Tau, mit dem der Kahn am Fuß des Speicherbaus befestigt war, hatte sich ein menschlicher Körper verfangen. Die Nasenflügel des Vampirs blähten sich. Fünf oder sechs Tage war er sicher schon tot, und so lange hatte der Körper auch im Elbwasser gelegen. Zwei Fahrzeuge näherten sich der Absperrung.

„Endlich!", murmelte ein Uniformierter in seiner Nähe. „Die Kripo ist da!"

Vier Männer und eine Frau schlüpften unter dem Band hindurch und traten zu dem Polizeikommissar, der den Einsatz bisher geleitet hatte. In kurzen Worten schilderte er den Vorfall und deutete dann auf den Schiffer in blauen Latzhosen, der rauchend an der roten Backsteinmauer des Speicherhauses lehnte.

„Er hat die Leiche entdeckt und uns um", er sah in sein Notizbuch, „zwanzig Uhr neunzehn über den Notruf verständigt."

Hauptkommissar Thomas Ohlendorf, Chef der 4. Mordbereitschaft der LKA-Direktion 41, nickte. Schweigend sah er einige Augenblicke auf die Leiche hinab, die noch immer mit dem Gesicht nach unten im kalten Wasser schaukelte.

„Sabine, Sönke, fahrt ihr mal mit den Wasserschutzleuten mit und nehmt unseren Klienten in Augenschein."

Oberkommissarin Sabine Berner strich sich eine dunkelblonde Haarsträhne aus dem Gesicht. „Willst du die Spurensicherung hier haben?"

Thomas Ohlendorf wickelte einen Kaugummi aus und schob ihn zwischen die Zähne. „Was willst du hier noch sichern? Wer weiß, von wo der angedümpelt gekommen ist."

Die junge Frau zuckte die Schultern und wandte sich zum Gehen.

„Und schaff mir den Magnus her. Er soll von hier ein paar Bilder machen und dann mit euch aufs Boot gehen. Ihr könnt die Leiche dort vorne an der Treppe raufschaffen, damit unser Herr Doktor was zu tun bekommt."

Die Kommissarin nickte. Wo war der Fotograf? Irgendwo hatte Sabine die schlaksige Gestalt von Björn Magnus doch schon gesehen. Ihr Blick schweifte über die Menschen, die sich am Pickhuben versammelt hatten, als sie plötzlich mit jemandem zusammenprallte.

„Oh, Entschuldigung, ich habe Sie gar nicht gesehen", sagte sie und sah den großen, schwarzhaarigen Mann, der so unerwartet in ihrem Weg stand, verwirrt an. Sie kannte ihn nicht, doch nach einem abschätzenden Blick war sich die Kommissarin sicher, dass er hier nichts zu suchen hatte.

„Bitte gehen Sie hinter die Absperrung zurück", sagte sie, und ihr Tonfall war nicht mehr ganz so freundlich. „Sie behindern die Arbeit der Polizei."

Doch statt ihrer Anweisung zu folgen, trat der Mann noch ein wenig näher. Er reckte den Kopf nach vorn und schloss die Augen. Sein Brustkorb spannte sich, als er tief die Luft einsog. Ein verzücktes Lächeln huschte über die bleichen Lippen.

Peter von Borgo war verwirrt. In den letzten dreihundertfünfzig Jahren war es ihm niemals passiert, dass er so unerwartet mit einem Menschen zusammengestoßen war. Was war es, das seine sonst so wachsamen Sinne trübte und seine vorsichtige Zurückhaltung mühelos durchdrang? Langsam, fast widerstrebend entwich die eingeatmete Luft aus seinen Lungen. Es war ihr Geruch, ihr wundervoller Duft, der ihn plötzlich um so viele Jahre zurückversetzte.

Wien 1649. Ein prächtiger Ball. Glitzernde Lüster spendeten Kerzenglanz, Paare schwebten über den Marmorboden: Herren in seidenen Kniehosen und Damen in ausladenden Röcken. Die Schwüle der späten Sommernacht drang durch die weit geöffneten Flügeltüren. Der junge Vampir, ganz in Schwarz und Silber, das schwarze Haar mit einer einfachen Silberspange im Nacken zusammengebunden, saß draußen auf der steinernen Balustrade, als sie aus dem Ballsaal trat, erhitzt vom Tanz und beschwingt vom Champagner. Peter von Borgo sah noch ihre gepuderten Locken, kunstvoll aufgesteckt, eine weiße Rose keck über dem Ohr befestigt, das süße Gesicht mit den tiefblauen Augen, der rot geschminkte Schmollmund. Sie trug ein Kleid aus glänzend weißem Atlas, mit silberner Klöppelspitze besetzt, über einem ovalen Reifrock. Mit ihrem Fächer aus bemalter Schwanenhaut suchte sie die erhitzten Schläfen zu kühlen. Innerhalb weniger Augenblicke war er von diesem Geschöpf bezaubert. Wer könnte je solch einem Duft widerstehen? Ein aufreizendes Lächeln auf den Lippen, nahm Antonia die Einladung des fremden Kavaliers an, zwischen den hohen Hecken zu den Springbrunnen zu spazieren. Mit einer galanten Verbeugung bot der Vampir ihr den Arm und führte sie die weit geschwungene Treppe hinunter. Er ahnte das junge, pulsierende Blut unter ihrer warmen Haut, und dieser Geruch, dieser unglaublich verführerische Duft, raubte ihm den Verstand. Noch hatte er nicht gelernt sich zu zügeln. War es doch erst wenige Monate her, dass er von spitzen Zähnen seines Lebens beraubt worden war, um als Untoter ruhelos und in Ewigkeit auf der Erde zu wandeln.

Die Springbrunnen sollte sie nicht mehr sehen. Schon hinter den ersten blütenschweren Büschen zog er sie an sich und saugte sie in wilder Gier bis zum letzten Blutstropfen aus. Der Herzschlag verklang. Da lag sie, bleich und tot in seinen Armen, der wundervolle Duft verwehte und verschwand unwiederbringlich in der Sommernacht.

Der Vampir konnte seine Opfer, von deren Blut er seit damals getrunken hatte, nicht zählen, doch solch eine Lust hatte er nicht wieder erlebt. Der Augenblick auf dem Holländischen Brook in der Hamburger Speicherstadt wurde zur Ewigkeit. Dreieinhalb Jahrhunderte lang hatte keine Sterbliche sein

Gemüt in Unruhe versetzt – und nun das: eine Kommissarin der Hamburger Kripo in Jeans und Pulli, ungeschminkt mit ungekämmtem dunkelblondem Haar. Und doch ließ ihr Duft die Erinnerung an Antonias Blut in ihm wieder lebendig werden.

„Sabine, kommst du?“, drang Sönkes Stimme in ihr Bewusstsein. Es hörte sich an, als riefe der Kriminalobermeister nicht zum ersten Mal. Die Kommissarin winkte ihm zu.

„Ja, ich komme, ich muss nur noch …“ Sie wandte sich wieder dem merkwürdigen Fremden zu, doch er war verschwunden. Wo konnte er so schnell hingegangen sein? Suchend drehte sie sich im Kreis, bis Sönke Lodering an ihre Seite trat.

„Was wird das? Ein Regentanz?“

„Da war ein Mann, der nicht hierher gehörte, und ich sagte ihm, er solle verschwinden, und nun ist er plötzlich weg.“

„Na, denn is ja alles in Butter.“

„Aber ich habe ihn nicht weggehen sehen. Es ist, als habe er sich in Luft aufgelöst.“ Fassungslos schüttelte Sabine den Kopf.

„Wie hat er denn ausgesehen?“

„Ich weiß es nicht mehr.“ Die Kommissarin schnitt eine hilflose Grimasse.

Sönke hob die grauen Augenbrauen und sah seine Kollegin fragend an. „Biste heute ’n büschen tüdelig?“

Sie nickte. „Ja, kann sein. Jens hat angerufen. Seine Mutter fährt sechs Wochen zur Kur, und er fliegt mit seiner Neuen in die Karibik.“ Sabine verdrehte die Augen.

„Dachte, da bist du drüber weg?“, brummte Sönke und dirigierte sie in Richtung Polizeiboot, auf dem die Uniformierten und der Polizeifotograf schon ungeduldig warteten.

„Ja, schon, doch das heißt, ich werde nächste Woche Julia

samt Leila bei mir haben. – Nicht, dass ich mich nicht freue, wenn ich die Kleine sehe, doch ich habe keinen Urlaub mehr, und nun auch noch das." Sie deutete in Richtung Kai, wo der Tote im Wasser lag. „Das gibt doch sicher wieder Überstunden. Und wohin dann mit einer lebhaften Fünfjährigen und einem noch lebhafteren Setter?"

Sönke knurrte etwas Undeutliches und kletterte in das Schlauchboot.

„Nu mach mal vorwärts, mien Jung", forderte er den jungen Uniformierten auf, der sich mit dem Außenborder abmühte. „Ich will bis zehn den Heimathafen sehen."

Sabine grinste den Fotografen an. „Ja, sonst kriegt er nichts Warmes mehr zu essen", verriet sie ihm. „Seine Frau hat da ganz strenge Prinzipien."

„Sabbelbüdel", brummte Sönke unwirsch.

Von der Brücke aus beobachtete Peter von Borgo das Schlauchboot, wie es an die Schute heranfuhr und an ihr festmachte. Blitzlichter flammten ein Dutzend Mal auf. Dann machten sich die Uniformierten daran, den Toten zu bergen und zu der breiten Landungstreppe, drüben hinter der Neuen Wegsbrücken, zu bringen. Für den Toten interessierte sich der Vampir nicht mehr. Er beobachtete die Kommissarin, wie sie ihr Diktiergerät aus der Jackentasche zog und leise Worte hineinsprach, sich bückte, um die Gesichtszüge des Toten zu betrachten, den zwei Uniformierte nun auf den Rücken gedreht hatten, wie sie tief in Gedanken eine Haarsträhne hinters Ohr schob, wie sie sich dem schon ergrauten Beamten neben sich zuneigte, um zu hören, was er ihr zu sagen hatte. Noch immer prickelte ihr Geruch in seiner Nase, und es drängte ihn, sie zu packen und an sich zu reißen, seine Zähne tief in ihren Hals zu tauchen, um den herrlichen Geschmack ihres Blutes zu kosten.

Nein! Die schlanken Finger umklammerten das Brückengeländer. Nun würde es sich zeigen, ob er seine Lektion gelernt hatte. Dieses Mal würde er sich zügeln. Dieses Mal würde er überlegt vorgehen und geduldig warten, bis die Zeit gekommen war, im höchsten Genuss zu schwelgen. Doch vorher würde er sie erkunden, würde jeden ihrer Schritte überwachen, bis er ihre Gedanken und Gefühle besser kannte als sie selbst. Ein Lächeln huschte über seine Lippen. Endlich ein Spiel, das es zu spielen lohnte. Endlich eine freudige Erregung in der stumpfsinnigen Langeweile seines ewigen Daseins.

Tief in Gedanken strich der Vampir durch die Nacht, griff wahllos nach einsamen Spaziergängern, um seinen Durst zu stillen, und ließ die Geschwächten dann achtlos am Straßenrand liegen, wo sie bis zum Morgen in einem Dämmerschlaf vergessen konnten. Als der Vampir im Morgengrauen sein Versteck hoch oben in der Speicherstadt wieder aufsuchte, lag noch immer ein seliges Lächeln auf seinen kalten Lippen.

„Moin“, grüßte Sabine Berner munter, warf ihre Tasche neben dem Schreibtisch auf den Boden und schälte sich aus ihrer regennassen Jacke.

„Hm“, lautete die Antwort ihres Kollegen, doch immerhin hob er die Hand und streckte zur Begrüßung zwei Finger aus. Das war für Sönke Lodering am frühen Morgen vor elf Uhr schon fast eine Liebeserklärung. Der Kriminalobermeister saß vor seinem Computerbildschirm, die Beine auf den Papierkorb gelegt, in den Händen einen dampfenden blau glasierten Becher. Die Kommissarin beugte sich vor und schnüffelte geräuschvoll.

„Ah, die Spezialmischung!“

„Hm“, brummte Sönke noch einmal und schlürfte das dunkelbraune Gebräu: echte Friesenmischung mit Kandis und Milch – nur aufgewölkt, auf keinen Fall umgerührt – und heute noch mit einem winzigen Schuss Rum. Schließlich war das Wetter umgeschlagen. Nach den milden, spätsommerlichen Tagen war heute Nacht ganz plötzlich der Nordwestwind erwacht und hatte kalte Regenschauer von der Küste her über Hamburg gejagt.

„Was machst du?“, startete Sabine einen weiteren Versuch, den Kollegen aus seiner Einsilbigkeit zu reißen.

„Vermisstenkartei“, gab Sönke zur Antwort, fügte dann aber überraschend ausführlich hinzu: „Hab unseren nassen Kunden aber noch nicht entdeckt.“

Sabine Berner trat hinter ihn und ließ den Blick über die Personenbeschreibungen wandern. Eigentlich waren die Kripoleute der einzelnen Hamburger Polizeireviere für Vermisstensachen zuständig. Über neunzig Prozent der vermissten Personen tauchten sowieso innerhalb der ersten zwei Tage wieder auf. Wenn nicht, wurde vor Ort eine Vermisstenanzeige aufgenommen und der Fall untersucht. Gleichzeitig ging eine Meldung an das LKA hinaus. Nach einer Weile wurden die Daten dann in die bundesweite Vermisstenkartei aufgenommen.

Sönke Lodering blätterte erst die Hamburger Einträge durch, dann die aus Schleswig-Holstein, aus Niedersachsen und Bremen.

„Passt alles nicht“, bestätigte Sabine Berner. „Entweder ein Zugereister oder einer, den niemand vermisst.“ Sönke nickte.

Da wurde die Tür heftig aufgestoßen, sodass sie krachend gegen den Aktenschrank schlug. Ein strahlendes Lächeln auf den Lippen, in der linken Hand eine Thermoskanne, in der rechten zwei Tassen, stürmte Klaus Gerret ins Büro.

„Moin“, schmetterte der junge Kommissar. „Alle Mann an die Pumpen! Wenn das so weiterregnet und -stürmt, dann bekommen die Leute unten an der Elbe heute noch nasse Füße in ihrer guten Stube.“

Mit einem Knall stellte er die Tassen auf den Schreibtisch. „Möchte wer 'nen Kaffee?“ Klaus strich sich das widerspenstige rotblonde Haar aus der Stirn und sah fragend von Sabine zu Sönke.

Der ergraute Kollege verdrehte gequält die Augen. Langsam schüttelte er den Kopf und brummte leise: „Quiddje!“

„Das ist nicht wahr!“, protestierte Klaus Gerret. „Ich bin in Hamburg geboren.“

„Wandsbek“, korrigierte Sönke.

„Mein Vater war echter Schiffsbauer!“

„Und deine Mutter ist aus Hessen! Nee, nee, wer schon so viel dumm Tüch am frühen Morgen snackt, der kann nur ein Quiddje sein.“ Sabine unterdrückte ein Grinsen und hielt Klaus ihre leere Tasse unter die Nase, um dem schon gewohnten Gezänk der beiden ein Ende zu bereiten.

„So sehr Quiddje wie ich kannst du gar nicht sein“, lachte sie und goss sich viel Milch in ihren Kaffee. „In Schwaben geboren und in Schwaben aufgewachsen.“

„Ja, das ist allerdings kaum zu übertreffen“, spöttelte Klaus und zwinkerte ihr fröhlich zu. „Doch um dienstlich zu werden, unser verehrter Herr Doktor bummelt heute Morgen Überstunden ab, und dann hat er als Erstes noch die Zugleiche auf dem Tisch. Seine Assistentin ist aber zuversichtlich, dass er unseren Froschmann nach seinem Vieruhrtee drannehmen kann.“

Sabine Berner nickte. „Gut, dann haben wir den Bericht morgen.“

„Vielleicht kann er ihn ja auch noch heute Abend durchfaxen", meinte Klaus und warf sich das dritte Stück Zucker in seine Tasse.

„Ja, äh, aber ich wollte um vier gehen." Sabine sah ihre Kollegen entschuldigend an. „Ich muss noch einkaufen und ein wenig putzen ..."

„... damit dein Ex nicht rückwärts aus deiner Bude wieder rausfällt", ergänzte Klaus, schnappte sich den Ordner mit den Spesenvordrucken und entfloh in das Büro nebenan, das er mit Uwe Mestern teilte, bevor Sabine ihm etwas an den Kopf werfen konnte.

Da das eine Opfer entkommen war, funkelte die Kommissarin das andere böse an. „Was hast du ihm erzählt?"

Sönke Lodering hob träge die Schultern. „Ich? Nichts! Sei nicht so gnatzig. Ich kann da nix für. Musst nicht gleich 'ne Karpfenschnut ziehen." Er wandte sich wieder seinem Tee mit Rum und dem Computer zu.

Es war nach sechs, als Sabine Berner, die dünne Jacke eng um sich gewickelt, den Kopf eingezogen, im kalten Nieselregen die breite Freitreppe des neuen Polizeipräsidiums hinuntereilte. Sie ließ den stattlichen sternförmigen Bau hinter sich und lief die Hindenburgstraße entlang zur U-Bahn-Haltestelle Alsterdorf. Ein wenig außer Atem ließ sie sich auf eine mit schwarzen Hieroglyphen verschmierte Bank sinken. Der Regen rann in feinen Fäden an den schmutzigen Scheiben herab.

Die U1 näherte sich der Altstadt, um sie dann langsam zu umkreisen: erst St. Pauli, dann hinunter zu den Landungsbrücken, wo eine Horde verregneter Rheinländer in den Zug drängte, die fröhlich und lautstark von ihrer Rundfahrt durch den Hafen schwärmten.

Da setzte sich ein Mann neben die Kommissarin. Er war

groß, doch leicht untersetzt, fettiges Haar fiel ihm bis auf die Schultern. Er hatte dunkle Ringe unter den Augen und sich mindestens fünf Tage lang nicht rasiert. Seine Fingerkuppen waren gelblich vom vielen Rauchen.

Sabine rückte ein Stück näher zum Fenster und las die Überschriften der *Hamburger Morgenpost*, die eine Frau gegenüber aufgeschlagen hatte. „Mord in der Speicherstadt“ schrien die fetten Buchstaben. Sabine betrachtete das Foto von dem Toten und versuchte dann, den Artikel zu entziffern.

„Und, sind Sie mit Ihren Ermittlungen schon weitergekommen, Frau Berner?“, fragte plötzlich ihr Sitznachbar und beugte sich ein wenig näher zu ihr.

„Kennen wir uns?“, fragte Sabine so kalt wie möglich und warf dem aufdringlichen Kerl einen abweisenden Blick zu.

Er lachte leise. „Ich kenne Sie, denn es ist mein Beruf, alles zu wissen. Sie kennen mich noch nicht, haben aber vermutlich schon etwas von mir gelesen.“

„Ja und?“ Sabine zog eine Augenbraue hoch, doch ihr Banknachbar war für solche Signale nicht empfänglich.

„Ich bin freier Journalist“, berichtete er mit Stolz in der Stimme, „Frank Löffler ist mein Name.“ Er drückte Sabine eine Visitenkarte in die Hand. „Was halten Sie von einem Interview bei einem gemütlichen Essen? Ich lade Sie ein. Es kann doch nur in Ihrem Interesse sein, dass korrekt über die Arbeit der Kripo geschrieben wird.“

„Vergessen Sie es. Über laufende Verfahren sollte gar nicht berichtet werden.“ Mit einem Blick auf die Zeitung gegenüber fügte sie hinzu: „Und man sollte einen Todesfall erst dann Mord nennen, wenn auch erwiesen ist, dass es ein Mord war!“

„Ach“, stürzte sich Frank Löffler gleich auf ihre Worte.

„Dann wissen Sie schon mehr über den Toten in der Speicherstadt? Woran ist er gestorben? Wer ist er? Handelt es sich um einen Milieumord?"

„Kein Kommentar! Sie verschwenden Ihre Zeit."

Der Zug ratterte durch die Innenstadt, Haltestelle Rathaus, dann Mönckebergstraße. Plötzlich hielt der Reporter eine Kamera in der Hand.

„Darf ich ein Foto von Ihnen machen?"

„Nein!", stieß Sabine ärgerlich hervor, doch da blitzte es schon zweimal hell auf. Die Frau ihr gegenüber ließ ihre Zeitung sinken und sah Sabine neugierig an.

Frank Löffler erhob sich und nickte ihr zum Abschied zu. „Vielen Dank für Ihre Hilfe", spottete er und sprang dann leichtfüßig aus dem Wagen.

„So ein Idiot", murmelte Sabine und vertiefte sich wieder in den Artikel, bis der Zug am Hauptbahnhof hielt.

Sabine schritt über den Bahnhofsplatz, am Biberhaus vorbei, in Richtung St. Georg. In einem kleinen Supermarkt erstand sie Fruchtzwerge, Schokoladeneis, Hundefutter und eine Großpackung Spaghetti, dann eilte sie zum Bäcker. Mit drei Tüten beladen, hastete die Kommissarin die Lange Reihe entlang. Ein Schaufenster zur Linken ließ sie innehalten. Sollte sie sich ein paar der unglaublich süßen Gebäckteile leisten?

„Ach was, die Nervennahrung kann ich sicher gebrauchen!", murmelte sie und betrat das *Persische Haus*.

Maßhalten ist nicht deine Stärke, erklang die erzieherische Stimme ihrer Mutter in ihrem Kopf, als sie sich abmühte, die mit „Schnoopkrom" – wie Sönke sagen würde – prall gefüllte Papiertüte bei ihren anderen Einkäufen zu verstauen.

„Tschüss dann, und einen schönen Abend", rief sie der Verkäuferin zu, doch die hatte sich bereits dem schwarz gekleideten Mann zugewandt, der sich hinter Sabine in die Reihe gestellt hatte. Dass der Mann mit dem schulterlangen schwarzen Haar, ohne etwas zu kaufen, hinter ihr den Laden wieder verließ, bemerkte sie nicht.

Sabine Berner strebte einem weiß verputzten Haus aus der Gründerzeit zu. In der zurückgesetzten Eingangstür, zwischen dem kleinen Restaurant *O'Porte* und dem Kleiderladen für Krankenhausangestellte, zögerte sie.

Ich muss Jens wenigstens einen Wein anbieten, dachte sie, drehte sich um und sah unvermittelt in das blasse, glatt rasierte Gesicht eines Fremden. Sie sah schwarze Augenbrauen und lange, dunkle Wimpern auf blasser Haut, doch noch ehe sie sich von ihrem Schreck erholt hatte und ihn bitten konnte, sie vorbeizulassen, war er verschwunden, einfach weg, wie vom Erdboden verschluckt. Stirnrunzelnd überquerte die Kommissarin die Straße, ohne auf das wütende Hupen eines leicht verbeulten Golfs mit verdunkelter Heckscheibe zu achten.

„Ich habe ihn schon einmal gesehen“, murmelte die Kommissarin vor sich hin, als sie das Weindepot schräg gegenüber betrat. „Es ist noch nicht lange her, ich weiß es, und doch will mir nicht einfallen, wann und wo.“ Grübelnd zog sie die Stirn in Falten, während sie einen Picpoul de Pinet, eine Flasche Chianti und zwei Flaschen Prosecco in den Korb packte.

Die Speicherstadt!, durchfuhr es sie plötzlich, als sie der zierlichen Kassiererin einen Hunderter in die Hand drückte. Konnte das der merkwürdige Kerl vom Pickhuben gewesen sein? Warum konnte sie sich nur nicht mehr an sein Gesicht erinnern?

Ein Schatten strich am Schaufenster vorbei. Sabine spürte, wie es kalt in ihrem Nacken prickelte. Rasch trat sie einen Schritt vor und starrte auf die belebte Straße hinaus. Das

Licht der Leuchtreklamen und Straßenlaternen schien auf nass glänzende Autos. Passanten schoben sich über den Gehweg, manche mit eiligem Schritt auf dem Heimweg, andere, unter bunten Regenschirmen, langsam an den Schaufenstern entlangbummelnd, doch kein finsterer Typ war zu sehen.

„Signora, Sie bekommen noch Geld zurück!"

„Ach ja, danke."

Ein wenig verwirrt trat Sabine auf die Straße hinaus. Sie ließ den Blick noch einmal nach rechts und nach links schweifen, konnte aber nichts Ungewöhnliches entdecken.

Frau Kommissarin, Sie sind zu misstrauisch, rügte sie ihren kriminalistischen Instinkt. Wahrscheinlich bin ich einfach überlastet!

Mit diesem Gedanken überquerte sie die Lange Reihe, schloss die Haustür auf und schleppte dann ihre Tüten zwei Treppen hoch. Sie sah nicht, wie der bleiche, schwarzhaarige Mann nur wenige Augenblicke später aus dem düsteren Durchgang trat, der in den Hinterhof und zu den Häusern an der *Koppel* führte. Reglos stand er einige Minuten vor der geschlossenen Haustür. Der Regen rann ihm über das Gesicht und tropfte in seinen Kragen, doch er stand nur da, die Augen geschlossen, und sog ihren Duft ein, bis der Regen auch den letzten Hauch davon weggespült hatte.

Peter von Borgo strich durch die nass glänzenden Straßen von St. Georg. Vor den warm erleuchteten Kneipen mit den Regenbogenfähnchen trafen sich junge Männer, umarmten sich herzlich zur Begrüßung oder küssten sich zärtlich auf den Mund. In der Bremer Reihe und am Steindamm suchten die Frauen ihre Stammplätze am Straßenrand oder an den Eingängen zu den zahlreichen Stundenhotels auf. Vorn am Steindamm standen junge, schlanke Frauen aus Polen und den ehemaligen Sowjetprovinzen, in der Bremer Reihe eine Handvoll deutscher Frauen in knallbunten Anoraks, kurzen Röcken oder Hosen und Stiefeln. Den meisten stand das harte Leben deutlich ins Gesicht geschrieben. Weiter unten, in der Brennerstraße, boten sich Mädchen aus Lateinamerika an. Der Hansaplatz gehörte den Junkies und Crackfrauen, die, je nach Zustand, für zehn Euro – den Preis eines Cracksteines – zu so manchem bereit waren.

Mit großen Schritten überquerte der Vampir den baumumgrenzten Platz mit dem Hansabrunnen. Im Windschatten des aufragenden Standbildes der Hammonia drängten sich drei Frauen zusammen. Gierig sogen sie den berauschenden Rauch aus den winzigen Pfeifen in ihre Lungen. Peter von Borgo runzelte angewidert die Stirn. Diesen Fehler würde er nicht noch einmal machen. Er konnte es riechen. In ihrem Blut kreisten die Reste eines Cocktails aus Heroin und Kokain, ihre Lungen waren angefüllt vom Rauch der Cracksteine. Die Drogen verliehen dem Blut nicht nur einen unangenehmen Geschmack, sie würden den Vampir in einen gefährlichen Rausch reißen, wenn er von ihm trank. Peter von Borgo bleckte die Zähne. Einmal war er so unvorsichtig gewesen, einen Junkie auszusaugen. Er hatte es bitter bereut. Nein, diesen Fehler würde er nicht noch einmal begehen.

Der Vampir beobachtete einen Freier, der zu einer Frau in Jeans und Regenjacke trat. Sie verhandelten hart. Immer wieder redete er auf sie ein, doch sie schüttelte den Kopf. Dann zog er einen Zwanziger raus und drückte den Schein in ihre Hand. Noch immer zögerte sie, doch dann folgte sie dem Mittfünfziger zu seinem BMW. Das gelbliche Licht der Straßenlaterne huschte über ein müdes Gesicht mit dick kajalumrandeten Augen.

Nein, ihm stand heute der Sinn nicht nach einem schnellen

Mahl in einem schmutzigen Hinterhof, nicht nach ranzigem Schweiß und billigem Duftwasser. Er begehrte etwas ganz anderes. Mit einem Seufzer wischte er die Erinnerung an ihren unwiderstehlichen Duft beiseite und versuchte das Bild der blonden Kommissarin aus seinem Kopf zu verbannen. Der Tag war noch nicht gekommen. Und doch huschte die Ahnung von weichen Laken und seidigen Gewändern durch seinen Sinn, von fließendem Stoff, der weiche, weiße Haut mehr enthüllt denn bedeckt, von feinen bläulichen Bahnen, in denen der köstlich rote Saft pulsierend fließt.

„Sabine, du wirst mein sein", flüsterte er. Der Schmerz in seiner Kehle breitete sich aus und erfasste bald den ganzen Körper, dass es ihn wie vor Kälte schüttelte. Er musste sich ablenken.

„Ronja", lag ihm da plötzlich ein Name auf den Lippen. Ja, vielleicht konnte ihr süßes Blut auf seinen Lippen den Drang der Sehnsucht ein wenig lindern.

Die Ärmel ihres Sweatshirts hochgeschoben, den Staubsauger in der Hand, fegte Sabine Berner durch die Wohnung. Die dröhnende Stimme von Meat Loaf übertönte das Klingeln an der Tür. Als sie schwungvoll mit dem Sauger in den Flur einbog, schwang die Wohnungstür auf und ließ zuerst einen wild kläffenden Setter herein, dann ein blondes Mädchen mit wirrem, langem Haar und einen in weißem Hemd und dunkelgrauem Anzug korrekt gekleideten Herrn mit einem Koffer in der einen und einem bunten Kinderrucksack in der anderen Hand. Sabine brachte den Staubsauger zum Schweigen, sank in die Knie, schlang einen Arm um ihre Tochter und versuchte mit dem anderen, den Setter davon abzuhalten, ihr mit der Zunge über das Gesicht zu fahren. Auf dem Treppenabsatz draußen stand verlegen ein junger Mann in verwaschenem Trainingsanzug mit einem Schlüsselbund in der Hand.

„Sorry, Sabine, ich habe aufgeschlossen, weil du nichts gehört hast und ich dachte, das geht in Ordnung. Ich wollte gerade noch 'ne Runde joggen gehn, weil mir die nächste Szene noch nicht so gefällt, und da dachte ich, mir kommt ein guter Gedanke, wenn ich mich bewege."

Sabine hob eine Hand, um die Rechtfertigungen ihres Nachbarn zu beenden. „Ist gut, Lars, ich danke dir."

„Da nicht für", rief er, winkte und rannte dann die Treppe hinunter.

„Was ist das denn für ein komischer Vogel?", fragte Jens Thorne mit erhobener Stimme, um das Gewinsel des Hundes zu übertönen, der nun enge Kreise um Sabine und Julia zog.

„Platz, Leila, Platz!" Sabine schob die Wohnungstür zu. „Das war Lars Hansen von nebenan, und er ist Schriftsteller. Immer wenn ihm nichts mehr einfällt, dann geht er joggen. Aber sonst ist er ganz normal", fügte sie hinzu, während sie den Staubsauger in den Schrank am Ende des Flurs presste.

Jens Thorne, der Hamburger Staranwalt, ließ seinen Blick vom eilig zusammengebundenen Pferdeschwanz über das ungeschminkte Gesicht seiner Exfrau, das ausgeblichene graue Sweatshirt und die Jeans bis hinunter zu den dicken Wollsocken wandern. Seine Augenbrauen näherten sich einander, und eine steile Falte erschien auf seiner Stirn. Von unten erklang ein Saxofon, dann jazzige Klavierklänge.

„Musiker!", erklärte Sabine und schob Exmann und Kind ins Wohnzimmer. Jens Thorne ließ sich in den abgewetzten Sessel fallen.

„Dass du immer noch hier wohnst!" Seine Stimme hatte einen nörgelnden Klang angenommen. Sabine seufzte, setzte sich aufs Sofa und nahm Julia in die Arme, die sich gähnend an die Mutter kuschelte. Sabine wusste genau, was nun kommen würde, und richtig: „Ich finde das unmöglich, dass du in St. Georg wohnst. Zwischen all dem Gesindel: Nutten, Zuhälter, Schwule und Drogenabhängige."

Es lag ihr auf der Zunge, dass sie Schwule nicht zu Gesindel zählte und es außerdem in St. Georg klare Grenzen gab. Hier in der Langen Reihe fand man Kneipen, Cafés und Weinlokale, Künstler und Studenten, doch keine Junkies oder Zuhälter.

„Du musst auch mal an mich denken. Was glaubst du, was das für einen Eindruck macht, wenn meine Geschäftsfreunde erfahren, dass meine geschiedene Frau in St. Georg wohnt", fuhr Jens ungehalten fort.

„Dann erzähle deinen feinen Geschäftsfreunden doch einfach, dass ich in der Nähe der Alster wohne. Das hört sich doch gleich viel vornehmer an", schlug Sabine vor, erntete aber nur einen vorwurfsvollen Blick.

„Nicht genug, dass du dich beruflich in diesem Milieu herumtreibst."

„Ja, da sind deine Klienten natürlich viel besser. Sie tragen Anzüge und haben nur ein paar Urkunden gefälscht und ein bisschen betrogen und Steuern hinterzogen und so'n Kram, nicht wahr, Herr Anwalt?" Sie funkelten sich wütend an.

„Mama, ich habe Hunger!", brachte sich Julia den Streithähnen wieder ins Gedächtnis.

Sabine lächelte ihre Tochter an. „Dann gehen wir am besten gleich in die Küche und kochen zusammen Spaghetti."

Das schien auch nach Leilas Geschmack zu sein, die hektisch mit dem Schwanz zu wedeln begann, nur Jens verzog das Gesicht.

„Ich dachte, wir gehen essen. Was hältst du davon, zum

Anleger Teufelsbrück hinunterzufahren und im *Hotel Jacob* schön zu speisen?"

Sabine schüttelte energisch den Kopf. „Das wird für Julia viel zu spät. Du musst ja keine Tomatensauce essen. Ich mache dir eine Sahnesauce mit Steinpilzen, es ist Prosecco und Chianti da, außerdem war ich im *Persischen Haus*."

Mit einem Glas Prosecco in der Hand und der Aussicht auf persische Süßigkeiten zum Nachtisch ergab sich Jens Thorne in sein Schicksal, während Sabine in der Küche mit den Töpfen klapperte.

Ronja

Peter von Borgo parkte sein schweres Motorrad unter einer ausladenden Linde. Mit einer ungeduldigen Bewegung strich er sich das nasse Haar aus dem Gesicht und schritt dann an den gepflegten Vorgärten entlang. Hinter spät blühenden Rosen und Buchsbäumen ragten weiß verputzte Häuser aus der Gründerzeit auf, die Fenster und Türen mal rundbogig, mal rechteckig, gerahmt von Säulenreliefen, beschirmt von überkragenden Gesimsen. Vor den schmiedeeisernen Toren waren weiße Schilder angebracht, die Hinweise auf die Arztpraxen oder Anwaltskanzleien gaben, die sich hinter den dichten Gardinen verbargen.

Peter von Borgo strebte einem beigefarbenen Klinkerbau zu, der schlicht und hässlich eine Lücke zwischen den alten Stadthäusern füllte. Die Haustür sprang schon nach dem ersten kurzen Klingelzeichen auf, und er trat ein. Der Vampir roch die alte Bewohnerin im Erdgeschoss, die wieder hinter ihrer Wohnungstür stand und neugierig durch den Spion lugte. Seine Nasenflügel blähten sich. Klosterfrau Melissengeist, Pfefferminztee und Niveacreme mischten sich mit dem Geruch des Haushaltsreinigers, mit dem die graugrüne Steintreppe gewischt worden war.

Zwei Stufen auf einmal nehmend, eilte der schlanke Mann mit der auffällig blassen Haut in den zweiten Stock, schob die angelehnte Wohnungstür auf und verließ damit die spießige Wohlanständigkeit des Hohenfelder Mehrfamilienhauses.

Die in die Decke eingelassenen Halogenstrahler waren

gedimmt, sodass rötliches Licht den Flur nur schwach erleuchtete. Die Wände waren mit rotem und schwarzem Tüll dekoriert, aus dem hinteren Zimmer erklang leise Musik. Peter von Borgo schloss die Augen und sog den Duft von frischer Weiblichkeit und leicht herbem Parfum in sich ein. Das Klicken hoher, dünner Absätze unterbrach brutal den Geigenklang von Elgars *Salut d'amour*.

„Hallo, Chérie, schön, dass du kommst."

Sie legte ein tiefes Timbre in ihre Stimme, wie immer, wenn sie im Dienst war. Mit wogenden Hüften kam Edith Maas, die sich bei ihren Kunden Ronja nannte, auf den Besucher zu.

Peter von Borgo warf die nasse Lederjacke achtlos unter die schmiedeeiserne Garderobe und küsste dann die ihm dargebotene geschminkte Wange.

„Liebste Ronja, du bist perfekt wie immer."

Wohlgefällig ließ er den Blick über die nahtlos sonnenstudiogebräunte Haut wandern, die nur von einem schwarzen Spitzen-BH, einem Tangahöschen und halterlosen schwarzen Strümpfen unterbrochen wurde.

„Und du bist wieder kalt wie ein Frosch, aber ich werde dich schon aufwärmen. Hast du Durst? Kann ich dir etwas anbieten?"

Seine Mundwinkel zuckten. „Ja, das kannst du allerdings!"

„Du hast Glück, mich so kurzfristig zu bekommen. Der Kunde, der eigentlich für die ganze Nacht reserviert hatte, musste absagen."

Sie tänzelte vor ihm den Gang entlang auf die Geigenklänge zu. Peter von Borgo folgte ihr nach, doch plötzlich stutzte er. Ein neuer Geruch berührte seinen Sinn: zarte, unschuldige Kinderhaut. Der Vampir blieb stehen. Da bewegte sich die

Türklinke zu seiner Linken, die Tür öffnete sich einen Spalt, und ein pausbäckiges Kindergesicht, gerahmt von rötlich blonden Locken, spähte auf den Gang.

„Mama, ich hab noch Durst!"

Ronja erstarrte, drehte sich um und stürmte zurück. Das Mädchen zwängte sich durch den Spalt und sah mit großen Augen zu Peter von Borgo hoch, einen verwaschenen Plüschhasen an die Brust gedrückt.

„Aber Maus, wir haben doch ausgemacht, dass du in deinem Bett bleibst. Du hast doch deine Trinkflasche im Zimmer!"

Ronja ließ sich auf die Knie sinken. Ihre Stimme war nun frei von erotischen Schwingungen. Sie war nur noch Edith Maas und Mutter eines Mädchens, das nicht schlafen wollte.

„Ich will aber Apfelsaft und kein Wasser!"

Die kleine Unterlippe wölbte sich nach vorn, ein herausfordernder Blick unter den blonden Wimpern wanderte zu dem großen, schwarzhaarigen Mann hoch.

„Gut, gut, ich hole ihn dir und dann marsch ins Bett!"

„Und wenn ich dann noch mal aufs Klo muss?"

Peter von Borgo runzelte die Stirn. Er hatte in den letzten Jahrhunderten schon viele leichte Mädchen in ihren Apartments aufgesucht, doch so etwas war ihm noch nicht passiert.

„Dann geh jetzt gleich aufs Klo, und ich bring dir den Saft. – Peter, bitte geh schon mal vor, du kennst dich doch aus."

Sie schob den Freier ins Wohnzimmer, das sie sich als Arbeitszimmer hergerichtet hatte, und schloss die Tür hinter ihm. Er hörte ihre Absätze in die Küche klappern und zurück, dann kam sie, warf mit einer ungeduldigen Geste ihr schwarz gefärbtes Haar zurück und suchte nach ihrem verführerischen Geschäftslächeln.

Peter von Borgo flegelte auf dem roten Satinüberwurf des Bettes, das zentral den Raum beherrschte. An den vier Ecken standen Kerzenleuchter, an den Wänden und der Decke waren Spiegel angebracht.

Geschickt öffnete Ronja eine Champagnerflasche, die ihn nachher zweihundert Euro kosten würde, obwohl er keinen Schluck davon trank. Dafür stürzte sie ein Glas davon in einem Zug herunter.

„Es ist erstaunlich, dass es immer wieder Dinge gibt, von denen ich nichts weiß. Lebt die Kleine jetzt hier bei dir?“, fragte er träge und nahm Ronja das leere Glas aus der Hand.

Die Frau ließ sich neben ihm auf das Bett sinken. „Zurzeit ja, meine Mutter musste ins Pflegeheim, und ich weiß noch nicht, wo ich sie sonst unterbringen kann.“

Peter von Borgo küsste ihren Nacken. Ronja schauderte.

„Dazu kommt, dass sie seit September in die Schule geht und ich mit ihr nun jeden Morgen in aller Frühe auf der Matte stehen muss.“ Sie seufzte, doch dann fiel ihr ein, dass sie mit einem Kunden sprach, und so setzte sie ihr Lächeln wieder auf.

„Doch das soll nicht deine Sorge sein. Du bist schließlich hier, um dich verwöhnen zu lassen“, schnurrte sie und machte sich an seiner Jeans zu schaffen, doch er schob ihre Hände weg und drückte Ronja in die kühlen Tücher.

„Psst, sei ganz ruhig, schließ die Augen.“

Mit flinken Fingern wischte sich Peter von Borgo die dunklen Kontaktlinsen aus den Augen. Endlich sah er sie in ihrer ganzen Schönheit: die bläulich pulsierenden Adern unter der jungen Haut, die feinen, weißen Härchen, die sich unter seinem Atem aufstellten, die langen, schlanken Glieder. Ein hübscher Knabe war sicherlich auch nicht zu verachten, und zur Not musste es keine straffe Haut sein, unter der das Blut floss, doch wenn er die Wahl hatte, bevorzugte er Frauen, jung, schlank und von biegsamer Schönheit.

Mit den Fingerspitzen fuhr der Vampir ihren Hals entlang, über die spitzenverhüllten Brüste, die leicht erhabenen Rippenbögen, über den in zahllosen Stunden im Fitnessstudio wieder gestrafften Bauch. In heißen Wellen stieg die Lust in ihm hoch. Er fühlte das Ziehen hinter seiner Oberlippe, als sich die spitzen Eckzähne hervorschoben. Ronja richtete sich halb auf und starrte in die rot glühenden Augen.

„Schsch", hauchte er und legte den Finger auf die Lippen. „Komm, sieh mich an, sieh mir in die Augen."

Er umschloss ihre Wangen mit beiden Händen und starrte so lange in ihre blaugrauen Augen, bis ihr Blick sich eintrübte. Dann ließ er ihren Oberkörper in den roten Satin zurücksinken. Noch einen Augenblick kniete er über ihr und genoss das unbändige Gefühl der Vorfreude, doch dann konnte er sich nicht länger zurückhalten. Er grub seine Zähne in ihre zarte Haut, dort wo am Halsansatz bläulich warm eine Ader zuckte, bis ihr Blut ihm warm und köstlich in die Kehle sprudelte.

Die Gier war noch lange nicht gestillt, als er von ihr abließ und sich mit einem Seufzer neben ihr auf das Bett sinken ließ. Sabines Geruch schwebte noch immer in seinem Geist, doch der brennende Schmerz hatte nachgelassen.

Der Vampir würde Ronja nicht töten, obwohl es ihn danach gelüstete, ihr auch noch den letzten Tropfen Blut zu rauben. Die Zeiten hatten sich geändert. In dieser Welt nahm man nicht einmal mehr den Tod einer Hure gleichmütig zur Kenntnis. Man ging der Todesursache auf den Grund und hetzte den Mörder. So hatte der Vampir mühsam gelernt, vorsichtig zu sein und seine Triebe zu disziplinieren – auch wenn es ihm immer noch schwerfiel.

Peter von Borgo leckte Ronja einen letzten hervorquellenden Blutstropfen vom Hals, küsste ihre bleichen Lippen und verließ dann die Wohnung.

St. Georg lag in tiefem Schlaf. Nur ab und zu zischte ein Fahrzeug über die noch nassen Straßen. Vorn am Steindamm schwankten ein paar betrunkene Nachtschwärmer an den Eroticshops und Sexkinos vorbei, doch hier in der Langen Reihe war Ruhe eingekehrt. Peter von Borgo schob die Haustür auf und schritt langsam die Treppe hoch. Vor der Wohnungstür mit der Aufschrift *Berner* blieb er stehen.

Sollte er hineingehen? Sollte er einen Blick auf ihre schlafende Gestalt werfen? Würde er sich beherrschen können? Er sog noch einmal prüfend die Luft ein. Ein Hund! Die Augenbrauen hoben sich ein wenig. Nun, das würde kein Hindernis sein. Nur wenige Augenblicke später knackte das Türschloss.

Leila hob den Kopf, schnupperte und winselte leise. Sie verließ ihren Platz am Fußende des Kinderbetts und tappte in den Flur. Geräuschlos öffnete sich die Haustür, rot glühende Augen glänzten in der Finsternis. Wieder winselte der Hund. Seine Nackenhaare sträubten sich. Das war kein lieber Mensch, dem sie um die Beine streichen wollte, auch kein Böser, den sie verbellen sollte, und auch kein Tier. Was war es, das da langsam auf sie zukam? Leise, süße Töne schwebten durch die Nacht. Die Ohren der Hündin zuckten. Sanft schob sich eine Hand in ihren Nacken und glättete das gesträubte Fell. Leila legte sich nieder, schob die Schnauze unter die Pfoten und schloss die Augen.

Peter von Borgo schritt ins Wohnzimmer, dessen Fenster, von warm gelben Vorhängen gerahmt, zur Straße hinauszeigten.

Auf der niederen Anrichte hinter dem Esstisch standen ein Hochzeitsfoto und ein halbes Dutzend Bilder eines langsam heranwachsenden blonden Mädchens, erst als Baby auf dem Wickeltisch, dann mit krummen Beinen und Sonnenhut auf dem Kopf am Strand, dick vermummt auf einem Schlitten und in einem weißen Sommerkleid vor blühenden Rosen.

In der Küche roch es nach Tomaten und Pilzen, dunklem roten Wein und Kaffee. Die Spülmaschine blinkte, Weingläser standen umgedreht zum Abtropfen auf einem karierten Geschirrtuch.

Im Arbeitszimmer lag das Kind, das er auf den Fotos im Wohnzimmer gesehen hatte, auf einem aufgeklappten Sofa. Das blonde Haar ergoss sich über das mit Enten übersäte Kopfkissen, die Augen waren geschlossen, der rechte Daumen steckte zwischen den rosigen Lippen. Peter von Borgo betrachtete die zusammengekauerte Gestalt eine Weile, dann wandte er sich den Gegenständen auf dem Schreibtisch zu: wieder Fotos, an der Wand dahinter Postkarten, die mit Stecknadeln befestigt waren. Ein angefangener Brief lag auf der Schreibunterlage. Sein Blick huschte über die sich leicht nach rechts neigenden Buchstaben.

Hinter ihm regte sich das Kind, doch er las den Brief erst zu Ende, bevor er sich zu dem Mädchen umwandte. Julia hatte sich halb aufgerichtet und starrte im trüben Licht der kleinen Nachtlampe den schwarz gekleideten Fremden an. Der Vampir ließ sich auf das Bett sinken und legte seinen Zeigefinger an die Lippen. Die roten Augen senkten sich in die weit aufgerissenen blauen Augen des Mädchens. Er legte seinen Arm um den duftenden Kinderkörper und zog ihn an seine Brust.

„Schlaf, schlaf", hauchte er. Die Augenlider flatterten und sanken herab, der blonde Kopf kuschelte sich in seine Armbeuge. Da, unter der weißen Haut, floss das junge Blut. Der betörende Kinderduft stieg ihm in die Nase. Wie klein und zart, wie weich und warm. Sein Zeigefinger strich über den ihm dargebotenen Hals.

Ein winziger Schluck nur, ein wenig probieren, drängte eine Stimme in ihm.

Im Schlafzimmer raschelte ein Federbett, der Hund winselte, nackte Füße tappten über den Flur. Sabines ungekämmter Haarschopf erschien in der Türöffnung. Schlaftrunken musterte sie das schlummernde Kind, trat dann ans Bett, strich Julia über das Haar und zog die Decke bis ans Kinn. Einige Augenblicke sah sie auf ihre Tochter hinunter, fröstelnd die Arme um den Leib geschlungen.

„Es ist kalt hier", murmelte sie und trat ans Fenster, um die Heizung höher zu drehen. Die dunkle Gestalt, die in der Ecke bei der Tür mit den Schatten verschmolz, bemerkte sie nicht. Sie streichelte noch einmal das schlafende Kind und schritt dann durch den dunklen Gang ins Badezimmer. Der Vampir hörte das Wasser rauschen. Regungslos wartete er, bis in der Wohnung wieder Ruhe eingekehrt war.

Erfüllt von freudiger Erregung, trat er ins dunkle Schlafzimmer. Er wischte ein paar achtlos auf einen Stuhl geworfene Kleidungsstücke auf den Boden, schob den Stuhl vor das Bett und setzte sich, die Arme über der Rückenlehne verschränkt, das Kinn aufgestützt, um sie in Ruhe zu betrachten.

Sabine lag auf dem Rücken, den nackten Arm über dem Kopf abgewinkelt, ihre Atemzüge gingen regelmäßig. Das Deckbett ließ die mit dunkelblau glänzendem Satin bedeckten Schultern erahnen. Die oberen beiden Knöpfe des hemdartigen Nachtgewandes waren geöffnet, der Kragen verrutscht. Wie köstlich pulsierten ihre Adern, wie berauschend stieg ihm ihr Duft in die Nase. Warum warten? Welche Freude lag im Verzicht? Schrie nicht alles in ihm nach der Erfüllung? Sie seufzte im Schlaf und zog sich fröstelnd die Decke über die Schultern.

Widerstrebend erhob sich der Vampir. Draußen eilten die ersten Menschen ihren Arbeitsplätzen zu. Immer mehr Scheinwerfer suchten sich ihren Weg durch die zögerlich erwachende Stadt. Noch einmal nahm er ihren Geruch in sich auf, dann eilte er hinaus und machte sich auf den Weg nach Blankenese. Es drängte ihn, sich die frische Kühle des Morgens um den Kopf wehen zu lassen, er sehnte sich nach dem weiten Blick über die Elbe, wenn das Schwarz der Nacht langsam verblasst und die Nebel über dem Wasser sich röten. Er würde ihren Duft in seiner Erinnerung mit sich nehmen und in seinem prächtigen Gemach im Keller seiner Villa, hoch oben auf dem Geestrücken, den Tag über in Gedanken bei Sabine weilen.

„Lass dir doch helfen, mein Schatz, wir müssen gehen!", versuchte Sabine Berner ihre Tochter anzutreiben, die den fünften Versuch startete, den Reißverschluss ihres Anoraks zuzubekommen, doch Julia wehrte trotzig ab. Da klingelte es stürmisch an der Tür. Leila kläffte erfreut, als Sabine ein wenig genervt die Tür aufriss.

„Moin!"

Draußen stand ihr Nachbar, ungekämmt mit Dreitagebart und rot geränderten Augen, und streckte ihr freudestrahlend einen Stapel Papier entgegen.

„Ich habe die ganze Nacht gearbeitet. Ich war ja so was von kreativ! Ganze zwei Kapitel habe ich geschafft!"

„Das ist toll, Lars", sagte Sabine, während sie in ihre Jacke schlüpfte und versuchte, ein wenig Begeisterung in ihre Stimme zu mischen.

„Du musst schon fort?", fragte Lars bestürzt und sah die Nachbarin mit einem ähnlichen Blick an, wie ihn Leila einzusetzen pflegte, wenn sie Kekse erbetteln wollte. „Ich dachte, wir könnten bei einer Tasse Kaffee die Szenen in Ruhe besprechen."

„Nee, Lars, das geht wirklich nicht, ich muss Julia zu einer Freundin bringen und dann ins Büro." Sie schob Julia in ihrem offenen Anorak zur Tür.

„Wann kommst du denn zurück? Können wir uns heute Abend zusammensetzen? Soll ich dir das Manuskript schon mal mitgeben, damit du es vorab durchlesen kannst?"

„Du, dazu habe ich heute wirklich keine Zeit." Plötzlich kam ihr eine Idee. „Aber weißt du was, wenn du heute wieder joggen gehst, dann nimm doch Leila mit." Sie drückte ihm die Hundeleine in die Hand. „Ich hole sie heute Abend wieder ab, und dann können wir über dein Manuskript reden, ja?"

Sabine hauchte ihm einen Kuss auf die Wange, nahm Julia bei der Hand und eilte mit ihr die Treppe hinunter. Etwas verdattert stand Lars Hansen auf dem Treppenabsatz, in der einen Hand den eng bedruckten Stapel Papier, in der anderen die Hundeleine, an deren Ende Leila kauerte und ihn erwartungsvoll ansah.

Sie schwebte im Nichts zwischen grauen Nebelschwaden und samtschwarzer Finsternis. Sie fiel immer tiefer, doch kein Luftzug streifte ihre Haut. Die Stille verschmolz mit Raum und Zeit. Sich einfach aufgeben und vergessen. Doch etwas zog an ihr und wollte sie aus dem sanften Nichts zerren, eine eindringliche Stimme näherte sich ihrem Ohr.

Als Erstes fühlte Ronja ihren ausgetrockneten Hals. Die Augen fest zusammengepresst, tastete sie nach ihrem Glas. Warmer, abgestandener Champagner! Bäh. Eine kleine

Hand zerrte an ihrem Arm. Die Worte explodierten in ihrem bleigefüllten Kopf.

„Mama! Wach endlich auf! Ich will Kaba und Fruchtzwerge und Cornflakes!"

Der gleißende Lichtstrahl, der durch das halb geöffnete Augenlid drang, brannte wie glühender Stahl. Ein warmer, weicher Kinderkörper warf sich auf ihre Brust.

„Guten Morgen, mein Schatz", krächzte Ronja und drückte das Mädchen an sich. Das zweite Blinzeln in das sonnendurchflutete Zimmer tat schon weniger weh.

„Kaba! Cornflakes! Fruchtzwerge!", fasste Lilly ihre Wünsche noch einmal nachdrücklich zusammen.

„Ja, Liebes, gleich, wie spät ist es denn?"

Wie zur Antwort trug der Wind das Mittagsgeläut von der St.-Gertrud-Kirche herüber. Ronja fuhr hoch.

„Was, schon zwölf? So ein Mist! Das mit der Schule ist heute gelaufen."

Sie stolperte über eine Anzahl von Playmobilmännchen, die Lilly in den frühen Morgenstunden mit viel Liebe zwischen Bett und Tür aufgestellt hatte. Fluchend hielt sich Ronja die schmerzende Zehe und lehnte sich gegen die Flurwand, bis der Schwindel in ihrem Kopf verflog. Dann humpelte sie ins Bad. Lilly folgte in ihrem Kielwasser.

„Au Scheiße, seh ich mies aus", entfuhr es ihr, als ihr Blick auf das bleiche, zerknitterte Gesicht im Spiegel fiel.

„Au Scheiße, au Scheiße", sang Lilly, warf einen Stoffhasen hoch und versuchte, ihn wieder aufzufangen. Das erste Mal landete er in der Badewanne, das zweite Mal auf dem Boden, das dritte Mal in der Kloschüssel.

„Hör auf damit!", fuhr Ronja die Kleine an und entriss ihr den triefenden Hasen. „Scheiße sagt man nicht – du nicht. Das dürfen nur die Großen."

Sie schwankte in die Küche, rührte Kaba an und füllte Cornflakes in eine Schüssel. Lilly plärrte, weil sie den Hasen wiederhaben wollte und außerdem nicht die doofe grüne Schüssel, sondern die mit der Mickymaus. Das Geschrei übertönte das Rasseln eines Schlüsselbundes, das Klappen der Wohnungstür und die Schritte im Flur. Ganz plötzlich stand er mitten in der Küche und zog beim Anblick der Familienszene verächtlich die Oberlippe hoch.

„Was geht hier denn für ein Mist ab?", fragte der Mann und ließ den Blick von Lilly im geblümten Nachthemd zu Ronja in schwarzer Wäsche und Strümpfen wandern. „Mann, siehst du scheiße aus!"

Ronjas Augen blitzten. Sie boxte den Riesen mit dem wasserstoffblonden Bürstenschnitt in seinen tätowierten Oberarm.

„Sprich nicht so vor dem Kind. Das heißt guten Morgen, wenn man wo einfach so reinplatzt!"

Holger Laabs ließ seine von einem knappen Shirt kaum bedeckten Muskeln spielen und zeigte beim Grinsen eine Zahnlücke, die nach der Schlägerei von letzter Woche noch nicht wieder gefüllt war.

„Oh, die Diva hat schlechte Laune." Er klatschte ihr auf die unbedeckte Hinterbacke. „Eigentlich wollte ich mit dir eine kleine Nummer abziehen, doch so wie du aussiehst, lass ich das lieber."

„Verschwinde!", knurrte sie, trat nach seinem Schienbein und kippte dann Milch und Zucker in die Mickymaus-Schüssel.

„Du hast dich nicht zufällig mit Crack zugequalmt?", fragte er, und ein drohender Unterton schwang in seiner Stimme. „Dann müsste ich dir nachdrücklich zeigen, dass ich das nicht dulde!"

Sie warf ihm einen vernichtenden Blick zu und schob sich dann an ihm vorbei, um sich ein T-Shirt aus dem Schlafzimmer zu holen. Holger folgte ihr und packte sie hart am Oberarm.

„Lass mich los, du Wichser“, zischte Ronja. „Ich nehme keine Drogen, das weißt du genau.“

Er ließ sich auf die grün gemusterte Tagesdecke ihres Bettes fallen und zuckte die Schultern. „Und warum siehst du dann wie ausgekotzt aus?“

Ronja schlüpfte in eine Jeans und ein verwaschenes weißes T-Shirt, das ihr knapp bis zum Bauchnabel reichte. Zögernd hielt sie inne.

„Ich weiß nicht“, sagte sie langsam. „Das muss mit dem komischen Kerl zusammenhängen, der immer auf seinem schweren Motorrad herkommt. Er bezahlt jedes Mal für die ganze Nacht, doch ich kann mich hinterher an nichts mehr erinnern und fühle mich tagelang so schlapp und schwach.“

„Also doch Drogen“, knurrte der Hüne und kratzte sich ungeniert im Schritt. „Der kommt mir nicht mehr ins Haus, hörst du? Ich will nicht, dass du wie Nadine auf dem Hansaplatz landest.“

Ronja nickte. „Will ich ja auch nicht“, seufzte sie und dachte an ihre Freundin, die sich des Nachts in den Straßen von St. Georg herumtrieb, um sich die nächsten Cracksteine zu verdienen. Kaum mehr als zehn Euro verlangte sie für ihre Dienste und musste dennoch froh sein, wenn sie ein oder zwei Freier pro Nacht fand.

„Dabei hatte die Rasse“, schimpfte Holger vor sich hin. „Mit der hätte man echt was verdienen können, aber das blöde Stück kann seine Finger nicht vom Stoff lassen.“ Plötzlich stutzte er. „Wenn wir schon beim Verdienen sind …“

Ronja grunzte ungnädig, holte jedoch ein Bündel Hunderter aus ihrer Schublade und drückte sie Holger in die Hand.

„Da, und nun beweg deinen Arsch hier raus, ich will duschen." Überraschend widerstandslos ließ er sich zur Tür schieben, doch dort drehte er sich noch einmal um.

„Ich hab da ein kleines Paket, das ein paar Tage bei dir bleiben sollte. Du lässt die Finger davon, klar?"

„Klar! Geh jetzt endlich."

„Und sieh zu, dass das Balg hier verschwindet!"

„Ach, fick dich doch ins Knie", knurrte sie und schlug die Tür hinter ihm zu.

„Thomas, ich brauche dringend bis Ende der Woche frei. Kann ich nicht ein paar Überstunden abfeiern? Ich kann mein Kind nicht immer bei irgendeiner Freundin parken."

Der Hauptkommissar brummte leise und blätterte anscheinend ungerührt in seiner Akte. Plötzlich hob er den Kopf und sah Sabine an.

„Wem bist du denn auf die Füße getreten?", fragte er streng, griff in seine Schublade, holte die *Hamburger Morgenpost* hervor und warf sie auf den Schreibtisch. Schweigend sah Sabine in ihr keineswegs freundliches Gesicht und überflog den Artikel mit dem Kürzel FL.

„Wenn ich den erwische, dann mache ich Hackfleisch aus ihm", schimpfte sie aufgebracht.

„Geh ihm lieber aus dem Weg. Ich habe es nicht so gern, wenn meine Teammitglieder zu Medienstars mutieren." Thomas Ohlendorf warf die Zeitung in den Papierkorb, und damit war das Thema für ihn erledigt.

„Sind die Fotos von der Fleetleiche schon da?", fragte der Hauptkommissar. „Und wo ist der Sektionsbericht?"

Sabine legte einen braunen Umschlag auf den Schreibtisch. „Ertrunken, keine Gewalteinwirkung sichtbar, vermutlich um die 1,2 Promille. Die Fotos sind noch nicht da."

Thomas Ohlendorf brummte, zog die Blätter aus dem Umschlag und überflog den Bericht. „Bring mir noch die Fotos und dann raus mit dir. Wir sehen uns Montag."

Sabine atmete erleichtert aus. „Danke, wie kann ich das wiedergutmachen?"

Die Mundwinkel des Hauptkommissars zuckten. „Einen Abend im *Blauen Peter 4*, bis die Pupillen stillstehen."

Sabine kicherte. „Was wird denn deine Frau dazu sagen?"

„Nichts, Hauptsache, ich rauche nicht wieder." Mit einem gequälten Blick zur Decke wickelte er einen Kaugummi aus und steckte ihn in den Mund. „Und jetzt schaff mir die Fotos her."

Die Kommissarin salutierte lächelnd und eilte dann davon, um Björn Magnus aufzusuchen.

Sabine Berner klopfte an die Tür, doch nichts rührte sich. Im Büro war er nicht. Da das rote Licht nicht brannte, ging sie ins Labor hinüber. Der Polizeifotograf stand mit dem Rücken zu ihr an einem Tisch, vor sich eine große Schachtel, in der er hektisch etwas verstaute, als er die Tür klappen hörte. Polternd fiel eine Flasche um. Mit fahrigen Bewegungen schob er die Schachtel in den Schrank und wandte sich dann Sabine zu.

„Störe ich?", fragte sie.

„Aber nein, wieso denn?" Er zwang sich zu einem Lächeln und trat dann mit unsicheren Schritten auf sie zu. Eine Alkoholfahne, die sicher nicht von einem Schuss Rum im Tee herrührte, traf die Kommissarin, doch sie sagte nichts.

„Ich brauche die Fotos von der Wasserleiche aus dem Brooksfleet."

Einige Augenblicke starrte Björn sie nur an, doch dann nickte er. „Ja, klar, die sind fertig. Geh doch schon mal ins Büro rüber, ich bringe sie dir gleich."

Verwirrt trat Sabine Berner den Rückzug an. Sie musste nicht lange warten. Björn Magnus folgte ihr in das angrenzende Zimmer und drückte ihr die Mappe mit den Fotos in die Hand.

„Sonst noch was?" Er trat nervös von einem Fuß auf den anderen. Sabine ließ sich auf die Kante des Schreibtisches sinken und musterte das eingefallene, bleiche Gesicht des Fotografen.

„Das kannst nur du beantworten. Björn, was ist mit dir los? Irgendetwas ist doch passiert. So kenne ich dich gar nicht."

Der Fotograf hob abwehrend die Hände, doch Sabine rührte sich nicht von der Stelle. Abwartend verschränkte sie die Arme vor der Brust. Björn wich ihrem Blick aus, trat ans Fenster und sah hinaus.

„Sie ist weg", sagte er unsicher. „Maria ist weg." Sabine wartete geduldig. „Sie ist mit Susanna nach Italien gefahren, zurück zu ihrer Mutter, und dort wird sie wohl auch bleiben."

Sabine erhob sich langsam und trat neben ihn. „Italien ist ihre Heimat. Hast du dir überlegt, ihr zu folgen?"

Ein schiefes Lächeln verzog seine Lippen. „Das will sie nicht. Sie hat mich verlassen. – Irgendetwas muss ich wohl falsch gemacht haben."

Sabine drückte ihm sanft die Hand. „Das ist am Anfang richtig schwer, ich weiß, doch die Flasche ist nicht der richtige Trost, glaube mir. Das macht alles nur noch schlimmer. Wenn du jemanden zum Reden brauchst, dann ruf mich an, ja?"

Björn nickte und wandte den Kopf ab. Seufzend kehrte Sabine in ihr Büro zurück.

Die Nacht senkte sich herab. Der Vampir erhob sich von seinem Lager im Keller seiner Blankeneser Villa. Sein Mund war ausgetrocknet, seine Kehle schrie nach frischem Blut. Der Jagdeifer blitzte in seinen roten Augen. Mit schnellen Schritten eilte er durch den Baurs Park den bewaldeten Geesthang hinunter.

Unten angekommen, schwang er sich über das herrliche schmiedeeiserne Geländer, das noch aus Zeiten stammte, als Damen in weit ausladenden, langen Kleidern unter ihren Sonnenschirmen hier am Elbufer entlangpromenierten.

Der Vampir eilte lautlos am Ufer des breiten Stroms entlang. Für einen gewöhnlichen Menschen war es ein strammer Fußmarsch von zwei Stunden bis zu den Landungsbrücken vor St. Pauli, für Peter von Borgo, der, wenn er es wollte, die Gestalt eines kräftigen grauen Wolfes annehmen konnte, bedeutete diese Entfernung nichts. Heute jedoch traf er schon nach kurzer Zeit auf zwei wohlgenährte Opfer, die seine erste Gier stillten, und so genoss er die Muße, langsam am tintenschwarzen Wasser entlangzuschlendern, das leise glucksend an das befestigte Ufer schlug. Hier konnte er sich fast der Illusion hingeben, die Zeit würde nur langsam vergehen. Nur der Autolärm, der von der Elbchaussee an sein empfindliches Ohr drang, strafte diese Gedanken Lügen. Fast hörte es sich an wie der ferne Kanonendonner 1813, als die Russen kamen und die Franzosen die Stadt besetzt hielten. Seine Gedanken wanderten weit in die Ferne zurück. Ja, das waren aufregende Zeiten gewesen.

Schon vor Weihnachten besetzten die Franzosen die Kirchen, um sie zu Pferdeställen zu machen. Nur den Michael ließen sie in Ruhe. Vor den anrückenden Russen hatten sie schon beträchtliche Angst, die feschen Franzmänner. Sie brannten die Gartenhäuser am Dammtor nieder und drohten jedem, der auf den Wall gehe, fünfzig Stockhiebe an. Die Bewohner des Hamburger Bergs mussten ihre Häuser verlassen, und auch drüben in Hamm wurden die Häuser samt Schule und Pfarrhaus niedergebrannt, um den Russen die Deckung zu nehmen.

Unaufhaltsam rückten sie näher. Um der drohenden Belagerung standhalten zu können, musste jeder Hamburger genug Vorräte an Lebensmitteln und Brennholz vorweisen können. Wehe den Armen und Bedürftigen! Zu Tausenden trieben die Franzosen die Menschen aus den Gängevierteln am Weihnachtsabend zur Petrikirche und dann durch das Millerntor zur Stadt hinaus. Der Vampir sah den Menschenstrom wieder vor sich, viele barfuß und in ihrer dünnen Nachtbekleidung. Männer und Frauen, Alte und Kinder wankten, dem eisigen Nordwind trotzend, durch die schwelenden Trümmer der Vorstadt Altona entgegen. In dieser Nacht fielen die beiden Mädchen, die unter den Zähnen des Vampirs ihr junges Leben aushauchten, nicht ins Gewicht. Mehr als tausend der Vertriebenen starben in dieser und in den nächsten Nächten an Kälte und Hunger.

Tief in Gedanken schlenderte Peter von Borgo weiter. Männerstimmen drangen plötzlich an sein Ohr. Lauschend blieb er stehen.

„Nein, das war so nicht abgemacht!“, schimpfte der eine leise. „Ich habe keine Lust, eines Morgens mit einer Klinge in meiner Brust aufzuwachen oder von Kugeln durchsiebt zu werden!“

„Verdammt, du hast mir die Fotos versprochen. Schließlich zahle ich gut.“

„Hm.“

Interessiert trat Peter von Borgo näher. Die schwarzen Abgründe der menschlichen Seele waren ein interessantes

Studienobjekt, und vielleicht würden die Männer noch eine geeignete Nachspeise abgeben.

„Ich lege noch einen Tausender drauf", sagte der Zweite schmeichelnd. Der Vampir roch den scharfen Schweiß, den alkoholgeschwängerten Atem und das feuchte Leder seiner Jacke. Darunter mischte sich ein Hauch herben Parfums und die Ahnung des Dufts einer Frau, die ihm nicht unbekannt war. Die Silhouette des Mannes hob sich vom klaren Nachthimmel ab. Er war groß und leicht untersetzt, strähniges Haar fiel ihm bis auf die Schulter.

„Nein, der Boss kann zwei und zwei zusammenzählen. Er käme schnell darauf, dass nur ich Gelegenheit gehabt hätte, die Bilder zu machen", wehrte der Kleinere ab, der nach starken, filterlosen Zigaretten und Bier roch.

„Gut, dann sagst du mir nur, wann und wo, und ich mache die Fotos selber", schimpfte der andere. „Feige Memme!"

Sein Gegenüber ballte die Fäuste, doch er schlug nicht zu. „Es ist dir hoffentlich klar, dass ich dafür nur die Hälfte zahlen kann. Aber vielleicht hast du das nächste Mal mit den Karten mehr Glück", fügte der Mann mit der Lederjacke spöttisch hinzu.

Der andere knirschte mit den Zähnen. „Gut, aber merke dir, ich bestimme, wann du welche Informationen bekommst. Ich werde mich schon bei dir melden. Also komm nie wieder zu mir, kapiert?"

„Ja, ja, reg dich ab."

Die Männer verabschiedeten sich und gingen in verschiedene Richtungen davon. Peter von Borgo wollte dem einen gerade nachgehen, als er den beschwingten Schritt einer jungen Frau vernahm. Das war natürlich viel besser! Mit einem Lächeln auf den Lippen eilte der Vampir dem Geräusch entgegen.

Spurlos verschwunden

„Der Fall ist gelöst!“, schmetterte Klaus Gerret, als er zwei Wochen später ins Büro seiner Kollegen stürmte. Hauptkommissar Ohlendorf folgte ihm gemächlich. Sönke Lodering, der mit trübem Blick aus dem Fenster gestarrt hatte, zuckte zusammen. Gemächlich nahm er die Beine von der herausgezogenen Schublade.

„Na, willst du gar nicht wissen, was wir bei dem Verhör herausbekommen haben?“, drängte Klaus den grauhaarigen Kollegen.

„Der Kerl hatte eine Heuer auf irgendeinem Kahn, hat sich bei seinem Landgang zugesoffen und ist dann selbst ersoffen. Und dann hat ein guter Freund für ihn gelogen, weil er dachte, er hätte die Abfahrt verpennt“, antwortete Sönke und nahm einen großen Schluck Tee aus seinem Pott.

Die Mundwinkel des jungen Kommissars sanken herab. „Aber woher weißt du das? Du warst doch gar nicht bei dem Verhör dabei?“

Verstört sah er von Sabine zu Hauptkommissar Ohlendorf, die sich angesichts der tiefen Bestürzung ein Grinsen nicht verkneifen konnten.

„Kind, ich habe einfach meinen Grips verwendet, statt hier so nervös rumzuhibbeln und unnütze Reden zu schwingen. Erfahrung macht's, nicht den Hintern auf der Schulbank breit drücken und sich dann Titel an die Tür kleben!“ Die zufriedene Miene verschwand wieder im Teebecher.

„Besser seinen Kommissar auf der Fachhochschule ehrlich

erwerben, als ihn als Gnadenbrot zum Vierzigsten zu bekommen!“

In seinem Ärger ignorierte Klaus den warnenden Blick, den Sabine ihm zuwarf. Mit einem Knall stellte Sönke den Becher auf seinen Schreibtisch, sodass der Tee bis über den Rand schwappte. Langsam erhob er sich und stemmte die Hände in die Hüften.

„Was die dort in der Verwaltung machen, ist mir schnurz. Ich bin und bleibe Kriminalobermeister, und ich bin stolz darauf!“

Bevor der sinnlose Streit ausuferte, machte Thomas Ohlendorf von seinem Chefposten Gebrauch, brachte Sönke mit einer Handbewegung zum Schweigen und schickte Klaus in sein Büro, um einen Entwurf des Abschlussberichts zu schreiben.

„Sönke, mach mal eine Liste zum Umfeld des erstochenen Typen aus Billstedt. Ich will alle, von der Oma bis zur Geliebten. Und du, Sabine, kommst mit zu mir. Wir gehen die Strategie für morgen mal durch. ‚Der große Kalle‘ ist ein harter Brocken!“ Sabine griff nach ihrem Notizblock, als ihr Telefon klingelte.

„LKA 41, Berner?“

Geduldig blieb Hauptkommissar Ohlendorf in der Tür stehen.

„Hören Sie, Frau Pless, Sie sind hier bei der Mordbereitschaft gelandet, das betrifft uns nicht. – Ja, das Kind ist schulpflichtig, und die Mutter macht sich strafbar, wenn sie das Kind nicht regelmäßig zur Schule bringt. Rufen Sie doch mal beim Jugendamt an. – Nein, dass die Mutter sich prostituiert, hat damit nichts zu tun. – Ja, da haben Sie schon recht, wir haben in unserer Abteilung auch eine Vermisstenstelle, doch das ist nicht so einfach, wie Sie sich das vorstellen. Wenn Sie das Kind als vermisst melden wollen, dann müssen Sie sich an das örtliche Revier wenden. Von wo rufen Sie an? – Dann ist die Dienststelle am Steindamm zuständig."

Sabine Berner lauschte noch eine Weile der fernen Stimme, sagte Ja und Nein und legte dann mit einem Knall den Hörer auf.

„Es war der Dame ein Herzenswunsch, sich über die Polizei zu beschweren, die immer erst dann etwas tut, wenn schon was Schlimmes passiert ist. Muss das Kind erst ermordet werden, damit ihr euch dafür interessiert, hat sie mir an den Kopf geworfen."

„Die Antwort darauf lautet: Ja", grunzte Sönke und wischte mit seinem Taschentuch den verschütteten Tee von der Schreibunterlage. „Ist nicht umsonst die Mordbereitschaft hier, oder?"

Seit zwei Stunden schritt Peter von Borgo die laut dröhnende Hindenburgstraße entlang. Unter der Brücke hindurch, über die alle paar Minuten eine U-Bahn donnerte, dann zwischen den herbstlich gefärbten Bäumen zur Rechten und der belebten Straße zur Linken, vorbei am runden, zehnstöckigen Turm, in dem die Polizeigewerkschaft residierte, bis zu der großzügigen Einfahrt, die zum sternförmigen Polizeipräsidium und zur Polizeikaserne führte. Er strich noch ein Stück an den Zäunen der Kaserne entlang, bevor er umkehrte und den Rückweg antrat. Der eisige Nordwestwind, der an seinem schwarzen Mantel zerrte, störte ihn nicht. Er fieberte dem Augenblick entgegen, da sie über die Freitreppe herunterkommen würde, ihre Jacke eng um sich geschlungen, den Kopf gesenkt, um mit schnellem Schritt der U-Bahn entgegenzueilen. Er wusste, dass er sie nicht verpasst hatte. Ganz deutlich konnte er es spüren: Sie war irgendwo in diesem Gebäude.

Sollte er hineingehen und sie aufsuchen? Der Gedanke prickelte verlockend, doch da erschien die Ersehnte hinter den Scheiben der Schwingtür. Der Vampir wartete im Schatten eines ausladenden Ahornbaumes, bis die Kommissarin an ihm vorüber war, und folgte ihr dann langsam. Ganz dicht stieg er hinter ihr in die U-Bahn, sodass er sich für einen Moment an ihrem Duft berauschen konnte, dann setzte er sich auf die andere Seite des Ganges – so nah, dass er sie sehen und fühlen konnte, doch weit genug weg, dass sie nicht von seiner Aura gefangen genommen wurde.

Sabine Berner war tief in Gedanken. Das Verhör des alten Kiezganoven beschäftigte sie. Kalle hatte eine Villa an der Elbchaussee, ein Landhaus auf Sylt und eine bescheidene Zweihundert-Quadratmeter-Wohnung an der Alster. Es war nicht ganz klar, in welchen Kneipen, Videotheken oder Sexshops er überall seine Finger drin hatte, doch den Kiez und seine Spieler kannte er genau. Er war bei „König" Willi Bartels ein und aus gegangen, zählte den „schönen Klaus" und „Karate-Thommy" zu seinen Freunden, doch die Zeit der deutschen Kiezgrößen war längst vorbei. Es waren die Kurden und Albaner und auch die Russen, die der Kripo Kopfschmerzen bereiteten, weil sie ihre Streitigkeiten nicht mit den Fäusten beilegten, sondern mit dem Messer oder einem Kugelhagel. Und doch kannten sich Leute wie Kalle noch immer aus, und manches Mal waren sie auch bereit, mit der Kripo einen Deal einzugehen – natürlich nur gegen die ausländische Mafia und wenn es sich wirklich für sie lohnte.

Fröstelnd wickelte sich Sabine ihren Schal um den Hals. Ihre Sinne waren plötzlich hellwach, der Kiez und Kalle vergessen. Irgendjemand beobachtete sie. Sie konnte es spüren. Unauffällig musterte die Kommissarin die Leute, die sich inzwischen dicht an dicht in dem Wagen drängten. Ihr

Blick tastete über Gesichter und Gestalten und blieb dann an einem dunklen Haarschopf hängen. Glattes, schulterlanges Haar, im Nacken zusammengebunden. Er hatte das Gesicht abgewendet, doch es war ihr, als spiegelten sich rot glühende Augen in den schmutzigen Scheiben.

„Hauptbahnhof", knarrte die Lautsprecherstimme. Hastig griff die Kommissarin nach ihrer Tasche und drängte sich hinaus auf den Bahnsteig. Ein paarmal sah sie sich noch um, als sie die Rolltreppe hinauffuhr und dann über den Bahnhofsplatz eilte, doch sie konnte den schwarzhaarigen Typen nirgends entdecken.

„Du spinnst!", schalt sie sich selber.

In einigem Abstand folgte Peter von Borgo der Kommissarin durch den Steintorweg und die Bremer Reihe. Sie bog nicht in Richtung Alster ab, sondern folgte der Brennerstraße bis fast zu ihrem Ende. Sabine Berner strebte einem vom Zahn der Zeit angenagten Klinkerbau zu. Neben der Eingangstür wies ein Schild: *Zentralambulanz für Betrunkene, Eingang im Hinterhof* zu einem Nebengebäude des Krankenhauses St. Georg, die Kommissarin jedoch stemmte die quietschende Tür des Eckhauses auf und stieg die ausgetretene Linoleumtreppe zum „Ragazza" hoch.

„Hallo, Frauke", grüßte sie die Krankenschwester im weißen Kittel, die, in der einen Hand ein Bündel Einwegspritzen, in der anderen Verbandsmaterial, den Flur entlangkam. „Weißt du, wo Ingrid ist?"

Die Schwester sah auf ihre Armbanduhr. „Ingrid hat noch eine halbe Stunde Dienst im Konsumraum. Willst du so lange einen Tee trinken? Geh doch einfach in die Küche. Ich habe noch ein paar Klientinnen zu verarzten."

Sabine Berner nickte. Sie warf einen Blick ins Café, in dem sich ein knappes Dutzend Frauen versammelt hatten.

Die meisten waren jung, doch ihre Gesichter vom Leben auf der Straße gezeichnet. Eine Mitarbeiterin tauschte ihnen die gebrauchten Spritzen aus, im Nebenraum schliefen zwei Frauen auf den verblichenen Polstermöbeln.

„Ach, Frau Berner", rief eine der Mitarbeiterinnen aus der Küche. „Trinken Sie einen Tee mit uns?"

Sabine hatte die zweite Tasse Rooibostee gerade geleert, als Ingrid Kynaß in die Küche trat. Zwei Jahre arbeitete die Sozialpädagogin nun schon für den Verein „Ragazza", der drogenabhängigen Prostituierten nicht nur einen Treffpunkt und warmes Essen zur Verfügung stellte, sondern auch Beratung und ärztliche Hilfe anbot. Mit einem Lächeln nahm Ingrid Kynaß einen dampfenden Becher entgegen.

„Danke, das brauche ich jetzt." Sie schnitt eine Grimasse. „Nee, die Arbeit im Konsumraum gehört nicht zu meinen Favoriten." Sabine schwieg. Den Sinn eines Konsumraumes, in dem die Frauen unter Aufsicht einer Mitarbeiterin sich ihren Schuss setzen oder ihre Crackpfeife rauchen konnten, hatten sie schon ausführlich durchdiskutiert. Draußen auf dem Flur wurden Stimmen laut.

„Ich geh doch nicht zu den Polypen!", rief eine Frau aufgebracht. Eine ruhige Stimme antwortete ihr. Dann wieder die aufgeregte Besucherin.

„Klar bin ich sicher. Wenn sie die Biege gemacht hätte, dann wäre ihr Zeug doch weg und würde da nicht so rumliegen, oder?"

Ingrid erhob sich und trat in den Gang hinaus, Sabine folgte ihr.

„Was ist denn hier los?", wandte sie sich an die junge Frau in Jeans und Pulli.

„Ich hab das Tanja gerade schon gesagt. Ronja ist weg und die Kleine auch, schon seit vier Tagen. Da stimmt was nicht.

Bestimmt hat der Holger, dieser Arsch, ihr eine über den Kopf gezogen."

Ingrid Kynaß hob die Hände. „Langsam, Nadine, wer ist Ronja, und warum sollte der Holger – wer auch immer das ist – ihr eine über den Kopf gezogen haben?"

Die junge Frau räusperte sich genervt. „Ronja heißt eigentlich Edith Maas, doch das ist nicht gut fürs Geschäft. Sie schafft für den Holger an, in 'ner piekfeinen Modellwohnung. Ihre Kleine ist sechs und heißt Lilly. Die wohnt jetzt bei ihr, seit Ronjas Mutter im Heim ist. Und von beiden hab ich seit vier Tagen nicht 'nen Faden mehr gesehen. Ich war bei Ronja, wir waren ja verabredet. All ihr Zeug ist noch da." Nadine errötete leicht und zog dann geräuschvoll die Nase hoch. „Ich sag, der ist was passiert."

„Ich habe ihr geraten, eine Vermisstenanzeige aufzugeben, doch Nadine will nicht zur Polizei gehen", mischte sich Tanja ein, die erst seit Kurzem für „Ragazza" arbeitete.

Die Kommissarin musterte die junge Frau. Sie war groß, mager, das Gesicht eingefallen und gelblich, das fettige braune Haar hing strähnig herunter. Sie trug einen schmutzigen Pullover, zerrissene Jeans und klobige Turnschuhe.

Lilly Maas, der Name klang bekannt in ihren Ohren. Sabine runzelte die Stirn. Richtig, der Anruf der Lehrerin, die sich beklagt hatte, dass das Kind schon wieder nicht zur Schule gekommen war.

Spätabends, als sich Sabine Berner unter ihre warme Decke kuschelte, dachte sie immer noch an das sechsjährige Mädchen und ihre Mutter, die Hure, die sich Ronja nannte. War ihnen wirklich etwas passiert? Oder waren sie aus ihrem alten Leben geflohen? Oder einfach nur ein paar Tage verreist? Die Gedanken entglitten ihr. Das Mädchen nahm immer mehr die Züge von Julia an. Das Kind lief durch einen dunklen Wald, Zweige peitschten in sein Gesicht, Panik verzerrte seine Züge. Immer wieder sah sich das Kind gehetzt um. Ein Mann huschte lautlos durch das Unterholz. Unerbittlich kam er näher. Sabine erkannte das weiße Gesicht und das schulterlange schwarze Haar. Unruhig wälzte sie sich von einer Seite auf die andere. Sie versuchte zu laufen, wollte zu ihrer Tochter, doch etwas hielt ihre Beine fest. Ihre Lippen formten die Worte, doch kein Laut wollte über sie kommen. Das Kind schrie. Der Fremde hatte das Mädchen fast erreicht, als er plötzlich innehielt und sich Sabine zuwandte. Ganz langsam kam er näher, unaufhaltsam, Stück für Stück. Sie konnte das Feuer hinter seinen Augen lodern sehen und spürte den eiskalten Atem im Gesicht. Wie Fesseln legte er seine Arme um sie, Finsternis drohte sie zu verschlingen, ein heißer Schmerz durchzuckte ihre Glieder. Sabine wand sich und stöhnte, doch plötzlich merkte sie, dass sie in ihrem Bett lag, das Kissen fest an ihre Brust gedrückt. Die flehenden Schreie ihrer Tochter verklangen.

Sabine fühlte ihr Herz rasen. War sie wach? Hatte der Albtraum sie freigegeben? Nein, der Fremde war noch immer da. Sie konnte ihn fühlen. Er war ganz in ihrer Nähe. Wenn sie jetzt die Augen öffnete, dann würde sie ihn sehen, wie er auf ihrer Bettkante saß und sie aus brennenden Augen betrachtete. Kalte Finger legten sich auf ihre Stirn. Ihr Herz setzte einen Moment lang aus, um gleich darauf umso heftiger zu schlagen, doch dann sank sie in einen tiefen, traumlosen Schlaf.

Peter von Borgo erhob sich. Stunden hatte er an ihrem Bett zugebracht, nun wurde es Zeit, seine Gier zu stillen, ehe er in sein Versteck auf dem Teeboden im Block P der Speicherstadt zurückkehrte.

Bevor er die Wohnung verließ, schlüpfte er noch ins Bad.

Er roch an ihrem weißen Frotteebademantel, öffnete die Fläschchen und Cremedosen und ließ den Duft um sich aufsteigen. Da fiel sein Blick auf den Wäschekorb. Mit spitzen Fingern hob er den Deckel, legte T-Shirts und Socken auf den Boden, eine graue Stoffhose, ausgeblichene Jeans, einen satinglänzenden BH, ein dunkelrotes Höschen mit Spitzeneinsatz, zwei schwarze, schmal geschnittene aus Baumwolle. Und dann fand er das, worauf er gehofft hatte: das dunkelblaue Satinnachthemd. Er versenkte sein Gesicht in dem glatten Stoff und sog ihren Geruch in sich auf. Eine Weile verharrte er so, dann stopfte er die Wäschestücke zurück in den Korb. Nur das Satinhemd behielt er, verbarg es unter seinem Mantel und verließ die Wohnung.

Den Tag über ruhte er in seiner schmalen Kiste hoch über dem Wandrahmsfleet, den Kopf in Sabines Nachtgewand gebettet. Der Geruch nach Tee, nach Kakao und Gewürzen wurde nun durchzogen von dem süßen Duft ihrer Haut, ihres Haares und ihres Blutes.

Den ganzen Tag gingen der Kommissarin die Bilder nicht mehr aus dem Kopf, und auch am Freitag ließen sie sich nicht vertreiben. Wo waren das kleine Mädchen und seine Mutter? Nur schwer konnte sie sich auf die Befragungen konzentrieren. Am Nachmittag klappte sie die Akte „Karl Eduard Meschke" energisch zu.

„Wahrscheinlich sind die beiden längst wieder aufgetaucht, gesund und quietschvergnügt", murmelte Sabine, während sie die neuesten Eintragungen der Vermisstendatei aufrief.

„Edith Maas, Künstlername Ronja", erschien auf dem Bildschirm. „Alter: 26 Jahre, Größe ca. 175 cm, blaugraue Augen, schwarz gefärbtes, langes Haar."

Sabine wechselte auf die nächste Seite.

„Lilly Maas, Alter: 6 Jahre, Größe ca. 110 cm, blaue Augen, langes, rotblondes Haar, gelockt, kleine Narbe neben dem linken Auge."

Darunter stand die Telefonnummer des örtlichen Polizeikommissariats. Sabine Berner griff zum Hörer.

„Berner, LKA 41, hallo, können Sie mir Auskunft über zwei in Ihrem Bezirk vermisste Personen geben? Edith und Lilly Maas, ja, die Meldung wurde gestern Nachmittag gemacht. Danke, ich warte."

„Richter", meldete sich eine weibliche Stimme. Sabine Berner stutzte.

„Sandra?", fragte sie zögernd. „Sabine Berner hier."

„Hallo, Sabine, wie geht es dir? Was will das Morddezernat denn von uns kleinen Kripoleuten am Steindamm?"

„Ich wusste gar nicht, dass du zur Kripo gewechselt hast. Ach, das waren noch Zeiten, als wir zusammen auf Streife waren."

„Ja, Frau Chefin, und es war dem Rickmer immer ein Dorn im Auge, zwei Frauen zusammen auf die Straße zu lassen. Aber du warst ja schon so reif und erfahren und ..."

„Wenn du jetzt alt sagst, dann kannst du was erleben", entrüstete sich die Oberkommissarin.

Sandra Richter kicherte. „Nein, nein, die fünf Jährchen! – Doch du rufst sicher nicht an, um mit mir über alte Zeiten zu plaudern." Der Ton der frisch gebackenen Kommissarin wurde wieder ernst.

„Nein, da hast du recht. Mich interessiert der Vermisstenfall Edith und Lilly Maas. Hast du ihn aufgenommen?"

„Ja, eine Mitarbeiterin von ‚Ragazza' war gestern bei mir. Außerdem habe ich auf der Straße mit einer Freundin dieser Ronja gesprochen. Ich konnte sie überreden, mich mit in die Wohnung zu nehmen."

„Hast du Fotos von den Vermissten?"

„Ja, soll ich sie dir schicken?"

Sabine Berner überlegte. „Ich hab hier noch einiges auf dem Tisch. Was hältst du davon, mit mir nachher ins *Gnosa* zu gehen und die Sache in Ruhe durchzusprechen?"

„Meinst du die Schwulenkneipe in der Langen Reihe?"

„Ja, genau. Sagen wir um halb neun?"

„Ist gut, bis dann. Ich bringe alle Unterlagen mit."

Der Vampir erwachte wie immer, sobald die Sonne hinter dem Horizont verschwunden war und ihr letzter Strahl auf den Wipfeln der Bäume oben am Süllberg erlosch. Nachdem er einige Tage in seinem Versteck in der Speicherstadt zugebracht hatte, hatte es ihn letzte Nacht zu seiner Villa nach Blankenese zurückgezogen.

Langsam erhob er sich, stieg die Treppe vom Keller hoch und schritt dann durch die Halle hinüber in den Salon. Der Himmel war wie von rauchigem Glas, noch immer flammte über dem Fluss ein letzter Hauch von Purpur. Für einen Tag war der goldene Herbst zurückgekehrt, der Wind war eingeschlafen, und die Sonne hatte die erfrorenen Gemüter gewärmt.

Peter von Borgo drückte die großen Flügeltüren auf und ließ den Abendgesang einer Amsel herein. Eine kühle Brise strich von der Elbe empor, wo einsam ein Schlepper silberne Streifen durch das glatte Wasser zog.

Wie hatte er sich nach diesem Ausblick gesehnt. Nach einigen Tagen und Nächten in der Stadt zog es ihn immer wieder in die Stille seiner Villa zurück.

Der Vampir trat zurück ins Dämmerlicht des Zimmers und hob den Deckel des schwarz glänzenden Steinwayflügels. Der Hocker scharrte auf dem Parkett, als er ihn zurechtrückte und sich auf dem Lederpolster niederließ. Er streckte die schlanken Finger, legte sie auf die elfenbeinfarbenen Tasten und schloss dann die Augen. Ein paar Atemzüge lang regte er sich nicht, doch dann glitten die weißen Finger flink und schwerelos über die Tasten. Chopins *Fantaisie-Impromptu* schwang sich zur stuckverzierten Decke empor, schwebte durch die Flügeltüren hinaus in den verwilderten Park und ließ die Amsel den Schnabel zuklappen und lauschend den Kopf zur Seite neigen.

Eine von Chopins Etüden, noch ein wenig Dvořák und Beethovens *Mondscheinsonate*, dann endlich lag die Nacht samtschwarz über den steilen Geesthängen von Blankenese. Peter von Borgo trat auf die Terrasse und schlenderte über moosbewachsene Sandsteinplatten hinweg. Unter den Ästen einer weit ausladenden Eiche blieb er stehen. Auf dem Weg jenseits der dichten Rhododendren hörte er gedämpfte Schritte. Peter von Borgo hielt inne, um zu lauschen. Es war der beschwingte Gang der Jugend, voller Ungeduld und freudiger Erwartung. Früher hatte die Mode nur den Burschen solch einen eiligen Schritt gestattet, doch seit die Frauen und Mädchen Hosen trugen, hatten sie eine nie gekannte Freiheit der Bewegung hinzugewonnen.

In den erdigen Geruch des feuchten Gartens mischte sich der Hauch der Süße von warmer junger Haut. Der Vampir schloss die Augen und sog den Duft genießerisch in sich ein. Ein junges Mädchen eilte dort hinter den Hecken den Weg zur Elbe hinab. Sollte er ihr folgen? Die Nasenflügel bebten. Hinter seiner Oberlippe schoben sich zwei spitze Zähne langsam nach vorn. Eigentlich vermied er es, zu nah an seinem Domizil auf Jagd zu gehen, doch der Hauch, der nun in der Nacht verwehte, hatte seine Gier entfacht.

Mit raschen Schritten erreichte er eine Lücke im dichten

Gebüsch, schob sich hindurch und huschte dann lautlos den Weg entlang. Zu beiden Seiten ragten hohe Hecken auf. Der Abendwind wisperte in den Wipfeln der alten Bäume oben am Geesthang, doch sein Sinn spürte nach dem jungen Blut, das warm hinter rosiger Haut pochte. Das Mädchen war so schnell gelaufen, dass er den frischen Schweiß riechen konnte, der sich zuerst im Nacken unter dem langen Haar und dann an den Schläfen bildete.

Sie war ganz nah. Er witterte sie, noch ehe er um die Ecke bog. Noch unbemerkt, blieb Peter von Borgo stehen, um sie in ihrer ganzen Gestalt zu erfassen, wie sie dort auf der verwitterten Bank saß. Sie war wirklich sehr jung, kaum vierzehn Jahre alt. Das lange, rot gefärbte Haar hatte sie zu einem Pferdeschwanz zusammengebunden, um den Hals ein anliegendes Band verschlungener schwarzer Fäden. Ihre olivgrüne Jacke war offen und ließ den Blick auf das enge Oberteil frei, unter dem sich die Brüste wölbten. Zwischen dem Spitzenrand des Tops und dem breiten Gürtel ihrer Jeans glänzte ein blassrosa Stein in ihrem Bauchnabel, die Füße steckten in klobigen Turnschuhen. Langsam trat der Vampir näher. Nun kam der Moment, in dem sie ihn bemerken durfte.

Das Mädchen zuckte zusammen, als es plötzlich den hochgewachsenen Mann in Schwarz entdeckte, kaum zwei Schritte von ihr entfernt. Das Licht der Mondsichel enthüllte ein glattes weißes Gesicht und schwarzes Haar, im Nacken mit einem Band zusammengehalten. Peter von Borgo spürte die Feindseligkeit, die ihm entgegenbrandete, dennoch nickte er dem Mädchen auf der Bank zu, wünschte einen guten Abend und trat noch einen Schritt näher. Sie knurrte unwillig und verschränkte ablehnend die Arme vor der Brust.

„Darf ich mich zu Ihnen setzen?“, fragte er höflich.

„Nein, mein Freund kommt gleich", lehnte sie trotzig ab, dennoch ließ er sich auf das raue Holz sinken.

„Ich werde mich gleich zurückziehen, sobald er erscheint", versprach Peter von Borgo mit freundlicher Stimme, doch sie rutschte noch ein Stück weiter von ihm weg. Wieder witterte er ihren Schweiß, doch dieses Mal schwang in ihm leise Furcht, die auch in ihrer Stimme klang, als sie sagte:

„Er muss jeden Moment hier sein!"

Der Vampir rückte näher. „Aber ja, er kommt sicher gleich", hauchte er und hob die Lider, die bisher mit den dichten, schwarzen Wimpern seinen Blick verdunkelt hatten. Das Mädchen schrie leise auf, als es in die tiefroten Augen starrte.

„Aber so etwas gibt es doch gar nicht", stöhnte sie. Ihre Augen, die bei Tageslicht vielleicht grünlich schimmerten, waren nun geweitete schwarze Löcher aus Angst.

„Nein, nur in Büchern oder Filmen", stimmte er ihr zu, rutschte noch ein Stück näher und legte seinen Arm um ihre Taille. Sie würde nicht schreien, ja, sich nicht einmal wehren. Ihre Angst verblasste, der Blick wurde trüb. Der Vampir bog ihren Kopf ein Stück nach hinten, sodass sie ihm die warm pulsierende Kehle bot, dann senkten sich seine spitzen Zähne in das junge Blut.

„Verfluchte Scheiße, was machen Sie da?"

Wenn Peter von Borgo eines hasste, dann in seinem Genuss gestört zu werden. Er ließ das Mädchen auf die Bank sinken und wandte sich dem jungen Mann zu, der, die Hände in die Hüften gestützt, ihn wütend anfunkelte.

„Verdammt, nimm deine dreckigen Finger von meiner Freundin!" Er ballte die Fäuste, bereit, sich auf den Nebenbuhler zu stürzen.

Der Vampir erhob sich und trat zu ihm. Er wich dem

Faustschlag aus und fing dann den Arm des Angreifers ab. Der junge Mann stöhnte vor Schmerz, als sich die schlanken Finger des Vampirs um sein Handgelenk schlossen. Rote Augen blitzten in der Dunkelheit.

„Du hast mich gestört! Außerdem mag ich den Tonfall nicht, in dem du mit mir sprichst."

Er hatte die Stimme nicht erhoben, doch seinem Gegenüber brach der Angstschweiß aus allen Poren. Peter von Borgo zwang ihn in die Knie und sah nachdenklich auf ihn hinab. Ein schmales Gesicht mit Dreitagebart, eine muskulöse Brust unter dem verwaschenen T-Shirt. Er roch ein wenig nach Benzin, nach Bier, Matjes und Zwiebeln, doch auch nach kräftiger Männlichkeit. Peter von Borgo zog ihn mühelos hoch, schob den Kragen der Lederjacke beiseite und biss zu.

Beschwingt trat der Vampir den Rückweg an. Heute war ihm nicht nach lärmender, stinkender Großstadt in der unerträglichen Helligkeit tausender Neonlichter. Und Sabine? Nein, heute nicht. Die vielen Stunden, die er bewegungslos an ihrem Bett zugebracht hatte, zerrten an seinem Verstand. Heute sehnte er sich nach der Weite eines offenen Feldes, nach den Geräuschen und Gerüchen eines nächtlichen Waldes.

Peter von Borgo schob die Hayabusa aus der Garage. Das schmiedeeiserne Tor öffnete sich geräuschlos und schloss sich dann hinter ihm wieder. Er fuhr die Rissener Landstraße durch den Waldpark, die Mondsichel verbarg sich hinter Wolken, vielleicht würde es doch wieder regnen. Versteckte Villen hinter Gittertoren huschten im Lichtschein vorbei. Der Vampir beschleunigte die schwere Maschine. Der Fahrtwind blies ihm mit aller Macht ins Gesicht und zerrte an seinem Haar. Bald schon hatte er Rissen erreicht.

Langsam fuhr er den Klövensteenweg entlang. Hinter der Brücke stellte er die Maschine ab. Er verließ den Weg und lief durch den Wald. Der Himmel hatte sich nun völlig verdunkelt. Windböen rauschten in den gelb verfärbten Birkenwipfeln und trieben dichte Wolkentürme von Westen heran.

Der Rausch der Nacht weckte den Wolf in ihm. Sein Geheul stieg zu den windzerzausten Wipfeln empor. Der Vampir folgte der Spur eines Fuchses ins dichte Unterholz, überquerte eine Lichtung, auf der ihn zwei Rehe aus ängstlichen braunen Augen anstarrten. Es roch nach feuchtem Gras und moderndem Laub. Er witterte den Dachs tief unten in seinem Bau und die Mäuse, die flink in ihren Löchern verschwanden. Nach dem breiten Feldweg, den er überquerte, begann das Schnaakenmoor. Birken ragten aus der glänzenden Wasserfläche, totes Holz, ineinander verhakt, dämmerte seinem Zerfall entgegen. Frösche quakten und malten Kreise in den dunklen Spiegel. Die ersten Tropfen fielen, dann rauschte der Regen herab, sprang von Blatt zu Blatt und tropfte dann auf weichen Waldboden und ins moorige Wasser.

Peter von Borgo blieb stehen und sog die Nachtluft in sich ein. Der ganze Kosmos mit seinem Werden und Vergehen in einem einzigen Atemzug. Plötzlich stutzte er. Der Tod drang ihm in die Nase, ganz leicht, vermischt mit den gewohnten Gerüchen des Waldes, doch unverkennbar. Es war kein Fuchs, der hier, von den Würmern zerfressen, der Erde zurückgegeben wurde, und auch kein Reh oder Hase, da war sich der Vampir sicher. Dort, irgendwo in dieser grauen Wasserfläche, zwischen den schwarz-weißen Birkenstämmen, lag ein Mensch, und er war tot. Einige Augenblicke lang blieb Peter von Borgo am grasigen Ufer stehen, doch dann trieb ihn die Neugier vorwärts. Das Wasser ging ihm bis zu den

Waden, manches Mal reichte es auch bis an die Knie. Der Grund unter seinen Füßen war schlammig und von einem Gewirr aus Ästen und Zweigen übersät. Langsam schritt er weiter. Die Kälte des Wassers spürte er nicht.

Der Vampir duckte sich unter Zweigen hindurch und kletterte über modernde Stämme, immer dem Geruch des Todes folgend, der stärker und stärker wurde. Da endlich entdeckte er die Leiche. Sie sah aus, als würde sie über dem Wasser schweben, die Arme weit ausgebreitet, den Kopf in den Nacken gelegt, das lange Haar wie ein Fächer um sich ausgebreitet.

Peter von Borgo ließ sich auf einem aus dem Wasser ragenden Baumstumpf nieder, stützte das Kinn in die Hände und betrachtete die Tote nachdenklich. Sie lag auf zwei umgestürzten Birkenstämmen, die knapp über dem Wasser aufragten. Ihre Arme ruhten auf einem Gewirr aus dünnen Zweigen, das Haar und die durchsichtigen roten und schwarzen Tülltücher, die sie außer ihrer Wäsche trug, schienen sorgfältig um sie ausgebreitet. Ihre Augen waren geschlossen, das Gesicht makellos geschminkt. Es war kein Blut geflossen. Wie war sie gestorben? Peter von Borgo trat vorsichtig näher und verschob mit dem Zeigefinger den Tüllschal um ihren Hals. Erwürgt. Wie geschickt der Mörder die hässlichen Male mit dem Tuch kaschiert hatte! Der Vampir strich über ihre von Rouge geröteten Wangen, doch plötzlich erfasste ihn eine unbeschreibliche Wut. „Ronja, du warst mein! Wie habe ich mich bezähmt und meine Lust beschnitten, um dir dein Leben nicht gleich zu nehmen, und nun wirfst du es sinnlos an einen anderen weg! Du hast mich fortgeschickt, weil ich dich zu sehr schwäche, und nun? Was hast du nun davon? Jetzt fressen dich die Würmer, dein schöner Leib verfault, und dein süßes Blut verdirbt ungetrunken."

Mit einem Seufzer ließ er sich wieder auf den Baumstumpf sinken und betrachtete die Tote noch einmal aufmerksam. Da huschte ein Lächeln über seine Lippen.

„Und doch darfst du noch einmal meinen Plänen dienen, schöne Ronja. Du wirst ein Werkzeug sein in meiner Hand. Was meinst du: Ob sich die Frau Kommissarin der Mordkommission für dich interessiert? Ich glaube, es wird Zeit, in die Ermittlungen der Kriminalpolizei ein wenig einzugreifen."

Der Vampir zog sich in seine Villa zurück und ließ die Finger über die Tasten seines Flügels gleiten, bis der Morgen graute und die Sonne sich anschickte, zwischen den vom Wind zerrissenen Wolken zu erscheinen, doch sein Plan war immer noch nicht perfekt. So verbrachte Peter von Borgo eine weitere Nacht im Schnaakenmoor und sah nachdenklich auf die Leiche hinab, dann fuhr er zurück. An einer Telefonzelle am Bahnhof von Blankenese hielt er an. Langsam tippte er die Nummer von Sabine Berner. Es war vier Uhr morgens.

Achtmal klingelte das Telefon, die ersten beiden Male als störendes Geräusch in einem bedrückend erotischen Traum, die nächsten beiden im Moment verwirrten Erwachens, dann zweimal, während sie schwankte: War es ein übler Scherz, oder war etwas passiert? Konnte es Thomas sein? Aber sie hatten an diesem Wochenende doch gar keine Bereitschaft. Fluchend rappelte sich Sabine auf und tappte in den Flur.

„Berner." Als Erstes hörte sie zwei lange Atemzüge. „Hallo! Wer ist da?", rief sie ungeduldig.

„Wenn ich einen alten Meister zitieren dürfte, dann würde ich sagen: Ich bin ein Teil von jener Kraft, die stets das Gute will und stets das Böse schafft", tönte eine dunkle Stimme aus dem Hörer.

Sabine gähnte herzhaft. „Ja und? Außerdem dachte ich, es wäre andersherum."

Ein leises Lachen hüllte sie ein. „Gut pariert. Trotz Ihres Gähnens scheint Ihr Geist hellwach zu sein – wie man es von einer Oberkommissarin der Mordbereitschaft beim LKA ja auch erwarten kann."

„Dann kommen Sie mal zur Sache, es ist Sonntag, ich habe keine Bereitschaft, und ich würde gerne noch einige Stunden schlafen." Ein Spinner, eindeutig – warum legte sie nicht einfach auf? Zumindest war er ein gebildeter Spinner. Und überhaupt, woher hatte er ihre Telefonnummer?

„Ich möchte Ihnen ein Rätsel aufgeben, über das Sie nachdenken sollten. Vielleicht werden Sie es lösen, vielleicht auch nicht."

Sabine schob das Telefon in die Linke und griff nach einem Stift, obwohl sie sich über sich selbst wunderte, dass sie das merkwürdige Spiel nicht sofort beendete.

„Das Rätsel handelt vom Tod und vom Leben, von der Schönheit und vom Zerfall. Öffnen Sie Ihre Sinne, damit Ihnen nichts entgeht. Vieles am Lauf der Welt können wir ändern, doch eines bleibt: Am Ende steht unweigerlich der Tod."

Sabine spürte, wie die Kälte an ihr heraufkroch.

Sönke Lodering kam am Montagmorgen mit einem Berg Akten unter dem Arm ins Büro und ließ sie mit einem Stöhnen auf den Tisch fallen.

„So'n Kram da", knurrte er.

„Was ist denn das?", fragte Sabine, die bleistiftkauend vor einem beschriebenen Blatt saß.

„Alles über Kalle und Kumpane!", grunzte Sönke und nickte in eine unbestimmte Richtung. „Von drüben."

Sabine legte den Kopf schief, um die Beschriftung zu erkennen.

LKA 7, organisierte Kriminalität stand auf den kleinen gelben Schildchen am Rand.

„Und was machst du?“, fragte Sönke und räkelte sich ausgiebig. „Ich dachte, du hilfst mir.“

Die Kommissarin zögerte, doch dann erzählte sie von dem nächtlichen Anruf.

„Und jetzt spielst du Rätselraten?“ Der Kriminalobermeister trat hinter sie und warf einen Blick auf das Blatt.

„So’n Blödsinn!“, knurrte er. „Kindskram!“

Da steckte Björn Magnus den Kopf herein. „Kindskram gibt es hier? Ich dachte, ihr seid mit so wichtigen Dingen beschäftigt wie Mordfälle aufklären.“ Eine Pappschachtel in den Händen, kam der Fotograf ins Büro geschlendert.

„Sabine zieht es vor, Kinderrätsel zu lösen“, murmelte Sönke, warf dem Fotografen einen unfreundlichen Blick zu und zog sich dann mit dem obersten Aktenordner an seinen Schreibtisch zurück.

„Lass mich mal sehen“, bat Björn. „Ich liebe Rätsel.“

Bereitwillig schob Sabine ihm das Blatt hin und erzählte von dem nächtlichen Anruf.

„Irgendjemand ist tot“, murmelte Björn.

Sabine nickte. „Ja, eine Frau, so weit bin ich auch schon. Und ich würde sagen, sie liegt in einem Wald oder zumindest unter Bäumen.“ Ihr Finger tippte an den Rand einer Zeile. „Ihr schirmend Dach vom Herbst bemalt; vom Sturmeswind verweht.“

„Aber was soll denn das: ‚Erstarrt in ihrer Schönheit schwebend, versilbert sie des Spiegels Glanz‘?“

Sabine kaute auf ihrer Lippe. „Ich kann mir nicht denken, dass er von einem richtigen Spiegel spricht. Vielleicht von einer Wasserfläche, in der sie sich spiegelt. Ein See oder so etwas in der Art."

„Und darüber fliegt sie wie ein Vögelein?" Björn gab ihr das Papier zurück.

„Mit Susanna habe ich auch immer Rätsel gelöst", murmelte er und hob die Schachtel wieder auf, seine Stimme klang übertrieben fröhlich. „Wo sind Uwe und Klaus? Ich habe hier die Fotos von der Billstedtleiche."

„Lass sie hier. Die beiden grasen gerade das Umfeld des Typen ab. Die haben heute noch mindestens vier Befragungen."

Die Kommissarin nahm die Schachtel und öffnete den Deckel. Sie warf einen flüchtigen Blick auf das heruntergekommene Reihenhaus, ein Fenster war mit einem Pfeil markiert, dann Aufnahmen von den Zimmern, in denen ein heilloses Durcheinander herrschte. Zwischen umgeworfenen Möbeln lagen schmutzige Kleidungsstücke und leere Bierdosen, im Bad dann Blut auf dem Boden und an den Wänden. Sorgfältig waren die Blutspritzer abgelichtet. Die Leiche selbst lag in der Badewanne, das Gesicht nach unten, die Beine angewinkelt. Sein T-Shirt hatte eine rostbraune Färbung angenommen. Zwei Stiche im Rücken konnte man auf dem Foto in seinem Rücken erkennen, doch die Kommissarin wusste, dass er noch mehr Messerstiche abbekommen hatte.

Fragend sah Sabine zu Björn hoch, der noch immer neben ihr stand, das Gesicht zu einer abwehrenden Grimasse verzogen.

„Nicht gerade schön", sagte sie mit einem Blick auf die Bilder.

Der Fotograf nickte. „Kein Sinn für Ästhetik, nur stumpfsinnige, brutale Gewalt."

Sabine zog die Stirn kraus. „Ich bezweifle, ob man bei einem Mord je von Ästhetik sprechen kann."

Am Dienstag, kurz vor Mitternacht, klingelte das Telefon. Sabine hatte gerade ein ausgiebiges Bad mit einer Tafel Nussschokolade und den drei Tenören beendet. In ihren weißen Bademantel gehüllt, das nasse Haar zu einem Knoten gedreht, tappte sie in den Flur und griff nach dem Hörer.

„Haben Sie mein Rätsel gelöst?“, fragte eine tiefe, wohlklingende Stimme.

„Es geht um eine tote Frau, die vermutlich am Wasser und unter Bäumen liegt, doch wie soll ich sie mit diesen ungenauen Angaben finden? Wer ist sie?“

„Ronja“, hauchte er ihr ins Ohr.

Sabine zuckte zurück. „Meinen Sie Edith Maas, die sich Ronja nennt? Was ist ihr zugestoßen? Wo ist das Kind?“

Er lachte leise. „Frau Kommissarin, Sie haben Ihre Hausaufgaben ja gemacht. Doch alles kann ich Ihnen nicht verraten.“

Wut stieg in Sabine auf. „Hören Sie, Mord ist kein Spaß, also ersparen Sie mir diesen Quatsch und sagen Sie mir, wo die Leiche ist – und vor allem, wo ich das Kind finden kann.“

„Haben Sie einen Stift zur Hand?“, fragte er, ohne auf ihr Drängen einzugehen.

„Ja!“

„94 625 340.“ Eifrig schrieb Sabine mit.

„Und was soll das Ganze nun?“, rief sie in den Hörer, als er verstummte.

„Das werden Sie schon herausbekommen. Sie sind doch intelligent“, schnurrte er amüsiert.

„Was sollen diese Zahlen bedeuten?“, fragte sie noch einmal.

„Oh, verzeihen Sie, ich vergaß, Sie sind hier nicht aufgewachsen. Ihr Vater könnte Ihnen sicher behilflich sein, doch der alte Seemann ruht still in seinem tiefen Grab.“

„Was hat mein Vater damit zu tun?“, schrie sie, doch nur ein Tuten antwortete. Er hatte aufgelegt.

Sabine zitterte am ganzen Leib. Ihr war übel. Langsam ging sie in die Küche hinüber und brühte sich einen Pfefferminztee auf. In eine warme Decke gehüllt, saß sie kurz darauf im Wohnzimmer, trank Schluck für Schluck das heiße Gebräu und starrte auf die Zahlenreihe in ihrer Hand. Ab und zu fuhr ein Auto vorbei, Musik drang aus einer Kneipe gedämpft zu ihr hoch. Vater, Zahlen, Seemann, dachte sie und lehnte ihre Wange an den noch warmen Becher. Plötzlich stellte sie ihn mit einem Knall auf den Tisch. Sie warf die Decke ab, lief ins Schlafzimmer und strich suchend mit dem Finger an den Buchreihen entlang. Endlich fand sie den alten Schulatlas. Hastig schlug sie ihn auf und blätterte, bis sie eine Karte fand, die Hamburg zeigte.

Ja, das war es! Hamburg lag bei ungefähr zehn Grad östlicher Länge und am dreiundfünfzigsten Breitengrad fünfunddreißig Minuten. Sie faltete eine Hamburgkarte auseinander und beugte sich tief über das Blatt. „Hier, irgendwo zwischen Pinneberg, Wedel und Rissen, muss sie liegen.“ Schaudernd schlug sie den Atlas zu.

Sollte sie Thomas anrufen und die Gruppe alarmieren? Sollte sie ein Einsatzkommando anfordern und Hundeführer herbeordern? Was, wenn sich der Kerl nur einen Spaß erlaubt hatte? Unschlüssig trat Sabine ans Fenster und sah in den nächtlichen Hof hinunter. Es war kurz nach eins.

Wenn ich jetzt anrufe, dann bekommen die Jungs von der 3. Mordbereitschaft den Fall, und wenn es sich als Pleite herausstellt, dann habe ich mir sicher nicht gerade Freunde geschaffen. Wenn ich aber bis acht warte, dann sind wir dran. Dann können wir ja einfach mal dort rausfahren und uns umsehen, überlegte die Kommissarin, obwohl ihr klar war, dass sie in diesem Gelände ohne Hunde und die Hundertschaften aus der Kaserne drüben keine Chance hatten, eine Leiche zu finden – wenn es denn eine gab.

Eine Weile sah sie noch in die Nacht hinaus. Bewegte sich dort drüben im Hof nicht etwas? Sie presste die Nase an die Scheibe, doch sie konnte nichts erkennen. Der Wind fuhr durch die bunt belaubten Bäume.

„Ach was, du bist überspannt. Geh ins Bett und schlaf erst mal drüber!“, befahl sie sich selbst und schlüpfte unter ihre Bettdecke.

Der Vampir verließ seinen Beobachtungsposten im Hof vor dem Haus für Kunst und Handwerk und trat, eine alte Weise pfeifend, auf die Lange Reihe hinaus.

Sabine schlief unruhig in dieser Nacht. Auf den Knien kroch sie durch dichte Wälder, watete durch Teiche und lief über üppig grüne Wiesen, immer den Geruch des Todes in der Nase. Sie hörte ein Kind greinen, doch sie konnte nicht feststellen, von woher das Weinen kam. Dann sah sie die Tote. Sie lag im Wasser, nein, sie schwebte über dem Wasser. Auf einem Baumstumpf saß das Mädchen und hielt einen blicklosen Kopf in seinem Schoß. Obwohl alles in ihr sie drängte, nur noch in wilder Panik davonzulaufen, trat die Kommissarin Schritt für Schritt näher. Da bewegte sich das wächserne Gesicht plötzlich und grinste sie an. Der Blick aus den flammend roten Augen traf Sabine bis ins Mark. Mit einem Schrei fuhr sie hoch.

Das erste kühle Grau des Morgens kroch ins Schlafzimmer. Gehetzt sah sich die junge Frau um, doch keine finsteren Gestalten mit roten Augen waren zu entdecken. Mit einem Seufzer ließ sich Sabine wieder in die Kissen sinken, bis die Erkennungsmelodie von Fun-Fun-Radio sie wieder hochschreckte. Ein ungemein gut gelaunter Moderator flötete, dass es nun sieben Uhr fünfzehn sei, und wünschte ihr mit *Who wants to live forever* von Queen einen guten Morgen.

Mit einem Fluch auf den Lippen sprang Sabine aus dem Bett, schlug auf den Radiowecker ein, sodass er mitten im Ton verstummte, und hastete dann ins Bad. Sie hielt die Zahnbürste schon in der Hand, doch dann kehrte sie noch einmal langsam in den Flur zurück. Da lag etwas auf ihrer Fußmatte, das dort gestern Abend sicher noch nicht gelegen hatte. Widerstrebend trat sie näher. Sie spürte eine plötzliche Übelkeit aufsteigen. Eine Weile starrte die Kommissarin das in feiner Schnörkelschrift beschriebene Blatt an, dann ließ sie sich langsam in die Hocke sinken. Ohne den Brief zu berühren, las sie die Nachricht.

Verehrte Sabine, sicher haben Sie mein kleines Zahlenrätsel inzwischen gelöst. So schwer war das ja nicht. Ich kann Ihnen noch verraten, dass Ronja in Hamburgs Schoße ruht.

Noch eines, bei meiner ersten Aufgabe ist Ihnen ein kleiner Fehler unterlaufen. Unter Bäumen ist wohl richtig, doch am Wasser muss ich verneinen. Auch im Wasser ist streng genommen nicht korrekt. Fast wäre ich geneigt zu sagen, über dem Wasser, doch das würde Sie wieder auf eine falsche Fährte locken. Vereinen Sie in Ihren Gedanken die wild wuchernde Natur und das geheimnisvoll trübe Wasser, das mit unschuldig glatter Miene den Unerfahrenen in den Tod lockt. Beeilen Sie sich, denn ihre Schönheit ist am Welken, und der Körper verfällt.

„Ein Moor“, flüsterte Sabine, „ein Moor!“ Eilig lief sie barfuß ins Arbeitszimmer, um den Hamburger Stadtatlas zu holen.

„Oh nein!“ Zwischen Pinneberg, Rissen und Wedel wimmelte es geradezu von Mooren. „Seemoor, Butterbargsmoor, Krabatmoor …"

Die Kommissarin stöhnte auf, doch dann fiel ihr etwas ein. Sie nahm die Karte und warf sie neben die Nachricht auf den Boden. Noch einmal studierte sie sorgsam den Text.

„In Hamburgs Schoße ruht!" Das war es. Pinneberg, Wedel und all die Moore mit den seltsamen Namen lagen außerhalb Hamburgs Grenzen und gehörten zu Schleswig-Holstein. Nur die kleine Ausstülpung nördlich von Sülldorf und Rissen war noch Hamburger Gebiet. Langsam strich ihr Finger über die Detailkarte. An der Grenze gab es einen Sandmoorweg, dann östlich der Kläranlage das Schnaakenmoor und ein Stück weiter nördlich das Grotenmoor. Knapp zwei Quadratkilometer, schätzte die Kommissarin.

„Das kriegen wir heute durch!"

Sabine Berner holte sich Handschuhe und packte den Brief vorsichtig in eine Plastiktüte, dann eilte sie ins Bad. Katzenwäsche musste heute genügen, das Frühstück fiel aus. Fünfzehn Minuten später saß sie im Auto in Richtung Präsidium und schreckte mit ihrem Anruf Hauptkommissar Thomas Ohlendorf von Kaffee und Franzbrötchen auf.

Erstarrt in ihrer Schönheit schwebend ...

Eine Stunde später trafen sich in Sabines und Sönkes Büro nicht nur Hauptkommissar Ohlendorf und die Kollegen ihrer Gruppe Gerret und Mestern, auch Kriminaloberrat Karsten Tieze, der Chef der Fachdirektion „Tötungsdelikte", war schon auf, lehnte an der Wand und zog an seiner Morgenzigarre.

„Was ist denn das für eine Geschichte, Frau Berner?", fragte er, und seine Stimme klang ein wenig ungehalten. Die Kommissarin streckte ihm das Schreiben in der Tüte entgegen.

„Klar kann es sein, dass er nur ein Spinner ist", sagte sie und ließ sich auf ihren Stuhl sinken, „doch was ist, wenn er recht hat?"

Karsten Tieze brummelte vor sich hin, schob die Brille bis zur Nasenspitze vor und las das Schreiben zweimal durch.

„Das Gebiet, das in Frage kommt, hat eine Größe von circa zwei Quadratkilometern." Die Kommissarin zog eine Karte aus ihrer Tasche, malte einen roten Kreis um die Moore und schob das Blatt ihrem Chef hin. Genüsslich saugte er an seiner Zigarre und schwieg. Einige Augenblicke hörte man nur die Uhr an der Wand ticken, dann nahm der Kriminaloberrat die Zigarre aus dem Mund.

„Bringt den Brief in die Technik, die sollen ihn unter die Lupe nehmen. Dann holt euch eine Hundertschaft und lasst die beiden Moore durchkämmen. Ach ja, und sie sollen vorher die Hunde durchschicken."

„Was ist mit der Wohnung? Vielleicht finden wir Hinweise, wo das Mädchen sein könnte?“

„Wenn ihr die Leiche von der Mutter habt, dann könnt ihr morgen früh die Wohnung auseinandernehmen. Jetzt seht erst mal zu, dass ihr die Tote reinbringt.“ Er schob die Zigarre wieder zwischen die Zähne und verließ das Büro.

„So, als Erstes müssen wir die Jungs aus der Kaserne mobilisieren“, übernahm Thomas Ohlendorf das Kommando.

„Nee, als Erstes müssen wir hier mal lüften“, brummte Sönke und riss das Fenster auf.

Um fünfzehn Uhr zwölf knackten die Funkgeräte: Schäferhund Alex hatte etwas entdeckt. Das Tier stand bis zum Bauch im Wasser und bellte wie verrückt. Keine fünf Minuten später war die 4. Mordbereitschaft vollständig bei Rick Bergehof versammelt.

„Ich gehe jede Wette ein, dass die da irgendwo liegt“, begrüßte er die Kripoleute aufgeregt.

Sönke warf einen Blick auf die träge Wasserfläche und verzog das Gesicht. Fröstelnd steckte er die Hände in seine Manteltaschen. „Konnte der seine Leiche nicht hier am Weg ablegen?“, knurrte er missmutig.

Klaus Gerret lachte und strich sich das widerspenstige rotblonde Haar aus dem Gesicht. „Was ist denn das für eine Einstellung, Herr Kommissar – Verzeihung – Herr Kriminalobermeister. Worauf warten wir? Los, rein in die Brühe. Was seid ihr? Männer oder Memmen?“

„Memmen!“, witzelte Uwe Mestern, streifte seine Turnschuhe ab und schlüpfte mit einem Stöhnen in die oberschenkelhohen Gummistiefel.

Er war eher klein, hatte eine gedrungene Figur, mausbraunes Haar und einen Dreitagebart. Im Gegensatz zu Klaus war er sportscheu und eignete sich daher hervorragend dafür, das überschäumende Temperament des um acht Jahre jüngeren Kollegen zu zügeln. Klaus war schon im Wasser, bevor die anderen überhaupt ihre Stiefel anhatten. Seine Augen blitzten unternehmungslustig. Geführt von Alex und Rick, dem Fotografen und dem Arzt im Schlepptau, wateten die Kripoleute suchend um sich blickend zwischen den Birken hindurch.

„Erstarrt in ihrer Schönheit schwebend, versilbert sie des Spiegels Glanz", war Sabine Berners erster Gedanke, als sie Ronjas Leiche entdeckte. Im trüben Dämmerlicht wirkte sie, wie sie da mit dem ausgebreiteten schwarzen Haar lag, wie eine Fee aus dem Märchen. Der Zerfall, der sein Zerstörungswerk begonnen hatte, wurde erst aus der Nähe sichtbar. Die Bohrlöcher der Insekten, die Adern, die sich durch die Fäulnisbakterien dunkel färbten.

Blitzlicht flammte auf. Björn Magnus watete um die Leiche herum, um sie von allen Seiten aufzunehmen, dann erst trat der Arzt heran. Der Hund jaulte, während Rick ihm lobend den Nacken kraulte.

„Sabine, Sönke, sie gehört euch", sagte der Hauptkommissar, „Uwe und Klaus sind noch an dem Billstedter dran, und ich kümmere mich um Kalle und Co."

Mit klammen Fingern zog die Kommissarin ihr Diktiergerät aus der Tasche und begann alle Einzelheiten des Leichenfundes zu dokumentieren.

„Was ist das?", fragte Sabine den Arzt, der frierend in seinen langen Gummistiefeln neben ihr stand, und deutete auf leichte Verfärbungen an den Handgelenken. „Könnten das Fesselspuren sein?"

Der Arzt schob seine Brille hoch und beugte sich über einen der weit ausgestreckten Arme der Toten.

„Hm, vielleicht, aber ich würde sagen, sie war nicht gefesselt, als sie erwürgt wurde."

„Warum nicht?"

„Die Haut ist oberflächlich nicht verletzt. Wenn Sie jemand erwürgen will und Sie nicht gerade bewusstlos sind, dann wehren Sie sich. Fesseln würden scheuern."

Sabine nickte und ließ ihren Blick weiter suchend über die Tote schweifen. „Und das dort am Hals?"

Der Arzt begutachtete die kleine Wunde. „Sieht fast wie ein Schlangenbiss aus – allerdings ohne Gift, denn es gibt keine Schwellung oder Verfärbung."

„Vielleicht ist sie ja doch betäubt worden", schlug die Kommissarin vor.

„Oder sie hat Drogen genommen, aber das wird die Laboruntersuchung zeigen. – Obwohl ich zugeben muss, dass ich solche Wunden bisher noch bei keinem Drogensüchtigen gesehen habe."

Die Kommissarin nickte, hob das Diktiergerät an die Lippen und wiederholte leise die Aussage des Arztes.

Es war nach elf, als Sabine ihre Wohnungstür aufschloss und mit einem Seufzer Tasche und Jacke fallen ließ.

„Au Scheiße", entfuhr es ihr, als der Brief, den der Luftzug aufgewirbelt hatte, wieder zu Boden gesegelt war. Das gleiche Papier, die gleiche Schrift.

Frau Kommissarin, ich gratuliere Ihnen. Sie haben die schöne Ronja gefunden. Wissen Sie auch schon, wer seine Hände um den schlanken Hals gelegt hat? Nein? Nun, dann wollen wir uns gemeinsam auf die Suche machen.

Sabine ließ sich auf den Boden sinken und schob die Wohnungstür ins Schloss. Verdammt, er war schon wieder im Haus gewesen. Vielleicht hatte ihn jemand gesehen?

Ihr Blick strich über die hellgraue Fußmatte und blieb dann unten an der Wohnungstür hängen. Einen Augenblick regte sie sich nicht, doch dann erhob sie sich langsam. Wie im Traum tappte sie ins Arbeitszimmer hinüber und holte ein Blatt Papier. Sabine zitterte, als sie vergeblich versuchte, das Blatt unter der Tür hindurchzuschieben. Immer wieder knickte es und legte sich in Falten. Hektisch strich Sabine das Papier wieder glatt. Es ging nicht! Die Kommissarin krabbelte ins Treppenhaus hinaus, zog die Tür hinter sich zu und versuchte es wieder. Fehlanzeige! Man konnte keinen Brief unter der Wohnungstür durchschieben! – Und das bedeutete …

„Alles in Ordnung?“, wurde sie da plötzlich durch eine Stimme aufgeschreckt.

Mit einem Aufschrei fuhr Sabine herum. Sie hatte Lars Hansen gar nicht kommen hören.

„Kann ich dir irgendwie helfen?“, fragte der junge Mann seine Nachbarin, die noch immer auf dem Boden vor ihrer geschlossenen Wohnungstür kauerte. Seufzend erhob sich die Kommissarin und klopfte sich den Staub von der Hose.

„Hast du vielleicht einen Fremden hereingelassen?“

„In deine Wohnung?“ Lars wehrte entrüstet ab. „Wie kommst du denn darauf? Nur weil ich mal deinem Ex die Tür aufgemacht habe?“

„Hast du gestern oder heute jemanden im Treppenhaus gesehen, der hier nicht hergehört? Oder hast du vielleicht meinen Schlüssel verloren?“

Lars schüttelte den Kopf. Er zog die schmutzigen Joggingschuhe aus, schloss seine Wohnungstür auf und schob Sabine vor sich in den Flur. Ihren Protest würgte er energisch ab.

„He, du bist ganz weiß im Gesicht. Du trinkst jetzt erst mal einen Tee mit mir und beruhigst dich.“

Die Kommissarin zögerte einen Moment, dann nickte sie. Während Lars unter der Dusche rumorte und der Wasserkocher zu rauschen begann, rief sie Thomas Ohlendorf an.

„Thomas, er war wieder da."

„Hm."

„Ich habe noch einen Brief auf meiner Fußmatte gefunden."

„Hm."

„Man kann kein Papier unter der Tür durchschieben!"

„Scheiße! Wir sind sofort da. Ich werfe die Jungs von der Spurensicherung aus dem Bett und bringe jemanden mit, der dein Schloss austauscht. Hast du einen Riegel, den du vorlegen kannst?"

„Ich bin bei meinem Nachbarn, Lars Hansen."

„Gut, rühr dich nicht von der Stelle, bis wir da sind."

Peter von Borgo beobachtete den grauen Transporter, einen dunkelblauen BMW und einen silberfarbenen Opel, die sich ins Halteverbot drängten. Vier Männer eilten zum Haus Nummer 83 und verschwanden im Treppenhaus. Kurz darauf ging das Licht im zweiten Stock an.

„Jetzt habe ich sie aber ganz schön aufgescheucht", murmelte er und lächelte vor sich hin. Die Sache begann ihm Spaß zu machen. Schon immer hatte er die Verbrechen der Menschen mit Neugier verfolgt. Er konnte sich noch genau an „Guschi" erinnern, das hübsche kleine Ding, das in dieser Absteige im Hinterhof des *Alkazar* an der Reeperbahn gewohnt hatte. Wann war das gewesen? Noch bevor die Nazis sich hier breitmachten. 1929? Tief in Gedanken schlug der Vampir den Weg in Richtung Alster ein. Zweiundzwanzig Jahre alt war sie, als der Knecht Fritz Jensen sie wegen fünf Mark kaltblütig erstach.

Oder 1925, als ein chinesischer Seemann den Opiumhändlern in die Quere kam. In der Silvesternacht erschossen sie Wong Chu und zinkten sein Auge mit einem Messerstich. Peter von Borgo hatte den Angeklagten in seiner Zelle besucht. Dem Vampir sang der Kerl ein ausführliches Liedchen, doch vor der Polizei schwieg er verstockt und erhängte sich ein paar Stunden später.

Peter von Borgo war inzwischen an der Außenalster angekommen und schlenderte den rasengesäumten Uferweg entlang, auf dem sich nachmittags und am Wochenende Heerscharen von Joggern tummelten. Während er die Lichter betrachtete, die sich im glatten Wasser spiegelten, wanderten seine Gedanken weiter zurück.

1836 hatte der Vampir im Kerker einen Torfschiffer getroffen. Er war eigentlich dazu verurteilt gewesen, nach Amerika auszuwandern, doch er sprang vom Schiff und schwamm zurück. Wieder wurde er ergriffen, nachdem er einen Gewürzhändler um einiges Gold erleichtert hatte. Kaum im Kerker, versuchte er sich an weiteren Fluchtversuchen. Vergeblich. Als er einsah, dass er nicht mehr freikommen würde, schnitt er sich mit einem Bandeisen die Kehle durch. Das imponierte dem Volk von St. Pauli: Freiheit oder Tod. Peter von Borgo lächelte in sich hinein. Oder hatte sein Selbstmord etwas mit dem Besuch des Vampirs zu tun, der ihn nur wenige Stunden vorher zu einem reichhaltigen Mahl aufgesucht hatte? Vielleicht, denn war da nicht ein Hauch von Wahnsinn in seinen Augen, als er ihn verließ?

Er bewegte noch die Frage in seinem Kopf, ob das Blut von Mördern anders schmeckte, als ihn ein Geräusch ablenkte. Zwei junge Frauen kamen den Weg entlang. Sie tuschelten und kicherten miteinander, während ihre Füße im Gleichschritt dahinschlenderten. Peter von Borgo lauschte dem regelmäßigen Knirschen.

Wie wäre es, den beiden Damen ein wenig Gesellschaft zu leisten? Schon spürte er, wie sich seine spitzen Eckzähne hervorschoben. Also dann …

Der graue Kastenwagen der Spurensicherung wartete bereits vor dem beigefarbenen Hohenfelder Klinkerbau. Hansjörg Geschke trat seine erst zur Hälfte gerauchte *Camel* auf dem Gehweg aus, als der blaue Passat der Kommissarin hinter dem Transporter anhielt. Eine Minute später kam Klaus Gerrets schwarzer Golf um die Ecke geschossen. Räkelnd schälte sich Uwe Mestern vom Beifahrersitz, während Klaus schon wieder breit grinsend die neuesten Witze loswerden musste.

„Ist Sönke mit dem Schlüssel schon da?“, fragte Sabine Berner, während sie die Autotür verschloss.

Der zweite Mann der Spurensicherung, Wolfgang Priehol, schüttelte den Kopf. „Sonst wär'n wir ja schon drin.“

Er gähnte und steckte sich ein Pfefferminzbonbon zwischen die mit viel Gold und Keramik renovierten Zähne. Hauptkommissar Ohlendorf, der mit seiner Kollegin gekommen war, streckte sich und stützte beide Hände in den Rücken, sodass der leichte Bauchansatz sein cremefarbenes Hemd über den Bund der braunen Hose schob.

„Wo ist der Magnus?“

Die Kamera in der Hand, tauchte der Polizeifotograf aus dem Transporter auf. „Moin“, grunzte er. Er hatte Ringe unter den Augen und roch nach einer langen Nacht mit vielen Zigaretten, Bier und Korn – wie so oft, seit Maria weg war.

„Geht's denn immer noch nicht los? Da hätte ich meinen Kaffee auch noch austrinken können“, brummelte er unwillig.

Doch da kam Sönke Lodering schon gemächlich um die Ecke geschlendert, winkte den Kollegen zu und drückte dann die Haustür auf. Ihm folgte eine schlanke junge Frau mit stufig geschnittenem braunem Haar und grünlichen Augen. Hauptkommissar Ohlendorf hob fragend die Augenbrauen, als sie auf ihn zusteuerte und ihm die Hand hinstreckte.

„Sandra Richter, Polizeikommissariat am Steindamm, ich habe die Vermisstenanzeige aufgenommen und mit einer Freundin der Ermordeten letzte Woche die Wohnung angesehen."

„Ich habe mich neulich abends mit ihr im *Gnosa* getroffen, um den Fall durchzusprechen, und da dachte ich, es kann nicht schaden, wenn sie mitkommt. Ist doch interessant zu wissen, ob sich in der Wohnung in den letzten Tagen etwas getan hat", fügte Sabine hinzu.

Thomas Ohlendorf schüttelte die Hand der jungen Kollegin. „Na, dann kommen Sie mal mit, Frau Richter."

Eine der Türen im Erdgeschoss öffnete sich einen Spalt, als der Hauptkommissar und die beiden Frauen das Treppenhaus betraten, wurde dann jedoch sofort wieder zugeworfen. Sabine und Thomas tauschten Blicke, folgten jedoch dem Kriminalobermeister und den anderen bis zu der Wohnungstür, an der in schwungvollen Lettern *Ronja* stand.

Sabine Berner zog sich ihre Handschuhe an und schob nacheinander alle Zimmertüren auf. Ein Vorplatz mit schmiedeeiserner Garderobe, der Flur mit rotem und schwarzem Tüll dekoriert, das Bad neu, weiß mit einer Bordüre aus schwarz-weißen, grafischen Mustern. Im Spiegelschrank neben den Kosmetika jede Menge Aspirin, Grippemittel und Kohletabletten, ein paar Valium, aber nichts, was nach Drogen aussah. Doch das würde das Labor noch genauer checken.

Dann die Küche: Einbauzeile Marke Ikea Buche, unter dem Fenster ein Tisch mit zwei Stühlen. In einem Korb faulten Äpfel und Nektarinen. Besteck und zwei mit roter Sauce verschmierte Teller, die sich inzwischen mit einem Schimmelrasen überzogen hatten, lagen in der Spüle, ansonsten war alles sehr sauber. Sabine warf einen Blick in den Kühlschrank: „Du darfst"-Käse, 0,1-Prozent-Fett-Joghurt, Magerquark, welker Salat, aber auch Fruchtzwerge und Kindermilchschnitten.

Das Schlafzimmer nebenan war eher wie ein Jugendzimmer eingerichtet, mit schmalem Bett, einem Sessel mit moosgrünem Überwurf, Babyfotos und Kalenderbildern vom Yosemite-Park in den USA, wie die Bildunterschriften verrieten, an den Wänden. Der breite Kleiderschrank stand offen, Jeans, Strümpfe und T-Shirts lagen auf dem Bett neben einem aufgeklappten Koffer, aber auch Kinderkleider und eine Puppe. Die Schubladen des Schreibtisches waren ein Stück vorgezogen, Papiere klemmten unordentlich in dem Schlitz. Auf dem Boden, neben dem Schreibtisch, lagen ein Stück braunes Packband, winzige Pappestücke und ein paar weiße Kügelchen.

Nachdenklich ging die Kommissarin weiter ins Wohnzimmer – oder besser gesagt in Ronjas Arbeitszimmer. Welch Unterschied zu der bürgerlichen Normalität hinter den anderen Türen. Das rote Satinlaken über dem breiten Bett schien sauber, in eisernen Haltern rund um die sündige Spielwiese steckten neue Kerzen, die Spiegel waren fleckenfrei. In einer kleinen Holzkiste lagen säuberlich abgepackt bunte Kondome. Der rot lackierte kleine Kühlschrank enthielt Sekt und Champagner, eine dunkel gebeizte Kommode Wäsche aller Art, Gleitcreme und diverse Artikel, die das Sexualleben abwechslungsreicher gestalten sollten. Mit spitzen Fingern hob die Kommissarin ein paar Handschellen hoch und ein Halsband, das mit Nägeln gespickt war. Im untersten Fach lagen lacklederne Stiefel mit mindestens zwölf Zentimeter hohen Absätzen. Im Kinderzimmer fand Sabine Berner den Fotografen. Björn Magnus saß auf dem Kinderbett, eine gerahmte Fotografie in den Händen, aus der ein kleines blond gelocktes Mädchen in die Kamera strahlte. Sein Mund war zu einem festen Strich zusammengepresst.

„Björn?"

Er schien mit seinen Gedanken weit weg.

„Herr Polizeifotograf!", schimpfte Sabine und trat näher. „Ich kann es ja verstehen, dass du an Maria und Susanna denkst, doch deshalb musst du nicht überall deine Fingerabdrücke hinterlassen!"

Björn Magnus zuckte zusammen. Schnell legte er das Bild auf den Nachttisch und griff nach den Latexhandschuhen, die ihm seine Kollegin entgegenstreckte.

„So ein Mist", fluchte er. „Dass mir so was passieren muss."

Sabines Stimme wurde weicher. „Willst du nicht ein paar Tage Urlaub nehmen? Der Tieze wird's schon erlauben."

Der Fotograf zuckte die Schultern. „Was soll ich denn zu Hause, wo ich immer an sie denken muss? Nee, da arbeite ich doch lieber!"

„Wenn du nicht alleine sein und mit jemandem quatschen willst, dann ruf mich an oder komm einfach vorbei", bot sie ihm erneut an und strich ihm über den Arm.

„Danke." Mit großen Schritten eilte er hinaus. Sabine Berner trat zu den Männern der Spurensicherung ins Bad, um sie schonend darauf vorzubereiten, dass sie an diversen Stellen auch die Fingerabdrücke des Fotografen finden könnten.

„Und Frau Kollegin, was machen wir nun?", fragte Klaus

Gerret, als Sabine Berner zu ihm in das verspiegelte „Arbeitszimmer" trat. Er wirbelte einen Hauch aus grüner Spitze und schwarzem Satin um seinen ausgestreckten Zeigefinger und grinste die Kommissarin frech an.

„Als Erstes legst du das Tangahöschen brav zurück, und dann kommst du mit, die Nachbarn befragen", befahl Sabine streng, doch ihre Mundwinkel zuckten. Er folgte ihr, seufzte jedoch gequält.

„Die genaue Untersuchung diverser Wäschestücke überlassen wir den Herren von der Spurensicherung", fügte sie noch boshaft hinzu, als sie ihm die Wohnungstür aufhielt.

Die Nachbarn gegenüber waren nicht daheim, der junge Mann im ersten Stock links hatte nichts gehört und gesehen, und das ältere Ehepaar gegenüber behauptete, nichts von Ronjas Gewerbe gewusst zu haben. Die Versicherungsagentin aus dem Erdgeschoss beklagte sich darüber, ein paarmal von Ronjas Kunden blöd angequatscht worden zu sein, doch da sie eben erst von einer dreiwöchigen Griechenlandreise zurückgekehrt war, konnte sie nichts dazu sagen, was in den ersten beiden Oktoberwochen passiert war.

Die Wohnungstür im Erdgeschoss links wurde aufgerissen, noch ehe die Kommissarin den Klingelknopf berührte. Eine kleine, hagere Frau Anfang siebzig in gemustertem Jersey und Kittelschürze stand in der Tür, das graue Haar in akkuraten Dauerwellen um den Kopf gelegt.

„Sind Sie von der Kripo?", fragte sie in schrillem Ton und musterte die Kommissarin misstrauisch. Dann wandte sie sich dem jungen Kollegen zu.

„Ich habe gesehen, was für ein Volk sich hier jahrein, jahraus herumgetrieben hat. Ich weiß schon lange, was sich in diesem Haus Ungeheuerliches tut, aber die Behörden schauen ja weg, bis etwas passiert."

Sobald sie Luft holte, hielt ihr Sabine Berner ihren Ausweis unter die Nase. „Berner ist mein Name, und dies ist Kommissar Gerret."

„So", die Alte schob ihre Hornbrille hoch, „nehmen die bei der Kripo nun auch Frauen. Na ja, Politessen gibt es ja auch schon seit einer ganzen Weile."

„Wir hätten ein paar Fragen an Sie, Frau …", Sabine schielte auf das Schild neben der Tür, „Frau Böreck. Dürfen wir reinkommen?"

Die letzten Worte ignorierend, blieb die Frau in der Tür stehen, stemmte die Hände in die Hüften und holte tief Luft.

„Sie können sich nicht vorstellen, wer hier alles ein und aus geht. Als Erstes dieser blonde Riese, dessen Haare wie Igelstacheln vom Kopf abstehen. Der sei ihr Freund, hat sie behauptet, doch wenn Sie mich fragen, ist der ein Zuhälter oder wie man das nennt. Ich kenne mich da nicht aus. Und dann noch dieser unheimliche Kerl mit dem großen Motorrad. Der kommt immer nach den Tagesthemen. Und der Herr Abgeordnete, ich will ja keine Namen nennen, schließlich klatsche ich nicht über andere Leute, der kommt immer freitags. Und dann ist da ein gewisser Herr, den man sonst bei der Deutschen Bank ein und aus gehen sieht. Fährt einen Riesen-Mercedes und trägt immer schwarze Anzüge, und der Herr Doktor, der immer in seinem roten Porsche kommt und um die Ecke parkt, damit es keiner mitbekommt, und dann …"

Sabine Berner unterbrach den Redefluss. „Es ist ja schön, wenn Sie nicht über Ihre Mitmenschen klatschen, doch wenn Sie die Namen kennen, dann müssen Sie sie uns sagen. Es geht immerhin um einen Mordfall. – Können wir reingehen?"

Noch immer rührte sich Frieda Böreck nicht von der Stelle.

„Namen weiß ich nicht, aber die Autonummern, die habe ich mir alle notiert. Und beschreiben kann ich die *Herren* auch."

„Haben Sie Frau Maas nach dem ersten Oktober gesehen?"

„Aber ja, am Donnerstag. Da ging sie mit einem Kerl weg. Das Kind war auch dabei. Danach habe ich sie dann nicht mehr gesehen."

„Wann war das? Hatte sie Gepäck dabei?"

„Nee, und obwohl es da so windig und frisch war, hatte die nur so einen kurzen schwarzen Rock und eine fast durchsichtige Bluse an. Eine graue Jacke hatte sie unterm Arm und die Handtasche übergehängt. Am vierten war das, abends, während *Für alle Fälle Stefanie*."

Auf der Treppe polterten Schritte, dann kamen die Kripoleute, der Fotograf und die Männer von der Spurensicherung herunter.

„Wie die immer herumgelaufen ist! Also mich wundert das nicht, dass so eine umgebracht wird." Voll Abscheu verzog sie das Gesicht. „Doch die Männer sind auch nicht besser, Frau Kommissarin. Sie glauben gar nicht, was für – oberflächlich wohlanständige – Männer zu so einer gehen." Sie erhob die Stimme, damit auch ihr neues Publikum sie hören konnte, und nickte bedeutungsvoll zur Treppe hinüber. Herausfordernd hob sie das Kinn und sah die Männer nacheinander voller Verachtung an.

„Würden Sie bitte mit aufs Präsidium kommen und uns die Männer beschreiben, die Sie gesehen haben?", fragte Sabine Berner ruhig. „Vor allem den, mit dem sie am vierten wegging."

„Jetzt? Nein, das geht nicht", wehrte die Alte ab. „Ich muss zum Arzt und dann kommt *Vera* und dann habe ich einen

Frisörtermin. Nur wenn ich mich beeile, schaffe ich es noch bis zu *Derrick*. Der kommt jetzt immer schon um fünf vor sechs." Abwehrend hob sie beide Hände. „Morgen vielleicht. So eilig ist das ja nun nicht, wenn die schon tot ist. Schließlich war sie keine anständige Frau, sondern eine Nutte."

Die Kommissarin schluckte eine giftige Bemerkung herunter. Thomas Ohlendorf deutete auf seine Uhr und dann auf die Haustür.

„Gut, Frau Böreck, dann kommen Sie doch bitte morgen um neun ins Präsidium, damit wir Ihre Aussage aufnehmen können. Kann ich die Autonummern gleich haben?"

Sie brummte unwillig und schlurfte hinein. Kurz darauf kam sie mit einem Schreibblock zurück. Auf jedem Blatt standen vier bis fünf Autonummern und darunter Farbe und Fabrikat des Wagens. Es folgten ein paar Stichworte zu den jeweiligen Fahrern und bei manchen eine Liste von Datumsangaben, die meisten auch mit zwei Uhrzeiten versehen.

„Was zwischen dem dritten und dem vierzehnten September war, kann ich nicht sagen. Da war ich im Urlaub."

Die Blätter in der Hand, ging Sabine kopfschüttelnd zum Auto. „Vielleicht sollten wir sie in eines der Observationsteams mitaufnehmen", sagte sie, wendete den Wagen und fuhr in Richtung Alster.

Thomas Ohlendorf griff nach den Zetteln und sah sie langsam durch. „Mich wundert es nur, dass sie sich keine Urlaubsvertretung besorgt hat", brummte er.

Noch eine Tote

Sandra Richter hatte gerade ihren zweiten Cappuccino bestellt, als Sabine Berner ins *Gnosa* stürmte.

„Du, sorry, dass ich dich habe warten lassen." Die Kommissarin des LKA warf ihre Jacke über die Lehne und sank dann auf einen freien Stuhl. „Dieser verdammte Reporter. Wenn der mir noch einmal in die Finger kommt, dann vergesse ich meine gute Erziehung."

„*Bild?*"

„*Mopo!*"

„Das ist genauso schlimm." Sandra nickte wissend. „Und was will er?"

„Mich zu meinem Wohl zum Essen ausführen und zu seinem Wohl Interna aus mir herausquetschen."

„Oje, die Masche!"

„Tja, das hätten wir bei unserem letzten Treffen hier auch nicht gedacht, dass Ronja tot ist, oder?", sagte Sabine.

Sandra wartete, bis Sabine einen schwarzen Tee mit Milch und ein Baguette mit Schinken und Käse vor sich hatte, ehe sie fragte: „Und, was hat die Nachbarin von Ronja erzählt?"

„Nichts hat sie erzählt!", knurrte Sabine wütend und biss herzhaft in ihr Baguette. „Sie ist nicht gekommen und geht auch nicht ans Telefon", beantwortete sie den fragenden Blick der früheren Kollegin. „Ich war gerade noch mal dort und habe bei ihr geklingelt, doch sie stellt sich taub."

„Vielleicht ist sie nicht daheim?"

„Der Fernseher lief!"

Sandra Richter zündete sich eine Zigarette an. „Das ist schon komisch. Das passt gar nicht zu ihr. Ich hatte das Gefühl, diese Frau Böreck ist richtig scharf darauf, ihre Meinung über das Treiben der verruchten Ronja kundzutun. Björn meinte, sie hat solch einen Männerhass, dass sie die Freier sicher in die Pfanne hauen will."

Sabine wischte sich den letzten Krümel vom Mund. „Björn?"

Sandra errötete. „Magnus, der Fotograf. Ich bin früher ab und zu mit ihm ausgegangen, bevor er mit Maria zusammen war. Na ja, und so sind wir gestern noch bei *Bok* im Schanzenviertel gewesen. Er isst gern asiatisch."

„Vielleicht hat ihn das etwas getröstet", murmelte Sabine und leerte ihr Teeglas.

„Ich hab nichts mit ihm!", verteidigte sich die junge Kollegin, doch Sabine zuckte nur die Schultern.

„Das geht mich nichts an, und außerdem glaube ich nicht, dass Maria zurückkommt."

„Er hat eh den halben Abend nur von ihr und Susanna gesprochen", fügte Sandra hinzu, und es kam Sabine so vor, als ob sie das bedauere.

Die beiden Frauen bestellten noch einen Obstsalat mit Vanilleeis und löffelten dann schweigend vor sich hin.

„Hast du die Fahrzeughalter schon überprüft?", fragte Sandra nach einer Weile.

Sabine schnaubte unwillig. „Zumindest die, die auf den Zetteln stehen, die ich noch habe."

„Was willst du damit sagen?", fragte Sandra erstaunt.

„Ich bin mir sicher, sie hat mir sechs Blätter gegeben. Es waren auch noch sechs, als ich sie Thomas im Auto in die Hand drückte. Er sagt, er habe sie mir alle auf den Schreibtisch gelegt. Tja, da habe ich heute Morgen aber nur fünf gefunden!"

„Oh nein!", wehrte Sandra ab, doch dann kicherte sie. „Frau Böreck hat sicher eine Kopie fürs Archiv gemacht, wetten?"

Sabine lachte kurz auf. „Da könntest du recht haben! Ich gehe nachher noch mal bei ihr vorbei."

„Weißt du noch, wie viele Nummern auf dem Zettel standen?"

Die Oberkommissarin nickte. „Fünf Stück. Ich weiß auch noch, wie sie auf dem Papier angeordnet waren, doch ich habe mir leider nicht alle gemerkt. Ich weiß noch, der erste Eintrag war ein schweres Motorrad mit dem Kennzeichen HH-PB-1610. Am Rand stand: *der unheimliche bleiche Mann mit dem schwarzen Haar*. Dann kam: *Herr Doktor mit seinem roten Porsche* – das Kennzeichen habe ich mir aber leider nicht gemerkt. Ein Golf war noch drauf, ein silberner Ford und ein schwarzer BMW."

„Hast du schon herausbekommen, wer der Kerl mit dem Motorrad ist?"

Sabine schüttelte den Kopf. „Nein, das Motorrad – eine Hayabusa – ist auf eine Rosa Mascheck angemeldet. Die gute Dame ist zweiundachtzig!" Sie winkte dem Kellner, um zu bezahlen.

„Und die auf den anderen Blättern?"

Sabine schob dem Kellner zwei Euro Trinkgeld hinüber. „Ich habe noch nicht alle durch, doch es sind einige dabei, die mich um Diskretion anflehen werden, da kannst du dich drauf verlassen. Ich sage nur: Geld, Politik und Wirtschaft. Außerdem haben wir diesen Freund – oder ich schätze eher Zuhälter – zur Fahndung ausgeschrieben. So wie es scheint, ist der Herr untergetaucht – sagt zumindest sein Nachbar."

Sie erhob sich und zog ihre Jacke an. Da öffnete sich die Tür, und ein Polizist in Uniform und schwarzer Lederjacke steuerte auf ihren Tisch zu.

„Hallo, Sandra, 'nen guten Abend, Frau Berner." Er nahm die Dienstmütze vom Kopf und strich sich das braune Haar glatt. „Darf ich mich zu euch setzen?"

„Ich bin leider gerade im Aufbruch, Herr Hugendorf", wehrte Sabine Berner ab und lächelte den für die Lange Reihe zuständigen „bürgernahen Beamten" entschuldigend an. Sandra jedoch deutete auf einen freien Stuhl, hieß den Kollegen Platz nehmen und bot ihm eine Zigarette an. Was sollte sie jetzt heimgehen in ihre dunkle, leere Wohnung?

Die Kommissarin verließ das *Gnosa*. In Gedanken bei Frau Böreck, machte sie sich auf den Heimweg. Ein Mann kam ihr entgegen. Als er Sabine sah, zögerte er kurz, doch dann glitt sein Blick zu Boden, und er schritt schnell an ihr vorbei.

Vielleicht war es das kurze Zögern, vielleicht die Art, wie er sich bewegte, oder der eigentümliche Duft seines Aftershaves, der die junge Frau aus ihren Gedanken riss.

„Andreas?"

Der hünenhafte Mann mit dem kurz geschorenen Haar drehte sich um. Ein Lächeln erhellte sein stoppelbärtiges Gesicht.

„Sabine, so eine Überraschung." Er kam zurück und drückte ihr einen Kuss auf die Wange. „Ich war so in Gedanken, dass ich dich gar nicht erkannt habe. Was machst du hier?"

Die junge Frau trat einen Schritt zurück. „Ich wohne hier." Sie zeigte auf das Haus. „Und was treibst du in Hamburg? Ich dachte, du bist einer der Ersten, die sich um einen Auslandseinsatz reißen."

„Ich bin nicht mehr dabei“, antwortete er knapp, sein Lächeln verschwand.

Sabine sah ihn erstaunt an. „Nein? Ich dachte, du hättest dich für zehn Jahre bei der Bundeswehr verpflichtet.“

Andreas Wolf zuckte die Schultern. „War nicht das, was ich mir vorgestellt habe. Aber lass uns von dir reden. Was macht dein Anwalt? Was macht dein Kind?“

„Die Scheidung ist durch, und er hat Julia bekommen.“ Der Schmerz darüber spiegelte sich in ihrem Blick wider.

„Tut es dir leid?“

Sabine hob die Augenbrauen. „Was? Dass ich mich von Jens habe scheiden lassen oder dass ich dich in jener gewissen Nacht heimgeschickt habe?“

Ein warmes Lächeln erhellte sein Gesicht, seine Augen glänzten, und plötzlich wusste Sabine wieder, warum sie vor drei Jahren dem Charme dieses Hünen fast erlegen war. Wie sehr hätte sie in dieser Phase der Scheidung ein Paar starke Arme gebraucht, doch sie wusste, dass Andreas keine Kinder wollte. Sie jedoch war bereit, alles zu geben, um das Sorgerecht für Julia zu erstreiten. Wozu dann eine Affäre beginnen, die nur mit Tränen enden konnte?

„Das zweite würde mich vor allem interessieren“, antwortete er. Einen Augenblick sahen sie sich in die Augen, dann senkte Sabine den Blick.

„Nein“, sagte sie. „Es war die richtige Entscheidung.“

Plötzlich schien er es eilig zu haben. „Du, ich muss los.“ Er hob zum Abschied die Hand. „Grüß mir die alten Kollegen“, sagte er noch, dann drehte er sich um und überquerte mit langen Schritten die Straße. Die Kommissarin sah ihm verwirrt nach.

Bei einem Glas Grog plauderte Sandra Richter mit ihrem Kollegen, doch die junge Frau war nicht so ganz bei der Sache. Immer wieder schielte sie über Jürgens Schulter hinweg auf einen dunkelhaarigen Mann, der allein an einem Tisch in der Ecke saß und in einer noch altdeutsch gedruckten Ausgabe von Goethes *Faust* las. Er hatte auffallend bleiche Haut. Das glatte schwarze Haar war im Nacken zusammengebunden. Jedes Mal, wenn sie zu ihm hinübersah, schien er in seine Lektüre vertieft, und doch wurde die junge Frau das Gefühl nicht los, dass er sie beobachtete, sobald sie sich wieder dem Polizeiobermeister zuwandte.

Sie schielte zu der Motorradjacke hinüber, die über seinem Stuhl hing. Ihre Gedanken rasten. Konnte das der Mann sein, dessen Kennzeichen Ronjas neugierige Nachbarin notiert hatte? Das wäre schon ein merkwürdiger Zufall. Aber wenn er es nun doch wäre? Was würde Sabine Augen machen, wenn sie ihr morgen Name und Adresse des Gesuchten präsentieren könnte!

Jürgen Hugendorf trank aus, zahlte und setzte die Mütze wieder auf, doch die junge Kollegin machte keine Anstalten, ihm zu folgen.

„Bleibst du noch?“

„Ja, ich bin verabredet“, log sie und bestellte noch einen Grog. „Also dann einen schönen Abend und bis morgen.“

Sandra Richter wartete, bis der Kollege um die Ecke verschwunden war. Dann atmete sie tief durch, nahm ihr Grogglas und ging zu dem Mann hinüber. Anscheinend hatte er sie noch nicht bemerkt, denn er sah nicht von seinem Buch auf. Die junge Frau räusperte sich nervös.

„Entschuldigen Sie, darf ich mich zu Ihnen setzen?“

Nun hob er doch den Blick und musterte sie schweigend aus großen, dunklen Augen. Warum sagte er denn nichts?

„Ich will Sie nicht stören, nur Sie sitzen hier so alleine, und da dachte ich – also ich hoffe, ich belästige Sie nicht – nicht dass Sie etwa denken ...“

Mit einem hilflosen Lachen brach sie ab. Sie sah, wie er leicht die Augenbrauen hob. O verdammt, das lief nicht gut. Sie hatte es ganz falsch angefangen. Doch da zuckte es um seine Mundwinkel.

„Um bei der Reihenfolge zu bleiben: Sie dürfen sich setzen und Sie stören nicht. Allerdings bin ich auch nicht alleine.“ Er deutete auf das aufgeschlagene Buch. „Wer kann ein treuerer Gefährte, ein besserer Begleiter sein als ein Buch?“ Er zwinkerte ihr zu, doch sie sah verlegen in ihr Grogglas.

„Und nun zu dem Thema belästigen und was ich nicht denken soll. Also, wenn ich länger darüber nachdenke, dann glaube ich, dass wir in einer Zeit angelangt sind, in der auch eine anständige Dame einen Herrn ansprechen darf. Habe ich alle Ihre Bedenken zerstreut?“ Lächelnd sah er zu ihr hinüber, und sie lächelte erleichtert zurück.

„Bleiben wir doch bei der Literatur“, fuhr er fort und drehte sein volles Weinglas in den Händen. „Ich befasse mich nun schon seit Jahren mit der Figur des Mephistopheles, und ich frage mich immer wieder: Ist er das Böse, da er Faust die Gelegenheit gibt, böse zu handeln, oder trägt nicht Faust das Böse selbst in sich, da er bereitwillig danach greift und die dunkle Macht für sich handeln lässt? Schließlich ist er es, der Gretchen beiwohnt, ihren Bruder tötet und sie schwanger zurücklässt.“

„Na ja“, stotterte Sandra, „also ich hab *Faust* mal in der Schule gelesen, aber das ist schon so lange her, und, ja, also, ich hab damals auch nicht so richtig aufgepasst.“

Enttäuschung huschte über das bleiche Gesicht, doch als er sie fragte: „Welchen Lesestoff bevorzugen Sie? Vielleicht Shakespeare?“, klang seine Stimme unverändert freundlich.

„Och, ich lese eigentlich nur Krimis. Von Mary Higgins Clark und Elizabeth George und so."

Peter von Borgo nickte langsam. „Ja, ja, die Abgründe der menschlichen Seele, ein wirklich faszinierendes Thema. Es vergeht kaum ein Tag, an dem ich mich nicht damit befasse, und doch muss ich immer wieder feststellen, noch kenne ich nicht alle Facetten der finsteren menschlichen Leidenschaft."

„Sind Sie Schriftsteller oder Schauspieler oder so etwas?", fragte Sandra neugierig. „Sie drücken sich so – ungewöhnlich aus."

Wieder huschte ein Lächeln über das Gesicht des Mannes. „Nein, Schriftsteller bin ich nicht, obwohl ich immer wieder Geschichten und Beobachtungen zu Papier bringe, und auch kein Schauspieler, obwohl die Kunst, mich zu verstellen, zu meiner zweiten Natur geworden ist."

„Was machen Sie dann? Ich meine beruflich", bohrte die junge Kommissarin weiter.

Der Vampir bemühte sich, seine Belustigung zu verbergen, und sagte ernst: „Ich bin Privatdetektiv, in Wien geboren und in den Ländern der Donaumonarchie aufgewachsen. Deutsch habe ich viel aus den literarisch bedeutenden Werken gelernt, vielleicht drücke ich mich deshalb ein wenig ungewöhnlich aus."

„Ein richtiger Detektiv?", staunte die junge Frau. „Haben Sie eine eigene Detektei? Ich meine, wie heißen Sie, wo kann man Sie erreichen?"

„Schon wieder so viele Fragen auf einmal", tadelte er sanft.

„Es ist so, meine Freundin ist verheiratet, und sie glaubt, dass ihr Mann sie betrügt", improvisierte Sandra. „Und sie meinte, sie wolle einen Privatdetektiv engagieren, um ihn beschatten zu lassen."

„Wie in einem schlechten Roman."

„Ja, wie in einem schlechten Roman. Also, wenn Sie mir Ihre Karte geben würden, dann könnte meine Freundin Sie mal anrufen. – Sie haben mir ja noch gar nicht gesagt, wie Sie heißen."

„Peter von Borgo", stellte er sich vor und schob ein kleines Kärtchen mit verschnörkelter Schrift über den Tisch. „Und wie heißen Sie?"

„Martina Meier", log sie. Rasch griff Sandra nach der Visitenkarte und ließ sie in ihrer Jackentasche verschwinden. Peter von Borgo – HH-PB, dachte sie, das passt! Mit einem großen Schluck leerte die Kommissarin ihr Grogglas und stand dann auf.

„War nett, mit Ihnen zu plaudern, aber ich muss jetzt gehen."

Auch der Vampir erhob sich und ließ den *Faust* in der Lederjacke verschwinden. „Es ist schon spät. Ich werde Sie nach Hause begleiten."

Sandra wich ein Stück zurück. „Danke, das ist nicht nötig. Sie haben Ihren Wein ja noch gar nicht ausgetrunken."

„Das ist kein Verlust. Er ist nicht besonders gut", erwiderte der Vampir und schob einen Fünfeuroschein unter das Glas. „Kommen Sie", forderte er Sandra auf, als habe er ihren Einwand nicht gehört.

Sie fügte sich in ihr Schicksal, wickelte sich ihren Schal um den Hals und trat durch die ihr aufgehaltene Tür in die Nacht hinaus.

„Und, wo geht es hin?", fragte der Vampir, als sie draußen auf der Straße standen. Eigentlich war sie nicht scharf darauf, einem Fremden, der vielleicht in einen Mordfall verwickelt war, ihre Adresse zu verraten.

„Ich nehme den Bus", wehrte sie ab, doch als sie sich der Haltestelle näherten, fuhr der 108 gerade ab.

„Mist!"

„Uhlenhorst oder Winterhude?", fragte Peter von Borgo ruhig.

„Winterhude", antwortete sie widerstrebend. Immerhin konnte sie ihn ja vor einem falschen Haus wegschicken.

Der Vampir hob den Ellenbogen und fragte: „Mein schönes Fräulein, darf ich wagen, Arm und Geleit Ihr anzutragen?"

Sandra Richter trat einen Schritt zurück und sah ihn verständnislos an, doch dann lächelte sie unsicher. „Das ist aus *Faust*, nicht?"

Er ließ den Ellenbogen wieder sinken und nickte. Gemessenen Schrittes ging er neben ihr her. Am Krankenhaus überquerten sie die auch noch zu dieser Stunde von Verkehr dröhnende Alsterstraße. Auch auf dem Fußweg unten am Wasser entlang blieb das Brausen der vorbeieilenden Fahrzeuge ihr Begleiter. Sandra plauderte munter drauflos und fragte ihn über seine Fälle aus, über sein Büro in Blankenese, ob er alleine arbeite oder ob er Angestellte habe. Dann kam sie unauffällig auf Motorräder zu sprechen.

Peter von Borgo schmunzelte in sich hinein, doch er antwortete mit großem Ernst auf alle ihre Fragen. So ganz war er nicht bei der Sache. Die Frau an seiner Seite war zwar jünger als Sabine Berner und für manchen Geschmack vielleicht auch hübscher anzusehen, doch sie konnte ihn nicht faszinieren. Das Einzige, was er verspürte, war Hunger, und der nahm mit jedem Schritt weiter zu.

Nach der Schwanenwikbrücke verlor sich das Rauschen des Verkehrs. Der Vampir wartete, bis ein spätes Joggerpärchen hinter der nächsten Biegung verschwunden war, dann legte er der jungen Frau den Arm um die Taille. Sie protestierte entrüstet und versuchte, ihm mit einem Judogriff den Arm auf den Rücken zu drehen, doch seine Kraft, mit der er dagegen blockte, ließ sie keuchen. Während er sie mit der einen Hand in Schach hielt, wischte er sich mit der anderen die dunklen Linsen aus den Augen und schob sie in die Tasche. Die Gegenwehr versiegte. Mit offenem Mund starrte ihn die Kommissarin an. Ohne Hast entfernte er den Schal und hob ihren Kopf ein wenig an. Der Körper unter seinen Händen bebte, doch das störte ihn nicht. Genüsslich ließ er seine Zähne durch ihre Haut gleiten, bis er auf eine Ader traf und das Blut zu sprudeln begann.

Er legte den schlaffen Körper auf eine Bank am Wasser. Zwei Schwäne, in ihrer nächtlichen Ruhe gestört, reckten die Flügel und schüttelten ihr Federkleid. Sie streckten die Hälse vor, um zu sehen, ob ihnen Gefahr drohte, doch das seltsame dunkle Wesen kam nicht näher, sondern drehte sich um, kaum hatte es sich seiner Last entledigt, und verschwand in der Nacht. Beruhigt steckten die Schwäne ihre Schnäbel wieder unter die Flügel und schlossen die Augen.

Peter von Borgo schlenderte zurück in die lärmende Stadt und bog in Hohenfelde in den Graumannweg ein. Er öffnete die Haustür des trostlosen Klinkerbaus und blieb dann im dunklen Flur stehen. Oben rauschte Wasser, hinter der rechten Wohnungstür lärmte ein Fernseher, ein Kind weinte. Peter von Borgo prüfte die Gerüche, die ihm in die Nase stiegen. Ein Lächeln huschte über seine Lippen. Sabine war hier gewesen. Es konnten kaum zwei Stunden vergangen sein. Was hatte sie hier gewollt? Noch einmal sog er tief die Luft ein und ließ sie dann ganz langsam entweichen. In seinen Gedanken sortierte er die verschiedenen Spuren. Plötzlich riss er die Augen auf, dass sie in der Dunkelheit rot aufblitzten. Mit zwei schnellen Schritten war er an der Tür mit dem Schild *Böreck* neben der Klingel. Ein paar Wimpernschläge später öffnete er sie leise.

Es brannte kein Licht, doch aus dem Wohnzimmer flackerte der bläuliche Schein des Fernsehers. Der Vampir musste nur seiner Nase folgen, schon stand er vor dem alten Ohrensessel, in dem Frieda Böreck saß. Ihr Kopf war zur Seite gefallen. Mit blutunterlaufenen Augen starrte sie zu dem nächtlichen Besucher hoch. Das Spitzendeckchen, das den Polsterbezug des Sessels schützen sollte, war verrutscht und halb über die akkuraten grauen Locken geklappt, ihre Arme hingen schlaff herunter. Sacht strich der Vampir über die faltige Schläfe, dann hob er prüfend die Hand ein wenig an. Es war wohl vergangene Nacht gewesen, als sie ihr Leben unter den kräftigen Händen um ihren Hals ausgehaucht hatte. Peter von Borgo lächelte versonnen. War es nicht wieder an der Zeit, die Kommissarin anzurufen? Er warf einen Blick auf die Wanduhr. Noch nicht einmal Mitternacht. Nein, das war zu früh. In Gedanken versunken verließ er die Wohnung und zog die Tür hinter sich zu. Im Park am Krankenhaus St. Georg stärkte er sich an einem jungen Mann, dann schlenderte er zur Langen Reihe.

Wie wäre es mit einem kleinen Brief an ihrem Bett? Und dann ein wenig am Telefon plaudern?

Es brannte kein Licht mehr. Er wartete noch eine halbe Stunde, dann schritt er die Treppe hoch. Es gab ein neues Schloss und einen Riegel. Ein mitleidiges Lächeln verzog seine Lippen. Welch sinnloser Versuch, ihm den Weg zu verwehren! Ihm, der seit mehr als dreihundertfünfzig Jahren jede Nacht ruhelos durch Stadt und Land zog! Der Vampir schloss die Augen und begann leise vor sich hin zu summen.

Dunkel und still lag der Flur da. Aus der geöffneten Schlafzimmertür erklangen ein Murmeln und das Rascheln der Bettdecke, als plötzlich rötlich schimmernder Nebel unter der Wohnungstür hervorquoll. Wabernd, mal dichter, mal dünner, kroch er über den Laminatfußboden bis ins Schlafzimmer. Erst noch formlos, begann er zusammenzufließen, verdichtete sich, bis kein Blick ihn mehr durchdringen konnte, um dann zu verblassen. Die letzten Nebelschwaden verwehten und enthüllten die große, sehnige Gestalt, die kurz zuvor aus dem Treppenhaus einfach verschwunden war.

Eine Weile betrachtete er Sabine. Wie ein Tier hatte sie sich zusammengerollt, das Kissen fest an ihre Brust gedrückt. Sanft strich er ihr über die Wange. Sie rührte sich nicht. Dann ging er ins Arbeitszimmer hinüber, setzte sich an den Schreibtisch, griff nach einem Stift und ließ ihn schwungvoll über ein weißes Blatt gleiten. Er faltete den Brief sorgsam zusammen und schrieb ihren Namen darauf. Suchend sah er sich um. Wo sollte er ihn hinlegen? Am besten ins Schlafzimmer! Auf dem Nachttisch lagen drei Bücher: *Der große Opernführer*, *Nathan der Weise* und *Viel Lärm um nichts*. Der Vampir lehnte das Schreiben gegen die Bücher und flüsterte:

„Wir werden uns prächtig aneinander reiben, teure Sabine, und dann, wenn die Zeit gekommen ist, wirst du mir vorzüglich munden."

Mit langen Schritten durchmaß er den Flur, öffnete den Riegel und verließ die Wohnung. Das würde ein Geschrei geben! Nun würde die Kripo ihr Haus überwachen und ihr Telefon anzapfen, da war er sich sicher, doch er würde Wege finden, sie zu überraschen. Das Spiel wurde langsam spannend und reizte ihn zunehmend. Es erregte ihn mehr, als er sagen konnte. So viele prickelnde Gefühle erfüllten und erstaunten ihn. Die trübe Öde war verschwunden. Sein Geist und sein Leib riefen nach mehr.

Es war gegen vier, als das Telefon klingelte.

„Berner."

„Habe ich Sie in einem schönen Traum gestört, Frau Kommissarin?"

Mit einem Schlag war Sabine hellwach, dennoch sagte sie gähnend: „Falls Sie wieder irgendwelche Leichen anzubieten haben, ich habe keine Bereitschaft. Rufen Sie doch direkt im Präsidium an. Ich gebe Ihnen die Nummer."

Einen Augenblick war Stille, dann hörte sie ein leises Lachen. „Sie enttäuschen mich, liebe Sabine, oder wollen Sie mich auf den Arm nehmen?"

„Nee, kein Bedarf! Ich würde gern wieder ins Bett gehen und schlafen."

Wieder lachte er. „Sie können mich nicht hinters Licht führen. Ich vermute mal, wenn Sie sich für die lebende Frau interessiert haben, dann ist Ihnen ihre Leiche sicher auch nicht ganz gleichgültig. Immerhin wollten Sie noch vor wenigen Stunden mit ihr sprechen, nicht?"

Ein eisiges Gefühl kroch Sabine über den Rücken. Den Hörer fest am Ohr, ging sie ins Wohnzimmer hinüber und ließ sich in einen Sessel fallen. „Von wem sprechen Sie?"

„Ich wusste nicht, dass Sie in den letzten Stunden so viele Zeuginnen aufgesucht haben", spottete Peter von Borgo, „doch ich will Ihrem Gedächtnis auf die Sprünge helfen. Die Dame heißt Frieda Böreck, und ich sage Ihnen, in ihrem jetzigen Zustand taugt sie als Zeugin leider gar nichts mehr."

Die Kommissarin schluckte, sagte jedoch forsch: „Woher wissen Sie das so genau?"

„Nun, es sind kaum ein paar Stunden vergangen, seit ich ihr gegenüberstand. Da war kein Leben mehr, das durch ihre Adern pulsierte, und auch ihre Zunge liegt nun für immer still."

„Da Sie so schlau sind, können Sie mir ja auch sicher sagen, woran Frau Böreck gestorben ist." Sabine umklammerte den Hörer, dass ihre Fingerknöchel weiß hervortraten.

„Ich vermute einmal, dass einfach kein Blut mehr in ihr Gehirn gelangte, nachdem sich zwei starke Hände um ihren Hals gelegt hatten."

Es war der Kommissarin, als könne sie die Spannung in der Luft flimmern sehen. „Waren es dieselben Hände, die Ronja getötet haben?"

Es war ihr, als könne sie ihn schmunzeln sehen. „Das ist eine spannende Frage, Frau Kommissarin, nicht? Was sagt Ihnen Ihr kriminalistischer Verstand?"

„Sie haben Ronja, Lilly und Frau Böreck umgebracht!", schrie Sabine aufgebracht.

„Falsch getippt. Ich bin nur der stille Beobachter und der Überbringer der Nachricht."

Die Kommissarin presste die Zähne zusammen und atmete langsam ein und wieder aus. „Dann sagen Sie mir jetzt am besten Ihren Namen und Ihre Adresse, damit wir Ihre Beobachtungen aufnehmen können", sagte sie nun wieder ganz ruhig.

Am anderen Ende der Leitung erklang Gelächter. „Ach, Sabine, nun enttäuschen Sie mich aber. Glauben Sie wirklich, das Spiel ist schon zu Ende? Oh nein, es hat gerade erst begonnen, und – falls Sie es noch nicht gemerkt haben – es geht hier nicht um Ronja oder tote alte Nachbarinnen –, es geht um Sie, Sie allein, liebste Sabine!"

Die junge Frau fühlte, wie sich die Härchen in ihrem Nacken aufstellten.

„Ich habe Sie genau studiert und erfreut festgestellt, dass es viele Dinge gibt, über die wir uns austauschen können. Auch ich verehre Shakespeare, daher noch ein Wort, von Benedict entliehen: Ich will in deinen Augen leben, in deinem Schoß sterben und in deinem Herzen begraben werden."

Es klickte, und dann war nur noch ein monotones Tuten zu hören. Leise fluchend tappte Sabine ins Bad, um sich den Bademantel überzuziehen. Sie schlüpfte in ein paar fellgefütterte Pantoffeln und tippte dann die Nummer von Hauptkommissar Ohlendorf ein. Der war nicht gerade begeistert, um diese Zeit aus dem Schlaf gerissen zu werden.

„Mein spezieller Freund hat mich wieder angerufen!"

Schweigend hörte Thomas Ohlendorf zu. Dann gähnte er zweimal herzhaft, ehe er der Kollegin antwortete.

„Ich rufe die Jungs von der Fünften an, die sollen sich die Wohnung der alten Böreck ansehen, und wenn sie die Leiche finden, den Fall aufnehmen."

„Aber das ist doch unser Fall! Wenn sie erwürgt wurde, dann deshalb, weil sie Ronjas Mörder gesehen hat!"

Thomas Ohlendorf stöhnte. „Kann sein. Dann werden wir den Fall natürlich bearbeiten, doch jetzt gehe ich wieder ins Bett und lasse die Fünfte ran, denn dazu gibt es einen Bereitschaftsplan, liebe Sabine. Also ab in die Kiste und schlaf noch zwei Runden. Es reicht, wenn wir uns am Montag die Berichte kommen lassen."

Grummelnd schlich Sabine ins Schlafzimmer zurück, warf die Pantoffeln in die Ecke und ließ den Bademantel zu Boden gleiten. Sie kuschelte sich unter ihre warme Decke, doch sie war viel zu aufgeputscht, um wieder einschlafen zu können. Ihre Gedanken kreisten um die tote Ronja im Moor, das verschwundene Mädchen und die schwatzhafte Nachbarin, die nun vielleicht tot in ihrer Wohnung lag. Sollte sie bei den Leuten von der 5. Mordbereitschaft mal durchklingeln und fragen? Ein Blick auf den Wecker zeigte ihr, dass das sinnlos wäre. Wahrscheinlich war das Team noch nicht einmal in Hohenfelde eingetroffen. Sie musste sich ablenken. Seufzend griff sie nach dem obersten Buch auf ihrem Nachttisch.

Viel Lärm um nichts. Sie blätterte bis zum vierten Aufzug, dritte Szene. „Fräulein, Ihr habt diese Weile über immer geweint?“, sagte Benedict. „Ja, und werde noch eine Weile länger weinen“, antwortete ihm Beatrix. Sabine Berner stutzte. Was hatte der Fremde zum Schluss gesagt? Irgendetwas über Shakespeare und einen Benedict. Das Buch in ihrer Hand zitterte. Mit fahrigen Bewegungen blätterte sie weiter, bis ihre Augen an dem Satz hängen blieben: „Ich will in deinen Augen leben, in deinem Schoß sterben und in deinem Herzen begraben werden.“

Konnte das ein Zufall sein? Wie lange lag das Buch schon auf ihrem Nachttisch? Sabine überlegte. Da fiel ihr Blick auf das zusammengefaltete Schreiben, das sie beim Aufstehen zu Boden geweht hatte. Ein Stöhnen entrang sich ihrer Kehle, als sie sich danach bückte und die fast schon vertraute Schrift erkannte.

Er war hier gewesen, heute Nacht! Sie versuchte sich einzureden, dass das Schreiben sicher schon länger hier lag und sie es nur übersehen hatte, denn der Gedanke, dass er hier vor ihrem Bett gestanden hatte, während sie schlief, erschreckte sie noch zu sehr. Und doch musste es so gewesen sein.

Zum zweiten Mal an diesem frühen Samstagmorgen tippte sie Thomas Ohlendorfs Nummer ein.

Den ganzen Samstag und auch am Sonntag versuchte die Kommissarin, Sandra Richter zu erreichen, doch sie erreichte immer nur den Anrufbeantworter. Am Montag sagte man ihr im Revier, Sandra habe sich krankgemeldet. Dreimal hinterließ Sabine eine Nachricht auf der Mailbox und auf dem Anrufbeantworter, doch erst am Abend rief die junge Frau zurück.

Sabine stand in der Küche, schnippelte Lauchzwiebeln,

Champignons und Paprika und hörte Lars Hansen zu, der auf der Anrichte saß, einen Stapel frisch gedruckter Blätter in der Hand, und ihr vorlas.

„Wie findest du den Dialog zwischen Tom und Jenny? Kommt der innere Konflikt richtig raus?"

Sabine nickte, schob die Gemüsestücke in den Wok und griff nach der Flasche Sojasauce.

„Der Dialog gefällt mir gut, doch musst du deine Hauptfiguren Tom und Jenny nennen? Mir fallen da immer Tom und Jerry ein, und das ist ja nicht gerade die richtige Assoziation in diesem Zusammenhang."

Der junge Schriftsteller starrte betroffen auf sein Manuskript. „Himmel, auf die Idee wäre ich gar nicht gekommen! Soll ich sie lieber Sheila nennen?"

Bevor sich Sabine dazu äußern konnte, klingelte das Telefon. Sie drückte Lars den Kochlöffel in die Hand und lief in den Flur.

„Sandra! Endlich höre ich etwas von dir. Was ist denn los? Deine Kollegen sagten, du bist krank."

„Ja auch, aber – du, Sabine, es ist etwas passiert! Ich muss unbedingt mit dir reden. Ich brauche deinen Rat."

Die Kommissarin war ein wenig verwirrt. Die Worte klangen so gepresst, dass bei ihr alle Alarmglocken schrillten.

„Worum geht es denn?"

„Um Lilly und ihre Mutter Ronja. Mir ist da was aufgefallen und – na ja, ich weiß nicht, ob das wichtig ist, und ich denke immer, das kann nicht sein, aber man muss ja allen Spuren folgen und …"

„Sag mir doch einfach, was dich bedrückt", forderte sie die Kollegin mit ruhiger Stimme auf. In der Küche brodelte es verdächtig. Dampfschwaden drangen in den Flur.

„Soll ich den Herd runterdrehen?", rief Lars.

„Mir ist etwas eingefallen. Als ich das erste Mal mit Nadine in der Wohnung war, lagen diese Fotos auf dem Schreibtisch …“

Ein Gong hallte durch die Wohnung.

„Ich höre dir zu, ich muss nur kurz nachsehen, wer da draußen ist. Sprich ruhig weiter.“ Den Hörer am Ohr, eilte Sabine zur Tür.

„Ja also, ich habe sie mir angesehen und viel darüber nachgedacht …“

„Oh, hallo, Björn, was gibt's?“

„Du hast gesagt, ich kann jederzeit vorbeikommen, wenn es mir nicht gut geht …“

Sabine winkte ihn herein und konzentrierte sich wieder auf Sandras Worte, doch diese stockte. „Hast du Besuch?“

„Mein Nachbar Lars ist hier und liest mir aus seinem Manuskript vor, und jetzt ist noch Björn gekommen.“

„Dann reden wir lieber morgen darüber. Vielleicht ist es besser, wenn ich das noch mal überdenke“, verabschiedete sich Sandra und legte auf.

Kopfschüttelnd ging Sabine in die Küche zurück, versicherte Björn, dass er überhaupt nicht störe, und schnitt Tomaten klein, als das Telefon schon wieder klingelte.

„Hallo, Sabine“, brüllte eine von Autobahnlärm begleitete Stimme. „Ich bin jetzt kurz vor Stellingen. Ich muss drei Tage nach Hannover zu einem Kongress, und Angelika hat die Grippe – also, ich bring dir Julia und Leila vorbei. Das geht doch, oder? Ich weiß nicht, wo ich sie sonst bis Donnerstag lassen soll. Kann ich bei dir zu Abend essen? Danach fahre ich dann gleich bis Hannover durch.“

Die Kommissarin starrte fassungslos den Hörer an, aus dem noch immer die Stimme ihres Exmannes drang.

„He, Sabine, hast du mich verstanden?“

„Ja", hauchte sie und schleppte sich in die Küche zurück. „Das wird ein heiterer Abend!" Sie zog das Gemüsefach auf und holte noch eine weitere Ladung Paprika und Karotten heraus.

Einige Stunden später, als die Gäste endlich aus dem Haus waren, sortierte Sabine noch die Unterlagen auf ihrem Schreibtisch. Julia kletterte auf ihren Schoß, schmiegte sich an die Mutter und schob den Daumen in den Mund.

„Das ist die Lilly", sagte das Kind plötzlich.

„Was?", schreckte Sabine hoch.

Julia richtete sich auf, nahm den Daumen aus dem Mund und deutete auf das Foto, das zwischen einigen Briefen lag.

„Das ist die Lilly", wiederholte sie.

„Ja, aber woher kennst du sie, mein Schatz?", stotterte Sabine verwirrt.

„Die war bei Sandys Geburtstag, und dann war sie mal mit bei uns, als Sandy zu Besuch kam, und da hat sie dann die Lilly einfach mitgebracht, weil die Oma von der Lilly war krank."

Konnte sich Julia irren? Das Mädchen verwechseln? Unwahrscheinlich. Der gleiche Name, die Geschichte mit der Großmutter, das konnte kein Zufall sein.

„Weißt du noch, wann der Geburtstag war?", fragte Sabine.

Julia zog die Nase kraus. „Im Sommer. Wir waren draußen und haben uns mit dem Schlauch nass gespritzt."

„Und wann war Lilly bei dir zu Besuch? Was war das für ein Tag? Überlege genau, das ist sehr wichtig."

Das Kind kaute auf seinem Daumen. „Da war kein Kindergarten, und der Papa war zu Hause, und es hat Würstchen gegeben und Eis, und ich musste einen Pullover anziehen und habe geweint, weil ich mein neues Kleid anziehen wollte."

Sabine griff zum Telefon und wählte Jens' Handynummer.

„Jens, kannst du dich an ein rotblondes Mädchen namens Lilly erinnern, sechs Jahre alt, das irgendwann im Herbst an einem Samstag oder Sonntag bei Julia zu Besuch war?"

„Was soll der Blödsinn mitten in der Nacht?", knurrte ihr Exmann ungnädig.

„Jetzt tu nicht so, als hättest du schon geschlafen", ereiferte sich Sabine. „Du kannst noch gar nicht in Hannover angekommen sein. – Wo bist du? So wie es sich anhört, fährst du gerade nicht."

„Ich trinke gerade einen Kaffee", knurrte Jens unwillig.

„Dann überlege bitte, ob du dich an das Mädchen erinnern kannst. Ist es möglich, dass du in Hannover deine E-Mails abrufst? Dann lege ich das Foto in den Scanner und schicke es dir durch."

„Was soll das?"

„Hör zu, das Kind hat mit einem laufenden Mordfall zu tun. Daher ist es für mich wichtig zu wissen, wann der Besuch war."

„Vergiss es, selbst wenn ich das Kind wiedererkenne, was ich bezweifle, dann weiß ich garantiert nicht mehr, wann die bei uns war. Ich kann mir nicht alle Kinder merken, die bei uns ab und zu durchs Haus sausen."

Und damit war das Thema für ihn erledigt. Wütend legte Sabine auf. Dann musste sie eben die Mutter des anderen Mädchens, dieser Sandy, fragen.

Katz und Maus

Am Dienstag blieben Julia und Leila bei Lars. Er trabte stundenlang mit Kind und Hund um die Alster, spendierte Eis im Pavillon am Jungfernstieg und lieh dann zwei Disney-Videofilme aus, um wenigstens zwei Stunden arbeiten zu können. Mittwochs musste er nur zwei Runden mit Leila drehen, Julia wurde bei Ingrid Kynaß untergebracht, die heute ihren freien Tag hatte und nicht ins „Ragazza" musste. Die Kommissarin brütete darüber nach, wie sie den Donnerstag noch herumkriegen sollte, denn an Urlaub war nicht zu denken.

Als Sabine am Mittwoch ihre Bürotür abschloss, war es schon lange dunkel. Mit ausladenden Schritten stürmte sie durch den leeren Gang, das Geklapper ihrer Absätze hallte durch das Treppenhaus. Ein Blick auf die Uhr: kurz nach neun.

„So ein Mist!", fluchte sie leise. Dem Wachmann am Eingang schenkte sie ein kurzes Lächeln, doch dann sanken ihre Mundwinkel wieder herab. Ein Blitz zuckte über den nachtschwarzen Himmel. Das Donnergrollen ließ nicht lange auf sich warten.

Im herabströmenden Regen eilte Sabine Berner zum Parkplatz hinüber, riss die Tür ihres alten, dunkelblauen Passats auf und ließ den Motor an. Während sie auf die Hindenburgstraße einbog, tippte sie die Nummer ein.

„Kynaß", erklang die Stimme der Freundin schon nach dem zweiten Klingeln.

„Sabine hier, verdammt“, sie wich auf die linke Spur aus, als ein Lastwagen knapp vor ihr einscherte. „Der Tieze hat mich wieder vollgequatscht bis zum Gehtnichtmehr. Ich bin ihm gerade erst entkommen. Es tut mir so leid.“ Sie setzte den Blinker, gab Gas und rutschte noch an der kaum mehr gelben Ampel vorbei.

„He, cool down, ich hab dich eh nicht so früh erwartet. Julia schläft schon seit einer Stunde. Du kannst sie gern bis morgen dalassen. Ich habe erst die Nachmittagsschicht.“

Sabine bremste scharf und kam knapp hinter der Stoßstange eines S-Klasse-Mercedes zum Stehen, der anhielt, um hier in der zweiten Reihe zu parken.

„Daimlerfahrer!“, schimpfte sie und überholte hupend den weißhaarigen Herrn im grauen Zweireiher, ehe sie sich wieder Ingrid Kynaß zuwandte.

„Ich komme so in einer halben Stunde, muss vorher nur noch kurz bei Antonio rein, um Brot und Milch zu holen. Ich krieg das hin. Glaubst du, ich habe Lust, mir von Jens wieder einen Vortrag darüber anzuhören, dass ich genau aus diesem Grund das Sorgerecht nicht bekommen habe?“

„Na, hör mal, wenn er dir so überfallmäßig Kind und Hund aufhalst! Aber wie du meinst. Also bis gleich.“

„Biegen Sie dort hinten an der Barmbeker Straße rechts ab“, ertönte unvermittelt eine Stimme hinter Sabine. Die Kommissarin fuhr zusammen. Ein Adrenalinstoß flammte durch ihren Körper. Sie riss das Lenkrad nach rechts und trat auf die Bremse. Schlitternd kam der Wagen zum Stehen.

„Lassen Sie Ihre Hände am Steuer und sehen Sie nach vorn“, sagte die Stimme von hinten. Dieser Tonfall! War das der nächtliche Anrufer? Begnügte er sich nun nicht mehr mit Telefonterror und damit, heimlich in ihre Wohnung einzudringen? Was wollte er von ihr?

„Was fällt Ihnen ein, mich so zu erschrecken“, presste sie hervor. Ihr Herz raste. Heiße Wellen jagten durch ihren Körper. So ein Mist! Seit drei Tagen saß ein Observationsteam vor ihrem Haus, und nun hatte sie den Kerl hier im Auto.

Den Gurt auf und raus, dachte sie. Laut schreien und winken. Gischt spritzend jagten die Autos an ihr vorbei durch die Gewitternacht. Die Pistole! Verdammt, die steckte tief in ihrem Rucksack im Fußraum des Beifahrersitzes. Die Kommissarin saß immer noch wie erstarrt da, die Hände am Lenkrad. Regen rauschte herab und machte die Scheiben blind. Der Donner grollte.

Mit dem Ellenbogen kräftig nach hinten schlagen. Ich müsste ihn ins Gesicht treffen. Am besten auf die Nase.

„Sie brauchen keine Angst zu haben.“ Die Stimme klang fast freundlich. „Ich werde Ihnen nichts tun. Ich möchte Ihnen nur etwas zeigen.“

Na klar, deshalb versteckst du dich in meinem Wagen und erschreckst mich zu Tode. Langsam ließ Sabine die linke Hand vom Lenkrad gleiten.

„Wissen Sie, wo Sandra Richter ist? Lassen Sie die Hand am Steuer!“

Die Kommissarin fuhr herum und starrte die dunkle Gestalt auf dem Rücksitz an. Blasse Wangen blitzten im Lichtschein vorbeihuschender Wagen, langes schwarzes Haar hing über die Schultern herab.

„Warum wollen Sie das wissen?“, fragte sie und zwang ihre Stimme zur Ruhe.

„Wo ist Sandra Richter?“, wiederholte er geduldig.

„Sie ist krank. Wahrscheinlich ist sie daheim und liegt mit einer Wärmflasche im Bett.“

Die Kommissarin versuchte, Zeit zu gewinnen. Sie schalt sich eine Närrin. Warum hatte keiner daran gedacht, sie selbst unter Schutz zu stellen? War es nun zu spät? War er ein Psychopath? Hatte er sie wie ein Wild gejagt und eingekreist, um sie nun zu töten?

„Nein, sie ist nicht daheim, und sie wird auch nie wieder dorthin zurückkehren."

„Was haben Sie mit ihr gemacht?", fragte Sabine Berner tonlos und griff sich unwillkürlich an den Hals.

„Ich habe gar nichts mit ihr gemacht. Ich habe nur etwas gesehen, von dem ich glaube, dass es Sie interessieren könnte. Würden Sie also bitte wieder losfahren?"

Wie in Trance startete Sabine den Motor und reihte sich erneut in den Verkehr ein. Noch immer rauschte der Regen herab. Die Blitze jedoch waren samt dem Donnergrollen weiter nach Osten gezogen und entluden sich nun über Winterhude oder Barmbek. Er befahl ihr, nach Bahrenfeld zu fahren und dann der Osdorfer Landstraße zu folgen.

„Da ich Sie hier so zufällig treffe, können Sie mir ja verraten, was Sie in meiner Wohnung gesucht haben", fragte sie im Plauderton, obwohl ihr Herz raste.

Er lachte kurz auf, antwortete jedoch nicht auf ihre Frage. Wie anziehend sie ist, wenn sie ihre Angst bekämpft! Was für eine Frau!

„Warum haben Sie nicht einfach wieder angerufen? Dann könnten wir uns den Ausflug bei diesem ungemütlichen Wetter ersparen", versuchte sie erneut, ihn aus der Reserve zu locken.

Wieder bogen sich die Mundwinkel nach oben. „Es soll doch nicht langweilig werden, oder?"

Bei Rissen gebot er ihr abzufahren. Der Ort war wie ausgestorben. „Fahren Sie den Weg weiter bis zum Wanderparkplatz."

Doch Sabine trat auf die Bremse und brachte den Wagen

am Ortsendeschild zum Stehen. „Nein! Ich glaube Ihnen kein Wort. Warum haben Sie nicht einfach die Polizei gerufen, wenn Frau Richter etwas passiert ist?"

„Ich habe doch die Polizei gerufen – gewissermaßen, Frau Kommissarin!"

„Gut, dann sage ich jetzt der Zentrale Bescheid, damit die noch einen Wagen schickt."

Blitzschnell griff er nach ihrem Handgelenk, bevor sie das Telefon erreichen konnte. Wie ein Eisenring umklammerten seine kalten Finger ihr Gelenk.

„Ihre Kollegen können Sie nachher verständigen, nun fahren Sie vor bis auf den Wanderparkplatz und steigen Sie dann aus."

Sabine zögerte einen Moment, doch dann ließ sie den Wagen langsam weiterrollen. Sie stellte den Passat auf dem Parkplatz ab, löste den Gurt und riss die Tür auf. Es nieselte und war stockdunkel. Sie fühlte unebenen Schotter unter ihren Füßen, doch noch ehe sie sich drei Schritte vom Wagen entfernt hatte, stand der Fremde schon neben ihr und umklammerte wieder ihren Arm.

„Hören Sie, Kommissarin Berner, wir können das auch lassen, und ich verschwinde einfach – wenn Sie sich fürchten, im Dunkeln einen Wald zu betreten." Er seufzte, als habe er es mit einem störrischen Kind zu tun. Etwas Metallisches blitzte im Scheinwerferlicht eines vorbeifahrenden Autos auf, dann spürte sie den Pistolengriff in ihrer Hand.

„Hier, nehmen Sie und nun kommen Sie endlich."

Lautlos schritt er über den Schotterparkplatz auf die hoch aufragenden Kiefern zu.

„He, warten Sie, es ist stockdunkel!"

„Haben Sie keine Taschenlampe im Auto, Frau Kommissarin?", rief er über die Schulter zurück und blieb stehen.

Sabine wühlte in ihrer Überlebenskiste im Kofferraum. Kurz darauf flammte ein Lichtkegel auf.

„Nein, jetzt noch nicht“, erklang die Stimme des merkwürdigen Mannes dicht an Sabines Ohr und ließ sie zusammenzucken. Noch bevor sie ihm ins Gesicht leuchten konnte, hatte er ihr die Lampe aus der Hand genommen und ausgeschaltet. Er schob seinen Arm unter ihren Ellenbogen und führte sie in den Wald. Eine Weile spürte sie noch Schotter unter ihren Sohlen, dann aufgeweichten Waldboden. Ein paarmal stolperte sie über eine Wurzel. Die Bäume rauschten im Wind. Ab und zu fiel ihr ein dicker Wassertropfen ins Gesicht und rann dann in ihren Kragen. Es raschelte und knisterte, wenn ein Tier, von den menschlichen Schritten im nächtlichen Wald aufgescheucht, davonjagte, um sich ein neues Versteck zu suchen. Es roch nach Regen und feuchter Erde, doch plötzlich mischte sich noch ein anderer Geruch darunter. Sabine fühlte, wie sich ihre Nackenhaare aufstellten. Ihr Herz begann wild zu schlagen. Die eiskalte Hand an ihrem Arm verschwand. Die Kommissarin lauschte, doch kein Fußtritt, kein Atmen oder Rascheln waren zu hören. Wie angewurzelt blieb die junge Frau stehen, den Griff der Pistole noch immer fest umklammert. Endlich ein leises Klicken, dann erhellte ein gelblicher Lichtkegel den laubbedeckten Boden. Ihr Blick fiel auf grünen Farn, gelbliches Gras, ein Stück hellblauen Stoff und etwas Braunes: Haar, nasses, stufig geschnittenes Haar.

Sabines Augen verengten sich, auf ihrer Stirn erschien eine steile Falte. Sie kannte das, wenn sie plötzlich nur noch Kommissarin Berner war, wenn ihr Atem ganz langsam und flach wurde und ihre Sinne hellwach, bereit, sich jede Einzelheit zu merken. Für eine Weile würde kein Platz für Schmerz oder Trauer sein. Das musste bis später warten. Die Kommissarin streckte die Hand aus.

„Geben Sie mir die Lampe!"

Er reichte sie ihr wortlos. Sabine trat vorsichtig zwei Schritte näher, ließ sich in die Hocke sinken und legte die SigSauer neben sich. Bewegungslos kauerte sie zwischen den Farnbüscheln und sah in das wächserne Gesicht, das sie aus starren Augen anblickte: Kommissarin Sandra Richter, siebenundzwanzig Jahre alt, ledig und nun tot.

Wie schön sie dennoch aussieht, dachte Sabine. Ihr Kopf ruhte in weichem Gras, um ihren Hals war locker ein Schal aus hellblauer Seide geschlungen. Sie trug nur einen Slip aus schwarzer Spitze und ein Top, das an den Trägern mit Strasssteinen verziert war. Die übereinandergeschlagenen Beine lagen auf einem Baumstumpf. Zartgrüne Farnblätter umrahmten ihren Körper und die weit ausgebreiteten Arme.

Vorsichtig lockerte die Kommissarin den Knoten des Schals. Es waren keine Würgemale zu sehen, nur zwei winzige Wunden, ähnlich denen, die sie auch bei Ronja gesehen hatte. Doch ein Betäubungsmittel? Das Labor hatte bei der Prostituierten nichts gefunden. Sabine leuchtete der Toten in die glasigen Augen. Rote Flecken, wie Stecknadelköpfe, verrieten, dass auch Sandra erdrosselt worden war. Kleine Blutgefäße waren geplatzt, als der Mörder ihr die Venen zugedrückt hatte und das Blut sich in ihrem Kopf zu stauen begann.

Ihr Blick wanderte weiter. Jedes Detail nahm die Kommissarin in sich auf. Spuren von Fesseln an Armen und Beinen konnte sie nicht entdecken. Hatte sich Sandra gewehrt? Würde sie den Hinweis auf ihren Mörder unter ihren Fingernägeln tragen?

Sabine merkte nicht, wie der Vampir hinter sie trat und sich über sie beugte. Er sog den Duft ihrer feuchten Haare ein, den Geruch ihrer Haut. Ein Hauch von Angstschweiß streifte ihn, doch er begann bereits zu trocknen. Im Moment war sie viel zu konzentriert, um Angst zu empfinden. Peter von Borgo lächelte. Noch war die Zeit nicht gekommen, doch der große Augenblick rückte näher. Ein tiefer Atemzug noch, dann wandte er sich ab und verschwand lautlos im Wald.

„Woher wussten Sie das? Was haben Sie gesehen?" Sabine richtete sich auf und ließ den Lichtschein schweifen. „He, wo sind Sie? Antworten Sie!"

Nur Bäume, Farn und Gras und dazwischen feucht dampfende Nachtluft.

„Verdammt!" Hektisch huschte der Lichtkegel im Kreis. Der Mann war verschwunden. „So ein Mist", fluchte sie noch einmal. Tiezes Gesicht tauchte vor ihrem inneren Auge auf. Sein Gezeter hallte in ihrem Kopf wider. Vorsichtig, um keine Spuren zu verwischen, trat sie von der Leiche zurück und sah sich noch einmal um. Dann lauschte sie mit geschlossenen Augen in die Nacht. Es raschelte hier und da, doch nichts ließ auf menschliche Schritte schließen.

Also dann zurück, Zentrale anrufen und die Spurensicherung anfordern. Doch wo waren sie hergekommen? Wieder drehte sich Sabine im Kreis und ging dann beherzt drauflos. Überall nur Bäume, Kraut, feuchte Erde und Wurzeln.

Wie sollte sie die Stelle je wieder finden? Unvermittelt blieb sie stehen, wandte sich um und tappte zurück. Doch schon nach wenigen Schritten war sie sich unsicher. Es sah alles so gleich aus! Wurde das Licht der Lampe schwächer? Ungeduldig schüttelte sie die Taschenlampe. Die Birne flammte kurz auf, doch dann gab sie nur noch ein schwach rötliches Glühen von sich. Sabine schimpfte und fluchte und stampfte wie ein trotziges Kind auf. Ihr war danach, sich auf den Boden zu werfen und in Tränen auszubrechen, doch stattdessen ging sie langsam weiter und machte sich auf die

Suche nach ihrem Auto. Ziellos tastete sie sich voran. Jedes Gefühl für die Zeit verflog. Manches Mal glaubte sie, den unheimlichen Mann direkt hinter sich zu spüren. Dann fuhr sie herum, doch sie fand nichts als Finsternis und ihren eigenen keuchenden Atem.

Plötzlich flammte ein Licht zwischen den Bäumen auf. Ein Auto! Dort musste die Straße sein! Sie lief los, stolperte und fiel, rappelte sich wieder auf und lief weiter. Endlich stand sie schwer atmend auf dem Parkplatz und starrte in das Scheinwerferlicht ihres eigenen Wagens. Da stand der alte Passat, den Zündschlüssel im Schloss, die Fahrertür einladend geöffnet. Mit zitternden Fingern berührte Sabine die Tasten ihres Handys.

Keine zehn Meter entfernt, unter den tief hängenden Zweigen einer Eiche, stand Peter von Borgo. Ein Lächeln huschte über sein Gesicht, als die aufgeregte Stimme der Kommissarin zu ihm herüberwehte.

„Ja, ich habe gesagt gleich, und besorgen Sie einen Hundeführer. Solange es dunkel ist, finde ich die Stelle bestimmt nicht wieder. Ich rufe jetzt Hauptkommissar Ohlendorf an."

Doch zuvor wählte sie die Nummer von Ingrid Kynaß, um sie zu bitten, Julia doch über Nacht bei sich zu behalten.

Lautlos zog sich der Beobachter zurück. Kraftvoll und schnell wie der jagende Wolf durchquerte er den Wald bis zu einer Ausflugshütte, in deren Schutz die Hayabusa stand. Der Motor heulte auf, Peter von Borgo gab Gas und jagte durch die Nacht nach Blankenese zurück.

Die Villa in Blankenese

Krisensitzung. Seit zwei Stunden saß Kriminaloberrat Karsten Tieze mit der Crew der 4. Mordbereitschaft, einigen Männern der Spurensicherung, dem Polizeifotografen und drei Männern aus der Kriminaltechnik im großen Sitzungsraum zusammen. Es herrschte eine angespannte Atmosphäre. Jeder Mord war eine ernste Sache und wurde mit viel Einsatz bearbeitet. Dass es dieses Mal jedoch eine junge Kollegin getroffen hatte, war für die meisten eine ganz neue Situation und erschwerte es, einen kühlen Kopf zu bewahren. So war die Stimmung ungewöhnlich gedrückt, als das Team Sandra Richters Wohnung durchsuchte und in ihren Unterlagen nach Hinweisen auf ihren Mörder Ausschau hielt. In der Kriminaltechnik wurden die wenigen Spuren vom Leichenfundort ausgewertet, Björn Magnus hatte über Nacht die Fotos entwickelt, und auch der Bericht des Pathologen lag bereits vor.

„Wie befassen uns also mit drei Mordfällen, die vermutlich miteinander in Zusammenhang stehen“, begann der Kriminaloberrat.

Sabine starrte abwesend in den Kalender, der vor ihr auf dem Tisch lag.

„Wann wir den Todeszeitpunkt für Edith Maas ansetzen dürfen, wird uns nun Dr. Rothmann erläutern.“

Der Rechtsmediziner trat ans Pult. Er war groß gewachsen mit schütterem grauem Haar. Seine Haut war noch vom letzten Urlaub in der Karibik tief gebräunt.

„Wir müssen unsere erste Aussage revidieren und gehen nun doch von einer längeren Liegezeit aus“, begann er und nahm die Brille ab, um sie zu putzen. „Für die nun ermittelte Liegezeit ist die Leiche erstaunlich gut erhalten, dennoch spricht der Insektenbefall gegen einen späteren Todeszeitpunkt. Wir haben Fliegenlarven in jedem Wachstumsstadium von einem bis zehn Millimeter vorliegen, aber auch wenige bereits verpuppte Larven. Leere Puppenhüllen konnten wir jedoch nicht finden. Vor allem an den Körperöffnungen kann die Eiablage schon wenige Stunden nach dem Tod erfolgen. Das Ende der Verpuppung wäre dann sechzehn bis zwanzig Tage später zu erwarten. Berücksichtigen wir dazu noch die kühle Witterung der vergangenen Tage und den Zersetzungszustand der Blutgefäße, dann kommen wir auf eine Liegezeit von elf bis dreizehn Tagen. Der Todeszeitpunkt liegt also zwischen dem vierten und dem sechsten Oktober. Bei Sandra Richter können wir den Todeszeitpunkt wesentlich genauer angeben.“

Er setzte sich die Brille wieder auf und zwinkerte ein paarmal. „Am Montagabend hat Frau Richter noch mit Kollegin Berner telefoniert. Am Mittwoch, so gegen zweiundzwanzig Uhr, hat Frau Berner die Leiche entdeckt. Der Arzt traf ungefähr eine Stunde später ein. Ich nehme nicht an, dass sie an der Fundstelle getötet wurde, doch sie wurde dort abgelegt, bevor die Totenstarre eintrat, also spätestens drei bis vier Stunden nach ihrem Tod. Danach wurde sie nicht mehr bewegt, wie die Leichenflecken zeigen. Da sich ihre Temperatur bei Auffinden bereits der Umgebungstemperatur fast angeglichen hat, gehe ich von einem Todeszeitpunkt zwischen ein und fünf Uhr morgens am Mittwoch, dem 24.10., aus.“

„Können Sie uns auch noch die Todesursache bestätigen?“, fragte Karsten Tieze. Der Mediziner nickte.

„Alle drei Frauen wurden von einer Person mit mittelgroßen bis großen Händen erwürgt. Die Opfer haben sich nicht gewehrt. Es gibt keine Hautspuren unter den Fingernägeln. Vermutlich waren sie bewusstlos, doch wie er das gemacht hat, wissen wir noch nicht. Wir konnten auch keine Hautspuren des Täters am Hals der Opfer isolieren, sodass wir davon ausgehen können, dass er in allen drei Fällen Handschuhe trug. Außerdem hat die Technik Latexspuren gefunden. Der Täter – oder die Täterin – ganz dürfen wir das nicht ausschließen – trug wahrscheinlich diese Einmalhandschuhe, wie sie auch in der Medizin verwendet werden."

Die Stimme des Rechtsmediziners rauschte an ihrem Ohr vorbei. Sabine blätterte in dem kleinen Kalender, den sie in Sandras Wohnung zwischen ein paar Zeitschriften an ihrem Bett gefunden hatte. Eine Eintragung fiel ihr ins Auge:

Privatdetektiv Peter von Borgo, Panzerstraße 13, nicht angemeldet! Eigentümerin des Hauses: Rosa Mascheck! (Sabine fragen) stand in der Zeile des zweiundzwanzigsten Oktobers und dann noch: *Die Fotos! – Arzt*?

Sandra hatte etwas entdeckt und es mit der Kollegin besprechen wollen. Sabine versuchte sich das Telefonat vom Montag ins Gedächtnis zurückzurufen. War es wirklich erst fünf Tage her? Die Kommissarin schüttelte den Kopf. Verdammt, Sandra musste dem Mörder auf der Spur gewesen sein, doch er hatte es gemerkt und sie unschädlich gemacht.

„Die Tochter der ermordeten Edith Maas gilt weiterhin als vermisst", drang die Stimme des Kriminaloberrats wieder zu Sabine durch. Er beschrieb das Kind und wiederholte die wenigen Hinweise, die Nachbarn und Lehrer gegeben hatten. „Trotz intensiver Suche zweier Hundertschaften in der Umgebung der Leichenfundorte bei Rissen konnte nichts gefunden werden, das uns einen Hinweis auf den Verbleib des Kindes geben könnte."

Kein Hinweis auf den Verbleib des Kindes, wiederholte Sabine in Gedanken. Wie harmlos das klingt. Dabei ist die Kleine vielleicht tot, und ihr Körper verfault dort draußen irgendwo, oder sie ist in der Gewalt eines Mörders, eines Verrückten. Die Kommissarin verdrängte die grausamen Bilder, die in ihr aufstiegen.

„Wir werden die Suche auf das Umland ausdehnen und ein Foto an alle Polizeidienststellen geben, an Kinderbetreuungseinrichtungen und die Kirchengemeinden. Außerdem stellen wir einen Aufruf ins Internet. Vielleicht hat die Mutter das Mädchen zu Bekannten oder Verwandten gebracht."

Das war eine Möglichkeit, ein winziger Hoffnungsschimmer, dass ihnen wenigstens eine Kinderleiche erspart bleiben würde. Die Gedanken der Kommissarin wanderten wieder zu ihrer ermordeten Kollegin. Es war offensichtlich, dass der Täter Sandras Wohnung durchsucht hatte, doch hatte er alle verräterischen Unterlagen gefunden und vernichtet, oder hatte er etwas übersehen? Sandra hatte es sich angewöhnt, zu schwierigen Fällen daheim Notizen zu machen. Jede Menge alter Akten hatte das Team auf ihrem Schreibtisch im Wohnzimmer gefunden, doch kein Wort über die Morde an Ronja und deren Nachbarin. Sabine Berner strich mit dem Zeigefinger über die letzte Eintragung in dem Taschenkalender. Vielleicht würde diese Notiz die Untersuchung weiterbringen. Mascheck – war das nicht die alte Dame mit dem Motorrad?

„Sabine, kommst du?"

Sönke Lodering riss sie aus ihren Gedanken. Sie hatte gar nicht bemerkt, dass der Chef seinen Vortrag beendet und die meisten das Konferenzzimmer bereits verlassen hatten.

„Hm", brummte sie nur und folgte ihm ins Büro zurück. Sie schaltete den Computer ein, zog das kleine Plastikkärtchen mit dem Polizeiabzeichen und ihrem Foto durch den Leseschlitz und rief dann die Datei des Einwohnermeldeamts auf. Ein Peter von Borgo war nirgends zu finden. Sabine Berner erweiterte ihre Suche auf die Städte und Gemeinden des Umlands – nichts. Dann versuchte sie es mit den Detekteien. In der Panzerstraße in Blankenese war keine eingetragen.

Sönke Lodering zog sich seine lammfellgefütterte Jacke an und stülpte sich die blaue Mütze über die Ohren.

„Mir reicht's. Was ist mit dir? 'nen Grog bei Rita trinken?"

Sabine schüttelte den Kopf. „Nein danke, heute nicht."

„Soll dich übrigens von Andreas grüßen. Hab ihn gestern Abend zufällig getroffen. Wusste gar nicht, dass der wieder in Hamburg ist."

Die junge Frau rieb sich die Augen. „Er ist mir letztens auch mal über den Weg gelaufen. Der Gute weiß nicht so recht, was er will. Erst will er unbedingt zur Kripo, dann unbedingt zur Bundeswehr, und jetzt ist er da auch wieder weg, weil's nicht das ist, was er sich vorgestellt hat."

Sönke brummte. „Na ja, soviel ich weiß, ist das nicht der Grund. Die haben ihm wohl nahegelegt, seine Sachen zu packen."

Sabine riss die Augen auf. „Was? Aber warum? Ich meine, was ist denn vorgefallen?"

Sönke zuckte die Schultern und wandte sich zum Gehen. „Keine Ahnung. Thomas hat im Sommer mal so eine Bemerkung fallen gelassen. Jedenfalls arbeitet er jetzt für irgendeinen privaten Sicherheitsdienst." Er hob die Hand zum Abschied. „Also denn, mien Deern."

Es wurde still um die Kommissarin herum. Immer mehr

Lichter verloschen, doch sie konnte sich nicht aufraffen, nach Hause zu fahren. Irgendwo hatte jemand einen Fernseher eingeschaltet. Die Erkennungssequenz der Tagesschau hallte durch den dunklen Flur.

Entschlossen erhob sich die Kommissarin, schaltete den Computer aus und griff nach ihrer Jacke. Seit dem unerwarteten Besuch in ihrem Wagen stand der Passat zwischen den Dienstfahrzeugen unten im Carport, der das gesamte Präsidium unterhöhlte und außen herum wie ein Burggraben mit Wall umschloss. Das Angebot, einen Beamten zur Begleitung mitzunehmen, lehnte sie ab. Es war schon schlimm genug, dass ihr Telefon abgehört wurde und eine Zivilstreife vor ihrer Haustür stand. Sie fühlte sich nicht beschützt, nur überwacht und eingeengt.

Langsam fuhr Sabine Berner durch die nächtlichen Straßen nach Blankenese, stellte den Wagen unten am Mühlenberger Weg ab und stieg dann den lang gezogenen Treppenweg der Panzerstraße hinauf. Weiß gestrichene Gartenzäune mit geschwungenen, schmalen Törchen säumten den Weg, dahinter im Schein der Straßenlaternen riesenhafte Farne, Rhododendronbüsche und beerenschwerer Feuerdorn. In verwilderten Gärten, hinter altersschwachen Zäunen, erhoben sich die Häuser: rote Klinker mit weißen oder schwarzen Fachwerkbalken, ein tief gezogenes Reetdach über grün gestrichener Haustür, die letzten Geranien vor den Sprossenfenstern, ein schmales, weiß verputztes Haus mit Schindeldach, ein Rosenbogen, der zu einer leuchtend blauen Tür führte.

Die Kommissarin blieb vor der Nummer 13 stehen. Efeu verhüllte die roten Ziegel bis fast zum Dach, schmal, hoch und verwinkelt ragten die Mauern unter dem Reetdach auf. Hinter dem erleuchteten Küchenfenster sah Sabine eine alte

Frau am Herd hantieren, auf dem Küchentisch lagen Zwiebeln und Kartoffeln, ein altmodischer Teekessel pfiff. Mit einem gehäkelten Topflappen nahm die Frau den Kessel vom Herd und goss das Wasser in eine dunkelbraune Steingutkanne.

Sabine trat an die Tür. „Mascheck“, entzifferte sie das angelaufene Messingschildchen. Sie hatte den Finger schon am Klingelknopf, als sie zögernd innehielt.

Was sollte sie die alte Dame fragen? Wohnt hier ein unheimlicher Mann bei Ihnen, der ein Motorrad fährt und Frauen ermordet? Na ja, vielleicht nicht ganz so direkt, nahm sie sich vor und drückte den Klingelknopf.

Die Kommissarin musste nicht lange warten, da flammte Licht in der Diele auf. Durch die vier quadratischen Scheiben in der oberen Hälfte der Haustür sah sie die Frau aus der Küche auf sich zukommen. Sie hob nur fragend die Augenbrauen, als sie die fremde Besucherin vor ihrer Tür sah.

„Entschuldigen Sie die späte Störung, Frau Mascheck?“ Die alte Dame nickte zur Bestätigung. „Berner ist mein Name, von der Kriminalpolizei.“ Die Kommissarin holte ihren Ausweis hervor. „Darf ich Ihnen ein paar Fragen stellen?“

Rosa Mascheck trat zurück und ließ die Besucherin eintreten. Kein Erstaunen, keine aufgeregten Fragen, warum die Kripo zu ihr komme, nur die Aufforderung, ihr in die Küche zu folgen.

„Der Tee ist gerade fertig.“

Die Kommissarin ließ sich auf die ungepolsterte blaue Eckbank sinken und nahm den dampfenden Becher dankend entgegen.

„Wohnt ein Peter von Borgo hier bei Ihnen im Haus?“, fragte Sabine und träufelte etwas Sahne in das starke Gebräu.

„Nein."

„Ein Privatdetektiv", fügte die Kommissarin hinzu, doch die alte Dame schüttelte den Kopf.

„Ich wohne hier seit dreißig Jahren alleine – kein Mann, nur meine Katzen gibt es hier." Sie deutete auf einen niedrigen Sessel, auf dem ein dicker grauer Kater schlief. Daneben auf der Kommode stand das vergilbte Foto eines kräftigen jungen Mannes in Marineuniform.

„Mein Sohn Hans", erklärte Rosa Mascheck, die dem Blick gefolgt war.

Sabine stand auf und betrachtete das Bild genauer. Der Mann war hellhäutig und das kurz geschorene Haar unter seiner Mütze eher blond. Bestimmt würde ihn niemand als unheimlichen Mann bezeichnen.

„Haben Sie ein Motorrad, Frau Mascheck?"

Die Alte lächelte die Besucherin mitleidig an. „Gute Frau, ich bin zweiundachtzig. Was sollte ich denn mit einem Motorrad anfangen?"

„Ihr Sohn vielleicht?"

„Mein Sohn ist seit über zwanzig Jahren tot."

Sabine Berner stellte das Foto zurück. „Oh, das tut mir leid. Darf ich fragen, wie er ums Leben kam?"

Rosa Mascheck warf das letzte Stück Kandis in ihren Tee. „So genau wollte mir das keiner sagen. Er war ja bei der Marine, und da soll's einen Unfall gegeben haben. Nicht einmal seine Leiche haben sie mir gegeben. Einen leeren Sarg habe ich beerdigt." Sie schwieg. Die Kommissarin setzte sich wieder und trank einen Schluck des süßen Gebräus.

„Können Sie sich vielleicht jemand anderen vorstellen – einen Mann –, der vorgibt, hier eine Detektei zu führen? Der ein Motorrad auf Ihren Namen angemeldet hat?"

Sie zögerte. „Mein Neffe Peter vielleicht."

Das Herz der Kommissarin tat einen Sprung. „Wie heißt Ihr Neffe, wie alt ist er? Wie sieht er aus? Haben Sie ein Foto von ihm?"

„Nun mal langsam mit die junge Pferde", wehrte Rosa Mascheck ab und erhob sich.

„Er heißt Mascheck, so wie mein Vater und sein Bruder." Sie errötete leicht. „Ich war nie verheiratet, wissen Sie." Mit einem Kopfschütteln vertrieb sie die Schatten der Vergangenheit, die in ihr aufstiegen. „Ich denke, Peter ist so um die vierzig. Ich habe kein Foto von ihm, doch ich würde sagen, er ist groß, schlank und hat dunkles Haar."

„Wohnt Ihr Neffe manchmal hier bei Ihnen?"

Die alte Dame stellte eine bemalte Blechdose mit braunem Kandis auf den Tisch. „Nein, nein, er lebt in der Stadt."

„In Hamburg?"

Rosa Mascheck sah die Besucherin verständnislos an. „Ja, in der Stadt!" Für sie schien die Nachfrage überflüssig zu sein.

„Würden Sie mir seine Adresse geben?" Sabine sah in die hellen Augen der alten Dame. Rosa Mascheck überlegte einige Augenblicke, dann schüttelte sie den Kopf.

„Die hat er mir, glaube ich, gar nicht gesagt, oder ich habe sie wieder vergessen." Sie lächelte entschuldigend.

„Aber Sie haben doch sicher seine Telefonnummer!"

Wieder schüttelte die alte Dame den Kopf. Sie legte ihre faltigen Hände um die blau-weiße Tasse und nippte an ihrem Tee.

„Wozu sollte ich mit ihm telefonieren? In meinem Alter gleichen sich die Tage wie ein Ei dem anderen, wissen Sie. Da gibt es nichts mehr zu erzählen außer", ihr Blick wanderte in die Ferne, „von den alten Tagen, bevor der Krieg kam." Träumerisch starrte sie in die Flamme der dicken Stumpenkerze auf dem Tisch.

Die Kommissarin erhob sich. „Ich danke Ihnen für Ihre Auskünfte und den Tee, Frau Mascheck. Wenn Ihnen noch etwas einfällt, dann rufen Sie mich bitte an." Sie gab der alten Dame eine Visitenkarte. Ohne auch nur einen Blick darauf zu werfen, verschwand das Kärtchen in der Schürzentasche. Rosa Mascheck begleitete die späte Besucherin zur Tür.

„Darf ich Sie noch einmal aufsuchen, wenn ich in der Nähe bin?", fragte die Kommissarin, als sie die faltige Hand drückte.

„Wenn Sie meinen, aber nicht donnerstags, da mache ich immer im Haus meines Bruders sauber, oben am Baurs Park, das weiße, achteckige Haus mit den Säulen."

„Ach, Ihr Bruder wohnt auch in Blankenese?"

Die Alte schüttelte den Kopf. „Nein, nein, der ist auch schon eine Ewigkeit tot. Das Haus gehört jetzt meinem Neffen."

Sabine, die schon am Gartentor stand, kam noch einmal zurück.

„Dann wohnt Ihr Neffe am Baurs Park?"

Rosa Mascheck überlegte einen Augenblick, doch dann schüttelte sie den Kopf. „Vielleicht ist er ab und zu dort, doch dort wohnen? Nein! Außer Staub wischen muss ich nicht viel tun, und die Küche wurde in den letzten zwanzig Jahren nie benutzt. Oder glauben Sie, ein Mann würde Herd und Spüle selbst wieder richtig sauber machen? Außerdem funktioniert der Kühlschrank nicht."

„Da haben Sie wohl recht", stimmte ihr Sabine enttäuscht zu. „Darf ich mir das Haus trotzdem einmal ansehen?"

Rosa Mascheck zuckte die Schultern. „Wenn Sie möchten. Es ist das letzte Haus hinten am Baursweg, Nummer 3."

Langsam schritt Sabine zu ihrem Wagen zurück und lenkte ihn hinauf zur Elbchaussee. Es war sinnlos, das Haus heute Abend noch zu besuchen, und dennoch bog sie links ab und folgte der Blankeneser Hauptstraße, bis links das Schild *Baurs Park* im Lichtkegel auftauchte. Sie folgte der U-förmigen Straße am oberen Rand des großen Parks und stellte dann ihren Wagen unter den dichten Alleebäumen ab. Die letzten Meter ging sie im trüben Licht der Laternen zu Fuß, bis sie vor einem schmiedeeisernen Tor stand. Zwischen alten Bäumen und verwilderten Büschen verschwand ein gepflasterter Weg in dem parkähnlichen Garten. Rechts und links führte eine Mauer um das Grundstück herum. Sie war nur brusthoch, doch das Buschwerk dahinter so dicht, dass es kaum einen Blick in den Garten gewährte.

Sabine lehnte sich gegen die Metallstäbe und reckte den Hals, um vielleicht doch einen Blick auf das Haus zu erhaschen, als das Tor plötzlich geräuschlos zurückschwang. Erschrocken sah sich Sabine um, konnte jedoch niemanden erkennen. Sie lauschte. Von der Hauptstraße her erklang das Rauschen der Autos, irgendwo bellte ein Hund, doch der Garten vor ihr lag ruhig und verschlafen da. Langsam ging sie weiter. Das rote Kopfsteinpflaster unter ihren Füßen war von Unkraut durchsetzt. Der Weg führte in einem Bogen auf das Haus zu und teilte sich, um eine Rabatte mit kleinen Büschen zu umschließen und sich dann vor der Mahagonihaustür wieder zu treffen. Auf beiden Seiten des gepflasterten Ovals erhoben sich niedrige Nebengebäude.

Ein bleicher Mond hing am sternenübersäten Himmel und beleuchtete die weiß verputzte Villa. Zwei schlanke Säulen rechts und links der Eingangstür stützten den mit einem schmiedeeisernen Gitter umkränzten Balkon im ersten Stock. Kein Namensschild, keine Klingel, nur ein altmodischer Bronzeklopfer zierte die Edelholztür.

Sabine verließ den Pfad, um das Haus zu umrunden. Ihre Füße versanken in weichem Gras, gelbe Blätter wirbelten bei jedem Schritt auf. Immer wieder blieb die junge Frau stehen, um zu lauschen, doch nur der Nachtwind flüsterte in den Bäumen. Auf der anderen Seite des Hauses erreichte die Kommissarin eine rechteckige Terrasse, halb geschützt unter dem von vier Säulen getragenen Balkon, der sich über die gesamte Ostseite erstreckte. Auch auf der Terrasse drängte sich Gras durch die Ritzen. Ein runder Tisch und zwei alte Teakholzliegestühle standen nahe der Wand. Die hohen Sprossenfenster sahen dunkel und schweigend auf die Elbe hinaus. Sabine trat näher und presste ihre Nase auf das kalte Glas. Die hellen und dunklen Flächen des Parkettbodens spiegelten das Mondlicht wider. In der Mitte des weitläufigen Raumes stand ein Konzertflügel, hinten an der Wand, zwischen deckenhohen Bücherregalen, erkannte sie ein schmales Sofa mit zierlich geschwungenen Füßen. Ein Lufthauch an ihrem Ohr ließ sie herumfahren. Was war das?

Ein kleines Tier flatterte vorbei. In hektischem Zickzack drehte es eine Runde und verschwand dann im Schatten der aufragenden Baumwipfel. Erstaunt sah Sabine der Fledermaus nach. Gab es hier noch mehr davon? Sie trat auf den Rasen und schritt auf eine Gruppe alter Eichen zu. Ihr Blick wanderte über den sternenbesetzten Himmel, die Scherenschnittsilhouetten der Bäume und Büsche, bis zum schimmernden Band der nächtlichen Elbe hinunter. Ein verschlafenes Tuckern drang vom Wasser her, als ein hell beleuchtetes Fischerboot vorbeizog, ein Netz aus silbernem Mondlicht im Schlepptau.

„Welch ein Anblick!“, hauchte ihr jemand ihre eigenen Gedanken ins Ohr. Sabine erschrak so sehr, dass sie nicht einmal einen Schrei ausstieß. Ihr Herz sprang in wilden Triaden, und ihr Atem setzte einfach aus. Es dauerte einige Augenblicke, bis ihr Gehirn begriff, dass nun ein Mann neben ihr im nächtlichen Garten der Blankeneser Villa stand, doch wo er so plötzlich hergekommen war, ohne sich durch ein Geräusch anzukündigen, das ging über ihren Verstand. Er schien ihr tiefes Entsetzen zu spüren, denn er trat zwei Schritte zurück, legte den Kopf schief und hob entschuldigend die Hände.

„Ich habe Sie erschreckt! Das tut mir leid. Sie waren zu sehr in diesen herrlichen Anblick versunken, um meine Schritte zu hören."

Zwei keuchende Atemstöße, dann hatte sich die junge Frau wieder so weit im Griff, dass sie in der Lage war, Sätze zu bilden und auszusprechen.

„Ich glaube, ich sollte mich entschuldigen, dass ich hier einfach eingedrungen bin."

„Ich bitte Sie, nein, ich kann es gut verstehen, dass Sie sich von diesem Ort angezogen fühlen. Ich selbst stehe manche Nächte stundenlang hier und sehe auf das Wasser hinunter."

Sabine ließ die Hand sinken, die sie sich unwillkürlich an die Brust gepresst hatte, und betrachtete den schlanken Mann, der sie einen halben Kopf überragte. Er trug schwarze Jeans und ein graues Hemd mit offen stehendem Kragen. Das Mondlicht umschmeichelte kurz geschnittenes dunkles Haar und ein glattes, ebenmäßiges Gesicht.

„Ich entschuldige mich trotzdem für meine Neugier." Sie streckte ihm die Rechte entgegen. „Sie sind sicher Herr Mascheck, der Eigentümer dieses herrlichen Stückchens Erde."

Er ergriff die ihm dargebotene Hand und umfasste sie leicht.

„Peter von Borgo ist mein Name, und mit wem habe ich das Vergnügen?"

Sabine schauderte, als sie seine eisige Hand berührte. Kein Wunder, wenn er bei diesen Temperaturen nur im Hemd draußen herumlief.

„Sabine Berner", stellte sie sich vor und zog die Hand rasch wieder zurück. „Ich habe mich heute mit Ihrer Tante unterhalten", ergänzte sie, obwohl er nicht bestätigt hatte, dass er Peter Mascheck war.

Der Mann an ihrer Seite lachte leise. Es war ein angenehmes Lachen, das das lauernde Misstrauen der Kommissarin schmelzen ließ.

„So, so, was hat das liebe Tantchen denn erzählt? Dass ihr Neffe ein bisschen überdreht ist und wie ein Junge Detektiv spielt?"

Sabine schüttelte den Kopf. „Nein, das hat sie nicht. Doch was meinen Sie mit ‚Detektiv spielen' – wenn ich so neugierig fragen darf?"

Wieder huschte ein seltsames Strahlen über sein Gesicht. „Sie dürfen. Ich arbeite als Privatdetektiv und bin seitdem Peter von Borgo."

Aber eingetragen bist du nicht, dachte die Kommissarin, gab sich aber überrascht: „Ein Privatdetektiv! Ist Peter von Borgo dann so etwas wie ein Künstlername?"

Der Vampir lächelte in sich hinein, griff das Spiel jedoch auf und sagte ernst: „Das könnte man sagen, doch ich habe mich schon so daran gewöhnt, dass mir der Name Mascheck nicht recht über die Lippen kommen will. Es liegt vielleicht auch daran, dass ich kein sehr freundschaftliches Verhältnis zu Peter Mascheck senior hatte. Doch das soll Sie nicht interessieren – sagen Sie einfach Peter, das ist am einfachsten."

Er spürte, dass er zu weit gegangen war. „Ich muss jetzt gehen, Herr von Borgo, ich habe Sie lange genug aufgehalten."

Der Vampir hob abwehrend die Hände. „Aber nein, ich lasse mich von niemandem aufhalten. Ich werde jetzt wieder reingehen und ein wenig üben. Sie können gern so lange bleiben, wie Sie möchten, und in Ruhe die Aussicht genießen."

Vor Erregung zitternd eilte er zum Haus zurück. „Du entgehst mir nicht", flüsterte er, „ich habe dich gerufen, und du wirst mein sein!" Er drückte die großen Glastüren auf, öffnete den Flügel und setzte sich auf den Schemel. Noch immer bebten die weißen, schlanken Finger vor Spannung.

„Nun hör gut zu, mein Liebchen, was ich dir zu sagen habe." Die Hände hoben sich, verharrten einen Augenblick reglos in der Luft und fielen dann auf die elfenbeinfarbenen Tasten nieder.

Peter von Borgo war so schnell in der Nacht verschwunden, dass sich Sabine erstaunt um ihre eigene Achse drehte, doch er war nirgends zu entdecken. Keine Schritte, keine raschelnden Blätter, er war einfach weg. Die junge Frau schauderte. Ihr unfreiwilliger nächtlicher Ausflug in die Wälder am Schnaakenmoor kam ihr wieder in den Sinn. Eilig machte sich die Kommissarin auf den Rückweg.

Im Haus flammte Licht auf und flutete golden über die Terrasse, dann drangen die ersten Töne an Sabines Ohr. Lauschend blieb sie stehen. Erst erhoben sich schlanke, flinke Läufe, dann schwoll der Klang an, und die Akkorde verdichteten sich zu einem Choral, nur um kurz darauf wieder zurückzugleiten und im leichtfüßigen Tanz einer Elfe im nächtlichen Wald zu enden.

Angezogen vom wogenden Rausch der Klänge, trat Sabine näher, bis der Lichtschein sie erfasste und sie einen Blick auf den seltsamen Mann werfen konnte, der in sich versunken am Flügel saß und dessen Finger wie entfesselt über die Tasten rauschten.

Üben!, dachte Sabine und schüttelte fassungslos den Kopf. Auf den Liegestühlen lagen nun weiche Kissen, und obwohl ihr Verstand ihr streng befahl, diesen Ort sofort zu verlassen, ließ sie sich verzückt auf die weichen Polster sinken und lauschte der gewaltigen Musik. Der herrliche Sternenhimmel über ihr, die zauberhafte Aussicht auf die nächtliche Elbe bis hinüber ins Alte Land und dann diese Klänge! Die Gedanken flossen immer langsamer, bis sie erstarrten und sich den Träumen ergaben, die wie feiner Nebel um sie herum aufstiegen.

Plötzlich schreckte sie hoch. Die Musik war verklungen, doch der Sternenhimmel über ihr war noch da. Es war kalt geworden. Fröstelnd richtete sich Sabine auf. Peter von Borgo hatte auf dem zweiten Liegestuhl Platz genommen und streckte ihr nun ein Glas mit dunkelrotem Wein entgegen.

„Es ist spät geworden, Frau Berner. Ich möchte nicht, dass Sie sich erkälten."

Verwirrt stotterte sie eine Entschuldigung und trank dann ein paar kleine Schlucke, um ihren Geist aus seinem Schlummer zu wecken. Der Wein schmeckte erdig.

„Kommen Sie, ich bringe Sie zu Ihrem Wagen."

Er bot ihr die Hand, doch sie erhob sich, ohne danach zu greifen. Schweigend ging sie neben ihm her. Erst als Sabine die Autotür geöffnet hatte, sah sie Peter von Borgo noch einmal an.

„Sie spielen herrlich! Ich danke Ihnen und wünsche eine gute Nacht."

Der Vampir neigte nur stumm den Kopf, trat zur Seite und sah ihr nach, bis der Wagen um die Ecke verschwunden war. Dann kam Bewegung in ihn. Er eilte ins Haus, holte den langen schwarzen Mantel, schob die Hayabusa aus der Garage und raste dann in Richtung Hamburg davon.

Tief in Gedanken fuhr Sabine nach St. Georg zurück. Es fiel ihr schwer, ihre wirren Gefühle zu ordnen und wieder klar zu denken. Was für ein seltsamer und faszinierender

Mann. Er könnte etwas mit den Morden zu tun haben, mahnte ihre kriminalistische Stimme. Du musst ihn vorladen und befragen!

Ja, seufzte die junge Frau in ihr, ich werde ihn wiedersehen. Eine deutliche Vision von eng ineinander verschlungenen, nackten Leibern stieg vor ihr auf.

Kind!, hörte sie die scharfe Stimme ihrer Mutter. Du kennst diesen Mann seit kaum zwei Stunden und denkst an Sex? Willst du dich einem Wildfremden an den Hals werfen, nur weil er deine Hormone in Aufruhr gebracht hat?

Ja!, schrie das Weib in ihr und reckte die Faust. Ich bin zwar über dreißig, aber ich bin noch nicht vom Markt. So ein Nonnenleben, wie ich es zurzeit führe, kann nicht gesund sein!

Du hättest dich ja nicht von Jens trennen müssen, maulte die Stimme ihrer Mutter. Er ist ein sehr seriöser und erfolgreicher Mann.

Es war die Kommissarin in ihr, die den Schlussstrich zog und damit die Oberhand gewann: Er wird vorgeladen und befragt, und dann sehen wir, ob er etwas mit dem Fall zu tun hat oder nicht. Denke daran, er könnte der unheimliche Anrufer sein, der sich nachts in deine Wohnung geschlichen und dich in den Wald entführt hat. Gut, du hast sein Gesicht nie deutlich gesehen, doch er war auch groß und hatte schwarzes Haar.

Es war lang, erinnerte sich Sabine.

Er könnte es abgeschnitten haben, konterte die Kommissarin.

Es war weit nach Mitternacht, als Sabine Berner ihre Haustür öffnete. Sie drehte sich noch einmal um und betrachtete die parkenden Autos auf der anderen Straßenseite. Da, in einem silbernen 3er BMW, saßen zwei Männer. Gelangweilt sah der eine zu ihr herüber, während sein Partner in einer Zeitschrift blätterte. Sie hob grüßend die Hand, doch dann erstarrte sie. Nur wenige Meter hinter ihren Bewachern, in dem spitzbogigen Durchgang zum Kirchhof des Mariendoms, bewegte sich etwas. Was war das? Ein Mann, der ihre Wohnung beobachtete? Der Schatten löste sich aus der Finsternis des Durchgangs und formte die Silhouette eines großen Mannes in einem langen schwarzen Mantel. Die Straßenlaterne erfasste für einen Augenblick ein bleiches Gesicht und wirres, schwarzes Haar über dem hochgeschlagenen Mantelkragen. Ihr war, als glühten die Augen rot in der Dunkelheit.

Mit einem Fluch auf den Lippen rannte die Kommissarin auf die Straße. Nun hatten auch die Beamten im Wagen bemerkt, dass dort draußen etwas Ungewöhnliches vor sich ging. Sie rissen die Türen auf und sprangen aus dem Auto.

„Gehen Sie in Ihre Wohnung“, rief ihr der Ältere der beiden zu und zog seine Pistole.

Spöttisch lächelnd trat der Unheimliche noch einen Schritt weiter ins Licht und hob grüßend die Hand. Die Männer vom LKA 2 waren nur noch wenige Meter von ihm entfernt, da verschwand er einfach. Sabine war sich nicht einmal sicher, ob er durch den Torbogen geflüchtet war. Doch wohin sonst? Auf der Straße war er jedenfalls nicht zu sehen. Die beiden Beamten rannten mit gezogenen Waffen zum Kirchhof hinüber.

Sabine stieg die Treppe zu ihrer Wohnung hinauf und drehte dann den Schlüssel im Schloss. Merkwürdig, hatte sie die Tür heute Morgen nur hinter sich zugezogen? Sie war sich eigentlich sicher, zweimal abgeschlossen zu haben. Vorsichtig schob sie die Tür auf und schaltete das Licht an.

Nichts rührte sich, doch was war das, dort auf dem Schränkchen unter der Garderobe? Dort lag ein Päckchen, das sicher heute Morgen noch nicht dort gelegen hatte.

Sabine trat zurück in den Flur und sah zur Straße hinunter. Der silberne BMW stand verwaist da. Ein klapperndes Geräusch ließ sie herumfahren. Das war eindeutig aus ihrer Wohnung gekommen! Sie fühlte, wie sich ihre Nackenhaare sträubten. Hastig zog sie ihr Handy aus der Tasche. „Akku leer" blinkte das Display. Verdammt! Und die Observationstypen trieben sich da unten irgendwo herum.

Okay, dann muss ich eben selbst ran, dachte sie und atmete tief durch. Sie zog die SigSauer aus der Tasche, lud einmal durch und schlich dann langsam den Flur entlang. Küche, Bad und Wohnzimmer waren dunkel und leer, doch unter der Tür zum Arbeitszimmer war ein Lichtschein zu sehen. Mit einem kräftigen Stoß drückte die Kommissarin die Tür auf, dass sie gegen die Wand knallte.

„Hände hoch!", brüllte sie die Gestalt vor ihrem Schreibtisch an, und es war ihr, als sei sie in einem schlechten Krimi aus dem Vorabendprogramm gelandet. Der Ertappte schrie erschreckt auf, fuhr herum und riss die Arme hoch.

„Verflucht noch mal, Lars, was machst du in meiner Wohnung?", fuhr sie den jungen Mann an, ohne die Waffe sinken zu lassen.

„Sabine, bitte, tu die Pistole weg", bat er mit zitternder Stimme und ließ dann zögernd die Hände sinken. „Ich kann dir das alles erklären."

Der erste Adrenalinstoß verebbte. Die Kommissarin ließ die Sicherung wieder einschnappen und verschränkte die Arme vor der Brust. „Ach ja, da bin ich aber neugierig!"

Lars Hansen wand sich. „Also, ich bin vom Joggen heimgekommen und habe das Päckchen auf deiner Fußmatte gesehen, und da habe ich geklingelt, und weil du nicht da warst, habe ich es dir in den Flur gestellt."

„Gut, das erklärt jedoch immer noch nicht, was du hier in meinem Arbeitszimmer zu suchen hast!" Ihre schneidende Stimme ließ ihn zusammenzucken.

„Ja, ähm, es ist so, ich wollte bestimmt nicht in deinen Sachen schnüffeln und auch nichts klauen, nur …"

„Was nur?" Langsam trat sie näher. „Kann ich mal sehen, was du da hinter deinem Rücken versteckst?"

Röte schoss dem jungen Mann ins Gesicht. Nur widerstrebend gab er seine Beute frei. Mit weit aufgerissenen blauen Augen sah er Sabine an, die fassungslos auf das leicht zerknickte Foto in ihrer Hand starrte. Die bedrohliche Spannung wich von ihr und löste sich in einem fast hysterischen Gelächter.

„Du schleichst dich hier rein, um ein Foto von mir zu klauen? Bist du noch ganz bei Trost? Und noch dazu eines, das nicht mal schön ist", fügte sie nach einem kritischen Blick auf das Bild hinzu.

Lars lächelte scheu. „Bist du mir nicht mehr böse?"

„Davon kann keine Rede sein!", knurrte sie den verschüchterten jungen Mann an. „Was wolltest du überhaupt mit dem Foto?", fragte sie und hob das Bild hoch, das sie mit einem knallgelben Bikinioberteil und einem bunten Tuch um die Hüften an einem Strand in Kenia zeigte. Julia saß nackt zu ihren Füßen und buddelte im Sand.

„Ich wollte es mir auf den Nachttisch stellen", gestand Lars leise.

„Ach du lieber Gott", stöhnte Sabine und ließ sich auf den Schreibtischstuhl sinken. Ein verliebter Jungschriftsteller war das, was ihr heute noch zu ihrem Glück gefehlt hatte.

Eilige Schritte erklangen auf der Treppe, und plötzlich stürmten zwei bewaffnete Kripobeamte ins Zimmer.

„Alles in Ordnung?“, fragte der Ältere mit einem Blick auf die Pistole, die Sabine immer noch in der Hand hielt. „Die Tür stand offen, und da haben wir gedacht …“

„Alles im Griff! Sie können Ihre Waffen wieder einstecken“, sagte sie und fügte in Gedanken hinzu: Schön, dass ihr auch schon kommt, nachdem ich meinen liebeskranken Nachbarn selbst gestellt habe. Laut fragte sie: „Haben Sie ihn erwischt?“

Der Jüngere sah betreten zu Boden. „Nein, leider nicht. Er ist wie vom Erdboden verschluckt. Wir haben Verstärkung angefordert. Die Kollegen vom Steindamm suchen St. Georg ab, doch bisher konnten sie ihn nicht entdecken.“

Die Kommissarin nickte. Sie hatte nichts anderes erwartet. Eine Weile standen die vier schweigend in ihrem Arbeitszimmer, bis sich Sabine erhob.

„Also ich weiß nicht, was ihr heute Nacht noch vorhabt, doch ich würde jetzt gerne duschen und ins Bett.“

Eilig verabschiedeten sich die Kripomänner, um ihren Beobachtungsposten vor dem Haus wieder aufzusuchen, und auch Lars hatte es eilig, in seine Wohnung hinüberzukommen, doch Sabine hielt ihn zurück.

„Woher wusstest du denn, dass ich nicht daheim bin? Ich hätte ja schon im Bett sein können.“

„Ich habe vorher geklingelt. Schließlich gehst du sonst auch nicht vor zwölf ins Bett.“

„Aha“, sagte sie gedehnt. „Machst du so was öfters?“

Er lief rot an. „Nein, ich habe dir nur mal Briefe reingelegt. Bist du noch böse?“

Sabine seufzte. „Nur ein bisschen. Du musst mir aber versprechen, dass so etwas nicht wieder vorkommt, versprichst du das?“

Er nickte und lächelte sie schüchtern an.

„Ansonsten nehme ich dir nicht nur den Schlüssel ab, ich zeige dich auch wegen Hausfriedensbruchs an!"

„Das würdest du tun?", fragte er und sah so erschrocken aus, dass sich Sabine ein Grinsen verkneifen musste.

„Ja, das würde ich", sagte sie ernst. „Gute Nacht, Lars." Die Tür fiel hinter ihm ins Schloss, der Riegel rastete ein. Als die Kommissarin wenige Minuten später unter der heiß dampfenden Dusche stand, fiel ihr etwas ein. Vielleicht sollte sie Lars noch ein wenig ins Gebet nehmen. Konnte es sein, dass er die Zettel auf ihre Fußmatte gelegt hatte?

Und noch ein Gedanke kam ihr plötzlich. Peter von Borgo konnte ihr unheimlicher Beobachter jedenfalls nicht sein. Wie hätte er so schnell hierherkommen sollen, um sich unter dem Torbogen auf die Lauer zu legen? Sie dachte an das Motorrad. Oder vielleicht doch?

Sabine schlief unruhig in dieser Nacht. Immer wieder schreckte sie hoch und lauschte den nächtlichen Geräuschen ihrer Wohnung. Der Kühlschrank sprang brummend an, die Uhr im Wohnzimmer tickte, irgendwo knackte es. Zweimal schaltete sie alle Lichter an und ging in jedes Zimmer, um ihre zitternden Nerven zu beruhigen.

Um fünf klingelte das Telefon.

„Jetzt kriegen wir dich, du Mistkerl", knurrte die Kommissarin und war mit einem Sprung aus dem Bett.

„Liebste Sabine, ich habe heute nicht viel Zeit, sehen Sie es mir nach. Es gibt auch keine neuen Leichenfunde zu berichten. Ich wollte Ihnen nur sagen, wie sehr mir das Spiel gefällt. Strengen Sie Ihren Verstand an und lösen Sie den Fall – aber geben Sie acht. Es wäre schade, wenn ich als Nächstes Ihre Leiche in den Wäldern finden sollte."

„Warum sagen Sie das? Was wissen Sie über den Fall?"

Doch nur ein leises Klicken und dann ein Tuten antworteten ihr. Wütend knallte sie das Telefon in die Ladestation zurück. Ihr Blick huschte zur Uhr. Hatte das gereicht, um ihn ausfindig zu machen? Sie tippte die Nummer vom Präsidium und ließ sich dann mit der Technik verbinden. Die Beamten führten hier momentan für die Observation zweier Kiezgrößen die Telefonüberwachung durch, doch auch die eingehenden Anrufe für das Handy und das private Telefon der Kommissarin wurden aufgezeichnet.

Erst waren alle Leitungen besetzt, dann klingelte es unzählige Male, ohne dass einer abhob. Endlich hatte die Kommissarin einen Kollegen dran.

„Berner hier. Habt ihr ihn? Was ist denn bei euch los, man kommt ja gar nicht durch?"

„Hallo, Frau Berner, der Teufel ist hier los! Das ganze Präsidium ist in Aufruhr. Ich muss auch gleich wieder los."

„Können Sie mir trotzdem sagen, woher der Anruf kam?"

„Von hier, Frau Berner, hier aus dem Präsidium!"

Verblüfft hielt sie noch minutenlang den Hörer ans Ohr, obwohl der Kollege längst aufgelegt hatte. Ein Anruf direkt aus dem Wespennest. Er musste gewusst haben, dass ihr Telefon überwacht wurde, und dennoch rief er aus dem Präsidium an.

Wie war er da hineingekommen und vor allem, wie konnte er ungesehen wieder entkommen? Oder war er etwa ein Mitarbeiter des LKA, der sich nun frech mit auf die Suche machte? Sabine schüttelte ungläubig den Kopf. Entweder war er schrecklich dumm oder unheimlich dreist. Die Kommissarin tippte auf die zweite Möglichkeit.

In einer Nacht auf dem Kiez

Samstagnacht. Müde und um einiges Geld erleichtert strebten die Touristengruppen ihren gemütlichen Reisebussen zu, um sich in ihre Hotels karren zu lassen. Dicht gedrängt hatte an diesem Tag ein Highlight das andere gejagt, von der morgendlichen Stadtrundfahrt, der Hafenbesichtigung und dem Gang durch die Kunsthallen bis zum krönenden Abschluss: dem obligatorischen Abstecher zur sündigsten Meile der Welt. Ein rotwangiger Oberbayer mit Bierbauch im fortgeschrittenen Stadium hob zum Abschied grüßend die Hand und rief dem Türsteher am *Dollhouse*: „Hummel, Hummel, Mors, Mors", zu, um seinem neuen Duzfreund zu beweisen, dass er die hanseatischen Sitten schon perfekt beherrschte.

Während die Busfahrer ihre Schäfchen einsammelten, ging es in den angesagten Discos und Kneipen auf dem Kiez erst richtig zur Sache. Ob im *Kaiserkeller* in der Großen Freiheit oder im *Cult*, in der *Lounge* in der Gerhardstraße oder im *Tiefenrausch* in der Hopfenstraße, die jungen Hamburger drängten sich unter nervös zuckenden Scheinwerfern auf den nebelwabernden Tanzflächen oder standen in kleinen Grüppchen um die Bars. Die Musik drang bis auf die Straße hinaus und manches Mal auch bis zum nächsten Block, sodass die Nachtschwärmer, die mit einer Flasche Bier in der Hand auf der Straße zusammenstanden, auch noch etwas von dem dröhnenden Sound hatten.

Zwei Männer traten zum Türsteher des *Cubics* und redeten auf ihn ein. Der eine war klein, mit einer breiten Brust und kräftigen Beinen, der andere mittelgroß mit schwarzem Haar und südländischen Gesichtszügen. Der Kleine zog eine Fotografie aus der Tasche und zeigte sie dem Türsteher, doch dieser schüttelte den Kopf.

„Bist du sicher?“, fragte der andere und legte ihm die mit einem Skorpion tätowierte Hand auf den Arm. Der Türsteher nickte, doch dann stieß er den Kleinen in die Seite. Er deutete die Straße hinunter auf eine Frau, die unsicheren Schrittes näher kam. Der Mann steckte das Foto wieder ein, und die beiden verschwanden rasch in einem nahen Hauseingang.

Die Handtasche fest an den Körper gepresst, schwankte Nadine an dem Türsteher vorbei, bezahlte und drängte sich dann zwischen den verschwitzten Leibern hindurch in Richtung Bar. Die beiden Männer, die sich an ihre Fersen hängten, bemerkte sie nicht.

Die Verfolger beobachteten die junge Frau einige Minuten, dann gab der Skorpionmann dem anderen einen Wink. Mit zwei Schritten war er hinter Nadine, legte ihr den kräftigen linken Arm um die Taille und zog sie mit einem Ruck an sich.

„Mach keinen Aufstand und komm ganz brav mit!“, raunte er ihr ins Ohr.

Sie konnte seine Worte zwar nicht verstehen, doch die Messerspitze, die sich in ihren Rücken bohrte, sprach deutlich für sich. Widerstandslos ließ sich Nadine aus dem *Cubics* führen. Draußen schoben sie die Männer ein Stück die Simon-von-Utrecht-Straße entlang und zerrten sie dann in einen dunklen Hinterhof.

„Du meinst also, du kannst uns verarschen?“, sagte der Skorpionmann gefährlich leise und schlug ihr dann unvermittelt ins Gesicht. Blut schoss ihr aus der Nase. Der kurze

Weg von der Disco hierher hatte sie völlig nüchtern gemacht. Sie wusste, wer die beiden Männer waren und was sie mit ihr machen würden. Die Angst kroch tödlich kalt an ihr herauf.

„Wenn wir hier mit dir fertig sind, dann wird dich deine eigene Mutter nicht mehr wiedererkennen", grinste der Kleine und ließ die Klinge seines Messers ein paarmal geräuschvoll einschnappen.

„Alles zu seiner Zeit", knurrte der Skorpion und zog sich den Reißverschluss seiner Hose auf. „Solange sie noch am Stück ist, können wir es ihr auch erst mal richtig besorgen."

Er packte Nadine an den Haaren und drückte ihren Oberkörper auf einen Mülleimer hinunter. Dann riss er ihr grob den Rock herunter.

Die Hände in den Hosentaschen vergraben, spazierte Peter von Borgo vom Millerntorplatz die Reeperbahn entlang. Er beachtete weder die grölenden Betrunkenen, die an ihm vorbeischwankten, noch das Hupen der Autos, die sich in einer dichten Schlange über die Reeperbahn wälzten. In seinen Gedanken tauchte er in die Vergangenheit ein und wandelte durch eine Zeit, als Hamburg sich noch durch Wall und Graben vom Hamburger Berg mit seinem Vergnügungsviertel abgrenzte, als das Millerntor noch um halb sieben geschlossen wurde und die Seeleute von St. Pauli ihre Nächte unter ihresgleichen zubrachten. Ein Lächeln huschte über seine Lippen, als er an den gescheiterten Aufstand an einem Märztag 1848 zurückdachte.

Es war schon dunkel, als sich die Menschen im Fackelschein vor dem Tor zusammenrotteten. „Es lebe die Freiheit!", schrien sie und: „Weg mit der Torsperre." Es waren die Männer und Frauen der Vorstadt, die sich nicht nur über das Sperrgeld ereiferten. Vor allem die ungerechten Zölle brachten die Armen in Rage. Während ihnen verboten war, Waren in Hamburg zu verkaufen, überschütteten die Hamburger St. Pauli mit ihrem billigen Zeug. Das würden sie sich nicht länger bieten lassen. Vom Zorn und Alkohol aufgeheizt, stürmte die Menge das Tor und zündete das Wachhaus an. Ein Triumphschrei schwang sich in den Himmel, als das Tor brach, doch der Sieg war nicht von langer Dauer. Das Bürgermilitär schlug zurück. Am Ende gab es einen toten Maurermeister, verletzte Frauen und Kinder, und das verhasste Tor samt Torhaus wurde wieder aufgebaut. Noch zwölf Jahre mussten die Menschen aus St. Pauli warten, bis in der Silvesternacht 1860 das Tor endgültig fiel.

Der Vampir schritt den Spielbudenplatz entlang, doch er nahm die hässlich abgewetzten Fassaden, die er passierte, gar nicht wahr. Er sah den prachtvollen Bau des *Trichters*, der sich später *Hornhardts-Théâtre Varieté* nannte. Noch königlicher kam gegenüber *Ludwigs Konzerthaus* daher, wie die Volksoper früher hieß. Seine pompöse Pracht ließ den Vampir vom Wiener Burgtheater träumen, denn die Großartigkeit kannte keine Grenzen: Im Wintergarten rauschte ein Wasserfall siebzehn Meter herab, geheimnisvoll erleuchtete Grotten verführten Mädchen zu heimlichen Tête-à-Têtes. Und dann der Konzertsaal! Über einhundert Musiker und mehrere hundert Chorsänger ergötzten die zweitausend Besucher, die im Schein herrlicher Kronleuchter an den reichlich gedeckten Tischen tafelten. Die 80er Jahre des letzten Jahrhunderts waren eine schillernde Zeit gewesen. So etwas wie Wehmut stieg in Peter von Borgo auf, als er an einer kleinen Condomerie und dann an dem lärmenden Ungetüm vorbeischritt, das die Disco *Docks* beherbergte. Die sanften Nebel vergangener Traumwelten legten sich schützend um ihn und führten ihn in die wilden 20er Jahre, in denen Richard Tauber in der

Volksoper „Auf in den Kampf, Torero" gesungen hatte. Im *Trichter* wiegte man sich Wange an Wange im Tangorhythmus oder steppte im Charlestonfieber die Nächte durch. An welch süßen Mädchen in kurzen Flatterkleidern und mit feschem Bubikopf hatte er damals Nacht für Nacht genascht!

Am St.-Pauli-Theater blieb Peter von Borgo stehen. Wenigstens ein Relikt aus den schöneren Zeiten hatte überlebt, auch wenn sein Name stets im Wandel gewesen war. Erst hatte man es *Urania Theater* genannt, dann *Varieté*, aus dem die Hamburger kurzerhand *Warmtee* gemacht hatten. Peter von Borgo lächelte, als er an die Aufführung des Stücks *Familie Eggers oder eine Hamburger Fischfrau* dachte, mit dem der Constabler Fritz Schölermann das Theater vor der Pleite gerettet hatte. Über fünfhundert Mal lief das Stück in den 80er Jahren des vorigen Jahrhunderts und wurde vom Publikum bejubelt. Der Constabler allerdings musste seinen Dienst in der Davidswache quittieren, denn Theaterstücke schreiben schickte sich für einen ordentlichen deutschen Polizeibeamten nicht.

Der Vampir überquerte die Reeperbahn und bog in den „Hamburger Berg" ein. Hier, wo einst die Dröge gestanden hatte, ein hölzernes Gestell, auf dem geteerte Ankertaue getrocknet wurden, reihten sich nun Kneipen zu beiden Seiten der Straße. Das hatte durchaus Tradition. Das erste Wirtshaus, das damals *Zur Dröge* hieß, stand bereits, als Peter von Borgo im Jahre 1800 nach Hamburg kam. Das waren richtige Männer gewesen, die hier in den angrenzenden Schuppen in den Taurollen ihren Rausch ausschliefen. Sie rochen nach altem Schweiß und Teer, nach Bier und billigem Kautabak, und doch pulsierte ein kräftiger Saft unter den eisenharten Muskeln und der schwielenbedeckten Haut.

Nein, der Kiez, wie ihn die Hamburger inzwischen nur

noch nannten, hatte seinen Charme verloren. Missmutig tappte der Vampir die Simon-von-Utrecht-Straße entlang. Da war es ihm doch lieber, im dichten Grün der Wallanlagen zu speisen. Ein paar verspätete Nachtschwärmer gab es in den Parks immer, und auf lauschig versteckten Bänken im Botanischen Garten, zwischen Bambus und japanischen Zierbäumen, schmeckte ihm sein Mahl besser als hier zwischen den Leuchtreklamen der Touristenfallen.

Plötzlich drang ihm ein Geruch in die Nase. Es war unverkennbar der herrliche Duft von jungem Blut, das, lebendig und hell, aus frischen Wunden perlt. Der Vampir blieb stehen und sog ihn in sich auf. Seine Nasenflügel bebten. Nun konnte er auch die dazugehörenden Geräusche einordnen. Feste Schuhe traten auf einen weichen Körper ein. Neugierig trat Peter von Borgo durch das Tor in den düsteren Hinterhof. Der warme Schimmer der menschlichen Körper hob sich deutlich von den schmutzigen Wänden ab. Ein Mann, klein und untersetzt, trat auf eine Frau ein, die am Boden lag. Der Vampir konnte nur ihre nackten Beine mit den braunen Stiefeletten sehen, der Rest ihres Körpers war hinter Mülltonnen verborgen. Ein zweiter Mann, etwas größer und schlanker, stand daneben und zündete sich gerade eine Zigarette an. Die Flamme des Feuerzeugs knisterte leise. Die Atmosphäre von Erniedrigung und roher Gewalt umhüllte den Vampir, als er unbemerkt näher trat. Die kalte Nachtluft war erfüllt vom Angstschweiß und Blut der Frau und vom Urin und milchig weißen Samen, den die Männer im Rausch ihrer Macht auf und in ihr vergossen hatten.

Die brutale Szene erregte ihn. In schmerzhafter Gier drangen die spitzen Zähne hervor, und er zitterte leicht, als er nach dem Mann griff, der rauchend an der Mauer lehnte. Der Skorpionmann riss die Augen auf, doch kein Laut kam über seine Lippen. Die Zigarette zischte im feuchten Schmutz und erlosch. Immer tiefer drangen die spitzen Zähne in seinen Hals, bahnten sich ihren Weg durch sonnengebräunte Haut, Sehnen und Muskeln, bis sie endlich auf die prall gefüllte Lebensader stießen. Pulsierend schoss dem Vampir das Blut in den Hals, das er kaum schnell genug schlucken konnte. Ein kleines Rinnsal zog eine rote Spur von seinem Mundwinkel bis zum Kinn herab, doch er war zu sehr in seinem Rausch gefangen, um es wegzuwischen. In dem männlichen Blut kreisten noch die Hormone der zerstörerischen Gewalt und hinterließen ein erregendes Prickeln auf der Zunge. Noch einen tiefen Zug, dann ließ er sein Opfer, geschwächt und dem Tode nahe, achtlos in den Schmutz sinken und wandte sich dem zweiten zu. Der hatte inzwischen von der Frau abgelassen und starrte wie versteinert den Vampir an, der ruhig nach ihm griff und ihn, als wäre er nur ein Kind, zu sich herzog. Die Beine zappelten hilflos in der Luft, als seine Lebenskraft mit seinem Blut durch die Kehle des Vampirs floss.

Nun war seine Gier fürs Erste gestillt. Genüsslich leckte er sich die Lippen und wischte sich das Kinn mit einem spitzengesäumten Taschentuch ab, das leicht nach Vanille duftete. Lässig beugte er sich zu der halb nackten Frau hinab und zog sie hoch. Ihr Kopf fiel leblos zur Seite, doch sie lallte ein paar unverständliche Worte. Einige Augenblicke stand der Vampir in dem schmutzigen Hof hinter stinkenden Mülltonnen, den Arm fest um die Taille der bewusstlosen Frau gelegt. Ihr Kopf mit dem zerzausten Haar ruhte an seiner Schulter. Blut quoll ihr aus der Nase, aus der aufgeplatzten Lippe und einer klaffenden Wunde am Kopf, und auch die Beine herab rann es in klebrig roten Streifen. Bis auf eine zerrissene Bluse, den aufgeschnittenen BH und die Stiefeletten war sie nackt.

Was sollte er nun mit ihr machen? Er näherte seine Nase

ihrem Hals und schnupperte. Viel Alkohol und Reste eines Drogencocktails pulsierten in ihren Adern, der Crackrauch hing noch in ihrem ungewaschenen Haar. Nein, sie war für ein Dessert nicht geeignet, stellte der Vampir bedauernd fest.

Mit einem Stöhnen regte sich Nadine und schlug die Augen auf. Peter von Borgo ließ sie los, doch sie taumelte und fiel wieder gegen seine Brust.

„Geh, Mädchen, geh, das ist kein Ort für dich", flüsterte er und schob sie durch das finstere Tor. Sie schwankte den asphaltierten Weg entlang und fiel dann über einen auf dem Gehweg geparkten Mercedes. Mit ausgestreckten Armen blieb sie auf der Motorhaube liegen.

„He, verschwinde von meinem Auto, du besoffene Schlampe", brüllte ein Mann in Anzug und Krawatte, der mit zwei Freunden gerade die Straße entlangkam, doch dann sah er die zerfetzten Kleiderreste und das Blut, das über die silbergraue Motorhaube floss. Mit zitternden Händen kramte er sein Handy aus der Jackentasche und wählte 110.

Peter von Borgo schlenderte unerkannt weiter. Als er das Heiligengeistfeld erreichte, hörte er in der Ferne die Sirenen eines Peter- und eines Rettungswagens.

Der Vampir genehmigte sich in den Wallanlagen unter einer ausladenden Rotbuche noch eine Nachspeise. Kaum zwanzig war die nächtliche Spaziergängerin, die sich mit ihrem Hund an der Seite sehr sicher gefühlt hatte. Der Rottweiler wartete geduldig, bis der Vampir von seinem Frauchen abließ. Nur einmal winselte er leise, als die kalte Hand des seltsamen Wesens ihm zum Abschied über den Kopf strich.

Sabine Berner saß an ihrem Frühstückstisch. Das Radio plärrte, die Sonntagszeitung lag aufgeschlagen auf der einen Seite, auf der anderen ein Bericht über die Wirkung der Discodroge Ecstasy. Lustlos schob sich Sabine ihren Nutellatoast in den Mund und blätterte die nächste Seite um. Die Spurensicherung hatte festgestellt, dass sich in dem verschwundenen Päckchen in Ronjas Wohnung vermutlich größere Mengen an Ecstasy befanden. Die Paketbandreste und Teile von Füllmaterial zeigten, dass das Päckchen geöffnet worden war. Doch wer hatte es geöffnet? Ronja? Hatte sie einen Teil der Tabletten an sich genommen und war sie deshalb ermordet worden? Nein, Sandra hatte ausgesagt, das Paket sei verschlossen gewesen, als sie zum ersten Mal in der Wohnung war. Hatte sich Ronjas Freundin Nadine an den Drogen vergriffen, nachdem Ronja verschwunden war? Wer hatte das Paket in Ronjas Wohnung deponiert? Und vor allem, wer hatte es nach ihrem Verschwinden dort wieder abgeholt? War Ronja nicht nur Callgirl gewesen, hatte sie auch mit Drogen gehandelt? Sabine wiegte den Kopf hin und her. Unwahrscheinlich, aber immerhin möglich. Selbst Drogen genommen hatte die ermordete Prostituierte jedenfalls nicht, das hatte die Obduktion ergeben. Vielleicht wäre es ratsam, sich mit Nadine Horvac noch einmal ausführlich zu unterhalten. Die Kommissarin sah auf die Uhr. Sie hatte keinen Dienst, doch ein Besuch im „Ragazza“ konnte nicht schaden.

Es war einer jener Sonnentage, die einen mit dem Herbst versöhnten. Nachdem sich die Nebelschwaden verzogen hatten, strahlte die Sonne von einem tiefblauen Himmel und wärmte die Leiber und Seelen. Sabine Berner beschloss, erst eine Runde an der Alster entlangzujoggen, ehe sie sich auf die Suche nach der jungen Prostituierten machte. Es war sicher sowieso noch zu früh, um sie in halbwegs wachem Zustand anzutreffen. In Laufhosen und einer leichten Windjacke, das Haar hochgebunden, lief Sabine zum Ufer hinunter. Es herrschte Hochbetrieb. Jeder Hamburger, der etwas auf sich hielt, war heute an der Alster oder unten am Strand bei Övelgönne unterwegs. Ein buntes Treiben aus Müttern und Vätern mit Kinderwagen, knallbunten Joggern, Hunden jeder Rasse und Größe, Rentnergrüppchen und verliebten Pärchen wand sich um die Außenalster. Sabine atmete tief durch. Die Luft war angenehm mild, die Sonnenstrahlen wärmten ihren Nacken. Der gleichmäßige Takt ihrer Füße schickte ihre Gedanken auf Wanderschaft.

Peter Mascheck, der sich von Borgo nannte, tauchte schemenhaft auf, doch sie konnte seine Gesichtszüge nicht fassen. Was war es, das sie so faszinierte, dass er ihr die ganze Nacht in ihren Träumen nicht von der Seite gewichen war? – Er hat etwas Geheimnisvolles an sich. – Die Kommissarin schüttelte unbefriedigt den Kopf. Das ist zu allgemein. Was ist ungewöhnlich an ihm? – Sein Aussehen? Hm. Seine Art zu sprechen? Seine so übertrieben höflichen Umgangsformen? Vielleicht sein herrliches Klavierspiel? Sicher auch. Es gab so viele Fragen. Warum hatte er den Namen gewechselt? Warum war er nirgends gemeldet? War er doch der unheimliche Verfolger? Hatte er etwas mit den Morden zu tun? War sie dabei, einem Psychopathen in die Falle zu tappen?

Erhitzt und schweißnass machte sie sich auf den Rückweg. Sie verzichtete darauf, erst nach Hause zu gehen, um sich unter die Dusche zu stellen, sondern lief direkt in die Brennerstraße zum „Ragazza". Ingrid Kynaß begrüßte sie erfreut.

„Komm rein und setz dich. Ich mach uns einen Tee."

Die Kommissarin ließ sich auf einen Hocker sinken. „Ich bin nichts mehr gewöhnt", schnaufte sie und wischte sich den Schweiß von der Stirn.

„Wem sagst du das?", seufzte Ingrid und stellte den Wasserkocher an. „Ich komme zu gar nichts mehr. Ich habe mir schon überlegt, mich über den Winter in einem Fitnessstudio anzumelden.“ Sie zog die Oberlippe hoch. „Aber eigentlich habe ich keine Lust auf Folterkammer.“

„Meine Rede. Da kriegen mich keine zehn Pferde rein!“

Erst als die beiden Frauen vor ihren dampfenden Tassen saßen, fragte die Kommissarin nach Nadine. Ingrid Kynaß stützte die Ellenbogen auf den Tisch und lehnte ihre Wange an die heiße Tasse.

„Ich habe sie, glaube ich, am Freitag zum letzten Mal gesehen. Gestern war ich nicht hier, und heute ist sie noch nicht aufgetaucht. Willst du auf sie warten?“

Die Kommissarin zögerte. „Ruf mich doch einfach auf dem Handy an, wenn sie kommt.“

Schwester Frauke steckte den Kopf herein. „Ingrid, hast du Zeit für eine Beratung? Saphira ist schwanger.“

Die Sozialpädagogin erhob sich. „Ist gut, ich komme.“

„Ich melde mich bei dir, sobald Nadine auftaucht“, versprach sie noch, dann folgte sie der Krankenschwester.

Sabine schlenderte nach Hause. Sie duschte ausgiebig, zog sich Jeans und einen leichten Baumwollpulli an, griff nach ihrer Wildlederjacke und verließ dann wieder das Haus. Sie fuhr mit der U-Bahn zu den Landungsbrücken hinunter. Dort drängte sie sich durch das sonntägliche Touristenheer und nahm dann die 62er-Fähre nach Finkenwerder. Hier wartete schon die 64, die zum Anleger Teufelsbrück übersetzte. Das nächste Schiff brachte die junge Frau dann nach Blankenese.

Sabine stieg aufs Oberdeck, ließ sich in einen der Drahtstühle sinken und betrachtete die herrschaftlichen Villen am Elbufer, die an ihr vorbeizogen. Die Sonne schien ihr wärmend ins Gesicht und ließ das Laub der alten Bäume in den

Gärten und Parks aufleuchten, rot und gelb, dazwischen das dunkle Grün der Kiefern. Oben auf dem Geestrücken kam der schlanke, rot-weiß geringelte Leuchtturm in Sicht, der auf dem künstlich aufgeschütteten Kanonenberg im Baurs Park thronte. Als die Fähre den kleinen Yachthafen des Blankeneser Segelclubs passierte, erhaschte Sabine einen kurzen Blick auf das Anwesen. Die Wände strahlten blendend weiß, das Sonnenlicht spiegelte sich in den hohen Fenstern. Es war nur ein Augenblick, ein kurzes Aufblitzen, dann war das Haus wieder hinter dem Gelb und Grün der Bäume verschwunden, so plötzlich, wie auch sein Besitzer aufzutauchen und wieder zu verschwinden pflegte.

Kaum waren die Leinen um die Polder geschlungen, sprang die Kommissarin auf den „Op'n Bull'n", wie der Anleger genannt wurde. Sie schlenderte den gepflasterten Strandweg entlang, zwischen grün gestrichenen Gartenzäunen und herbstlich verfärbten Hecken. Vor dem prächtig weißen Jugendstilgebäude des Strandhotels blieb sie zögernd stehen, genehmigte sich dann jedoch einen Cappuccino auf der Terrasse und sah über den mit Segelbooten verzierten Strom hinaus, der unter der späten Nachmittagssonne eine gelbliche Tönung angenommen hatte. Ihr Blick wanderte immer wieder zum Kanonenberg mit seinem Leuchtfeuer hinauf und zu dem stillen Park, der an seinem Rand eine alte weiße Villa verbarg. Der Ort zog sie magisch an. Sabine Berner bezahlte, ging noch ein Stück den Strandweg entlang und stieg dann die Oestmannstreppe hoch, die in den steil ansteigenden Baurs Weg mündete. Immer wieder blieb sie stehen, um den Blick zurück über die Elbe wandern zu lassen, um die schönen Häuser am Weg zu bewundern und um das – sicher nur vom Treppensteigen – unruhig klopfende Herz wieder zur Ruhe kommen zu lassen.

Sabine warf einen Blick über das Tor, folgte dann jedoch einem Pfad um das Grundstück herum. Sie kam sich wie in einem grünen Gewölbe vor: dichte Büsche auf der einen Seite, eine Hecke auf der anderen, ausladende Äste über ihrem Kopf. Ein Lied vor sich hin summend, folgte sie den verschlungenen Pfaden durch den Park, mal unter düsteren alten Bäumen, mal an gepflegten Rasenflächen vorbei, erst bergab und dann steil hinauf, bis sie außer Atem zu Füßen des rot-weißen Stahlkolosses stand.

Prächtig versank die Sonne hinter dem Alten Land und verwandelte den Fluss in glühende Lava, die langsam verblasste, noch einmal in Altrosa aufleuchtete und dann erlosch. Die letzten Segler strebten ihrem Heimathafen zu, ein paar Möwen folgten ihnen kreischend. Sabines Gedanken wanderten schon wieder zu der Villa, die dort hinter den Bäumen verborgen lag. Langsam schlenderte die junge Frau zu den Bänken hinüber, die im Halbrund, hoch über dem Ufer, zum Verweilen einluden, um in Ruhe den Ausblick auf den Strom genießen zu können.

„Forever young, I want to be forever young", summte sie vor sich hin. „Do you really want to live forever, forever, forever young."

„Würden Sie das gerne?", erklang die Stimme, die sie in ihrem Geist bewegt hatte, unvermittelt neben ihr. „Jetzt habe ich Sie wieder erschreckt!", fügte Peter von Borgo bedauernd hinzu.

„Puh, ja, das haben Sie. Guten Abend, Herr von Borgo, welch ein Zufall, Sie hier zu sehen."

„Ich drehe hier gerne eine abendliche Runde, wenn im Park Ruhe einkehrt und die lärmenden Fremden wieder auf dem Heimweg sind. Darf ich Sie auf ein Glas Wein zu mir bitten?", fragte er höflich.

Sabine zögerte einen Moment, dann nickte sie. „Gern."

Er hob den Ellenbogen und sah sie lächelnd an. „Mein schönes Fräulein, darf ich wagen, mein Arm und Geleit Ihr anzutragen?"

Sabine kicherte, sagte aber artig: „Bin weder Fräulein, weder schön, kann ungeleit nach Hause gehn."

Peter von Borgo strahlte. „Sie lieben also nicht nur die Musik!"

Der Vampir und die Kommissarin unterhielten sich lebhaft über Faust und Mephisto und die Aufführung im Hamburger Schauspielhaus mit Gustaf Gründgens Anfang der 60er Jahre.

„Ich habe mir die Videokassette bestimmt zehnmal angesehen", schwärmte Sabine. „Die Aufführung muss ein tolles Erlebnis gewesen sein", fügte sie sehnsüchtig hinzu.

„Das kann man sagen", bestätigte der Vampir. Ja, es war ein fantastisches Ereignis gewesen, und auch an die beiden hübschen Mädchen von der Requisite, an denen er sich nach der Vorstellung gestärkt hatte, konnte er sich noch gut erinnern.

Langsam schlenderten sie den Weg entlang. Es wurde zunehmend dunkler, und bald konnte Sabine nicht mehr erkennen, wohin sie ihren Schritt setzte, doch ihr Begleiter schien den Weg gut zu kennen und führte sie sicher die Treppenstufen hinunter und um alle Hindernisse herum.

Die erste Freude darüber, auf einen Gleichgesinnten gestoßen zu sein, verwandelte sich in Sabine plötzlich in Furcht. Was hatte der Anrufer auf ihre Frage, wer er sei, geantwortet? Auch das war ein Zitat aus *Faust* gewesen. Konnte das ein Zufall sein? Sie schielte zu ihrem Begleiter hinüber, dessen Silhouette sich gegen den klaren Nachthimmel abzeichnete. Nun, da sie in der zunehmenden Dunkelheit sich nicht mehr auf ihre Augen verlassen konnte, nahmen ihre Sinne den Begleiter an ihrer Seite plötzlich auf ganz andere Weise wahr. Die widersprüchlichsten Gefühle stritten sich in ihr. Da waren Furcht und Abscheu, aber auch prickelnde Faszination und ein erotischer Funke, der zur Flamme wurde und sie wärmte. War er derselbe Mann, mit dem sie schon einmal durch die Nacht geschritten war? Aber wie hätte er nach ihrem letzten Treffen so schnell nach St. Georg kommen können, nachdem sie sich hier von ihm verabschiedet hatte? Sie musste versuchen, ihn loszuwerden, und ihn gleich morgen zum Verhör vorladen.

Der Vampir spürte die Veränderung, die mit der jungen Frau vor sich ging, doch er ließ es sich nicht anmerken.

„Sie lieben schöne Ausblicke, Musik, Theater und Literatur – darf ich ganz neugierig fragen, was Sie beruflich machen? Sind Sie Künstlerin? Ich rate einmal: Sie malen!"

Sabine lachte. „Nein, nein, meine Malkünste reichen gerade einmal für die Ansprüche meiner Tochter aus, obwohl ich bei Tieren regelmäßig versage." Sie hatte seine Frage bewusst nicht beantwortet, doch er ließ es dabei bewenden.

Vielleicht ist es ja doch ein Zufall, überlegte die Kommissarin, schließlich weiß mein nächtlicher Anrufer sehr gut, was ich mache – oder er ist schlau und will meine Bedenken zerstreuen.

„Ich sollte vielleicht gleich zur S-Bahn weitergehen. Ich muss noch bis nach Winterhude fahren", warf sie ihm einen weiteren Köder hin.

„Wohnen Sie dort? Ich dachte, Sie kommen vielleicht hier aus der Gegend."

Wieder keine Antwort, stattdessen schwenkte sie zurück zur Literatur.

„Im Sommer habe ich meine Mutter besucht und war mit

ihr in einer Aufführung von *Romeo und Julia* in Schwäbisch Hall, dort haben sie das Globetheater nachgebaut."

Er spürte ihren lauernden Blick in seiner Seite, lächelte in sich hinein und zitierte zwei seiner Lieblingsszenen.

„Ja, und dann sagt Romeo: Ich will in deinen Augen leben, in deinem Schoß sterben, in deinem Herzen begraben werden", fügte Sabine leichthin hinzu.

Er hörte, wie sie vor Spannung den Atem anhielt. Fast hätte er laut gelacht, doch stattdessen legte er, scheinbar nachdenklich, die Stirn in Falten.

„Ich kann mich nicht daran erinnern. Sind Sie sicher? Könnte das Zitat nicht aus dem *Sommernachtstraum* stammen? Nein – oder aus: *Wie es euch gefällt?* …"

„… oder aus: *Viel Lärm um nichts*?" Sabine blieb stehen. „Oh ja, das könnte sein. Sagt das Claudio zu seiner Hero? Wir müssen es nachprüfen!"

Die S-Bahn wurde nicht mehr erwähnt. Sabine folgte Peter von Borgo, ließ sich auf das zierliche Sofa sinken und wartete dort, bis ihr Gastgeber mit dem Wein zurückkam. Er prostete ihr zu, stellte dann jedoch sein Glas auf dem Flügel ab und schritt zu den Bücherregalen. Er zog ein altdeutsch gedrucktes Büchlein in rotem Leder hervor, auf dem in verschlungener Goldschrift *Viel Lermens um Nichts* stand.

Sabine trank von dem schweren Wein und ging aufmerksam an den Buchreihen entlang. Welch herrliche Schätze! Alle Größen der Literatur waren hier versammelt, alle in alten, aufwändig gebundenen Ausgaben. Goethe, Kleist, Rilke, Schiller, von Hofmannsthal …

„Da, ich habe es!", rief er plötzlich und kam zu ihr, um ihr die Stelle zu zeigen. „Sie lagen mit ihrer Stückauswahl richtig, doch ich habe mich in der Person geirrt. Benedict sagt es zu Beatrix."

Die junge Frau las die Stelle, obwohl sie die Antwort schon vorher gewusst hatte. Unter seinem Blick zerfiel ihr Misstrauen zu Staub und verwehte. Neugierig wanderten ihre Augen weiter an den Buchrücken entlang. Sie merkte nicht, wie dicht der Vampir hinter ihr stand und sie mit gierigen Blicken verschlang.

Plötzlich hielt ihr Finger bei einer Reihe Bücher an, denen man es ansah, wie oft sie schon aufgeschlagen worden waren: Bram Stokers *Dracula*, *Das Leben des Fürsten Vlad Tepes*, die Romane *Interview mit einem Vampir*, *Dunkel*, *Schloss der Vampire* und *Lange Zähne*, ein Vampirlexikon und viele andere Bücher, die sich mit diesem Thema beschäftigten. Darunter standen Videokassetten: Coppolas *Dracula*, *Dracula, Price of Darkness* mit Christopher Lee, *Nosferatu* mit Klaus Kinski, *Dracula* mit Bela Lugosi, *The many Faces of Dracula* mit Max Schreck, Polanskis *Tanz der Vampire* und viele mehr.

So, so, ein Vampirfan war der Kunst- und Kulturliebhaber Peter von Borgo. Ihre Lippen verzogen sich zu einem Lächeln, doch plötzlich rann ihr ein kalter Schauder über den Rücken, die Nackenhaare stellten sich auf. Ihr war, als spüre sie einen kalten Atemhauch an ihrem Ohr. Erschreckt fuhr sie herum.

Als Sabine sich umwandte, saß Peter von Borgo auf dem Klavierhocker, das Weinglas in den Händen, den Blick auf die Tasten gesenkt.

„Nun habe ich mich verraten“, seufzte er, ohne aufzusehen.

Die junge Frau schüttelte das beklemmende Gefühl ab und trat lächelnd an den Flügel heran.

„Oh ja, und versuchen Sie nicht, mir weiszumachen, Sie hätten die Bücher nicht gelesen. Man sieht es ihnen an, wie oft sie durchgeblättert wurden!“

Er schaute sie mit einem Blick an, in dem komische Verzweiflung schwang. „Ich könnte ja behaupten, mein Vater habe sie gekauft – auf dem Flohmarkt."

Sabine kicherte und ließ sich das Glas wieder vollschenken. „Ich würde es Ihnen nicht glauben, aber wenn wir schon dabei sind, unsere tiefen Abgründe zu öffnen – ich habe Coppolas Film viermal gesehen, und es gruselt mich immer noch!"

Erleichterung breitete sich über sein ebenmäßiges Gesicht aus. Wie blass er doch war und wie gut er aussah. Seine Ausstrahlung war unglaublich erotisch. Sein Alter war nur schwer zu schätzen. Nur das wissende Lächeln und die ausdrucksvollen Augen verrieten, dass er schon lange keine zwanzig mehr war.

„Dann habe ich es mir also nicht für immer und ewig mit Ihnen verscherzt?"

Wollte er mit ihr flirten? Ihr Herz klopfte wieder einmal wild. Verlegen trat die junge Frau ans Bücherregal, zog Bram Stokers *Dracula* heraus und begann darin zu blättern, während der Vampir die Finger über die Tasten laufen ließ.

Nach einer Weile erhob er sich, trat zu ihr und zog ein schmales, hohes Buch aus dem Regal. „Sehen Sie sich das einmal an."

Gehorsam ließ sich Sabine auf das Sofa sinken und schlug das Buch auf. Es enthielt Ausschnitte aus Stokers *Dracula*, kurze Szenen oder Dialoge – und Aquarelle: anziehend und abstoßend, erregend und erschreckend, herrlich und grausam. Ein Sog erfasste sie, ein Strudel, der sie mit in die Tiefe riss. Irgendwann nahm ihr der Vampir das Buch aus der Hand.

„Ich bringe Sie jetzt nach Hause! Winterhude?"

„Nein, ist nicht nötig, ich kann die S-Bahn nehmen."

„Es ist spät, und ich habe nichts getrunken. Sie können sich mir also ruhig anvertrauen.“ Er deutete auf sein noch volles Glas. Die Kommissarin sah auf ihre Uhr. „Oh, schon zwölf. Also gut, dann bringen Sie mich nach St. Georg, Brennerstraße, oben am Krankenhaus.“

Er führte sie in die Diele hinaus. „Haben Sie keine warme Jacke mit? Es ist kühl geworden.“ Er hielt ihr seine gefütterte schwarze Lederjacke hin und schlüpfte selbst in einen grauen Pullover.

„So verfroren bin ich nicht“, wehrte die junge Frau ab und folgte ihm zum Schuppen hinüber, wo die Hayabusa stand.

„Mit dem Motorrad?“, fragte sie ein wenig entsetzt und schielte auf das Nummernschild.

„Aber ja, ziehen Sie die Jacke lieber an.“ Er schob die schwere Maschine auf den Weg hinaus und schwang sich auf den Sitz.

„Los, kommen Sie!“

„Aber doch nicht ohne Helm“, wehrte Sabine ab.

Der Vampir lachte. „Ich liebe es, wenn mir der Wind um die Ohren weht. Ich verspreche Ihnen, die Polizei wird uns nicht erwischen.“

„Na dann“, murmelte sie, setzte sich hinter ihn und schlang die Arme um seine Mitte. Der Motor heulte auf, das Gartentor glitt zurück, und mit einem Satz waren sie auf der Straße. Na prima, dachte Sabine und schüttelte über sich selbst den Kopf. Die Schlagzeile würde gut werden: Kommissarin des LKA betrunken und ohne Helm, mit einem Verdächtigen auf dem Motorrad mit hundert durch die Stadt! Und dennoch musste sie sich eingestehen, dass ihr schon lange nichts mehr so viel Spaß gemacht hatte.

Im Rausch der Musik

Montagmorgen. Missmutig zog sich Sabine ihren Schal enger um den Hals, als sie im dichten Nebel zum Hauptbahnhof eilte. Der nasskalte Herbstmorgen trug nicht gerade dazu bei, ihre Stimmung zu heben. Die U-Bahn war mal wieder gerammelt voll, und so wurde sie, eingeklemmt zwischen einem mächtigen Schwarzen mit Rastalocken und zwei aufgeregt schnatternden jungen Mädchen, unsanft nach Alsterdorf geschaukelt. Mit langen Schritten eilte sie zum Präsidium, als sich unter den Bäumen ein Schatten löste und sich ihr in den Weg stellte. Aus dem Grau fügten sich die Konturen eines großen Mannes mit unordentlichem, schulterlangem Haar zusammen, der ihr ein aggressiv gelbes Mikrofon unter die Nase hielt. „Frau Berner, seit fast vier Wochen ist ein kleines Mädchen verschwunden. Was tut die Kripo überhaupt mit unseren Steuergeldern? Können Sie endlich Fahndungserfolge vorweisen?"

„Kein Kommentar!", knurrte Sabine und versuchte sich an Frank Löffler vorbeizudrücken, doch er folgte ihr.

„Haben Sie endlich Hinweise auf Ronjas Mörder? Wie steht es mit den Ermittlungen um Ihre ermordete Kollegin?"

„Wenden Sie sich an unsere Pressestelle!"

Der Reporter ließ nicht locker und lief an ihrer Seite die breite Treppe hinauf.

„Konzentriert sich die Kripo nun nur noch auf die Jagd nach dem Kommissarinnenmörder? Haben Sie deshalb keine

Zeit, sich um das kleine Mädchen zu kümmern? Sagen Sie den Hamburgern, warum ihre Polizei so unfähig ist!"

Endlich hatte die Kommissarin die rettende Schwingtür erreicht.

„Verschwinden Sie! Und unterstehen Sie sich, mich noch einmal in Ihren Artikeln zu erwähnen", zischte sie den Reporter an, der nun seine Kamera in den Händen hielt. Dreimal zuckte der Blitz, bevor Sabine in die Halle flüchten konnte. Wütend stapfte sie an dem Wachmann am Empfang vorbei, stürmte die Treppe in den dritten Stock hoch und querte dann in den Finger B hinüber, in dem die Büros der Mordbereitschaften waren. Für ihren Kollegen Sönke Lodering hatte sie an diesem Morgen nur ein brummiges „Moin" übrig, sodass dieser erstaunt von seiner Teetasse aufsah.

„Schlecht geschlafen?", fragte er und schlug die *Hamburger Morgenpost* zu.

„Nein, *Mopo*-Reporter getroffen", knurrte sie zurück.

„Hm", brummte Sönke. „Schmeißfliegen!"

Um die Mittagszeit klopfte es, und Anke Widehaupt, die Sekretärin der sechs Mordbereitschaften, trat ein.

„Ich kann keinen Peter Mascheck finden", jammerte sie. „Soll ich die Vorladung nach Blankenese zu seiner Tante schicken? Es gibt weder eine Adresse noch eine Telefonnummer. Auch bei diversen Mobilfunkbetreibern konnte ich nichts erreichen." Fragend hob sie den Umschlag mit der Vorladung hoch.

„Ich werfe sie ihm in den Briefkasten", sagte Sabine knapp und griff nach dem Schreiben. Sönke Lodering betrachtete sie interessiert von der Seite.

„Er wohnt, zumindest manchmal, im Haus seines Vaters am Baurs Park", erklärte Sabine widerstrebend. Sönke akzeptierte die Erklärung mit einem Nicken, und zum ersten Mal war sie für seine wortkarge Art dankbar. Klaus hätte ihr in dieser Situation sicher Löcher in den Bauch gefragt.

Am Nachmittag rief die Kommissarin noch einmal im „Ragazza" an, doch Ingrid Kynaß hatte Nadine immer noch nicht gesehen. Sie versprach, eine Runde um den Hansaplatz zu drehen und die anderen Frauen ein wenig auszufragen. Zwei Stunden später rief sie zurück.

„Ich habe sie gefunden!", sagte sie gepresst, als sich Sabine meldete. „Sie liegt in Eppendorf in der Uniklinik. Sie wurde ganz schön zugerichtet!"

„Wer? Wann ist das passiert und wo?", fragte die Kommissarin und richtete sich steif in ihrem Stuhl auf.

„Wer, weiß ich nicht, aber wahrscheinlich waren es mehrere. Sie wurde am Sonntag in den frühen Morgenstunden brutal vergewaltigt, hat Stich- und Schnittwunden und Quetschungen. Ganz genau weiß ich es nicht, der Arzt wollte nichts sagen. Was ich dir mitteilen kann, stammt von der Schwester, hier auf der Intensivstation."

„Ist sie wach?"

„Zurzeit nicht. Irgendeine innere Verletzung haben sie in einer Notoperation zusammengeflickt."

„Scheiße!", rief die Kommissarin. „Und warum hat uns keiner verständigt? Das ist mindestens versuchter Totschlag."

Ingrid Kynaß zuckte die Schultern. „Da musst du nicht mich fragen. Ich bleibe erst mal hier und hoffe, dass ich zu ihr darf, wenn sie aufwacht."

„Gut, ich kläre das hier und komme dann rüber. Ruf mich an, wenn sich etwas Neues ergibt. – Ach, noch etwas, wo ist das passiert?"

„Gefunden wurde sie in der Simon-von-Utrecht-Straße."

„Danke, dann werde ich den Herren von der Davidwache mal auf den Zahn fühlen!"

Die Kripobeamten der Revierwache 15 fühlten sich von der aufgebrachten Kommissarin der 4. Mordbereitschaft völlig zu Unrecht beschimpft. Sie hatten den Fall am Sonntag um zwei Uhr fünfzehn ordnungsgemäß aufgenommen und, nachdem auf der Wache das Protokoll geschrieben worden war, an die Sitte beim LKA weitergemeldet. Dorthin seien nun auch die Unterlagen unterwegs. Die Kommissarin wählte die Nummer der Kollegen von der Sitte und erfuhr, dass die Unterlagen eben erst von einem Boten gebracht worden waren. Morgen, in der Besprechung, würden die Kollegen sowieso über den Fall Auskunft geben.

Wütend stob Sabine zu Anke Widehaupt und trug ihr auf, die Akte zu kopieren, dann schlüpfte sie in ihre Jacke und verließ das Präsidium, um nach Eppendorf in die Uniklinik zu fahren. Obwohl Nadine inzwischen wieder bei Bewusstsein war, lehnten die Ärzte, wie zu erwarten, eine Befragung durch die Kripo ab. Ihr Zustand war noch nicht stabil genug. Die Sozialpädagogin vom „Ragazza" allerdings ließen sie zu der Verletzten. Ungeduldig wartete Sabine auf Ingrids Bericht. In der Zwischenzeit trafen die Abstrichproben in der Kriminaltechnik ein. Sie enthielten Speichel, Hautschuppen und Sperma zweier Männer, deren DNA-Codes schon bald vorliegen würden.

Zurück im Präsidium, las die Kommissarin die Akte der Kollegen vom 15. Revier durch. Dann rief Ingrid Kynaß an.

„Momentan ist nichts aus ihr herauszubekommen. Entweder kann sie sich wirklich an nichts mehr erinnern oder sie will nicht. Jedenfalls ist sie ganz schön auf Turkey und hält die Schwestern mit Geschrei und Wutausbrüchen auf Trab."

Seufzend packte Sabine ihre Tasche, nahm die U-Bahn nach Hause, stieg in ihren Wagen und fuhr dann gleich weiter nach Blankenese, um die Vorladung in Peter von Borgos Briefkasten zu werfen.

Der Wagen mit dem kaputten rechten Abblendlicht fiel ihr zum ersten Mal auf, als sie über die Lombardsbrücke fuhr. In Altona war der Wagen immer noch hinter ihr. Die Nummer konnte Sabine nicht erkennen, doch sie bemerkte eine Schramme auf der Motorhaube, direkt über dem defekten Scheinwerfer. Es wurde grün, die ersten hupten schon ungeduldig hinter ihr. An der nächsten Ampel blieb der Wagen zurück, doch kurz vor Blankenese war er wieder hinter ihr. Die Kommissarin bog in den Baurs Park ein und fuhr sofort rechts an die Seite. Der Wagen folgte ihr, überholte sie und verschwand um die nächste Biegung. Langsam fuhr Sabine weiter. Schon wieder ein Verfolger? Oder spielte ihr ihre Fantasie einen Streich? Ein dunkler Golf war es gewesen, so viel hatte sie erkennen können, als er an ihr vorbeifuhr.

Vor der achteckigen Villa hielt sie an, stieg aus und warf die Vorladung in den Briefkasten. Vorn im Haus war alles dunkel. Wahrscheinlich war er nicht daheim. Oder saß er an seinem Flügel und entlockte den Saiten herrliche Musik? Wie von einer unsichtbaren Macht angezogen, drückte sie das Tor auf und schritt durch den Garten. Sie lauschte: Keine Musik drang an ihr Ohr. Auch auf der anderen Seite des Hauses war alles dunkel und still. Enttäuscht und doch auch erleichtert schritt sie zu ihrem Wagen zurück.

Oben im ersten Stock, hinter den großen Flügeltüren, die auf den Balkon hinausführten, stand Peter von Borgo und beobachtete sie. Sollte er hinuntergehen und sie hereinbitten? Es drängte ihn, ihr nahe zu sein und in ihre Aura einzutauchen, doch er hielt sich zurück. Sie war misstrauisch und wurde leicht scheu. Noch war es nötig, ihr Theater vorzuspielen, sie zu täuschen und zu umgarnen, doch nicht mehr lange, dann würde sie ganz in seinem Bann stehen. Er spürte schon, wie seine Macht in ihr wirkte. Der Same war gepflanzt und aufgegangen, nun musste er ihn noch ein wenig hegen und pflegen. Mit einem Hauch von Bedauern sah er ihr nach, bis sie unter den noch gelb belaubten Zweigen der Linden verschwand.

Den ganzen Tag wartete die Kommissarin vergebens auf Peter von Borgos Anruf. Sie stattete Nadine einen Besuch ab und durfte ein paar Minuten bleiben, doch die junge Frau schwieg beharrlich. Inzwischen war das Ergebnis der DNA-Analysen da.

„Bingo!“, rief Klaus Gerret, als er das Schreiben schwenkend ins Büro stürmte. „Nummer eins ist ein alter Bekannter von uns. Vergewaltigung, schwere Körperverletzung, Drogenhandel. Auf dem Kiez heißt er der Skorpion. Nummer zwei ist leider Neuland.“

Björn Magnus, der mit Sabine Kaffee trank, hob neugierig den Kopf. „Meinst du, die beiden haben auch die Morde auf dem Gewissen?“

Sabine schüttelte den Kopf. „Eher unwahrscheinlich. Dieser Übergriff trägt eine ganz andere Handschrift.“

Björn nickte. „Ja, du hast recht. Das war wieder einmal dumpfe, rohe Gewalt.“ Brütend in sich versunken trank er die Tasse leer. „Es ist schon ganz schön spät. Hat jemand Lust, mit mir noch ein Bier trinken zu gehen?“, fragte er in die Runde, sah aber nur Sabine an. Ehe die Kommissarin etwas erwidern konnte, klingelte das Telefon.

„Guten Abend, Frau Berner“, erklang eine warme Stimme. Sabine fühlte, wie ihr Herz unregelmäßig zu schlagen begann. „Ich habe Ihr Schreiben leider erst vor wenigen Minuten entdeckt, daher rufe ich so spät noch an. Doch wie ich höre, dürfen die Beamten bei der Kripo nicht um fünf Uhr den Stift aus der Hand legen."

Sabine lachte nervös. „Ja, da haben Sie recht, Herr von Borgo."

„Da haben Sie mich aber ganz schön an der Nase herumgeführt, Frau Berner. Mich in dem Glauben zu lassen, Sie seien Künstlerin!"

„Das habe ich nie behauptet", protestierte die Kommissarin. Er lachte leise und jagte ihr damit wieder einen Schauder über den Rücken, der von einem schnellen Herzklopfen begleitet wurde.

„Jedenfalls wollen Sie mich sprechen. Ich möchte ja nicht unverschämt erscheinen, doch wenn es so wichtig ist, wie Sie schreiben, könnten Sie dann heute noch bei mir vorbeikommen? Es ist mir leider nicht möglich, Sie in den nächsten Tagen im Präsidium aufzusuchen."

Die Kommissarin überlegte nicht lange. „Ja, natürlich." Sie sah auf die Uhr. „Ich kann gleich losfahren, dann bin ich so bis halb sieben bei Ihnen."

„Perfekt. Also bis dann." Er legte auf. Die Kommissarin wandte sich ihrem Kollegen zu. „Ich habe ihn! Komm, wir gehen, bevor er uns entwischt!"

Doch Sönke schüttelte den Kopf. „Nee, ich hab meiner Frau versprochen, mit ihr zu ihrer Mutter rauszufahren."

Auch Klaus verzog sich unauffällig. Uwe war heute Nachmittag beim Zahnarzt gewesen und nicht wieder aufgetaucht. Der Kriminalobermeister zog seine fellgefütterte Jacke an und klopfte Sabine dann väterlich auf die Schulter.

„Denn man zu, mien Deern! Thomas muss das ja nicht unbedingt wissen." Er hob zum Abschied die Hand. „Denn bis denn."

„Immer ich", brummte sie und schob ihr Diktiergerät in

die Jackentasche, doch eigentlich war sie ganz erleichtert, dass keiner mitkommen wollte. Beschwingt eilte sie die Treppe hinunter und lenkte dann ihren alten Passat wieder einmal Richtung Blankenese. Da das Abblendlicht des schwarzen Golfs inzwischen repariert worden war, bemerkte sie ihren Verfolger nicht.

Peter von Borgo trug heute einen etwas altmodischen schwarzen Anzug, ein weißes Seidenhemd und eine silbergraue Fliege. „Ein wichtiger Geschäftstermin?“, fragte Sabine, als sie ihm durch die Diele folgte, an der zu beiden Seiten breite Treppen in einem weiten Bogen ins Obergeschoss führten.

„Nein, Karten fürs Sinfoniekonzert“, erwiderte er und bot ihr Platz an.

„Oh“, sagte sie überrascht und schwankte zwischen Ärger und Enttäuschung, „dann müssen Sie sicher bald los?“ Wie schaffte er es nur, so zu lächeln, dass es ihr durch Mark und Bein fuhr?

„Es ist mir wirklich peinlich, dass ich vorhin nicht an das Konzert dachte und Sie sich nun extra die Mühe gemacht haben, zu mir herauszufahren.“

Er zögerte einen Augenblick, so als grüble er über eine mögliche Lösung des Dilemmas nach, dann huschte ein Leuchten über sein ebenmäßiges Gesicht.

„Kommen Sie doch einfach mit. Wir können uns auf der Fahrt und während der Pause unterhalten, und ich verspreche Ihnen, ich stehe Ihnen auch nachher so lange Rede und Antwort, bis Ihnen keine Frage mehr einfällt.“ Er zog zwei Eintrittskarten hervor und hielt sie Sabine hin.

„Da wird Ihre Begleitung aber enttäuscht sein, wenn Sie sie jetzt einfach wieder ausladen!“ Sabine sah ihn herausfordernd an, doch er lachte nur.

„Ich wollte Tante Rosa mitnehmen. Es sollte eine Überraschung sein, doch sie erklärte mir, dass man in ihrem Alter nachts nicht mehr aus dem Haus geht, und außerdem würde sie bei klassischer Musik immer einschlafen." In komischer Verzweiflung zuckte er die Schultern. „Sie sehen also, es wäre eine Verschwendung, die Karte einfach verfallen zu lassen. Das Philharmonische Staatsorchester kann sich wirklich hören lassen, und die Dirigentin Simone Young ist nicht nur eine Augenweide", fügte er noch hinzu, da er spürte, wie sie wankte.

„Das würde mich schon reizen, doch erstens ist das ein dienstlicher Besuch, und zweitens kann ich ja kaum in Jeans und Pulli mit Ihnen in die Musikhalle gehen!"

Um seine Mundwinkel zuckte es, doch er antwortete ernst. „Wir werden uns ganz dienstlich verhalten, und für das Garderobenproblem finden wir auch eine Lösung. Meine Schwester hat noch einige Kleider oben, und ich bin mir sicher, sie hätte nichts dagegen, wenn Sie sich eines leihen. Ja, ich denke, sie müssten Ihnen passen."

„Nein, das geht wirklich nicht!", protestierte die Kommissarin und hob abwehrend die Hände, und dennoch folgte sie ihm die prächtige Treppe zur Galerie hoch, von der aus ein ganz in warmen Gelb- und Orangetönen eingerichtetes Schlafzimmer abging.

Peter von Borgo kam ihr nicht nach. Er eilte den Gang hinunter, trat in das Ankleidezimmer des zweiten Schlafraumes und schloss die Tür. Schwer atmend lehnte er sich dagegen. Die spitzen Zähne unter seinen fest zusammengepressten Lippen drückten schmerzhaft in sein Fleisch.

Ich werde wahnsinnig, wenn ich sie nicht jetzt sofort kriege! Sein ganzer Leib zitterte vor brennender Gier, obwohl er sich erst vor einer Stunde an zwei Spaziergängern im Hirschpark gestärkt hatte.

Ganz ruhig!, befahl er sich, griff nach Kleid, Schuhen und Schal, die er für diesen Anlass besorgt hatte, und ging zu Sabine zurück.

„Hier, das müsste Ihnen doch passen." Er drückte ihr das Kleid in die Hand und verließ das Zimmer, bevor sie etwas sagen konnte.

Welch herrlicher Stoff! Seidig weich lag er in ihren Händen und schimmerte mal schwarz, mal in sattem Blau, je nachdem, wie das Licht darauf fiel. Sie konnte der Versuchung nicht widerstehen. Hastig warf sie ihre Kleider ab und schlüpfte hinein. Federleicht umschmeichelte das bodenlange Kleid ihre schlanke Figur, und auch die spitzen Pumps mit den zierlichen Absätzen passten, als seien sie für Sabine hergestellt worden. Die junge Frau zog das dunkle Tuch herunter, das den hohen Spiegel verhüllte, und drehte sich voll eitler Selbstbewunderung vor der glänzenden Fläche, die ihr ein schmeichelhaftes Bild zurückwarf. Wenigstens hatte sie ihr kleines Schminktäschchen und eine Bürste in ihrer Tasche. Rasch ein wenig Wimperntusche, Puder und ein Hauch von Lippenstift und dann das Haar kräftig gebürstet, bis es glänzend auf die bis auf die schmalen Träger nackten Schultern fiel.

„Frau Kommissarin, du siehst gar nicht schlecht aus", sagte sie zu ihrem Spiegelbild.

„Das ist eine Untertreibung. Sie sehen wundervoll aus!", erklang Peter von Borgos weiche Stimme.

Sabine wirbelte herum und ließ die Bürste fallen. Wann war er hereingekommen? Warum hatte sie ihn nicht bemerkt? Röte huschte über ihre Wangen. Keine drei Schritte entfernt stand er da, den blauen Seidenschal in seinen Händen.

„Wollen wir?" Langsam trat er heran, hob seine weißen Hände und näherte sie ihrem Hals, um den Schal darumzuwinden. Sabine erstarrte, ihr Lächeln war weggewischt, ihre Wangen totenbleich. Sie sah den seidigen Schal, und plötzlich wusste sie, dass sie sterben würde. Leichtsinnig war sie ihm in die Falle gegangen, und nun war es zu Ende. Ihre Hände umklammerten die Schnitzereien der Frisierkommode.

Peter von Borgo ließ die Hände sinken, der Schal flatterte zu Boden. Er las die Todesangst in ihren Augen. Nein, wie ungeschickt! Wie konnte ihm solch ein Fehler unterlaufen? Doch noch war nichts verloren. Er griff nach ihren Händen und zwang sie, ihm in die Augen zu sehen.

„Ganz ruhig", flüsterte er. „Sieh mich an, es ist alles gut. Es gibt nichts, wovor du Angst haben musst." Der starre Blick in ihren Augen verschleierte sich. „Du wolltest dir gerade das Haar bürsten", flüsterte er ihr ins Ohr, bückte sich und drückte ihr dann die Bürste in die Hand, die ihr vor Schreck entglitten war. Der Vampir vermied es, in die spiegelnde Fläche zu sehen, in der nur das Bild der blassen jungen Frau in ihrem glänzend bläulichen Kleid erschien. Peter von Borgo griff nach dem Schal, eilte hinaus und schloss die Tür hinter sich. Aus einer alten Holztruhe nahm er eine Stola, schüttelte den Staub heraus und eilte dann zurück. Er klopfte und wartete dann, bis sie ihn hereinbat.

„Sie sehen wundervoll aus!", sagte er noch einmal und legte ihr dann die schmale Stola aus blauem Samt um die Schultern. „Gehen wir?"

Sabine nickte und lächelte scheu, als sie an seinem Arm die Treppe hinunterstieg. Was war das? Hatte eine Fee sie plötzlich in ein Märchen hineingezaubert?

Klar, jetzt verlierst du deinen Schuh auf der Treppe, und dann heiratet dich der Prinz, erklang es trocken in ihrem Hinterkopf. Sie kicherte in sich hinein und griff nach ihrer Jacke, doch Peter von Borgo nahm sie ihr wieder aus der Hand.

„Nein, das ist, glaube ich, nicht so gut", murmelte er und hängte die Jacke wieder an den Haken. Er eilte die Treppe hinauf und kam kurz darauf mit einem langen Mantel zurück. Der graue Pelz war weich und leicht und schimmerte bläulich, wenn man sich bewegte.

Ja, ja, so viel zu deinen tierschützerischen Prinzipien, maulte die Stimme in ihr.

Ich leihe ihn mir doch nur für diesen Abend, verteidigte sich Sabine. Soll ich etwa den Anorak über das Seidenkleid ziehen?

Sabine wollte schon in Richtung Gartentor steuern, doch ihr Begleiter führte sie zu einem der niedrigen Nebengebäude und öffnete das Garagentor. Er hielt ihr die Wagentür des gut erhaltenen Jaguar E-Type aus den frühen 60er Jahren auf, und Sabine rutschte auf den hellen Ledersitz.

In flottem Tempo fuhr Peter von Borgo den Zwölfzylinder mit der unglaublich langen Motorhaube bis vor die Musikhalle und ließ Sabine aussteigen. Sie musste in der Halle eine ganze Weile warten, bis er wieder an ihrer Seite auftauchte. Zum ersten Mal waren seine sonst bleichen Wangen rosig und seine Hand an ihrem Arm warm.

„Keine Minute zu früh", bemerkte Sabine, als er sie den neobarocken Treppenaufgang zum ersten Rang hinaufführte. Kaum hatten sie in der ersten Reihe ihre Plätze eingenommen, erloschen auch schon die Kristalllüster.

Als der erste Applaus abebbte, warf die junge Dirigentin ihr langes, rotbraunes Haar zurück, hob den Taktstock und ließ ihn dann in einem weiten Schwung herabsausen. *El Salón México* hieß das Stück von Aaron Copland, das schwungvoll und spritzig daherkam, wie eine durchtanzte Nacht in einem schwülwarmen mexikanischen Tanzcafé. Sabine kam es so vor, als würde ihr Herz genauso unruhig zwischen

Sechsachtel- und Dreivierteltakt hin und her wechseln wie die Musik.

Bei Strauss' Oboenkonzert dann ließ die Spannung nach, und die junge Frau hatte Muße, ihren Blick durch den schönen Saal mit seinen zwei Emporen schweifen zu lassen: von den Stuckverzierungen an den Balkonen und Wänden über die gläserne Kassettendecke, deren Farbe zwischen Himmelblau und Silber wechselte, bis zu der prächtigen Orgel, die hinter und neben dem Orchester aufragte. Sabine war verzaubert. Erst als sie sich in der Pause erhob und von Peter von Borgo hinausgeleiten ließ, erwachte wieder die Kommissarin in ihr.

„Sie wollten mir noch einige Fragen beantworten!", erinnerte sie ihn und zückte ihr Aufnahmegerät.

„Aber sicher, doch zuerst darf ich den Champagner besorgen, nicht?"

Sie gab sich geschlagen und ließ sich an einen kleinen Tisch am Fenster führen. Die schweren pastellfarbenen Vorhänge hinter ihnen waren nur halb geschlossen und umrahmten die hohen Sprossenfenster. Hohe, rechteckige Felder an den Wänden waren mit dem gleichen Stoff bespannt.

„Auf Ihr Wohl!" Peter von Borgo stellte ein Glas auf den Tisch. „Bitte entschuldigen Sie mich noch einen Augenblick."

Mit großen Schritten eilte er in Richtung Herrentoilette davon. Die Kommissarin wiederholte inzwischen noch einmal die wichtigsten Fragen, die sie ihm stellen wollte, und überprüfte die Batterien des Aufnahmegeräts.

„So, da bin ich wieder", strahlte ihr Begleiter sie an.

„Was ist denn da draußen los?", fragte Sabine erstaunt und spähte zum Treppenhaus hinüber, in dem sich hektische Rufe unter das gewohnte Gemurmel der Konzertbesucher mischten. „Ist etwas passiert?"

„Nichts Dramatisches“, wehrte der Vampir ab und spreizte die vollen, roten Lippen. „Ich glaube, einem Herrn ist es schlecht geworden. Er wurde in der Toilette ohnmächtig, aber so wie es aussieht, sind genug Helfer da, die sich um ihn kümmern.“

Sabine nickte und schob das Diktiergerät näher zu ihm.

„Sie trinken ja gar nicht. Mögen Sie keinen Champagner?“, fragte er, bevor sie die Aufnahmetaste drückte.

„Doch schon“, sie nahm einen Schluck. „Aber was ist mit Ihnen?“

„Ich trinke keinen Alkohol.“

„Rauchen Sie?“

„Auch das nicht.“

Sabine leerte ihr Champagnerglas. „Sie trinken nicht, Sie rauchen nicht. Gestehen Sie, welches sind Ihre Laster?“

Der Vampir lächelte sie freundlich an. „Ich habe eine Schwäche für Jungfrauen und bin äußerst blutrünstig.“

„Ah, Sie sind ein Chauvi!“, stellte sie fest und drückte auf „Aufnahme“. „Oder haben Sie zu viele Vampirromane gelesen?“

Nach der Pause führte Ottorino Respighi die Konzertbesucher mit seiner *Römischen Trilogie* an plätschernden Brunnen vorbei, unter rauschenden Pinien hindurch und dann zu fröhlichen römischen Festen. Viel zu schnell verging die Zeit, und dann war der letzte Akkord verklungen.

In den warmen Pelzmantel gehüllt, tippelte Sabine in ihren Pumps neben Peter von Borgo her. Dieses Mal lehnte sie seinen Arm nicht ab. Trotz des warmen Mantels kroch die Kälte der Oktobernacht an ihren Beinen hoch. Ihr Begleiter jedoch, in seinem Anzug ohne Mantel, schien die Temperatur nicht zu spüren.

„Wie machen Sie das nur?“, bibberte Sabine, als er sie in Richtung Gänsemarkt führte.

„Was mache ich?“

„Nicht frieren!“

„Oh, Sie müssen sich nur ablenken. Lassen Sie Ihren Gedanken freien Lauf und tauchen Sie in eine andere Zeit ein oder reisen Sie zu einem anderen Ort.“

„Auf gut Deutsch: Mach dir warme Gedanken“, maulte Sabine.

Der Vampir schüttelte den Kopf. „Nein, diesen Sinn hatte mein Vorschlag nicht, obwohl solche Gedanken sicher auch sehr reizvoll sind.“ Er stellte sich ihr in den Weg und legte seine Handflächen leicht auf ihre Hüften.

„Schließen Sie die Augen.“

Tu's nicht, warnte ihre Mutter, er wird versuchen, dich zu küssen. Na, und wenn schon, entgegnete das Weib und schloss erwartungsvoll die Augen. Soll er doch. Das gehört zu so einem Abend schließlich dazu, doch statt seine Lippen zu spüren, hörte sie seine flüsternde Stimme.

„Reisen Sie zurück, ein Jahrhundert, vielleicht noch ein zweites, und wandern Sie weiter durch die Straßen. Biegen Sie hier in die enge Gasse ein. Hier herrscht ewige Nacht. Kein Sonnenstrahl berührt je das schmutzige Pflaster. Ja, hier weiter runter in die Speckgasse und dann hinüber zum Bäckerbreitengang. Gehen Sie ruhig die schmalen Gänge entlang und berühren Sie die niedrigen, windschiefen Häuser zu beiden Seiten. Sie müssen nur die Arme ausstrecken, so schmal sind die Gassen hier. Riechen Sie, jedes Haus hat seinen eigenen Geruch. Er erzählt von der harten Arbeit, dem kargen Essen, von Krankheiten, Leid und Tod, aber auch von ausgelassenen Festen. Und all diese Gerüche zusammen ergeben dann den Dunst der Gasse. Hier in der linken Bude, ja, die Tür unten, wohnt eine Familie mit acht Kindern. In der Diele ist ein Herd eingemauert, und hinten raus ist noch eine kleine Kammer, doch zusammen haben sie kaum mehr Platz, als heute ein einziges Zimmer misst. Die Treppe daneben führt zur Saalwohnung hinauf. Die alte Frau dort oben kann die Treppen nicht mehr erklimmen, sodass sie ganz auf die Hilfe ihrer Nachbarinnen angewiesen ist." Der strenge Geruch von altem Kohl, Urin und ungewaschener Wäsche drang in Sabines Nase, und sie schüttelte sich.

„Das gefällt Ihnen nicht? Dann kommen Sie weiter, doch passen Sie auf, dass Sie mit dem Kopf nicht in der Wäsche hängen bleiben. Hören Sie die Musik?" Er zog sie an einer Gruppe verwegen aussehender Gestalten in blauen Arbeitskitteln vorbei. Aus einem niedrigen Fenster beugte sich eine grell geschminkte junge Frau, die oben nur ein geschnürtes Mieder anhatte. Die Musik wurde immer wilder und lauter. Ein warmer Schein ergoss sich durch die offene Tür auf die unratbedeckte Gasse. Männer grölten, eine Frau lachte. Der Dunst von Bier und Rauch schlug Sabine ins Gesicht.

„Wollen Sie noch hinunter zu den Fleeten?" Sie traten aus dem Schutz der Gänge, und plötzlich blies ihnen ein steifer Nordwestwind ins Gesicht. In der Ferne waren Kanonenschüsse zu hören. Einer, zwei, drei.

„Nein, das ist vielleicht keine gute Idee. Haben Sie die Schüsse gehört? Die Flut kommt, und sie wird heute Nacht über die Ufer treten. Jetzt ist dort unten an den Fleeten was los, sage ich Ihnen. Alle Bewohner sind auf den Beinen, um denen in den Kellerwohnungen zu helfen, ihre Habseligkeiten nach oben zu schaffen."

Stimmengewirr hüllte Sabine ein. In Nachtgewändern, nur einen Umhang oder Mantel übergeworfen, eilten die Menschen treppauf, treppab. Doch es war keine wilde Panik.

Jeder schien zu wissen, was er zu tun hatte, so als gehörten solche Nächte eben mit zum Alltag. Sabine roch das faulige Wasser, noch ehe es um ihre Füße gurgelte, schwarz und eisig, bedeckt mit weißen, tanzenden Schaumblasen. Ein letzter Sack wurde das schmale Treppenhaus hinaufgezerrt, da floss die finstere Flut schon durch Türen und Fenster in die untersten Wohnungen. Ein einsames Bettgestell verschwand unter den brackigen Wassermassen.

„Kommen Sie, Sie holen sich ja den Tod", drang wieder die Stimme an ihr Ohr und führte sie weg.

„Oh bitte, gibt es nicht etwas Wärmeres?", zitterte die junge Frau.

„Aber ja, wie wäre es mit einer schwülen Mainacht 1842."

Mai 1842, irgendetwas war damals passiert. Sabine ließ ihren Blick schweifen. Im Westen glühten noch die letzten Sonnenstrahlen – doch halt. Verwirrt drehte sie sich um ihre Achse. Sie standen unterhalb des Michaels, dann musste dort drüben Osten sein. War es das Morgenrot? Was war das für ein Geschrei? Warum läuteten die Glocken?

„Die ganze Deichstraße steht in Flammen!", rief ein Mann, der einen vollbepackten Leiterwagen hinter sich herzog.

„Ja, und die Häuser am Hopfenmarkt sind auch verloren", jammerte die Frau, die den Wagen von hinten anschob.

Wie in Trance überquerte Sabine den Herrengrabenfleet und wankte auf das Glühen zu, das sich in lodernde Flammen auflöste. Jaulend schoss ein Spritzenwagen an ihnen vorbei.

„Die Nikolaikirche brennt!", schrie Sabine und packte Peter von Borgo am Ärmel. Da tänzelten die Flammen hinter den Säulen, wuchsen und wucherten, bis sie den ganzen Turm umhüllten.

„Kommen Sie, es ist noch lange nicht zu Ende."

Sie ließ sich mitziehen, warf aber immer wieder einen Blick zurück auf den Turm, der wie eine Fackel in den Himmel ragte und dann erlosch. Schwarz und still stand er da, dann neigte sich die Spitze zur Seite. Sie verharrte einen Augenblick, knickte dann ab und stürzte senkrecht in die Tiefe.

Es war ihr, als vergingen die Stunden im Zeitraffer. Haus um Haus, Straße um Straße wurde Opfer der Flammen. Zwei Feuerwehrleute schleiften einen verletzten Kameraden an ihnen vorbei. Der Gestank von verbranntem Fleisch ließ die junge Frau würgen.

„Kommen Sie weiter. Die Börse brennt, der Neß, die Johannisstraße und auch der Jungfernstieg. Gleich werden sich die Flammen St. Petri nehmen."

Hand in Hand eilten sie die Mönckebergstraße entlang. Hinter ihnen rauschten die Flammen, ein heißer Wind wirbelte Asche durch die Häuserschluchten, Menschen schrien, die Glocken läuteten. Vor ihnen plötzlich das Dröhnen von gesprengten Häusern. Der Boden erzitterte.

„Oh bitte, bringen Sie mich hier weg", rief Sabine voll Entsetzen.

„Zu Hause sind Sie sicher", flüsterte er. „Hier geht es nach St. Georg, halten Sie sich fest, es wird Ihnen nichts passieren. In St. Georg sind Sie vor den Flammen sicher."

Schemenhaft tauchte der Kirchhof auf, dann der Mariendom. Das Glühen ließ nach, und auch der heiße Wind schlief ein. Die schrecklichen Bilder verblassten.

Plötzlich wurde Sabine bewusst, dass sie in ihrem Schlafzimmer stand. Der Pelzmantel rutschte von ihrer Schulter und legte sich wie ein schlafendes Tier um ihre Beine. Peter von Borgo stand ganz nah vor der jungen Frau, deren Haut sich schimmernd vom tiefen Blauschwarz der weich fließenden Seide abhob. Seine Lippen bebten.

Sabine fühlte heiße Wellen durch ihren Körper jagen. Es war ihr, als würde er sie mit seinen tiefen Augen verschlingen. Einfach in sich aufsaugen.

Küss mich!, schrien ihre Lippen. Halte mich fest!, seufzte ihr Körper. Ihr Verstand schlummerte irgendwo einen unruhigen Dämmerschlaf. Sie schlang ihre Arme um seine Hüfte und legte ihre Hände auf den festen Po. Ihre Lippen näherten sich den seinen. Sie musste sich ein wenig strecken, um sie zu erreichen, denn Peter von Borgo war wie erstarrt. Kaum berührten ihre Lippen die seinen, die sich sanft und doch so seltsam kalt anfühlten, da riss er sich los und taumelte einige Schritte zurück. Sein Atem ging stoßweise, seine Augen waren weit aufgerissen.

Enttäuscht und verletzt stand Sabine da. Ihr war plötzlich kalt. Zitternd schlang sie die Arme um ihren Leib. In ihren Augen glänzten Tränen.

„Was ist?“ Sie konnte sich sein Verhalten nicht erklären. Da zuckte ein Gedanke durch ihren Kopf, den sie, ohne weiter darüber nachzudenken, aussprach.

„Mein Gott, Sie sind schwul, nicht?“

Der gehetzte Ausdruck in seinem Antlitz wurde von einem Lächeln verdrängt. Langsam kam er wieder näher.

„Nein, bestimmt nicht. Ich versichere Ihnen, ich bevorzuge Frauen – schlanke, hübsche Frauen –, so wie Sie eine sind.“

„Dann sind Sie verheiratet oder fest liiert?“, forschte sie weiter.

„Auch das nicht.“ In seiner Stimme schwang Verlangen. Er fasste sie an beiden Schultern und drehte sie herum, dann zog er den Reißverschluss auf, ganz langsam, Zentimeter für Zentimeter. Sabines Atem wurde schneller. Sie spürte seine kühlen Fingerkuppen auf ihren Schultern. Die Träger des Kleides wurden nach außen geschoben, bis sie keinen Halt mehr fanden und die Seide mit einem Seufzer zu Boden glitt. Es war fast dunkel im Zimmer. Nur die Laterne im Hof warf einen schwachen Lichtschein herein.

Er schritt um sie herum und saugte ihr Bild und ihren Duft in sich auf, wie sie so vor ihm stand, nur mit einem schmalen weißen Spitzenhöschen bekleidet. Ihre Brustwarzen richteten sich unter seinem Blick auf. Fragend sah ihn Sabine an, als er ihre Bettdecke zurückschlug und nach ihrem Nachtgewand griff.

„Schlafen Sie jetzt, Sabine." Er liebkoste ihren Namen. „Es ist spät geworden."

Und dann war er verschwunden. Sie hörte ihn nicht weggehen. Es war, als löse er sich einfach in nichts auf. Da stand sie fast nackt in ihrem Zimmer, den Schlafanzug an die Brust gedrückt, und suchte die nächtlichen Schatten mit den Augen ab. Er war weg! Sie war erregt und verwirrt und doch plötzlich auch von bleierner Müdigkeit erfüllt. Mit unsicheren Bewegungen schlüpfte sie in ihren Schlafanzug und ließ sich ins Bett sinken. Mit gierigen Fingern griffen die Träume nach ihr und zogen sie hinab in ihre eigene Welt.

So viel Tod, so viel Leid

„Und hier ist Ihr Fun-Fun-Radio 95 mit den besten Hits der Sechziger und Siebziger. Einen wunderschönen guten Morgen!“

Sabine fuhr in ihrem Bett hoch und sah sich erschreckt um, doch sie konnte nichts entdecken, das die schweißnasse Stirn und das rasch klopfende Herz rechtfertigen würde.

„Was für ein Traum!“, seufzte sie, sprang aus dem Bett und knipste das Licht an, denn draußen war es noch fast völlig dunkel. Da fiel ihr Blick auf das schimmernde Seidenkleid, das wie hingegossen über dem Stuhl lag. Versonnen strich sie mit der Hand darüber. Sie musste es reinigen lassen und ihm dann zurückbringen. Gähnend tappte sie ins Bad unter die Dusche, als sie plötzlich schmerzlich das Gesicht verzog.

„Aua!“

Verwundert betrachtete sie die dicken Blasen an ihren Füßen. Zwei davon hatten sich mit Blut gefüllt und waren nun aufgeplatzt. Wo hatte sie sich die denn geholt? Vergeblich versuchte Sabine, sich daran zu erinnern, wie sie nach Hause gekommen war. Hatte er sie gefahren oder waren sie gar von der Musikhalle bis nach St. Georg gegangen? Und was war dann passiert? Ein wohliger Schauder lief ihr über den Rücken, doch sosehr sie auch suchte, sie konnte keine Erinnerungen finden.

Plötzlich fiel ihr das Bandgerät ein. Nackt und noch triefend nass eilte sie in den Flur und griff hektisch in die Manteltasche. Da war es! Sie spulte das Band ein Stück zurück und ließ es dann laufen. Glasklar erklang die Frage der Kommissarin:

„Kennen Sie eine Edith Maas?“

„Nein, der Name sagt mir nichts.“ Der Raum war erfüllt vom Klang seiner Stimme.

„Vielleicht ist Ihnen die Dame unter dem Namen Ronja bekannt?“

Ein winziges Zögern. „Da war eine Frau, die sich Ronja nannte. Sie arbeitete als Modell, als Callgirl. Sie wurde vor drei Wochen ermordet im Moor gefunden, nicht?“

Sabine ging ins Bad zurück, trocknete sich ab und cremte sich ein.

„Ich meine, kannten Sie sie persönlich?“

Wieder diese Pause. Es war ihr, als könnte sie sein Entschuldigung heischendes Lächeln sehen.

„Ja, ich war einige Male bei ihr zu Besuch. Sie war sehr hübsch, gepflegt und nicht ungebildet.“

Das Dröhnen des Föhns übertönte ihre nächste Frage.

„Moin“, grüßte Sabine und hinkte zu ihrem Schreibtisch.

Sönke sah von seiner Akte hoch. „Was'n mit dir los?“

„Cinderella hat die Nacht mit ihrem Prinzen durchgetanzt und dann wohl den Schuh verloren.“

„Is ja 'n Ding“, antwortete Sönke trocken und wandte sich wieder seiner Akte zu.

Sabine gönnte sich kaum einen Schluck Kaffee, dann war sie auch schon wieder auf dem Weg zur Tür.

„Kein Sitzfleisch! Was'n nu schon wieder?“

Sie wedelte mit dem Bandgerät. „Jetzt kläre ich ab, ob der gnädige Herr von Borgo etwas mit meinen merkwürdigen nächtlichen Anrufen zu tun hat.“

Sie hinkte in die Technik hinüber. Unterwegs traf sie Björn

Magnus, der heute Morgen schon Fotos von einem schweren Verkehrsunfall gemacht hatte und nun fürs Rauschgiftdezernat ein Lagerhaus am Reiherstieg ablichten musste. Zwischen Öldosen und Maschinenersatzteilen hatte man ein merkwürdiges weißes Pulver entdeckt.

„Wie geht es dir?“, fragte sie den Fotografen freundlich.

„So lala. Ich habe gestern Abend versucht, dich anzurufen. Dachte, du hast vielleicht Lust, mit mir ins Kino zu gehen.“

Sabine fühlte, wie ihr die Röte in die Wangen stieg. „Ich hatte noch eine Befragung, und dann war ich im Konzert in der Musikhalle.“

„So wie du hinkst, hätte ich eher darauf getippt, dass du die Nacht über in der Disco warst“, neckte sie Björn.

„Ach, was ich dich noch fragen wollte“, wechselte die Kommissarin das Thema, „gibt es Aufnahmen von Nadine Horvac, als man sie ins Krankenhaus eingeliefert hat?“

Björn blieb vor dem Labor stehen. „Ich war nicht dort, doch die Leute von der Uniklinik haben Fotos gemacht. Ich habe die Bilder entwickelt und an die Sitte weitergegeben.“

„Dann leg mir doch bitte auch noch einen Satz Abzüge auf den Tisch.“

„Wird sofort erledigt!“ Er salutierte und verschwand dann in seinem Labor, während Sabine weiter den Gang entlanghumpelte.

„Was soll das heißen: Sie ist nicht mehr auffindbar?“, schrie die Kommissarin die Assistentin an, die kleinlaut den Kopf einzog.

„Die Aufnahme ist weg. Ich habe schon alles durchsucht. Hier war sie einsortiert, ganz bestimmt!“ Sie zeigte auf einen abschließbaren Metallschrank. Tränen standen in ihren Augen.

„Gibt es denn keine Kopie? Oder ist es noch auf irgendeinem Rechner gespeichert?“

Die um einen Kopf kleinere Frau schüttelte den Kopf. „Ich habe am Montag Kopien gezogen, doch da ist die Aufnahme auch nicht dabei.“

„Das gibt es doch gar nicht!“, rief Sabine aufgebracht und stürmte hinüber ins Büro des Chefs. Die wunden Füße waren vergessen. Sie beachtete die Sekretärin, die sie aufhalten wollte, gar nicht, sondern riss einfach die Tür auf.

„Frau Berner?“, fragte der fast zwei Meter lange Chef der Abhörtechnik ruhig.

„Können Sie mir sagen, wie eine Telefonaufzeichnung so einfach aus Ihrer Abteilung verschwinden kann? Was ist denn das für ein Schlamperladen?“

Noch immer blieb er ruhig, doch seine Wangen röteten sich ein wenig.

„Ich werde das überprüfen. Wollen Sie die Vergleichsaufnahme bei mir lassen?“

„Nein, die nehme ich wieder mit. Ich muss die Befragung noch abschreiben lassen“, fügte sie hinzu, als sie sah, wie sich der Technikchef zu einer Rechtfertigungsrede aufplusterte. Unter der Tür drehte sie sich noch einmal um.

„Ach, und lassen Sie die Briefe heraussuchen, die in meiner Wohnung gefunden wurden.“

„Sowohl der Telefonmitschnitt als auch die beiden Briefe sind spurlos verschwunden“, wiederholte Sabine Berner das Unfassbare, als sie mit Sönke Lodering eine Stunde später bei Hauptkommissar Ohlendorf im Büro saß.

„Dammi noch mol, das sind aber ein paar Dümpel in der Technik drüben“, schimpfte Sönke.

Thomas Ohlendorf sagte erst einmal gar nichts.

„Bist du sicher?“, fragte er dann noch einmal nach.

„Der Kuhlenkamm hat noch mal alle Schränke durchwühlt und die Dateien durchsucht. Nichts!“

„Hm, dann sieht mir das fast nach Absicht aus.“

„Du meinst, er ist hier eingedrungen und hat die Aufnahmen und Briefe geklaut?“, fragte Sabine ungläubig.

„Oder es ist einer aus dem Haus“, fügte Sönke hinzu.

Thomas nickte. „Ja, das sollten wir nicht außer Acht lassen.“

„So ’ne Schiete!“, brummte der Kriminalobermeister.

Am Nachmittag fuhr Sabine mit einer Kommissarin des Sittendezernats zur Uniklinik nach Eppendorf, um Nadine zu befragen. Das Gesicht zugeschwollen und mit dunklen Krusten übersät, um den Kopf einen dicken Verband, lag sie bleich in ihrem Bett und schwieg. Langsam perlte die Infusionslösung aus dem durchsichtigen Beutel über ihr durch einen Schlauch in ihren Arm. Die abgeschürften Hände lagen gefaltet auf der weißen Decke.

„Nadine, bitte, wollen Sie denn nicht, dass die Männer bestraft werden, die Ihnen das angetan haben?“, versuchte Sabine es noch einmal.

Die junge Frau presste die Lippen fest aufeinander.

„Ich erzähle Ihnen mal, was ich mir so denke“, fuhr Sabine fort. „Der Zuhälter Ihrer Freundin Ronja handelt mit Drogen und deponierte diese ab und zu in Ronjas Wohnung. Sie fanden das Ecstasy und nahmen einen Teil davon mit. Sie haben versucht, es zu verkaufen, um ihre eigene Sucht zu finanzieren, und sind dabei jemandem ganz schön auf die Füße getreten. Ich denke, dieser Jemand hat dann die Schlägertypen losgeschickt, um Ihnen einen Denkzettel zu verpassen. War es so?“

Tränen rannen über Nadines Wangen.

„Einen der beiden haben wir anhand der Spermaspuren identifiziert – er wird auf dem Kiez der Skorpion genannt. Doch er war nicht allein."

Die junge Frau im Bett weinte noch immer still vor sich hin.

„Kennen Sie die Männer? Wer hat sie beauftragt? Warum musste Ihre Freundin Ronja sterben? Wo ist Holger Laabs?"

„Hören Sie auf!", schrie Nadine und bedeckte das Gesicht mit den Händen. „Raus, alle raus!"

Seufzend ließ sich Sabine von einer eifrigen Schwester aus dem Zimmer schieben.

Sönke Lodering hatte seiner Kollegin gerade eine Tasse Friesentee mit Kandis, Sahne und Rum zubereitet, als Sabines Telefon klingelte.

„Oh, hallo, Mama", murmelte sie undeutlich und stellte die heiße Tasse ab.

„Du bist ja noch im Büro", wunderte sich ihre Mutter. „Weißt du denn nicht, was für ein Tag heute ist?"

„Doch, natürlich …"

„Es ist der dritte Todestag deines Vaters", fuhr Liese Berner fort, ohne den Einwand ihrer Tochter zu beachten. „Warst du denn schon auf dem Friedhof?"

„Nein, Mama, aber …"

„Wann wolltest du denn gehen? Es wird ja schon bald dunkel. Wir hätten ihn doch nach Waiblingen überführen sollen, wenn du keine Zeit hast, dich um das Grab zu kümmern."

„Das haben wir doch schon vor drei Jahren ausdiskutiert", wehrte Sabine ab. „Er war Hamburger mit Leib und Seele und ist nach eurer Scheidung hierher zurückgekehrt, und deshalb ist er auch hier begraben. Ich mache jetzt Schluss und fahre gleich zum Friedhof raus."

„Wie geht es denn Jens? Und meiner süßen Julia?"

„Ich glaube gut. Jens hat mir Julia letztens wieder sehr überraschend für ein paar Tage vorbeigebracht."

„Das hört sich nicht begeistert an. Du bist immerhin ihre Mutter!"

„Ja, doch der Richter hat ihm das Sorgerecht zugesprochen, und ich habe einen Beruf, bei dem ich nicht kurz mal eine Woche ohne Vorankündigung zu Hause bleiben kann", ereiferte sich Sabine.

„Du bist selbst schuld. Wenn du bei der Verhandlung nicht so ausgerastet wärst …"

„Du warst nicht dabei, du kannst das nicht beurteilen", schrie Sabine. „Er kam da mit Schwiegermama und seiner neuen Tussi an und spielte den liebenden Familienvater, während er mich darstellte, als sei ich reif für die Klapsmühle!"

„Das wäre alles nicht passiert, wenn du in Waiblingen geblieben wärst. Du hättest Polizistin spielen können, und ich hätte mich um Julia gekümmert. Aber du musstest ja deinem Vater hinterherlaufen."

„Mama, ich muss jetzt los, sonst machen die den Friedhof zu, bevor ich dort bin. Ich melde mich dann wieder, tschüss."

Die Kommissarin legte auf und wischte sich heimlich die Tränen von der Wange. Mit drei großen Schlucken trank sie ihren Tee. Der Rum wärmte ihren Magen und ihre Seele.

„Ich geh dann, Sönke", sagte sie und griff nach ihrer Jacke.

„Dann grüß dein Vadder mal von mir. War ein feiner Jung, nech?"

Sabine fuhr mit der U-Bahn zwei Stationen bis Ohlsdorf,

kaufte einen großen Strauß roter Rosen und betrat dann den Friedhof beim Haupteingang. Sie musste rennen, um den Bus zu erwischen, der bis zum Dunkelwerden seine Runden durch den Friedhof drehte. Im trüben Dämmerlicht fuhr sie an alten Bäumen und Rasenflächen vorbei, zwischen denen sich schmale Wege verloren. Hier und da tauchten Gruppen von Grabsteinen auf.

„Kapelle drei", schnarrte der Busfahrer, hielt an und ließ zwei alte Frauen einsteigen.

Weiter ging es die Cordesallee entlang, dann zur Mittelallee, die sich fast bis zum Ostende des Friedhofs zog. Am Anfang hatte sich Sabine einige Male auf dem Friedhof verlaufen. Man konnte hier stundenlang unter den Bäumen zwischen den verstreuten Gräbern gehen, von denen es immerhin über dreihunderttausend gab. Ohlsdorf rühmte sich, der weltgrößte Parkfriedhof zu sein, und so fuhren die Busse über die siebzehn Kilometer langen Straßen ihre Runden. Weiter im Osten lichteten sich die Bäume und ließen immer größere Rasenflächen frei. Auch einige kleine Seen und ein Kanalsystem gab es, auf dem Stockenten friedlich ihre Bahnen zogen.

Sabine stieg an der Mittelallee aus. Links führten die Wege zu den britischen Soldatengräbern des Zweiten Weltkrieges und zum Seemannsfriedhof mit seinem großen Anker, doch Sabine folgte dem Wasserlauf nach Norden, der sich bald zu einem runden See erweiterte. Hier, auf einer leicht erhöhten Terrasse mit Blick auf den Prökelmoorteich, ruhte ihr Vater in der nasskalten Erde.

„Ach, Papa", seufzte sie und schob die Rosen in die grüne Plastikvase. „Wie konntest du mich einfach so verlassen?" Sie ließ sich in die Hocke sinken, umfasste ihre Knie und sah auf den Stein mit der Goldschrift, deren Glanz schon an einigen Stellen nachließ.

„Zweimal hast du mich verlassen, doch dieses Mal kann ich dir nicht folgen. Ich weiß, die Enge dort unten im Süden hat dich verrückt gemacht. Du hast diesen Seewind in der Nase gebraucht, und nur auf dem Meer warst du wirklich glücklich. Mama wäre nie aus Schwaben weggegangen, und sie hat es mir immer noch nicht verziehen, dass ich nach der Schule zu dir gezogen bin."

Sie schwieg und rückte die Tannenzweige, die das Grab über den Winter begrünten, zurecht.

„Mama sagt, ich hätte Julia nicht verloren, wenn ich bei ihr geblieben wäre. So ein Quatsch! Dann hätte ich Jens ja auch nicht kennengelernt, und es gäbe Julia gar nicht."

Die Dämmerung legte sich wie ein Schleier über den Friedhof. Die Vögel verstummten, und die Enten suchten ihre Schlafplätze auf.

„Es war kein guter Zeitpunkt wegzugehen, so mitten in unserem Scheidungskrieg. Ach, Papa, ich vermisse dich so sehr. Deinen Rat, deine Stimme, deine Schulter, an der ich mich immer anlehnen konnte."

Plötzlich spürte Sabine, dass sie nicht mehr alleine war. Wer außer ihr trieb sich so spät noch hier draußen herum? Langsam erhob sie sich. Ihre Beine waren ganz steif geworden, und sie fühlte einen stechenden Schmerz in den Knien, als sie sich streckte. Sabine drehte sich um und spähte in die Dunkelheit. Da stand jemand, ein Mann, nur wenige Gräber weit entfernt. Scherenschnittartig hob sich seine Silhouette gegen den Nachthimmel ab.

Sabine überlegte sich, welchen Judogriff sie zur Not anwenden sollte, als er sich ihr zuwandte und gemächlich näher kam.

„Ich wollte Sie in Ihrer Trauer nicht stören", erklang die Stimme, die Tag und Nacht in ihren Gedanken widerhallte.

„Oh, hallo, Herr von Borgo, was treibt Sie um diese Zeit auf den Friedhof?“

„Es ist kein bestimmtes Grab, wenn Sie das meinen. Ich fühle mich in dieser Oase der Ruhe wohl und schlendere gerne zwischen den Gräbern umher. Ich habe den Tod schon so oft erlebt, dass er mir ein vertrauter Gefährte geworden ist. Kommen Sie mit und fühlen Sie die friedlichen Seelen, die um uns herum wandeln. Viele haben in ihrem Leben wenig Ruhe und Frieden genossen.“

Er wollte sie einen schmalen Pfad entlangführen, doch Sabine schüttelte den Kopf.

„Der Weg hier drüben führt zum Ausgang Hoheneichen. Dort kann ich die S-Bahn nehmen.“

„Das Tor ist bereits geschlossen“, wandte Peter von Borgo ein.

„Ich weiß. Es ist nicht das erste Mal, dass ich über den Zaun steigen muss.“

Er bot ihr den Arm und sah ihr tief in die Augen. „Kommen Sie mit mir, spazieren wir ein Stück unter diesen herrlich alten Bäumen.“

Es war ihr, als schimmerte es rötlich in seinen Augen. Willig legte sie die Hand auf seinen Arm und folgte ihm in die Finsternis.

„Sie vermissen ihn sehr“, sagte der Vampir nach einer Weile.

„Was?“, schreckte Sabine aus ihren wirren Gedanken auf.

„Ihren Vater – es ist doch Ihr Vater, dem Sie die herrlichen Rosen brachten?“

„Ja, mein Vater“, hauchte sie.

„Erzählen Sie mir von ihm“, bat er sie mit weicher Stimme.

„Er war ein Seebär, den es irgendwie nach Süddeutschland verschlagen hatte. Doch er war dort wie ein Fisch auf dem

Trockenen. Jedes Wochenende zog es ihn zum Bodensee hinunter. Sobald auch nur eine Brise wehte, war er auf seinem Boot und hisste die Segel. Doch der Bodensee ist nicht das Meer, und das Heimweh machte ihn krank. Als ich dreizehn war, ließen sich meine Eltern scheiden, und er zog nach Hamburg zurück."

„Und Sie sind ihm gefolgt."

„Ja, sobald ich das Abitur in der Tasche hatte. Endlich konnten wir wieder zusammen segeln." Sie lächelte versonnen. „Wie oft saß ich klitschnass und vor Kälte schnatternd bei ihm am Steuer und wünschte mir nichts mehr, als mit einem Becher heißen Tee in eine warme Decke eingemummelt auf dem Sofa zu sitzen, doch er konnte nie genug kriegen."

„Doch am 31. Oktober vor drei Jahren waren Sie nicht mit an Bord", stellte Peter von Borgo fest.

„Nein, war ich nicht", sagte die junge Frau leise, und ihre Stimme zitterte. „Ich hatte zu arbeiten, ich war sauer auf Jens, es stürmte und war kalt. Er hat mich gar nicht erst gefragt, ob ich mitkomme – und wenn er es getan hätte, hätte ich Nein gesagt."

„Hat das Meer sich Ihren Vater geholt?"

„Er hatte einen Herzinfarkt. Er hing noch über dem Steuer, als die Männer der Küstenwache auf die führerlose Yacht aufmerksam wurden."

„Hätten Sie ihn retten können, wenn Sie dabei gewesen wären?"

Sabine seufzte tief. „Ich weiß es nicht – vermutlich nicht."

Sie kamen an zwei schwarzen Steinquadern vorbei, zwischen denen im Boden eine Gedenkplatte eingelassen war. Ein schmaler Weg führte auf eine Wiese mit kleinen, rechteckigen Gräbern.

„Diese Menschen hat sich auch das Meer geholt", sagte Peter von Borgo und deutete in Richtung der hinter der Wiese aufragenden Tannen. „In einer kalten Februarnacht, nachdem der Sturm in kaum gekannter Stärke zwei Tage lang gewütet hatte, brachen die Deiche."

„1962 war das, nicht wahr?", fragte Sabine und strich mit der Hand über den glatten Polder. Schaudernd zuckte sie zurück, denn es war ihr, als höre sie die Schreie der Ertrinkenden. Der Wind zerrte an ihrem Haar, der Sturm heulte durch die Gassen. Immer höher stieg die Flut und trieb die Menschen auf die Dächer ihrer Häuser. Straßen und Autos versanken unter gurgelnden Wassermassen. Ein paar Jollen schaukelten kieloben in dem aufgewühlten Strom, der zum Meer wurde. Peter von Borgo führte Sabine weiter, die Eindrücke der Sturmnacht verblassten.

„Sehen Sie hier unter den Bäumen, ganz versteckt, die verwitterten Kreuze? Das waren die ersten der mehr als achttausend Opfer der großen Choleraepidemie, die über die Stadt hereinbrach, weil die edle Bürgerschaft im Rathaus entschied, dass es zu teuer sei, Trinkwasser aus der Elbe zu filtern."

Sabine konnte in der Dunkelheit nichts erkennen, dennoch schreckte sie zurück. Wie nasse, klamme Finger griffen die fremden Erinnerungen nach ihr. Der beißende Gestank von Chlorkalk drang ihr in die Nase. Ein Fuhrwerk, beladen mit weiß umhüllten Leibern, ratterte an ihr vorüber. Menschen weinten. Eine Mutter klagte um ihre verlorenen Kinder. Zwei Büttel mit weißen Tüchern vor Mund und Nase drängten sich in den engen Hinterhof und zogen einer Mutter das Kind vom Busen, ohne auf ihr Wehgeschrei zu achten. Der Tod grinste aus den eingefallenen Augenhöhlen des Kindes. Mit einem Aufschrei umklammerte Sabine den Mann an ihrer Seite.

„Was passiert hier? Wie kann so etwas sein? Ich kann sie

sehen und hören und riechen!", rief sie panisch und umklammerte Peter von Borgo noch fester. „Ich glaube, ich werde verrückt! Helfen Sie mir, oh bitte, helfen Sie mir!"

Er spürte ihr Herz schlagen und das Blut in ihren Adern pulsieren, so eng drückte sie sich an ihn. Ihr Duft mischte sich mit dem Dunst ihrer Angst zu einer berauschenden Woge, die ihn mit sich riss. Er wischte die Erinnerungen an diese Tragödie im Jahre 1892 beiseite und schlang seine Arme um die junge Frau. Rötlicher Nebel waberte vor seinen Augen, als die spitzen Eckzähne in wilder Macht unter seiner Oberlippe hervorstießen.

War der Zeitpunkt gekommen? Sollte es hier geschehen, unter den ausladenden Blutbuchen, im Schatten der alten Tannen? Er presste sein Gesicht an ihre weiche Wange. Ein Schluchzen entrang sich ihrer Kehle. Ihr Kopf fiel nach vorn und vergrub sich in seiner Brust. Die nadelspitzen Zähne schwebten über ihrem Nacken und ritzten die Haut, als sie erbebte. Ein Blutstropfen quoll aus dem winzigen Stich. Der Vampir zögerte, dann streckte er die Zunge vor und leckte den Tropfen ab.

Selbst in seinen kühnsten Träumen hatte er sich nicht vorstellen können, welch überwältigenden Sinnesrausch dieser Geschmack in ihm auslösen würde. Es war, als würde ein Feuerwerk in seinem Körper abgebrannt. Der Vampir warf den Kopf in den Nacken und öffnete den Mund zu einem Schrei, der nur in seinen eigenen Ohren widerhallte.

Nein, es durfte in dieser Nacht noch nicht zu Ende gehen, er würde verzweifeln, wenn er sie jetzt schon verlieren sollte. Seine letzte Beherrschung zusammennehmend, presste er die Lippen fest aufeinander und stieß die junge Frau von sich. Fast wäre sie gefallen, doch sie fing sich wieder und sah ihn aus weit aufgerissenen Augen an, verwirrt und verletzt.

„Kommen Sie, ich bringe Sie nach Hause", sagte er rau und legte ihr die Hand auf die Schulter. Er dirigierte sie die schmalen Wege entlang bis zur Straße, half ihr, über das Gitter zu klettern, und schob sie dann auf den Sattel des Motorrads. Sabine folgte ihm wie im Traum. Sie spürte ihre Blasen nicht mehr, und auch die Kälte der Nacht berührte sie nicht. Ihre Gedanken waren in einem seltsamen Tanz gefangen, aus dem es kein Entrinnen gab. Etwas ging mit ihr vor sich. Etwas, das sie nicht begreifen wollte. Was war es, das nach ihr griff, das ihr Verstand sich weigerte zu sehen? Ein großer, unheimlicher Schatten schwebte über ihr und rieb sich an ihrem Geist. Gab es eine Wahrheit jenseits der Wissenschaft? Konnte ein menschlicher Verstand das Unfassbare begreifen oder würde er daran zerbrechen? Der Schlaf mit seinen tröstlichen Träumen erlöste sie, kaum dass der Vampir die Daunendecke über sie gebreitet hatte.

Fast wahnsinnig vor Gier und unterdrückter Leidenschaft eilte Peter von Borgo die Treppe hinunter und stieß im ersten Stock mit einem verschwitzten jungen Mann in Joggingkleidung zusammen. Brutal griff er ihn am Hals und drückte ihn gegen die Wand. Mit einer heftigen Bewegung bog er seinen Kopf zurück. Die Zähne fuhren tief in den Hals seines Opfers. Mit der Hast eines Verdurstenden sog er den Leben spendenden Saft in sich ein, bis Lars Hansen ohnmächtig zusammensackte. Ohne sich weiter um ihn zu kümmern, stieg der Vampir über ihn hinweg und verließ das Haus in der Langen Reihe. Wie er es sich zur Gewohnheit gemacht hatte, blieb er vor der Haustür noch einige Augenblicke stehen, lauschte und sog prüfend die Nachtluft ein.

Er witterte etwas, das ihm nicht gefiel. Ein Mann, dessen Geruch er schon öfters in Sabines Nähe wahrgenommen hatte und einmal auch ganz deutlich in seinem Garten. Der

Vampir wischte sich die dunklen Linsen aus den Augen und ließ suchend den Blick schweifen. Ein Stück weit die Straße hinunter stieg ein Mann in einen schwarzen Golf, startete den Motor und jagte dann davon.

Nachdenklich schlenderte Peter von Borgo in Richtung Bahnhof und wandte sich dann nach Süden. Dort, wo heute Schienenbündel zum Bahnhof streben und Autos sich über die breite Wallstraße schieben, ragte einst die Altmannshöhe am weidengesäumten Stadtgraben auf. Welche Schlachten hatten sich hier zwischen den Buben der Armenschulen und den stolzen Johanniterzöglingen zugetragen! Und dann dahinter das Deichtor zwischen den sternförmig in den Wassergraben ragenden Festungsbauten und der Windmühle, deren weiße Flügel sich im Nachtwind drehten. Heute lärmte der Verkehr über den Deichtorplatz.

Über den Wandrahmsteg gelangte der Vampir zur Speicherstadt. Das geschlossene Tor hinter der Brücke störte ihn nicht. Für ihn gab es überall Wege, die ihm niemand verwehren konnte. Am Fuß der stillen Speicherbauten schritt Peter von Borgo den Alten Wandrahm entlang, überquerte bei St. Annen die Brücke und folgte dann dem Annenufer bis zum Kannengießerort. Tröstlich vertraut zeichnete sich die Silhouette des Sandthorquaihofes gegen den Nachthimmel ab. Das Wasser schimmerte in schmalen Rinnen in der Mitte der Kanäle, während die Ebbe am Fuß der Speicherbauten die gewellten Schlickflächen entblößt hatte. Mit geschlossenen Augen sog der Vampir die modrig feuchte Luft ein, unter die der Wind den Duft gerösteten Kaffees von der Börse schräg gegenüber mischte.

Als der Morgen graute, stieg Peter von Borgo die sechs Treppen im Speicher P hinauf, schlüpfte zwischen den losen Brettern hindurch und legte sich in seinen Sarg, das Gesicht in Sabines Nachthemd vergraben. Als die ersten Sonnenstrahlen die Spitze des Michaels berührten, erstarrten seine Gesichtszüge zu einer wächsernen Maske, und sein Atem stockte.

Während die Sonne ihre Reise über den wolkenverhangenen Himmel antrat, wuchsen – wie an jedem Tag – die abgeschnittenen schwarzen Haare, bis sie wieder die Länge erreichten, die sie einst hatten, als ihm ein kräftiger Mann mit bleichem Gesicht seine spitzen Zähne in den Hals geschlagen hatte.

Der Zuhälter

Das Klingeln an der Tür riss die Kommissarin aus dem Schlaf. Sie warf sich ihren Bademantel über und tappte zur Tür. Vorsichtshalber spähte sie erst durch den Spion, ehe sie die Tür aufriss.

„Lars, was ist denn mit dir los?"

Das weißblonde Haar stand nach allen Seiten ab, sein Gesicht war totenbleich. Er trug noch den schlammverspritzten Jogginganzug vom Vorabend, das weiße T-Shirt war am Halsausschnitt blutverschmiert. Er wankte auf Sabine zu und fiel ihr geradewegs in die Arme.

„He, bist du betrunken?"

Lars schüttelte den Kopf und stützte sich schwer auf ihre Schulter, als sie ihn ins Wohnzimmer führte.

„Ich fühle mich nur so schwach. Ich muss gestern Abend gefallen sein, als ich vom Joggen kam. Oder es hat mir jemand eins über den Kopf gezogen. Jedenfalls habe ich einen irren Brummschädel und kann mich kaum auf den Beinen halten."

Nach Alkohol roch er nicht, und seine bleiche Gesichtsfarbe und die dunklen Ringe unter den Augen zeigten deutlich, dass er nicht übertrieb.

„Am besten, ich mache dir ein kräftiges Frühstück und koche dir eine heiße Milch mit Honig. Du bist ja total ausgekühlt."

Stöhnend fiel Lars aufs Sofa und lehnte sich zurück.

„Was hast du da an deinem Hals?", fragte Sabine und bog

sanft seinen Kopf zur Seite. „Tut das weh? Hier hat es ein wenig geblutet."

Lars verzog das Gesicht und fuhr mit den Fingerspitzen über die winzigen Wunden. „Ist nur ein Kratzer."

Mit einem Seufzer ließ er den Kopf in die weichen Kissen sinken. Sabine zog ihm die Schuhe aus, bugsierte seine Beine auf das Sofa und breitete eine flauschige Decke über ihn.

„Bist du überfallen worden?", fragte Sabine. „Kannst du dich an irgendetwas erinnern?"

Lars strich noch einmal über die Wunden an seinem Hals. „Ein Vampir hat mich angefallen, mich ausgesaugt und dann einfach liegen gelassen", antwortete er schlaftrunken, schloss die Augen und schlief dann einfach ein.

Sabine schüttelte ärgerlich den Kopf. „Das war eine ernst gemeinte Frage!", grummelte sie und ging dann in die Küche, um die Milch zu wärmen und Brote zu belegen. Als sie zurückkam, schlief Lars tief und fest. Sabine überlegte, ob sie ihn zum Frühstück wecken sollte, beschloss dann aber, erst einmal ihre E-Mails abzurufen.

Ingrid berichtete ausführlich über einen neuen Schwarm, Thomas verteilte noch ein paar Sonderaufgaben an seine Crew, die Sekretärin bat um Vorschläge für den Abteilungsausflug, und ihr Cousin teilte ihr mit, dass er nun für acht Wochen nach Australien reisen würde und daher nicht erreichbar sei. Sabine wollte gerade die letzte Nachricht anklicken, da stutzte sie. Als Absender stand dort *Sabine Berner*, Betreff war keiner angeführt. Wer schrieb ihr unter ihrem eigenen Namen E-Mails? Rasch öffnete sie die Nachricht und überflog den Text.

Liebste Sabine, nicht dass mich die Bewacher vor Ihrem Haus abhalten könnten, Sie zu besuchen. Auch die Telefonüberwachung ist kein Hindernis für mich. Und doch stören sie meine Muße, daher greife ich nun zu einem anderen Medium, um Ihnen zu versichern: Ich bin noch hier und ich beobachte jeden Ihrer Schritte mit Interesse. Wie ich sehe, stecken Ihre Ermittlungen noch in den Kinderschuhen. Ich biete Ihnen gerne meine Hilfe an. Sie müssen nur nach mir rufen. Legen Sie einen Brief auf Ihren Schreibtisch oder schicken Sie einfach eine E-Mail zurück. Ich bin für Sie da. Ich wache über Ihren Schlaf und ich sende Ihnen Ihre Träume.

Sabine brütete noch über der E-Mail, als ihr Telefon klingelte.

„Moin, Sabine, du musst sofort kommen, wir haben den Kerl!", tönte ihr Klaus Gerrets aufgeregte Stimme im Ohr.

„Wen haben wir?", fragte sie abwesend und warf einen Blick auf die Uhr. Noch nicht mal sieben!

„Den ollen Zuhälter von Ronja, Holger, äh, irgendwas!"

„Was? Ich komme sofort! Wartet auf mich. Ich will beim Verhör dabei sein!"

„Dachte ich mir schon", lachte Klaus. „Also dann, leg mal einen Zahn zu!"

Eine halbe Brotscheibe in der Hand, sauste die Kommissarin ins Schlafzimmer und zerrte Unterwäsche, eine frische Jeans und einen hellgrauen Strickpulli aus dem Schrank. Kauend tappte sie ins Bad, zog sich an, putzte die Zähne und fuhr sich einmal mit der Bürste durch das Haar.

Was sollte sie mit Lars machen? Der lag mit leicht geöffnetem Mund auf ihrem Sofa, grunzte vor sich hin und schlief offensichtlich friedlich und fest. Achselzuckend stellte sie sein Frühstück auf den Wohnzimmertisch, kritzelte ihm eine Nachricht auf einen Zettel, griff nach Jacke und Schal und eilte hinaus.

Den Autoschlüssel in der Hand, stand sie einige Augenblicke auf der Straße, bis ihr einfiel, dass der Passat ja noch immer vor der Villa am Baurs Park stand.

„Mist!"

Mit langen Schritten lief die Kommissarin zum Bahnhof und fuhr dann mit der U1 nach Alsterdorf hinaus. Auf der Treppe vom Bahnsteig zur Straße stieß sie mit einer ihr inzwischen wohl bekannten Gestalt zusammen.

„Guten Morgen, Frau Berner! Was gibt es Neues im Fall Ronja?"

„Kein Kommentar! Lassen Sie mich vorbei." Sie drängte sich an dem Reporter vorbei, doch der heftete sich an ihre Fersen.

„Los, sagen Sie mir, wie kommen Sie in diesem Fall voran?"

Sabines Wangen glühten vor Wut. „Damit Sie wieder solch einen Schwachsinn schreiben können?", herrschte sie Frank Löffler an.

„Wenn Sie mir mehr erzählen, kann ich mich auch besser an die Fakten halten", antwortete er ungerührt, ohne ihr von der Seite zu weichen. „Ich habe läuten hören, Sie haben den Zuhälter endlich gefasst."

„Ich lasse Sie verhaften, wenn Sie mich nicht in Ruhe lassen!", zischte sie ungehalten.

„Oh, das können Sie nicht. Es gibt in diesem Land so etwas wie Pressefreiheit, ob Ihnen das passt oder nicht."

„Die Pressefreiheit erlaubt Ihnen aber noch lange nicht, meine Kollegin zu belästigen", erklang eine kühle Stimme hinter dem Reporter. „Wenn Sie etwas wissen wollen, rufen Sie in unserem Pressebüro an. Guten Tag!"

Björn Magnus hakte sich bei Sabine unter und schob sie dann vor sich durch die Tür in die Eingangshalle des Präsidiums.

„Danke, Björn!“ Die Kommissarin lächelte den Polizeifotografen an. „So eine elendige Schmeißfliege.“

Er folgte ihr in den Aufzug. „Tja, leider muss man diese Schmierfinken ertragen.“

Sabine nagte an ihrer Unterlippe. „Ich möchte bloß wissen, wie er von der Verhaftung des Zuhälters erfahren hat. Ich weiß es ja selbst noch keine Stunde.“

„Meinst du, es gibt eine undichte Stelle?“

Sabine winkte dem Uniformierten hinter dem Tresen zu. „Langsam weiß ich gar nicht mehr, was ich glauben oder nicht glauben soll.“

Als Erstes rief die Kommissarin in der EDV-Abteilung an. Sie musste unbedingt wissen, woher die E-Mail wirklich kam. Dann eilte sie zu Thomas Ohlendorf, um mit ihm zusammen den Zuhälter zu verhören.

Die Hände auf den Rücken gefesselt und von zwei Uniformierten bewacht, saß Holger Laabs im Vernehmungszimmer. Sein linkes Auge war zugeschwollen, und auch auf seiner Wange zeichneten sich Spuren einer tätlichen Auseinandersetzung ab. Die beiden Bewacher erhoben sich, als Hauptkommissar Ohlendorf und Kommissarin Berner den Raum betraten. Der Chef der 4. Mordbereitschaft nickte den beiden zu.

„Sie können jetzt gehen, und nehmen Sie ihm die Handschellen ab.“

Der Ältere der beiden, der drei grüne Sterne auf den Schulterklappen trug, zögerte. „Er hat ganz schön aufgemuckt. Nicht dass er Ihnen hier Ärger macht.“

Der Hauptkommissar ließ sich auf einen der harten Stühle sinken. „Das kriegen wir schon hin.“

Achselzuckend löste der Polizeiobermeister die Handschellen und verließ mit seinem Kollegen das Verhörzimmer.

„Na, dann wollen wir mal!“, fing Thomas Ohlendorf mit trügerisch freundlicher Stimme an, beugte sich über den Tisch und betrachtete aufmerksam das zugeschwollene Auge seines Gegenübers.

„Wer hat denn da so saubere Arbeit geleistet?“

„Ihre Kollegen!“, schimpfte der Zuhälter. „Hat es irgendeinen Sinn, wenn ich Beschwerde einreiche?“

Der Hauptkommissar schüttelte den Kopf. „Nein, keinen. Ich habe mir sagen lassen, Sie hätten ordentlich Widerstand geleistet.“

„Wenn man einen unbescholtenen Bürger nachts so einfach aus dem Bett zerrt“, maulte Holger Laabs.

„Ja, ja, völlig unbescholten“, nahm Thomas Ohlendorf die Worte auf, gab ihnen aber einen sarkastischen Klang. Mit einem Knall ließ er einen schweren Aktenordner auf den Tisch sausen. „Zuhälterei, Drogenhandel, Kindesmissbrauch und Mord! Das reicht für ein lebenslanges Plätzchen hinter schwedischen Gardinen.“

Holger Laabs lehnte sich in seinem Stuhl zurück und verschränkte die Arme vor der Brust. „Ich weiß nicht, wovon Sie sprechen.“

„Sie wollen also die harte Tour, gut, das können Sie haben.“

Sabine wunderte sich immer wieder, wie er es schaffte, solch einen drohenden Tonfall in seine Stimme zu legen.

„Frau Berner, nun stehen Sie nicht so blöd hier rum. Setzen Sie sich hin!“, fuhr er seine Kollegin unvermittelt an. Sabine zuckte zusammen und ließ sich dann auf der Kante eines Stuhles nieder. Aha, dieses Spiel würde er heute spielen. Sie versuchte ein unsicheres Lächeln und warf dem Zuhälter einen schnellen Blick zu. Er beobachtete sie lauernd. Lag da so etwas wie Mitleid in seinem Blick? Das überhebliche Mitgefühl, das man einem geprügelten Hund entgegenbringt?

„Sie hatten Kontakt mit der Prostituierten Edith Maas, die sich Ronja nannte."

Holger Laabs hob seine geschwärzten Fingerkuppen. „Warum fragen Sie? Sie haben doch eh die Fingerabdrücke verglichen."

„Das war auch keine Frage. Wenn Sie früher in der Schule aufgepasst hätten, dann wüssten Sie das", schnauzte ihn der Hauptkommissar an. Der Verdächtige zuckte die Schultern und warf Sabine einen Blick zu.

„Waren Sie Frau Maas' Zuhälter?"

„Bitte?" Er sah den Kommissar aus unschuldig blauen Augen an, doch damit kam er bei Thomas Ohlendorf nicht durch.

„Zuhälter, Lude, stellen Sie sich nicht blöder, als Sie sind", brüllte er. „Hat Frau Maas Ihnen Geld gegeben?"

Holger Laabs zögerte einen Augenblick. „Ja, also, ich habe ja die Wohnung für sie gemietet, und sie hat mir natürlich die Miete bezahlt. Das ist ja wohl nicht verboten, oder?"

„In bar?"

„Bitte? – Ach so, ja, sie hat es mir immer bar gegeben. Wollen Sie mir jetzt auch noch eine Steuerhinterziehung anhängen?", maulte der muskulöse Riese.

„Gar keine schlechte Idee. Mit irgendetwas kriege ich Sie auf alle Fälle dran."

„Verdammt, Sie müssen mir erst einmal etwas beweisen, bevor Sie mich in den Bau schicken können", schrie Holger Laabs und fiel damit zum ersten Mal aus seiner Unschuldslammrolle.

„Keine Sorge, das kriegen wir schon hin!" Der Hauptkommissar lächelte süffisant. „Ich habe heute eh nichts mehr vor." Er rieb sich die Hände, dann sah er den Zuhälter wieder scharf an. „Was ist mit dem Kind, Lilly Maas?"

„Geht mich nichts an“, maulte Holger. „Ist nicht mein Balg.“

„Aber Sie wissen doch, dass das Kind verschwunden ist. Hat Frau Maas mit Ihnen gesprochen? Hat sie das Kind vielleicht zu Freunden oder Verwandten gebracht?“

Er hob abwehrend die Hände. „So dicke waren wir dann auch wieder nicht. Ich hab ihr die Wohnung vermietet, in der sie angeschafft hat, und ich hab sie ab und zu gesehen, ja, und wir haben auch das eine oder andere Mal gefickt, aber das heißt doch gar nichts. Sie hatte so viele Kunden. Fragen Sie doch die mal. Vielleicht hat ja einer von denen ihr den Hals zugedrückt. Vielleicht war's ein Unfall. Was weiß denn ich, was für Spielchen die getrieben hat.“

„Sie scheinen jedenfalls ziemlich genau zu wissen, wie sie gestorben ist.“

„Das stand ja in der *Mopo* und in der *Bild*“, wehrte Holger verächtlich ab.

Thomas Ohlendorf lehnte sich auf seinem Stuhl zurück. „Wenn wir schon bei dem Mord an Frau Maas sind – Sie können mir doch sicher sagen, wann Sie sie zum letzten Mal gesehen haben und wie Sie Ihre Zeit, sagen wir, vom vierten bis zum achten Oktober verbracht haben.“

„Puh, wie soll ich das denn noch wissen? Sie haben vielleicht Nerven.“

Thomas Ohlendorf schob sich einen Kaugummi in den Mund. „Ja, die habe ich und auch viel Zeit. Die brauchen Sie übrigens auch, wenn es Ihnen nicht wieder einfällt. Wir haben viele freie Zellen, in denen Sie in Ruhe nachdenken können.“

„Das dürfen Sie gar nicht!“, rief der Zuhälter aufgebracht. „Wenn Sie keine Beweise haben, dann müssen Sie mich innerhalb von vierundzwanzig Stunden wieder freilassen.“

Thomas Ohlendorf beugte sich weit nach vorn. „Ich garantiere Ihnen, bevor es heute dunkel wird, habe ich genug, dass mir jeder Haftrichter den netten kleinen Wisch unterschreibt."

Drei Stunden nahm der Hauptkommissar Holger Laabs in die Mangel, dann erhob er sich, gähnte und räkelte sich ausgiebig.

„Ich geh mal einen Kaffee trinken. Passen Sie auf den Kerl auf, Frau Berner." Die Tür fiel hinter ihm ins Schloss. Sabine zählte langsam bis zehn, ehe sie den Blick hob und den Zuhälter ansah. Holger Laabs musterte die Kommissarin abschätzend. Sie schien kaum dreißig zu sein und wirkte ein wenig naiv. Er hatte im Umgang mit Frauen viel Übung, daher warnte ihn eine leise Stimme, dass sie vielleicht nicht ganz so leicht zu knacken war, wie es den Anschein hatte. Doch was blieb ihm anderes übrig, als es zu versuchen? Dies war vielleicht die einzige Gelegenheit, die sich ihm bot. Er setzte sein Lächeln auf, von dem er wusste, dass nur wenige ihm widerstehen konnten.

Sabine beobachtete den Kampf seiner Gedanken. Also los, Bühne frei, dachte sie, als er seine Show mit einem Kompliment eröffnete.

„Und, was meint ihr?", fragte der Hauptkommissar seine Kollegen, als er am Nachmittag mit Sabine, Sönke, Klaus und Uwe zusammensaß und Teile des Bandes noch einmal abhörte.

„Er hat Angst", brummte Sönke.

„Ja, ich glaube, das hängt mit den Drogen zusammen. Irgendwie habe ich das Gefühl, dass er die Morde nicht begangen hat", fügte Sabine hinzu.

Klaus kicherte. „Die liebe Kollegin hat mal wieder ihre Gefühle."

Sabine streckte ihm die Zunge raus, worauf er nur noch lauter kicherte.

Der Hauptkommissar brachte ihn mit einer Handbewegung zum Schweigen. „Wenn Sabines Theorie stimmt, dann hat Nadine ihm die Drogen geklaut, die er verticken sollte. Deshalb haben die Schläger sie aufgemischt. Doch wenn sie mehr zur Seite geschafft hat, als wir bisher annehmen, dann kann Holger jetzt vielleicht seinen Lieferanten nicht bezahlen …"

„… und um von dem keine auf die Klappe zu kriegen, ist er untergetaucht", ergänzte Klaus.

Sabine schüttelte langsam den Kopf. „Aber das passt noch nicht ganz. Er muss zumindest einmal zurückgekommen sein – nachdem Nadine in der Wohnung war und die Drogen mitgenommen hat. Also hat er gelogen."

„Der hat von vorn bis hinten gelogen", warf Thomas Ohlendorf ein. „Woher wusste er, dass Nadine das Zeug hat? Er hätte doch eigentlich davon ausgehen müssen, dass wir es einkassiert haben."

„Moment mal", fuhr Sabine plötzlich hoch. „Angenommen, er hat Ronja ermordet. Dann wäre er doch nicht so blöd gewesen, sein Päckchen in der Wohnung zu lassen, damit die Polizei es findet!"

„Da ist was dran", nickte ihr Chef. „Doch vielleicht hat er nicht damit gerechnet, dass die Leiche so schnell gefunden wird."

„Deshalb hat er sie auch so fotogen hindrapiert", widersprach Klaus. „Ich denke, der Mörder wollte, dass die Leiche gefunden wird."

„Das schon, aber wir haben weder einen Beweis, dass er mit dem Mord etwas zu tun hat, noch ausreichend Hinweise, dass die Drogen wirklich ihm gehört haben."

„Jedenfalls haben wir nicht genug, um ihn festhalten zu können", seufzte der Hauptkommissar und erhob sich. „Ich geh noch mal rüber und werde ihn, solange ich kann, durch die Mangel drehen. Vielleicht spuckt er doch noch was aus."

Sabine erhob sich, um ihm zu folgen, doch Thomas Ohlendorf schüttelte den Kopf.

„Du machst für heute Schluss. Klaus kommt mit mir, damit er noch ein bisschen was in Sachen Verhörstrategie lernt."

Sönke grinste schadenfroh und griff nach seinem Mantel.

„Und ihr beiden seht euch noch mal die Verhörprotokolle von Ronjas hochherrschaftlichen Kunden an. Vielleicht haben wir etwas übersehen. Wenn's sein muss, lasse ich die Herrn alle noch einmal antreten. Ich kriege diesen Kerl!"

„Das wird ein Tanz", grinste Uwe Mestern, der bereits zwei Senatoren und einen angesehenen Psychologen zu dem Fall Ronja verhört hatte.

Bevor Sabine sich auf den Heimweg machte, rief sie noch einmal im Rechenzentrum an. Die Kollegen bestanden darauf, dass die E-Mail von ihrem Rechner im Büro unter ihrem eigenen Passwort abgeschickt worden war.

Die Geheimnisse des Peter von Borgo

Sabine fuhr nach Hause, duschte, zog sich um und holte dann das Kleid aus der Reinigung. Mit der S-Bahn fuhr sie nach Blankenese und schlenderte zu der Villa am Baurs Park. Sie klopfte. Nichts rührte sich. Sie klopfte noch einmal, dann hörte sie Schritte. Die Tür öffnete sich erst einen Spalt, dann wurde sie ganz aufgezogen.

„Moin, Frau Kommissarin, kommen Sie doch rein."

„Danke. Guten Tag, Frau Mascheck, wie geht es Ihnen?" Sabine folgte der alten Dame in die Diele und hängte ihre Jacke an die Garderobe.

„Na, wie's so 'ne ollen Deern eben geht", lächelte die Alte und schlurfte vor ihr her in die Küche.

„Ist Ihr Neffe daheim?"

„Was, hier? Nein, wie kommen Sie denn da drauf?"

„Ich habe ihn in letzter Zeit ein paarmal hier getroffen."

„Das ist ja merkwürdig", murmelte Rosa Mascheck und wusch ihren Staublappen aus. „Letztens waren mal Weingläser in der Spüle, aber sonst sieht es nicht so aus, als wäre er öfters hier." Sorgfältig wischte sie jeden Wassertropfen von der Spüle.

„Wollen Sie mitkommen und einen Tee mit mir trinken? Ich bin hier gerade fertig."

Sabine wehrte ab. „Ich muss Ihrem Neffen noch ein paar Dinge zurückgeben." Sie deutete auf die prall gefüllten Tüten, die sie mitgebracht hatte. „Ich warte hier auf ihn, wenn es Ihnen recht ist."

Rosa Mascheck zögerte. „Ich kann Sie doch nicht einfach alleine hier lassen. Was ist, wenn er nicht kommt?"

„Er kommt bestimmt. Wir sind miteinander verabredet", schwindelte Sabine, die es danach drängte, sich das Haus ein wenig genauer anzusehen.

„Wenn Sie meinen." Rosa Mascheck schlüpfte in ihren alten Wollmantel und zog sich eine graue Strickmütze tief in die Stirn. „Tschüss, Frau Kommissarin, denn bis denn." Mit tippelnden Schritten ging sie auf das Tor zu.

„Ach übrigens, Sie haben am Dienstag wirklich etwas versäumt. Das Konzert war traumhaft."

Die alte Dame blinzelte verwirrt. „Was für ein Konzert? Wovon reden Sie?"

„Oh, ich dachte, Ihr Neffe wollte mit Ihnen in die Musikhalle …"

Sie lachte belustigt. „Nein, wie kommen Sie denn auf so eine Idee? Ich habe Ihnen doch gesagt, dass ich ihn seit Jahren nicht mehr gesehen habe."

„So, so. Ach, was ich Sie noch fragen wollte. Hat Ihr Neffe eine Schwester?"

Abwehrend hob Rosa Mascheck die Hand. „Das ist ja schon eine Ewigkeit her. Die Kleine ist mit fünf oder sechs Jahren gestorben. Diphtherie – oder war es Scharlach? So genau weiß ich das nicht mehr."

„Danke, Frau Mascheck, und einen schönen Abend."

Sabine schloss die Tür hinter sich und blieb dann, die Arme vor der Brust verschränkt, in der Diele stehen.

„Was treibst du für ein Spiel, Peter von Borgo?", murmelte sie vor sich hin und ging dann zurück in die Küche. Rosa Mascheck hatte recht, diese Küche wurde nicht benutzt, stellte die Kommissarin nach einem Blick in die Schränke fest. Das altmodische Küchenbuffet war fast leer, nur unten standen zwei Kisten mit in vergilbte Zeitung eingewickeltem Geschirr. Sabine bückte sich und strich eines der Blätter glatt. 3. August 1958!

In einer Schublade fand sie angelaufenes Silberbesteck und zwei alte Kochbücher. Der Herd und der nicht einmal angeschlossene Kühlschrank mussten aus den Nachkriegsjahren stammen. Sabine warf noch einen Blick in die Speisekammer. Bis auf ein paar Kisten mit eingepackten Küchenutensilien war auch sie leer.

Merkwürdig. Selbst wenn ein Mann sich beim Kochen noch so ungeschickt anstellte, hätte er doch wenigstens eine Kaffeemaschine oder einen Wasserkocher oder zumindest Teller und Besteck, um sich mal ein Brot zu schmieren. Doch hier gab es keinerlei Lebensmittel, keine Kekse, keinen Tee oder Kaffee, keine Butter, kein Brot, nicht mal eine Tütensuppe.

Langsam schritt Sabine im Erdgeschoss durch die Räume: ein düsteres kleines Wohnzimmer mit offenem Kamin und zwei schweren Sesseln davor, unter dem Fenster ein Sofa, ebenso mit weinrotem Samt bezogen wie die Sessel, und ein Tisch mit einer Schieferplatte. Die Stoffbespannung an den Wänden war zu einem unscheinbaren Braun nachgedunkelt. Ein mehrarmiger Kerzenleuchter und ein paar zierliche Porzellanfiguren standen auf einem Sideboard aus Wurzelholz. Sabine strich mit der Hand über das glatte Holz. Das war sicher alt. Biedermeier vielleicht. So genau kannte sie sich nicht aus. In einer kleinen Glasvitrine standen die Weingläser, aus denen sie schon getrunken hatte.

Wie hell und einladend wirkte dagegen das Zimmer mit dem Flügel! Langsam ging die Kommissarin an den Wänden entlang und ließ noch einmal den Blick über die reichhaltige Sammlung gleiten, dann stieg sie die Treppe zum ersten

Stock hoch. Ihre Schritte hallten auf den Marmorstufen wider. Inzwischen war es draußen dunkel geworden, doch auf der Suche nach den Lichtschaltern musste die Kommissarin feststellen, dass die meisten Lampen nicht einmal eine Birne in der Fassung hatten. Nur die Diele, die Galerie und das prächtige Schlafzimmer, in dem sie sich umgezogen hatte, ließen sich festlich erleuchten.

„Merkwürdig, alles sehr merkwürdig“, murmelte sie und stieg hinunter, um die Taschenlampe, die in ihrem Überlebensrucksack steckte, zu holen.

Oben waren zwei Schlafzimmer, jeweils mit einer Ankleide und einem altmodisch eingerichteten Bad, und dann noch ein schmaler Raum mit einem Schreibtisch unter dem Fenster und einem antiken Schrank, in dem, fein säuberlich gestapelt, Bettwäsche aufbewahrt wurde.

Während das Schlafzimmer, das sie schon kannte, in Gelb- und Orangetönen eingerichtet war, wurde das andere von einem mächtigen Himmelbett mit dunklen, gedrehten Bettpfosten eingenommen. Der Überwurf war aus dunkelblauem Samt und hatte sicher schon das vorherige Jahrhundert gesehen. Neben dem Bett stand eine reich mit Schnitzereien verzierte Truhe, an der anderen Wand ein Schminktisch aus Mahagoni mit einem großen, ovalen Spiegel, den ein schwarzes Tuch verhüllte. Die Kommissarin hob das Tuch ein Stück an und sah, dass der Spiegel gesprungen war. Von einem Punkt in der Mitte liefen unzählige Risse zum Rand hin.

Der Deckel der Truhe ließ sich erstaunlich leicht öffnen. Das Scharnier gab kein Geräusch von sich. Die Truhe war gefüllt mit Kleidern, oder besser gesagt: mit Kostümen. Es war wie eine Reise in die Vergangenheit: ein Frack aus schwarzem Tuch mit Zylinder und weißen Glacéhandschuhen, das weiße Hemd mit gestärkter Hemdbrust, ein zweireihiger Tuchrock, Kniehosen aus schwarzer Seide, feine, weiße Strümpfe, schmale Schnallenschuhe, eine enge Reithose aus feinem Wildleder, eine Weste aus besticktem Goldbrokat, ein knöchellanger Mantel mit drei Schultercapes und einem Pelzkragen, weiße Baumwollhemden mit hohen, gestärkten Kragen und Rüschen an den Handgelenken, Zylinder und Halsbinden …

„Haben Sie gefunden, was Sie suchen?“, fragte eine Stimme, die eher neugierig denn wütend klang.

Sabine fiel der schwarze Zweispitz aus den Händen. Mit zitternden Knien erhob sie sich und starrte den Hausherrn mit zusammengekniffenen Lippen an.

„Haben Sie denn einen Hausdurchsuchungsbefehl, Frau Kommissarin?“, fragte er, trat zu ihr und begann Hemden und Röcke sorgfältig wieder zusammenzulegen.

„Nein, habe ich nicht, doch ich kann mir jederzeit einen besorgen.“ Mechanisch wickelte sie die seidigen Halsbinden auf.

„Aber sicher!“, nickte Peter von Borgo und strich ein weites Cape glatt.

Sabine erhob sich, verschränkte die Arme vor der Brust und funkelte ihn wütend an.

„Sie haben mich belogen! Ich weiß gar nicht, bei was alles“, fauchte sie.

„Legen Sie mir die Anklagepunkte vor, ich werde Ihnen Rede und Antwort stehen.“ Der Zylinder und ein runder Filzhut wanderten wieder in die Truhe.

„Sie haben Ihre Tante gar nicht zum Konzert eingeladen, und das Kleid gehört auch offensichtlich nicht Ihrer mit fünf Jahren gestorbenen Schwester.“ Sie fischte ein langes schwarzes Haar von seinem Hemd und hielt es ihm vor die Nase.

„Touché!“ Entschuldigend hob er die Hände. „Sie haben

mich erwischt. Doch was hätte ich tun sollen? Hätten Sie das Kleid denn angenommen, wenn Sie gewusst hätten, es gehört einer anderen als meiner Schwester? Wären Sie mit mir ins Konzert gegangen, wenn ich Sie so einfach eingeladen hätte?“ Er schloss den Deckel der Truhe und erhob sich.

Einen Augenblick zögerte sie. „Ich weiß es nicht, jedenfalls hasse ich es, belogen zu werden.“ Sie trat ganz nah zu ihm und sah ihm in die Augen.

„Ich warne Sie, das ist kein Spiel. Es geht hier um Mord, um mehrfachen Mord und um ein verschwundenes Kind. Ich lasse mich von Ihnen nicht an der Nase herumführen. Ich weiß nicht, was Sie in diesem Haus treiben, wohnen tun Sie hier jedenfalls nicht. Irgendetwas ist hier richtig faul, und ich werde es herausfinden!“

„War das nun der Fehdehandschuh?“, erkundigte sich der Vampir höflich.

„Spotten Sie nur“, schrie Sabine, „das Lachen wird Ihnen bald vergehen. – Das ist kein Spiel!“, sagte sie noch einmal, dann lief sie aus dem Zimmer, eilte die Treppe hinunter und schlug die Haustür hinter sich zu.

„Doch, das ist ein Spiel, ein faszinierendes Spiel. Wir spielen Katz und Maus – die Frage lautet nur, wer ist die Katze, wer die Maus!“

Die Kommissarin trat wütend das Gaspedal durch, sodass der Wagen einen kleinen Satz machte. Mit einem Aufheulen brauste er an dem schwarzen Golf vorbei, der auf der anderen Seite ein Stück weiter vorn im Baurs Park stand. Der Motor wurde gestartet, Lichter flammten auf, und der Wagen hängte sich an Sabines Passat.

Sabine bemerkte den Golf, als er ihr über eine schon fast rote Ampel folgte. Das Licht der Straßenlaternen brach sich in der Schramme auf der Motorhaube. Plötzlich war die Kommissarin von ihrer Wut auf Peter von Borgo abgelenkt. War das derselbe Wagen? Verfolgte er sie? Als sie sich St. Georg näherte, blieb der Golf zurück, und sie konnte ihre Gedanken wieder dem merkwürdigen Privatdetektiv zuwenden.

Was trieb er in dem Haus, außer auf dem Flügel zu spielen? Wo wohnte er? Womit verdiente er sein Geld? Was tat er tagsüber? Was bezweckte er mit seinem Verhalten ihr gegenüber? Ein Erinnerungsfetzen schwebte vorüber. Erschreckt war er vor ihrem Kuss zurückgewichen. Sex konnte es also nicht sein. Freundschaft? Doch warum diese Lügen, diese Heimlichtuerei?

Den ganzen Freitag versuchte die Kommissarin, Peter von Borgos oder besser gesagt Peter Maschecks Leben zu rekonstruieren. Es gab eine Geburtsurkunde in Köln, dann einen Umzug nach Bremen. Nach dem Abitur schrieb sich Peter Mascheck in Hamburg zum Jurastudium ein. Dann, mit zweiundzwanzig Jahren, eine Vermisstenmeldung. Aufmerksam blätterte Sabine die Akte durch. Es waren nur wenige Seiten, kein zahnärztliches Gutachten. Der Zahnarzt der Familie gab zu Protokoll, dass der junge Mann zwar ein paarmal zur Kontrolle bei ihm gewesen sei, eine Behandlung jedoch nie notwendig gewesen wäre. Sabine schloss die Augen und versuchte sich Peter von Borgos Gesicht ins Gedächtnis zu rufen, doch es blieb neblig unscharf. Dennoch war sie sich sicher, dass sein aufblitzendes Lächeln nur makellose Zähne zeigte.

Sie blätterte weiter bis zu dem einzigen Foto von Peter Mascheck in der Akte. Es war unscharf und inzwischen verblichen. War der junge Mann dort auf dem Foto der Gleiche, der sich jetzt Peter von Borgo nannte? Schwer zu sagen. Er war schlank, hatte dunkles Haar und dunkle Augen, doch die

Gesichtszüge waren zu undeutlich, um eine sichere Aussage zu machen.

Unzufrieden wandte sich Sabine wieder den Eltern zu. Eine ältere Dame beim Standesamt in Bremen konnte ihr weiterhelfen.

„Peter und Maria Mascheck starben am 13. März 1980. Er wurde achtundfünfzig, sie dreiundvierzig Jahre alt."

„War es ein Unfall?", fragte die Kommissarin erstaunt.

„Nein, es war Selbstmord. Ich erinnere mich noch an den Fall. Es war, glaube ich, in Hamburg, ja, in einem Hotel, sie haben sich gemeinsam das Leben genommen, mit einem Messer, die Pulsadern aufgeschnitten oder so. Das kam hier ganz groß in der Zeitung."

„Vielen Dank. Faxen Sie mir doch bitte die Familienstammdaten."

Auch die *Hamburger Morgenpost* und das *Abendblatt* und natürlich die *Bildzeitung* hatten über den Fall berichtet. Sabine ließ sich die Artikel und Berichte heraussuchen und brütete lange darüber.

Peter Maschecks Eltern hatten sich mit einem Skalpell die Pulsadern aufgeschnitten. Beide lagen, sich an den Händen haltend, in ihrem Blut auf dem Hotelbett. Arzt und Kripo konnten keine Fremdgewalt feststellen: keine Fesselspuren oder Hinweise darauf, dass andere Personen anwesend gewesen wären. Das scharfe Skalpell, das auf dem Nachttisch lag, trug die Fingerabdrücke von Peter Mascheck senior. Die Kommissarin blätterte die Akte des LKA durch und sah sich die Fotos an. Peters Mutter stammte aus Spanien, daher das schwarze Haar und die dunklen Augen. Die blasse Haut musste er vom Vater geerbt haben, der als typischer Norddeutscher helle Augen, blondes Haar und eine blasse Gesichtsfarbe hatte.

Noch einmal musterte sie die Bilder. Welch friedlicher Gesichtsausdruck, dachte sie. Die weißen Bettdecken hatten sich dunkel gefärbt, und doch wunderte sich die Kommissarin, dass nicht mehr Blut zu sehen war. Zwei Menschen waren hier verblutet! Ihre Augen huschten über den Bericht des Arztes, doch dem war nichts Ungewöhnliches aufgefallen. Wahrscheinlich hatten sich die Matratzen unter ihnen vollgesogen. Irgendwo musste das Blut, das aus ihren geöffneten Adern geflossen war, schließlich hingekommen sein!

Das Erbe fiel vorläufig an die Schwester des Verstorbenen, Rosa Mascheck. Ein Anwalt wurde beauftragt, weitere Erben ausfindig zu machen. Dann, ein halbes Jahr später, wurde Sohn Peter als Erbe eingesetzt und die Vermisstenakte geschlossen. Die Kommissarin rief in der Kanzlei des Hamburger Anwalts an, der den Erben ausfindig gemacht hatte, und bat die Anwaltsgehilfin, die Unterlagen über den Fall herauszusuchen. Die junge Frau am anderen Ende der Leitung berief sich auf den Mandantenschutz und weigerte sich, ihr Einblick in den Fall zu gewähren.

„Hören Sie, Frau Miesinger, es geht um einen Mordfall, und ich muss mir ein vollständiges Bild vom Leben des Verdächtigen machen können", versuchte es die Kommissarin noch einmal. „Herr Wederang hat doch den Fall bearbeitet. Kann ich ihn bitte sprechen?"

„Herr Wederang ist tot, Frau Berner", widersprach die Anwaltsgehilfin vorwurfsvoll.

„Wann ist er gestorben?", fragte Sabine schnell.

„Oh, das ist schon ewig her. Warten Sie, 1981 oder 1982. Er hatte einen Autounfall. Ist zwischen Wedel und Pinneberg von der Straße abgekommen und gegen einen Baum gefahren. Ich weiß noch, dass es in der Nacht ziemlich gestürmt hat. Das war im Frühling – oder im Herbst? Jedenfalls war es kalt und hat die ganze Nacht geschüttet. Man hat ihn erst viele Stunden nach dem Unfall gefunden, und da war er schon tot."

„Und was ist mit seinen Akten passiert?", bohrte die Kommissarin weiter.

„Die sind hier noch irgendwo im Keller. Aber ich kann da gar nichts entscheiden. Ich gebe Ihnen den Herrn Doktor Esser, der ist seitdem der Chef."

Es klickte und raschelte, dann war es still in der Leitung. Endlich meldete sich der Anwalt.

„Esser! Ja, Frau Kommissarin, ich bin im Bilde. Legen Sie mir einen Beschluss der Staatsanwaltschaft vor, dann bekommen Sie von mir die Akten. Ganz einfach."

Sabine sah ein, dass sie heute nichts mehr erreichen konnte, verabschiedete sich höflich und legte auf. Leise vor sich hin fluchend, packte sie die Unterlagen in einen Ordner und schob ihn in ihre Schreibtischschublade.

„Ich krieg dich", knirschte sie leise, „und wenn ich hundert Jahre dazu brauche."

„So lange willst du noch für diesen Haufen arbeiten?", lästerte Klaus, der unbemerkt in ihr Büro getreten war.

Sabine zuckte zusammen. „Mann, hast du mich erschreckt! Was schleichst du hier so rum?"

„Hast du die Fotos vom Fall Ronja noch mal angefordert?" Er schwenkte einen braunen Briefumschlag.

„Nein, aber du kannst sie mir trotzdem dalassen." Sie schob den Stapel in ihre Schublade.

Klaus Gerret hielt Sabine seine Armbanduhr unter die Nase. „Was siehst du da?"

„Eine neue Uhr?", fragte sie abwesend.

„Nein, es ist halb fünf und Freitag!", eröffnete er ihr strahlend.

„Was hältst du von einem Wochenendanfangsbier? Ich habe Björn und Uwe schon gefragt, sie kommen auch mit. Eine Widerrede wird nicht akzeptiert! Es sei denn, du hast einen Spitzenanwalt."

Sabine knuffte den jungen Kollegen in die Rippen. „Also gut. Außer Aufräumen und Putzen habe ich heute Abend eh nichts mehr vor."

„Fein, fein", strahlte Klaus. „Da wird sich unser lieber Björn aber freuen. Ihr müsst uns halt einen Wink geben, wenn wir uns diskret zurückziehen sollen", feixte er und bekam dafür ihre Faust auf seinem Oberarm zu spüren.

„Untersteht euch!"

„Aua, das gibt einen riesigen blauen Fleck!", jammerte Klaus und hielt sich den Arm. „Wie soll ich das denn meiner Freundin erklären?"

Sabine kicherte. „Sag halt, dass du heroisch im Dienst verwundet wurdest!" Für ein paar Minuten vergaß sie die drängenden Fragen.

Der Samstag kam Sabine gar nicht gelegen. Irgendetwas an Peter von Borgos Biografie stimmte nicht. Sein Verschwinden, die Selbstmorde, der Unfall des Anwalts, das waren ein paar Zufälle zu viel. Doch sie konnte jetzt nichts machen. Erst mussten die Akten des Anwalts freigegeben werden. Und dann? Sabine grübelte und überlegte, wie sie ihm auf die Schliche kommen konnte, doch immer wenn sie an dem Punkt angelangt war, ihn zu überführen, erwischte sie sich bei der bangen Hoffnung, für all das möge es eine ganz einfache Erklärung geben. Zum Glück kam Lars am Nachmittag vorbei, trank fünf Becher Tee und las ihr drei Kapitel seines Buches vor. Am Abend stand Björn vor der Tür und lud sie ins Kino ein. Sie sahen sich Woody Allens neuesten Film *Im*

Bann des Jade-Skorpions an, schlenderten danach noch über den Kiez und tranken in *Rosi's Bar* ein Bier.

Björn Magnus brachte Sabine bis vor ihre Wohnungstür. Sie spürte, dass er darauf wartete, noch hereingebeten zu werden, doch so nett der Abend gewesen war, für heute hatte sie genug.

„Gute Nacht, Björn, und vielen Dank." Er stand ganz nah bei ihr. Sabine trat einen Schritt zurück, doch er folgte ihr und beugte sich dann vor. Abwehrend drehte die Kommissarin den Kopf zur Seite, doch da flog die Tür der Nachbarwohnung auf, und Lars stürmte mit hochrotem Kopf heraus. Björn Magnus wich zurück.

„Sabine, gut, dass du endlich kommst. Ich muss dir unbedingt eine Szene vorlesen."

Er warf Björn einen finsteren Blick zu und sah dann Sabine erwartungsvoll an. Eigentlich war sie ihm ja ganz dankbar, dass er sie aus dieser Situation befreit hatte, doch andererseits argwöhnte sie, dass er es sich angewöhnt hatte, ihr Kommen und Gehen durch seinen Spion zu beobachten, und das war ihr überhaupt nicht recht.

Der Polizeifotograf trat den Rückzug an, wünschte eine gute Nacht und trollte sich die Treppe hinunter. Er zog die Haustüre auf und prallte mit einem Mann zusammen, der gerade seine Hand nach dem Türknauf ausstreckte. Der Mann zuckte zusammen und drehte sich weg. Björn murmelte eine Entschuldigung. Er erhaschte einen fast kahl rasierten Schädel und eine Jeansjacke, doch er erkannte Andreas Wolf nicht. In Gedanken noch bei Sabine, machte sich der Polizeifotograf auf den Heimweg.

Andreas Wolf duckte sich in einen dunklen Hauseingang und ließ dann den Blick die Straße entlangschweifen, doch er kehrte immer wieder zu der Haustür mit der Nummer 83 zurück. Er machte einen Schritt auf den Hauseingang zu, doch dann hielt er inne, sah auf seine Uhr und ging dann mit schnellen Schritten davon.

Oben im zweiten Stock betrat Lars hinter Sabine deren Wohnung. Wie selbstverständlich machte er es sich im Wohnzimmer bequem und strich zwei zerknüllte Blätter glatt.

„Trinken wir noch einen Schluck zusammen?“, fragte er.

Sabine schwankte zwischen Ärger und Belustigung.

„Also gut, ich mach uns einen Prosecco auf, und du fängst an zu lesen. Ich will heute noch ins Bett kommen.“

Sabine holte die Flasche aus dem Kühlschrank, entfernte die Folie und löste dann vorsichtig den Korken. Mit einem leisen Flupp bohrte er sich in ihre Hand. Ein kühler Nebel stieg aus dem grünen Flaschenhals auf, als sie die Gläser füllte. Ihre Gedanken huschten zwischen Peter von Borgo und dem Polizeifotografen hin und her, sodass sie nur mit einem Ohr zuhörte, was Lars ihr vorlas, doch plötzlich war sie hellwach und ganz bei der Sache.

„In einem finsteren Hauseingang verborgen, wartete er auf sein nächstes Opfer. Als der Mond hervortrat, streifte sein silbernes Licht die große, schlanke Gestalt. Sein Antlitz war von wächserner Blässe, sein langes Haar so schwarz wie die Nächte des Neumondes. Schwarz waren auch sein langer Mantel, seine Hose und die altmodischen Schuhe. Nur in den Mundwinkeln glänzte es rot, bis die Blutstropfen seines letzten Opfers zu unscheinbarem Braun vertrockneten. Doch sein Durst war noch lange nicht gestillt.“

„Das gehört aber nicht zu deinem Buch. Was ist das?“

„Unterbrich mich nicht!“, schimpfte Lars und wandte sich wieder seiner Geschichte zu.

„Da streifte ein Geräusch sein Ohr, das ihn aufhorchen ließ: das Klatschen von Schritten im schnellem Lauf auf dem feuchten Asphalt! Und da kam der Jogger auch schon um die Ecke gebogen. Ein junger Mann von sehnig schlankem Körperbau, dessen kraftvolle Waden sich unter den eng anliegenden Sporthosen spannten. Sein erhitzter Körper leuchtete rötlich in der kühlen Nachtluft. Der Vampir leckte sich die Lippen. Obwohl er junge Frauen bevorzugte, kamen sportliche, gut aussehende junge Männer gleich an zweiter Stelle. Lautlos setzte er seinem Opfer nach. Der junge Erfolgsschriftsteller ..."

Sabine konnte ein Glucksen nicht unterdrücken, zu offensichtlich legte Lars bei der Beschreibung seiner Hauptperson seine Träume offen.

„Warum lachst du?", fragte der junge Mann misstrauisch und runzelte die Stirn.

„Hat nichts mit deinem Text zu tun", wehrte Sabine rasch ab. „Lies weiter."

Er brummelte und warf noch einen Blick zum Sofa hinüber, doch dann wandte er sich wieder seiner Geschichte zu.

„Der junge Erfolgsschriftsteller verlangsamte seine Schritte und blieb dann vor der Haustür seiner alten Jugendstilvilla stehen. Er hatte den Schlüssel schon im Schloss, als er plötzlich von kalten Händen zurückgerissen wurde. Der junge Mann war gut durchtrainiert und nicht gerade ein Schwächling, doch gegen die übermenschliche Kraft seines Gegners vermochte er nichts auszurichten. Er fühlte, wie sich zwei eisige Spitzen in seinen Hals bohrten. Ein saugendes Geräusch erklang in seinem Ohr. Er hörte sein Blut rauschen, das in dem gierigen Schlund verschwand, Schluck für Schluck."

Lars ließ das Manuskript sinken und sah Sabine erwartungsvoll an. „Nun, wie findest du das?"

„Wie wird die Geschichte weitergehen?"

„Der Vampir schwächt sein Opfer nur und verschwindet

dann. Ich weiß noch nicht, wie ich den Schriftsteller nennen soll, sagen wir Thomas. Also, Thomas schleppt sich mit letzter Kraft in die Diele seines Hauses und wird dann bewusstlos. Der Schriftsteller wohnt nicht alleine. Er hat einen Teil der Villa an eine Schauspielerin vermietet. Sie heißt Julia, und Thomas ist in sie verliebt. Als Julia in der Diele ein Geräusch hört, kommt sie nachsehen, was passiert ist, und findet ihn ganz blass und ohnmächtig. Sie schleppt ihn in ihr Zimmer, wickelt ihn in eine Decke und …"

„… flößt ihm heiße Milch ein."

„Ja, genau."

„Und Julia verliebt sich unsterblich in Thomas."

Lars' Wangen röteten sich. „Ja, aber das merkt sie erst viel später, als er den Vampir gejagt und zur Strecke gebracht und Julia aus den Klauen des Vampirs befreit hat, denn er hat sie entführt und wollte sie zu seiner Gespielin machen, doch Thomas kommt gerade noch rechtzeitig …"

Das Läuten an der Tür unterbrach ihn. Die Kommissarin zog verwundert die Augenbrauen zusammen und sah auf die Uhr. Kurz nach zwölf. Wieder klingelte es.

„Wer ist da?", fragte sie.

„Peter von Borgo", erklang die Antwort aus der Sprechanlage.

Sabines Hand schwebte zitternd über dem grünen Knopf. Sollte sie ihn hereinlassen? Was wollte er zu dieser Zeit bei ihr? Eigentlich sollte sie ihn rüde fortschicken, doch sie war neugierig, was er des Nachts hier wollte. Ihr Blick wanderte zum Wohnzimmer. Immerhin war Lars noch da, sodass es ihr ungefährlich erschien – aber auch lange nicht so reizvoll, als wenn er nicht dabei gewesen wäre. Ihr Zeigefinger berührte den grünen Knopf.

„Ist gut, kommen Sie rauf."

Nur wenige Augenblicke später betrat Peter von Borgo den engen Flur. Kein Schritt auf der Treppe hatte sein Kommen angekündigt, nur ein kühler Lufthauch strich über den Vorplatz.

„Eine ungewöhnliche Besuchszeit, Herr von Borgo, aber bitte, kommen Sie herein. Mein Nachbar, der Schriftsteller Lars Hansen, hat mir gerade aus seinem Manuskript vorgelesen.“ Sie führte den Vampir ins Wohnzimmer und machte die beiden Besucher miteinander bekannt.

Peter von Borgo nickte dem jungen Mann zu und ließ sich dann in einem der bequemen Sessel nieder. Wie üblich trug er nur Grau und Schwarz. Lars musterte die schlanke Gestalt mit dem blassen, glatten Antlitz feindselig.

„Jetzt habe ich Sie unterbrochen“, entschuldigte sich Peter von Borgo mit leiser Stimme und sah zu Sabine hinüber, die wieder auf dem Sofa Platz genommen hatte. Der seidige Klang seiner Stimme ließ sie schaudern. Sie verschüttete ein wenig Prosecco, als sie ein Glas füllte und es zu ihm hinüberschob.

„Wir sprachen gerade über Vampire“, beendete sie das Schweigen, das sich zwischen ihren beiden Besuchern ausbreitete.

Ein Lächeln umspielte die blassen Lippen. „Welch faszinierendes Thema. Handelt Ihre Geschichte davon?“, fragte Peter von Borgo interessiert und nickte Lars zu, der noch immer die Seiten in der Hand hielt, doch der junge Schriftsteller schwieg beharrlich.

„Lars ist vor ein paar Tagen überfallen worden, als er nachts vom Joggen zurückkam. Er war am nächsten Tag ganz schwach, konnte sich aber nicht mehr an den Vorfall erinnern. Und dann waren da noch die Kratzer an seinem Hals.“ Sabine lächelte und prostete den beiden Männern zu.

„Das hat Lars auf die Idee gebracht, eine Vampirgeschichte zu schreiben."

Peter von Borgo nippte an seinem Prosecco.

„Warst du eigentlich bei der Polizei?", fragte die Kommissarin und schenkte Lars das Glas noch einmal voll.

Lars Hansen schüttelte den Kopf. „Was hätte das für einen Sinn gehabt?" Er fixierte Peter von Borgo mit zusammengekniffenen Augen. „Sabine hat das nicht ganz korrekt erzählt. Ich kann mich durchaus an den Überfall erinnern, doch das, was ich weiß, taugt nicht, dass ich einem Polizisten davon erzähle."

Sabine blickte ihn erstaunt an, doch Lars sah zu Peter von Borgo hinüber, der sich entspannt in seinem Sessel zurücklehnte und den Blick aus tiefschwarzen Augen erwiderte.

„Nun haben Sie mich aber neugierig gemacht", schnurrte der Vampir und legte die schlanken, weißen Hände elegant in seinem Schoß übereinander. Der Smaragd an seinem Finger funkelte.

Auch Lars senkte die Stimme und beugte sich ein wenig in seinem Sessel nach vorne. „Ich wurde überfallen, als ich vom Joggen nach Hause kam, hier im Treppenhaus, vor meiner Wohnung. Der Kerl hatte Kräfte, wie sie kein normaler Mensch haben kann. Ich hatte keine Chance. Mein Widerstand war zwecklos, und dennoch kämpfte ich wie ein Wilder, denn schon als ich den kalten Atem an meinem Hals fühlte, wusste ich, dass ich einem Vampir in die Hände gefallen war."

Sabine lachte glucksend, doch die beiden Männer sahen sich mit ernster Miene an.

„Hat er Sie gebissen?", fragte Peter von Borgo.

„Ja, ich kann seine Zähne noch immer spüren", raunte Lars, ohne den anderen aus den Augen zu lassen. „Er hat mir mein Blut gestohlen. Gierig hat er es getrunken, um sich durch das mir geraubte Leben seine eigene unselige Existenz zu ermöglichen."

„Und doch haben Sie überlebt", gab Peter von Borgo zu bedenken.

„Ja, als er satt war, hat er mich weggeworfen, wie man eine geleerte Flasche oder Milchtüte wegwirft. Eine leere Hülle, nur noch Abfall. Es ist ein Wunder, dass ich es geschafft habe."

„Dann darf ich Sie zu Ihrer Errettung beglückwünschen", sagte der Vampir trocken und hob sein Glas.

„Ja, das dürfen Sie", gab Lars zurück und leerte das seine in einem Zug.

„Jetzt ist es aber genug mit diesem Blödsinn", mischte sich Sabine ein und gab Lars widerstrebend die Flasche, nach der er so fordernd die Hand ausstreckte.

„Blödsinn?", fragte der Vampir und lächelte die junge Frau an. „Glauben Sie, Ihr Freund hat uns nur ein schauriges Märchen erzählt?"

Lars schüttete den Prosecco herunter und kicherte. „Sie ist Kommissarin und damit nicht besser als die dummen grünen Männchen. Keine Fantasie! Sie glaubt nur an Dinge, die sie auch beweisen kann. Verschwenden Sie nicht Ihre Worte an eine Ungläubige!" Er sah den Vampir mit glänzenden Augen an. „Wir beide glauben nicht nur, wir wissen es: Die dunklen Mächte sind kein Hirngespinst von Schriftstellern und Filmemachern, sie sind mitten unter uns." Seine Stimme war nur noch ein heiseres Flüstern. „Doch ich habe vorgesorgt. An mir wird sich kein Vampir mehr vergreifen!", fuhr er triumphierend fort.

„Wie können Sie sich da so sicher sein?", fragte Peter von Borgo interessiert.

„Ich verlasse das Haus nur noch mit einem goldenen Kruzifix um meinen Hals und Knoblauch in den Taschen", verriet er und lehnte sich dann mit verschränkten Armen in seinem Sessel zurück.

Sabine sah ihn kopfschüttelnd an. Was war nur in ihn gefahren? War er nun völlig übergeschnappt? Sie schielte zu Peter von Borgo hinüber, doch der schien an Lars' Meinung nichts auszusetzen zu haben. Zumindest ließ er es sich nicht anmerken, stattdessen gab er zu bedenken: „Das ist klug, das gebe ich zu, doch was ist, wenn ein Vampir Sie zu Hause erwischt, wenn Sie völlig ungeschützt sind?"

Lars riss die Augen auf. „Sie haben recht! Sabine, hast du Knoblauch? Würdest du mir schnell eine Knolle bringen – und steck dir auch eine in die Tasche. Es täte mir sehr leid, wenn du Opfer solch eines Blutsaugers werden würdest."

„Jetzt habe ich aber genug von diesem Geschwätz", fuhr Sabine ihn an und erhob sich. „Ich gehe in die Küche, aber bestimmt nicht, um dir Knoblauch zu bringen, du Kindskopf."

„Noch eine Flasche Prosecco würde ich auch nicht ablehnen", rief Lars und wedelte mit seinem leeren Glas.

„Vergiss es! Das Einzige, was du noch bekommen kannst, ist Pfefferminztee!"

Sie ging hinaus. Lars schnitt eine Grimasse. „Frauen! Wie kann man jetzt an Pfefferminztee denken!?"

„Ja, da haben Sie recht", murmelte der Vampir und verzog seine Lippen zu einem Lächeln. „Doch um bei unserem Thema zu bleiben." Er erhob sich und trat zu Lars' Sessel hinüber. „Vielleicht interessiert es Sie zu erfahren, dass weder Kruzifixe um den Hals noch Knoblauch in den Taschen ein ausreichender Schutz sind."

„Wieso?" Fragend sah Lars zu dem weißen Gesicht hoch,

zwischen dessen blassen Lippen sich plötzlich zwei spitze Zähne hervorschoben.

„Aber, was ist das?", stotterte Lars und riss die Augen auf. „Ich meine, wie machen Sie das?"

„Wie soll ich dich denn ohne Zähne aussaugen?", raunte er seinem Opfer ins Ohr und stieß dann zu. Der Vampir trank nicht viel. Er fürchtete den Alkohol, der im Blut des jungen Mannes kreiste und den roten Saft auf der Zunge kribbeln ließ. Schluck für Schluck rann ihm das Lebenselixier durch die Kehle. Er hörte Sabine in der Küche den Tee aufgießen, eine Tasse klapperte, Schritte näherten sich.

Als Sabine mit einem Tablett in den Händen das Wohnzimmer wieder betrat, saß Peter von Borgo entspannt in seinem Sessel und drehte sein leeres Proseccoglas in den Händen.

„Ich glaube, Ihr Freund hat heute ein bisschen zu viel abgekriegt", sagte er und deutete auf die Gestalt, die in ihrem Sessel zusammengesunken war. Die Augen waren geschlossen, seine Wangen bleich.

Sabine stellte das Tablett mit dem Teeglas und den zwei Cappuccinotassen ab und eilte zu Lars. Sie fühlte seinen Puls und strich ihm über die Stirn.

„Fieber hat er nicht, doch sehen Sie, er hat sich die Wunde am Hals wieder aufgekratzt." Sie tupfte den hervorquellenden Blutstropfen mit einem Papiertaschentuch ab.

„Komisch. So viel hat er doch gar nicht getrunken." Sie rüttelte ihn am Arm, doch er stöhnte nur leise. „Wahrscheinlich haben Sie recht. Wer weiß, was er geschluckt hat, bevor er herüberkam. Das erklärt auch den Unsinn, den er die ganze Zeit von sich gegeben hat." Noch einmal rüttelte sie ihn an der Schulter. „So ein Mist. Wie krieg ich ihn jetzt in sein Bett?"

„Darf ich Ihnen behilflich sein?" Peter von Borgo trat zu

ihr und hob Lars mit einer Leichtigkeit aus seinem Sessel, als wäre er nur ein Baby.

Welch Kraft ist in diesem sehnigen Körper verborgen, dachte Sabine, während sie Lars' Wohnungsschlüssel aus dessen Hosentasche fischte.

„Kommen Sie!"

Peter von Borgo legte Lars auf sein Bett. Sabine streifte ihm nur die Schuhe ab und zog die Bettdecke über seine Schultern. „Ich werde ihn am Montag zum Arzt schicken. Vielleicht hat er bei dem Überfall doch mehr abgekriegt, als es den Anschein hatte", sagte sie besorgt und strich ihm über die Wange. Da öffnete der junge Mann die Augen. Er lächelte Sabine an, griff nach ihrer Hand und zwang sie, sich zu ihm herabzubeugen.

„Gib zu, ich war überzeugend und habe dich aufs Glatteis geführt", flüsterte er heiser. „Einen Moment hast du an meine Vampirgeschichte geglaubt."

„Mehrere Momente habe ich geglaubt, du seist nicht ganz richtig im Kopf", entgegnete sie barsch und befreite sich aus seiner Umklammerung. „Jetzt schlaf dich erst einmal aus. Ich will dich erst wieder sehen, wenn du ganz nüchtern bist." Noch einmal streichelte sie seine Wange. Seine Augenlider flatterten und sanken dann herab. Mit einem seligen Lächeln auf den Lippen fiel er in tiefen Schlaf. Sabine verließ hinter ihrem zweiten Besucher die Wohnung des jungen Schriftstellers.

So, den ersten Gast war sie los, doch was sollte sie mit dem zweiten tun? Es kribbelte schon wieder in ihrem Bauch, als ob sich ein ganzer Ameisenhaufen darin eingerichtet hätte. Sie musste ihn loswerden, bevor sich wieder alle Vernunft verabschiedete und sie sich ihm in ungezügelter Lust an den Hals warf. Verdammt, das Nonnenleben bekam ihr einfach nicht!

Peter von Borgo blieb vor ihr im Flur stehen und griff nach seiner Lederjacke. „Es ist wohl besser, wenn ich mich jetzt verabschiede. Es ist schon spät, und Sie sind müde. Ich bin nur gekommen, um Ihnen zu sagen, wie sehr ich es bedauere, dass ich Sie verärgert habe", fuhr er fort und beantwortete ihre unausgesprochene Frage. „Es tut mir leid, dass ich Sie angelogen habe. Bitte glauben Sie mir, Ihre Gesellschaft, Ihre Nähe und Ihr Vertrauen sind mir sehr wichtig, daher habe ich mir erlaubt, Ihnen ein kleines Geschenk mitzubringen."

Peter von Borgo zog ein in Silberpapier gewickeltes Päckchen aus seiner Lederjacke, auf dem eine Rose befestigt war, die im gedimmten Lichtschein samtig schwarz schimmerte.

„Danke, ich …", stotterte Sabine, als er nach ihrer Hand griff und einen Kuss daraufhauchte. Dieses Mal waren seine Hand und die Lippen angenehm warm.

„Auf Wiedersehen!"

Und schon war er verschwunden, so schnell und lautlos, wie er gekommen war. Langsam schloss Sabine die Tür. Sie trat ins Wohnzimmer, löschte das Licht und sah hinunter auf die Straße. Die Nacht war nasskalt. Nur noch wenige Passanten waren unterwegs. Sabine gähnte und beschloss eben, in ihr Bett zu gehen, als drüben im Durchgang zur Kirche plötzlich ein Flämmchen aufflackerte. Die Ahnung eines Gesichts leuchtete auf, dann nur noch das Glimmen einer Zigarette in der Dunkelheit. Sabine stand wie erstarrt in ihrem dunklen Wohnzimmer und sah hinunter in die Nacht.

Da, ein Schatten löste sich. Das Licht der Laternen streifte einen Trenchcoat. Der Mann schritt auf den geparkten schwarzen Golf zu, zog die Fahrertür auf und setzte sich hinein, doch er fuhr nicht los. Die Kommissarin konnte seine Silhouette hinter der Scheibe erahnen.

Ohne Licht zu machen, tastete sich Sabine in den Flur,

nahm das Telefon von der Ladestation und wählte die Nummer des Reviers am Steindamm. Seit ein paar Tagen wurde ihre Wohnung nicht mehr bewacht, und schon heftete sich wieder ein Verfolger an ihre Fersen. Während es klingelte, eilte sie ins Wohnzimmer zurück. Der schwarze Golf war immer noch da.

„Berner hier, LKA 41", meldete sie sich, als am Steindamm endlich jemand abhob. „Können Sie bitte mal einen Wagen vorbeischicken, um jemanden für mich zu überprüfen? Ein Mann, er sitzt in einem schwarzen Golf, schräg gegenüber dem Haus Nummer 83 in der Langen Reihe. Der Mann ist mir schon mehrmals gefolgt, und nun hält er sich ohne ersichtlichen Grund vor meiner Haustüre auf."

Der Peterwagen brauchte nur fünf Minuten, aber dennoch kam er zu spät. Kaum hatte die Kommissarin aufgelegt, wurde unten ein Wagen angelassen, die Scheinwerfer flammten auf und der schwarze Golf jagte die Lange Reihe entlang.

„So ein Mist", fluchte Sabine, die immer noch hinter der Scheibe des Wohnzimmerfensters stand. „Als wenn er es gehört hätte!"

Die beiden Männer der Streife kamen auf eine Tasse Kaffee herauf und ließen sich die Geschichte noch einmal genau erzählen. Sie versprachen, die Augen offenzuhalten und in den nächsten Tagen öfters in der Langen Reihe vorbeizuschauen. Es war nach zwei, als sie sich verabschiedeten und Sabine todmüde ins Bett fiel.

Sie war schon fast eingeschlafen, da fiel ihr das silbrig glänzende Päckchen wieder ein, das noch immer auf dem Garderobenschränkchen lag. Sollte sie noch einmal aufstehen? Das hatte bis morgen Zeit! Sie drehte sich auf die andere Seite und zog die Decke bis ans Kinn, doch die Schläfrigkeit war verflogen, und die Neugier blieb Sieger. Barfuß tappte Sabine in den Flur und kehrte dann mit dem Geschenk in der Hand ins Bett zurück.

Welch herrliche Rose! War das nun ein Liebesgeständnis? Einerseits war sein Verhalten offensichtlich, und doch blieben so viele Fragen offen. Sollte sie ihn noch einmal zum Verhör vorladen? Einen Durchsuchungsbefehl für seine Villa würde sie mit den vagen Verdachtsmomenten, die sich vor allem auf ihr Gefühl im Bauch stützten, nicht bekommen.

Ich weiß noch nicht einmal, wo er wohnt, stellte Sabine erstaunt fest und riss das Silberpapier auf. Die misstrauischen Fragen in ihrem Kopf verwehten, als sie behutsam das Buch in ihren Händen aufschlug. Sie hatte es schon einmal gesehen, in der Villa draußen am Baurs Park. Die wundervollen und doch so grausigen Aquarelle, die Bram Stokers Draculageschichte nacherzählten, zogen sie in ihren Bann.

Sabine saß in ihrem Bett und sah auf die Bilder herab. Sie waren so einfach und doch so eindringlich, dass man sich ihrem Sog nicht entziehen konnte. Die Schatten an den Wänden rückten näher. Traum und Wahrheit verwoben sich zu einem schaurigen Tanz.

Peter von Borgos Domizil

Um neun wurde Sabine vom Telefon geweckt. Mit einem Stöhnen wälzte sie sich aus dem Bett. Ihre Glieder waren von bleierner Schwere, und ihre Augenlider leisteten beim Öffnen noch erheblichen Widerstand.

„Ja, wer ist da?“, brummte sie und zog sich mit dem Telefon wieder ins Bett zurück.

„Ingrid hier, guten Morgen! Habe ich dich geweckt?“

„Hm.“

„Nadine geht es besser. Ihre körperlichen Entzugserscheinungen sind abgeklungen, und sie wurde aus der Intensivstation entlassen. Vielleicht ist sie heute ein wenig zugänglicher.“

„Es ist Sonntag, und ich habe frei!“, raunzte Sabine die Freundin an, doch die lachte nur.

„Friss mich nicht gleich auf! Ich wollte dir ja nur mitteilen, dass ich nachher nach Eppendorf rausfahre, um nach ihr zu sehen. Ich möchte nur hinterher keine Vorwürfe von dir hören, ich hätte dir nichts gesagt.“

„Ist ja gut. Hol mich um elf ab“, seufzte die Kommissarin und zog sich die Decke wieder bis ans Kinn.

„Denn bis denn“, verabschiedete sich Ingrid Kynaß.

Sabine schloss die Augen, doch fünf Minuten später klingelte es schon wieder. Dieses Mal war Julia dran, die ihrer Mama begeistert von einem aufregenden Zoobesuch berichten wollte.

„Ja, mein Schatz, das ist ganz toll“, murmelte Sabine und

lauschte den Beschreibungen sämtlicher Tiere. Die nächste Anruferin war Sabines Mutter, die sich wunderte, dass ihre Tochter um diese Uhrzeit noch im Bett lag.

„Es ist halt gestern etwas spät geworden“, gähnte Sabine.

„Ein neuer Mann?“, hakte ihre Mutter gleich nach.

Die Kommissarin ließ die gestrigen Besucher vor ihrem geistigen Auge vorbeiwandern. „Einer? Mindestens eine Handvoll!“

Sie unterbrach die bohrenden Fragen, mit denen sie daraufhin bombardiert wurde, mit dem Hinweis, noch einen Krankenbesuch erledigen zu müssen, und legte auf. Apropos Krankenbesuch! Da fiel ihr Lars ein, und sie beschloss, kurz nach ihm zu sehen. Aber erst duschen und frühstücken! Lars hatte sich über Nacht recht gut erholt, doch er ließ sich gern von Sabine ein Frühstück ans Bett bringen, bevor sie nach Eppendorf aufbrach.

Nadine ging es sichtlich besser, doch noch immer weigerte sie sich, über den Abend, an dem sie überfallen worden war, Auskunft zu geben.

„Nadine, Sie waren doch zusammen mit Frau Richter in Ronjas Wohnung“, wechselte Sabine das Thema.

Misstrauisch zog die Verletzte die Augenbrauen zusammen. „Ja, warum?“

„Frau Richter hat Fotos erwähnt, die vermutlich auf dem Schreibtisch lagen. Haben Sie sie angesehen?“

„Was für Fotos?“

Sabine zuckte die Schultern. „Das möchte ich von Ihnen wissen. Die Bilder schienen Frau Richter wichtig zu sein. Irgendetwas darauf, dachte sie, könnte helfen, den Mord an Ihrer Freundin Ronja aufzuklären. Ich kann das leider nicht nachprüfen, denn als wir die Wohnung durchsuchten, waren die Fotos nicht mehr da.“

„Ich habe sie nicht genommen!“, verteidigte sich Nadine und verschränkte die Arme abwehrend vor der Brust.

„Das glaube ich Ihnen. Ich möchte ja nur wissen, ob Sie sie angesehen haben und sie mir beschreiben können.“

Nadine zögerte einen Moment. „Na ja, einen Blick habe ich schon draufgeworfen. Es waren Bilder von Ronja, wie im *Playboy* oder so.“

„Also erotische Bilder?“

„Ja, sie hatte ein schwarzes Tülltuch um die Hüfte und ein rotes um den Hals. Es waren auch Bilder mit Fesseln und so.“

In Sabines Kopf läuteten Alarmglocken. „Bitte beschreiben Sie die Fotos so genau wie möglich. Jede Einzelheit ist wichtig!“

Nadine stülpte die Lippe vor. „Also, bei einem lag sie auf dem Bett, die Beine und Arme an die Kerzenleuchter gefesselt. Dann mal auf dem Boden, die Tücher und das Haar um sie herum ausgebreitet.“

„Nadine, kann es sein, dass Ronja schon tot war, als diese Bilder gemacht wurden?“, fragte die Kommissarin behutsam.

Die junge Frau überlegte. „Nee, das sah nicht so aus, außerdem hat sie schon vorher solche Fotos machen lassen. Was ich gar nicht verstehe, ist, dass sie zugelassen hat, dass der Typ auch Bilder von der Kleinen macht. Also, wenn ich eine Tochter hätte, würde ich das nicht erlauben!“

„Was für Bilder?“, fragte die Kommissarin, in deren Magen sich ein ungutes Gefühl ausbreitete.

„Nacktbilder halt. Vor einer Weile – das muss im September gewesen sein –, da hab ich zufällig zwei Fotos von Lilly gesehen, so mit breiten Beinen. Nur ein hellblaues Tuch hatte Lilly um den Hals und ihren Stoffhasen in der Hand.“

Sabine verzichtete darauf, Nadine zu fragen, warum sie

nicht schon früher von den Fotos erzählt hatte. Mit müden Schritten verließ die Kommissarin mit Ingrid Kynaß das Krankenhaus.

„Und nun? Du siehst aus, als könntest du was zwischen den Zähnen gebrauchen", sagte Ingrid und hakte sich bei Sabine unter.

„Das Kind ist missbraucht worden!", zischte die Kommissarin.

„Ja, das sehe ich auch so", stimmte ihr Ingrid Kynaß zu, „wenn die Fotos so sind, wie Nadine sie beschrieben hat. Und trotzdem gehen wir jetzt zusammen essen! He, sieh mich nicht so an. Das Kind ist seit mehr als vier Wochen verschwunden, und soweit ich es weiß, habt ihr keine heiße Spur. Es ist fraglich, ob die Kleine überhaupt noch lebt. Vielleicht bringt euch der Hinweis weiter, und ihr könnt das Schwein schnappen!"

Sabine drückte der Freundin dankbar die Hand. „Du hast ja recht. Eigentlich bin ich inzwischen ganz schön abgebrüht, doch die Fälle, in die Kinder verwickelt sind, gehen mir immer noch an die Nieren."

Ingrid Kynaß nickte verständnisvoll. „Vor allem wenn es kleine, blonde Mädchen sind." Sie schloss die Türen ihres nagelneuen, quietschgelben Twingos auf und schwang sich auf den Fahrersitz.

„Also mir wäre jetzt nach einer Fischpfanne mit Bratkartoffeln", verkündete sie, als sie den Wagen vom Parkplatz heruntersteuerte. „Hast du Lust, zum Hafen runterzufahren und im *Rive* am Kreuzfahrtterminal zu essen?"

Sabine verzog das Gesicht. „Am Sonntag?"

„Wir haben November! Ich glaube, wir können es riskieren, ohne von Touristenscharen totgetrampelt zu werden."

Obwohl das Essen im Restaurant unter dem extravaganten, gläsernen Fährterminal, das wie ein Schiffsrumpf auf dem Gebäude thronte, wie immer köstlich war, stocherte Sabine nur lustlos auf ihrem Teller herum.

„Kind, iss!“, sagte Ingrid streng und traf den Tonfall von Sabines Mutter verblüffend genau.

„Ja, Mama!“, gab die Kommissarin zurück, und endlich spielte ein Lächeln um ihre Lippen. „Verzeih, ich bin heute keine gute Gesellschaft.“

„Ach was!“, wehrte die Freundin ab und schob sich die letzten Bratkartoffeln in den Mund. „Und was machen wir jetzt?“, fragte sie dann mit etwas aufgesetzter Fröhlichkeit.

„Ich werde mir daheim noch ein paar Akten vornehmen“, seufzte Sabine und trank ihr Glas leer.

„Nee, nee, das kommt gar nicht in die Tüte“, wehrte Ingrid ab. „Wie du heute Morgen so treffend bemerkt hast, ist heute Sonntag, und ich werde dich nun noch ein wenig ablenken.“ Sie machte ein geheimnisvolles Gesicht. „Warst du schon im *Dialog im Dunkeln*?“

Sabine sah die Freundin erst fragend an, doch dann nickte sie langsam. „Du meinst das Blindenprojekt in der Speicherstadt. Ich habe darüber gelesen, war aber noch nicht drin.“

Ingrid legte ein paar Geldscheine auf den Tisch und erhob sich. „Also dann los! Worauf warten wir noch?“

Sie zerrte Sabine mit sich, ohne auf deren Protest zu achten.

Der gelbe Kleinwagen schoss die Hafenstraße entlang, an den Landungsbrücken vorbei und überquerte auf der Brooksbrücke den Zollkanal. Sie passierten die Gitterzäune, die das ganze Freihafengelände umschlossen. Das Zollhäuschen am Ende der Brücke schien heute unbesetzt. Der Twingo hoppelte über das unebene Kopfsteinpflaster an den roten Backsteinspeichern vorbei.

„Ha, wer sagt's denn!", triumphierte Ingrid und quetschte den Wagen vor dem Speicherblock W in eine schmale Lücke. „Herzlich willkommen beim *Dialog im Dunkeln*. Ich bin Mike", begrüßte der blinde Führer seine zehnköpfige Gruppe. „Nehmen Sie sich jeder einen Blindenstock und folgen Sie mir für eine Stunde in die Welt eines Blinden. Wir werden gemeinsam durch verschiedene Räume gehen. Tasten Sie, hören Sie, fühlen Sie. Lassen Sie sich auf das Abenteuer ein! Nur keine Angst. Ich passe schon auf, dass keiner verloren geht."

Nach diesen aufmunternden Worten schob der junge Mann einen schweren Vorhang beiseite, hinter dem ein mit schwarzen Teppichen ausgekleideter Gang sie in die Finsternis führte. Zwei Mädchen kicherten und tuschelten, eine junge Frau griff Hilfe suchend nach der Hand ihres Freundes. Mutig schwenkte Ingrid ihren Blindenstock kurz über dem Boden im Halbkreis hin und her, schritt den Gang entlang und dann an Mike vorbei in den ersten Raum. Die Kommissarin folgte ihr. Die Luft wurde plötzlich frischer, Vogelstimmen schwebten um sie, Kies knirschte unter ihren Füßen. Unsicher setzte Sabine einen Fuß vor den anderen. Sie hörte die anderen lachen und schwatzen.

„Kommen Sie jetzt zu mir herüber", forderte Mike seine Schäfchen auf. „Immer dem Kiesweg folgen. Befühlen Sie die Pflanzen am Wegesrand! Hier, an der Stelle, an der ich stehe, ist eine Brücke. Strecken Sie die Hand aus, dann können Sie den kleinen Wasserfall berühren, der über eine Felswand herabrinnt."

Sabine drehte den Kopf in die Richtung, aus der die Stimme gekommen war. Ihre Augen versuchten die Finsternis zu durchbohren, doch sie fanden nur undurchdringliche Schwärze. Die wild tanzenden hellen Flecken in der Dunkelheit waren nur eine Reaktion der verwirrten Sinne. Doch nicht nur ihre Augen gaukelten ihr Trugbilder vor. Sie hörte das Blut in ihren Ohren rauschen und fühlte einen kalten Hauch in ihrem Nacken. Es war ihr, als nähere sich ein Schatten, schwärzer und undurchdringlicher als die Finsternis des abgedunkelten Speicherraumes. Wie ein Mantel hüllte er sie ein. Ein leises Flüstern, dicht an ihrem Ohr, durchdrang die Geräusche des Waldes.

„Lass es! Du kannst hier drinnen mit deinen Augen nichts sehen. Schließe die Lider und vertraue deinen Sinnen und deiner Ahnung, dann wirst du sehen!"

Sabine fuhr herum, ihre Hand schoss nach vorn und tastete hektisch nach allen Seiten, doch nur ein kühler Hauch streifte ihre Haut.

„Kommen Sie", rief Mike, „Sie sind die Letzte. Die anderen sind schon über die Brücke rüber." Schritte näherten sich, dann fühlte sie seine Hand an ihrem Ellenbogen. Er brachte sie bis zur Brücke, wo Ingrid wartete und ihre Hand ergriff.

„Komm hier runter. Das ist ein tolles Gefühl, wie der Boden schwingt. Achtung, das ist eine Hängebrücke. Ich hoffe, mir wird nicht schlecht." Sie kicherte. Sabine schüttelte die seltsame Beklemmung ab und folgte der Freundin.

Im nächsten Raum empfing sie schwüle Feuchte. Sie tasteten sich durch Lianen, zwischen Bäumen hindurch, dann folgten ein mächtiger Totempfahl und eine geschnitzte Maske.

„Haben Ihre Hände sehen gelernt?", raunte da die Stimme wieder und ließ die Kommissarin zusammenzucken. „Kommen Sie, was können Ihre Finger sehen, wenn Sie sie ausstrecken?"

Sabine klemmte den Blindenstock zwischen die Beine und streckte die Hände aus. Sacht strich sie über die Schnitzereien. Die vagen Schatten in ihrem Kopf wurden klarer und nahmen die Kontur einer Eule an.

„Gut, und jetzt versuchen Sie es mit Ihrem Herzen und mit Ihrem Gefühl. Lassen Sie los!“

Wieder stießen ihre Hände ins Leere, als die Kommissarin die Quelle des Flüsterns zu erhaschen versuchte. Sie zog die Hände zurück. Ihr Herz raste. Was war es, das dort in der Leere schwebte und ihr lautlose Gedanken einhauchte? Sabine atmete tief ein und ließ dann die Luft langsam entweichen. Da war etwas, etwas, das sie nicht fassen und ihr Verstand nicht begreifen konnte. Der Schatten griff nach ihr und hüllte sie ein, doch plötzlich zog er sich zusammen. Sie konnte eine Gestalt erahnen, einen jungen Mann mit blassem Gesicht. Seine Kleidung ließ Erinnerungen an prächtige Historienfilme wach werden. Ein eng anliegender Rock über einer prächtig bestickten Weste, silbrig glänzende Kniehosen, weiße Strümpfe und schmale Schnallenschuhe. Das tiefschwarze Haar wurde im Nacken von einer juwelenfunkelnden Spange zusammengehalten, an seinen schlanken Fingern leuchtete ein großer Smaragd.

Sabine versuchte sein Gesicht mit ihren Gedanken zu erfassen. Lange, dunkle Wimpern verschleierten seinen Blick. Da flatterten seine Lider und enthüllten glutrote Augen. Sein Blick traf sie wie ein Flammenstrahl bis ins Mark.

„Du bist mein!“, formten seine Lippen lautlos, als er langsam seine Hände nach ihr ausstreckte.

„Ist Ihnen nicht gut?“, erklang Mikes warme Stimme neben Sabine und ließ sie zusammenfahren. Schon mit dem ersten Wort verschwand das Bild und ließ nur die undurchdringliche Schwärze zurück.

„Sie zittern ja! Soll ich Sie hinausbringen?“

„Nein, alles in Ordnung“, würgte die Kommissarin hervor

und ließ sich von Mike in den nächsten Raum führen. Autolärm brandete ihnen entgegen, ein Hund kläffte. Sabines Stock stieß gegen Blech.

„Das ist ein Käfer", klang plötzlich Ingrids fröhliche Stimme in Sabines Ohr, „und da drüben sind eine Ente und ein Fahrrad an der Hauswand. Ich wäre fast gegen den Laternenpfahl gelaufen." Das Brummen eines Lastwagens übertönte für einen Moment ihre Stimme.

„Komm hierher. Das ist ein Marktstand. Riech mal, eine Zwiebel, und hier habe ich eine Orange."

Sabine fühlte die wächserne, narbige Schale der Orange und roch ihre Süße.

Vielleicht werde ich verrückt, dachte sie. Ich bin überspannt und habe mich zu sehr in den Fall hineingesteigert, und nun habe ich Halluzinationen und schlittere in einen Verfolgungswahn hinein.

„Jetzt machen wir eine kleine Bootsfahrt. Kommen Sie zu mir herüber. Hier geht es ins Bootshaus."

Verdammt, ich bin doch eine vernünftige Frau und habe schon viel in meinem Leben hingekriegt – wenn auch nicht immer optimal, das gebe ich zu – doch ohne überzuschnappen.

Der künstliche Fahrtwind fuhr ihr in die Haare, die beiden jungen Mädchen quietschten, als sie ein kalter Sprühnebel ins Gesicht traf.

Was ist nur mit mir los?, grübelte Sabine. In letzter Zeit passieren mir immer öfter komische Dinge. Warum kann ich mich nicht mehr daran erinnern, wie ich nach dem Konzert in der Musikhalle heimgekommen bin? Es klaffen einfach stundenlange Lücken in meinem Gedächtnis, als hätte ich mich bis zum Exzess betrunken.

„Entspannen Sie sich nun in unserem Klangraum. Setzen

Sie sich auf den Boden, lehnen Sie sich an, und dann lauschen und fühlen Sie die Töne."

Seufzend ließ sich Sabine zurücksinken. Sanfte Musik und das Plätschern von Wasser hüllten sie ein.

Ich muss mich bewusster entspannen, das ist alles, dachte sie und ließ es geschehen, dass jemand nach ihrer Hand griff. Sie dachte, es sei Ingrid, die wie viele Frauen meist kalte Hände hatte. Schlanke Finger umschlossen die ihren, dann wanderten die Fingerkuppen sanft streichelnd über ihren Handrücken.

Sabine richtete sich kerzengerade auf. „Ingrid, bist du das?"

Sie griff nach der tastenden Hand. Ein scharfkantiger Ring bohrte sich in ihre Haut, doch die fremden Finger entglitten ihr.

„Was ist? Ich bin hier", erklang die schläfrige Stimme ihrer Freundin von der anderen Seite her.

„Ach nichts. Ich glaube, da hat mich jemand verwechselt."

„Kann passieren, wenn hier keiner ein Licht anmacht", erwiderte Ingrid trocken.

In der ebenso lichtlosen *Unsicht-Bar* bestellten sie sich noch etwas zu trinken, machten es sich in der kunstledernen Sitzgruppe bequem und unterhielten sich mit Mike über die Probleme, die sein Alltag als Blinder so mit sich brachte. Erstaunt vernahmen die Besucher, dass er ganz alleine in einer Wohnung lebte, einkaufen ging, kochte und ohne Hilfe zur Arbeit in die Speicherstadt fand und wieder zurück nach Stellingen. Dann, als sie ihre leeren Flaschen und Gläser an der Bar abgegeben hatten, führte Mike sie zurück in die Welt des Lichtes.

„Das war doch spannend!", schwärmte Ingrid, als sie in ihre Jacke schlüpfte.

Draußen war es schon dunkel. Mit einem Aufschrei schob sie ihren Ärmel zurück und sah auf die Uhr.

„So ein Mist. Ich habe versprochen, um sieben in Elmshorn zu sein. Komm, ich fahr dich schnell heim."

Sabine wehrte ab. „He, kein Problem. Fahr du zu deinen Eltern. Ich finde schon nach Hause. Ist mir ganz recht, wenn ich mich noch ein bisschen auslüften kann."

„Ehrlich?"

„Ehrlich!"

Sie hauchte Ingrid zwei Küsse auf die Wangen und schob sie dann auf den Fahrersitz.

„Also dann, tschüss, und halte die Ohren steif!"

Der Motor heulte auf. Kopfschüttelnd sah die Kommissarin dem kleinen gelben Wagen nach, wie er über das holprige Pflaster davonschoss.

Den Schal eng um den Hals geschlungen, die Hände tief in den Manteltaschen vergraben, schlenderte die Kommissarin den Alten Wandrahm entlang. Sie beschloss, zum Baumwall hinüberzugehen, um von dort mit der U-Bahn nach Hause zu fahren. Als sie den Block P hinter sich ließ, wehte der Abendwind den Duft frisch gerösteter Bohnen von der Kaffeebörse herüber. Ein paar Möwen krächzten verschlafen.

Etwas drängte sie, ihren Weg zu verlassen und dem kleinen Fleet links zu folgen. Der Kaffeeduft hüllte sie ein, als sie auf der Pickhubenbrücke stehen blieb und in das düstere Wasser des Brooksfleets hinuntersah. Hier hatten sie vor einigen Wochen die Leiche des ertrunkenen Matrosen gefunden, doch das war nicht der Grund, warum der Platz sie wie magisch anzog. Es war ihr, als müsse sie hier eine Antwort auf ihre vielen Fragen finden.

Bewegungslos stand sie da, bis die Kälte ihr die Beine

hochkroch. Der Wind frischte auf und jagte in eisigen Böen zwischen den aufragenden Speicherbauten hindurch. Sabine raffte ihren Mantel zusammen und wollte gerade weitergehen, als sie eine Bewegung wahrnahm. Schräg gegenüber, auf der anderen Seite des kleinen Fleets, stand eine Gestalt vor dem Eingang zum Block P. Es war zu dunkel und der Mann zu weit weg, um ihn erkennen zu können, und dennoch schlug ihr Herz schneller.

Er rührte sich nicht und schien auch nicht in ihre Richtung zu sehen, und dennoch fühlte sich Sabine wie von einem Blick durchbohrt.

„Komm her“, flüsterte der Wind. „Komm zu mir!“

Wie in Trance lenkte die junge Frau ihre Schritte zurück über die Brücke und dann den Kannengießerort entlang, bis sie vor ihm stand.

„Guten Abend, Frau Kommissarin. Was führt Sie zu dieser Stunde in die Speicherstadt? Wie immer im Dienst des Landes auf Verbrecherjagd?“

Sabine schüttelte den Kopf, um den merkwürdigen Schwindel daraus zu vertreiben.

„Hallo, Herr von Borgo, es scheint unser Schicksal zu sein, dass wir uns an den merkwürdigsten Orten begegnen. Ich kann die Frage also nur zurückgeben: Was zieht Sie an einem Sonntagabend hierher?“

Der Vampir wiegte den Kopf hin und her. „Soll ich Ihnen das wirklich gestehen? Es sind die Gerüche!“

„Die Gerüche?“

„Ja, die Gerüche. Wenn Sie hier weitergehen, dann hüllt der Kaffeeduft Sie ein. Dort drüben riecht es ein wenig nach den staubigen Bergwüsten, in denen die bunten Teppiche gefertigt werden, und wenn Sie hier durch diese Tür treten und langsam die Treppe hinaufsteigen, werden Sie von den wundervollen Gaben einer ganzen Welt umhüllt." Er streckte die Hand nach ihr aus. „Kommen Sie, ich werde es Ihnen zeigen."

Die Kommissarin zögerte. „Wir können nicht einfach in diesen Speicher eindringen."

„Doch, das geht schon in Ordnung", beschwichtigte sie Peter von Borgo und hielt die Tür auf. „Ein Freund, den ich oft besuche, ist hier Quartiersmann. Ich kenne mich hier gut aus, denn ich habe ganz in der Nähe – wie soll ich mich ausdrücken? – ein Domizil, einen Ort, an den ich mich zurückziehen kann."

„Heißt das, dass Sie hier in der Nähe wohnen? Wo denn genau?"

„Eher, dass ich hier ab und zu die Tage in stiller Einsamkeit verbringe."

Den zweiten Teil ihrer Frage ließ er unbeantwortet, und Sabine spürte, dass es sinnlos war, weiterzufragen. Mit einem Schulterzucken trat sie in das einst prächtige Treppenhaus. Jetzt waren die Stufen ausgetreten, die Farben der Wandfliesen verblasst. In den Ecken blätterte der Putz von der Decke, nur das schmiedeeiserne Treppengeländer erzählte noch von der Zeit, als in der Speicherstadt das Herz des Hamburger Hafens schlug.

Peter von Borgo eilte die erste Treppe hinauf und blieb dann vor einer zweiflügeligen Tür stehen.

„Hier im Raum und auf dem ersten Boden lagern heute nur noch Teppiche, wie in so vielen Speichern – wenn sich nicht gerade Werbeleute, Anwälte oder die viel gepriesenen neuen Medien mit ihren Büros auf den alten Böden eingenistet haben." Sabine schmunzelte. „Sie sprechen wie mein Großvater, der alles Neumodische als Teufelszeug verdammt und sich nach den guten alten Zeiten zurücksehnt – auch wenn er in diesen ‚guten Zeiten' zwei Kriege miterleben musste."

Langsam stieg der Vampir die zweite Treppe hoch.

„Vielleicht bin ich ein Ewiggestriger, vielleicht geht mir die Entwicklung aber auch einfach nur zu schnell. Früher lagerte im Keller Wein in großen Eichenfässern, im Raum mal Baumwolle, mal Kautschuk und hier auf dem ersten Boden Tabak. Schließen Sie die Augen und riechen Sie! Ganz schwach kann man ihn noch wahrnehmen."

Sabine tat wie geheißen, doch nach einer Weile schüttelte sie den Kopf. „Ich rieche nur Staub und altes Holz."

„Dann kommen Sie, gehen wir zu den Gewürzen!"

Eifrig wie ein kleiner Junge zog er sie hinauf, öffnete eine Tür und führte Sabine dann zwischen den Säcken hindurch. Der intensive Duft verschiedener Gewürze vermischte sich zu einer verwirrenden Wolke, die sie einhüllte.

„Was ist das alles?"

Peter von Borgo griff nach einem dünnen, schräg angeschnittenen Metallrohr und bohrte es in einen Sack. Als er den Probenstecher wieder herauszog, war er mit kleinen roten Schoten gefüllt.

„Getrockneter Chili?" Sabine blinzelte. Sie konnte ihn nicht nur riechen. Seine Schärfe brannte ihr auf der Zunge.

In Säcken, Kisten und Dosen lagerten Sternanis, roter und weißer Pfeffer, Zimtrinde, Senfkörner und Vanilleschoten. Sabine roch und staunte, bis ihr ganz schwindelig wurde. Der Vampir führte sie weiter hinauf ins Kakaolager und dann zu den Teekisten auf dem obersten Boden.

„Wie herrlich", seufzte Sabine und sank in der Nähe des Fensters auf eine Kiste. Ihr Blick schweifte über den nächtlichen Fleet tief unter ihr und hinüber zu den backsteinernen Fassaden der Speicherhäuser auf der anderen Seite.

„Hier hat man wirklich fast den Eindruck, in der Geschichte zurückgereist zu sein."

Es war ihr, als könne sie die schwer beladenen Ewern und Schuten auf dem Wasser unten sehen und den Hievenpacker mit seinen fest verschnürten Bündeln. Ein Ruf erscholl. Die beiden Flügel der oberen Luke schwangen zur Seite. Vorsichtig ließ der Windenmann das Seil mit den schweren Haken herunter. Kaum hatte die Kette die Hieve erfasst, zog die Winde an, und das Sackbündel schwebte langsam zum sechsten Boden hinauf. Der Lukenvize beugte sich weit nach vorn und gab dem Mann an der Winde ein Zeichen. Kaum hatte das Bündel den Boden erreicht, schob der Vize den Taxameter bis zum Haltebalken vor. Die beiden kräftigen Männer in ihren blauen Hosen und schmutzigen Pullovern schlugen die Sackgreifer in das Bündel und zogen die Hieve herein. Vorsichtig wurde die Last auf dem Taxameter abgesetzt. Der Wäger notierte eifrig das Gewicht und gab dann den Trägern ein Zeichen. Unter der Aufsicht ihres Stapelvizes luden sie Sack für Sack auf den gebeugten Rücken und schichteten die wertvollen Güter hinten an der Wand auf.

Der Vampir setzte sich neben Sabine. „Ja, die Speicherstadt ist eine kleine Insel der Geborgenheit", sagte er leise, „doch die Wellen der Zeit nagen an ihr. Stück für Stück wird abgetragen und ins Meer hinausgeschwemmt. Erst waren es die Lastwagen, die statt der Pferdekarren über das Pflaster holperten, dann blieben die Ewern und Schuten weg. Die Ewerführer tauschten Kautschuk und Seide, Gewürze und Tee gegen zahlende Touristen ein." Er seufzte tief. „Nur noch Teppiche und Büros finden Sie hier oder Freizeitgrusel für Touristen, die sich im blutigen *Dungeon* erschrecken lassen und dann denken, sie hätten Hamburgs Geschichte erlebt."

Er hob die Hand und deutete in die Ferne. „Dort draußen,

in stählernen Containern, ruhen die Schätze, die das Leben der Speicherstadt waren."

„Die Geschichte lässt sich nicht zurückdrehen und der Fortschritt nicht aufhalten. Viele Änderungen bedeuten für uns ein leichteres Leben", wagte Sabine zu erwidern.

„Ja, ich weiß. Entschuldigen Sie, dass ich mich in einer sentimentalen Stimmung hinreißen ließ. Was wir hier als alte Tradition beweinen, war für die Leute am Doverfleet 1884 die unbekannte Moderne, vor deren Gewalt sie weichen mussten. Wussten Sie, dass für den Bau der Speicherstadt sechzehntausend Menschen umgesiedelt wurden?"

„So viele?", rief Sabine erstaunt. Sie trat ans Fenster und sah in die Nacht hinaus. „Wie es hier damals wohl ausgesehen hat?"

Der Vampir trat dicht hinter sie. Seine klangvolle Stimme hüllte die junge Frau ein, als er leise zu erzählen begann.

„Als die Vorschlaghämmer kamen, fielen unter ihnen herrliche Barockhäuser reicher Kaufmannsfamilien, mit zweigeschossigen Dielen, Kassettendecken, die auf bemalten Holzsäulen ruhten, prächtigen, umlaufenden Galerien und mehreren Böden über dem Wohntrakt: Wohnung, Kontor und Speicher, alles war unter einem Dach. Und dennoch war die Wandrahminsel vor allem ein Ort der armen Leute. Am Kehrwieder, auf dem Sande und am Brook drängten sich die aufragenden Fachwerkhäuser. Schmale Höfe mit drei oder vier Hinterhäusern, immer engere, sich verzweigende Gänge, von deren Grund man den Himmel nicht sehen konnte. Enge und ewige Düsternis beherrschten das Leben der vielen Menschen, die hier in winzigen Löchern lebten."

Sabine schritt eine schmale Treppe hinauf, die Luft war erfüllt von Kindergeplärr, derben Witzen und Flüchen, doch auch vom hellen Lachen der Kleinen, die unten in den Höfen spielten. Aus den unteren Wohnungen schlug ihr Modergeruch entgegen. So oft, wie diese bei Hochwasser geflutet wurden, war das kein Wunder. Auch jetzt stand von der letzten Sturmflut in manchen Ecken noch das Wasser in schlammigen Pfützen.

Eine Treppe höher gingen vom Treppenabsatz sechs Wohnungen ab. Sabine sah neugierig in eine kleine Küche, die als schmaler Schlauch im tiefen Schatten lag, obwohl draußen heller Tag sein musste. Eine Petroleumlampe erhellte matt einen eisernen Herd, ein bunt gestrichenes Wasserfass und einen kleinen Schrank. Von oben ertönten Stimmen. Eine alte Frau schleppte ein unförmiges Bündel die engen Stiegen herunter, hinter ihr folgte eine junge Frau mit einer Kiste, in der allerhand Küchenutensilien gestapelt waren. Zwei Männer mühten sich, eine Truhe herunterzuschaffen. Um ihnen Platz zu machen, trat Sabine in die Küche der Wohnung. Eine niedrige Tür führte ins Wohnzimmer, das von dem schmalen Tisch aus Zuckerkistenholz, dem mit einer schwarzen Decke verhüllten Sofa an der Wand und den beiden wackeligen Stühlen völlig ausgefüllt wurde. Ein schmaler Durchgang führte zur fensterlosen Schlafzimmernische, in der ein Doppelbett und ein Stuhl standen. Unten im Hof erklangen laute Rufe. Sabine trat im Wohnzimmer an eines der schmalen Fenster und sah hinunter. Männer schleppten Bündel und Kisten heran, Frauen verschnürten Packen mit Geschirr und Wäsche auf klapprigen Ziehwagen, Kinder rannten kreischend zwischen den Bündeln hindurch. In der Ecke standen ein paar Männer beisammen und ließen eine Schnapsflasche kreisen. Dann machte sich der Zug aus Menschen und Karren auf, um den Wandrahm für immer zu verlassen.

„Die Bautrupps kamen, die Vorschlaghämmer ließen die Wände der maroden Häuser erzittern. Eins nach dem anderen fielen sie in sich zusammen. Übrig blieb ein Hügel aus modrigem Holz und rotem Staub, aus dem sich, wie Phönix aus der Asche, bald die prächtigen Speicherbauten erheben sollten."

Sabine lauschte seiner Erzählung, die solch lebendige Bilder in ihr aufsteigen ließ. Es war, als habe er alles mit seinen eigenen Augen gesehen. Träumerisch lehnte sie sich an die Wand und ließ den Blick über die metallbeschlagenen Teekisten wandern, die schweren, hölzernen Stützen, bis hinauf zur alten Balkendecke. Ihre Hand streifte roten Backstein und raues Holz. Plötzlich zuckte sie zusammen und zog die Hand hastig zurück. Etwas Spitzes hatte sich in ihren Handballen gebohrt und die Haut am Gelenk geritzt.

„Aua!"

Dunkelrotes Blut quoll aus dem Riss. Sabine streckte die Hand aus und angelte mit der anderen nach einem Taschentuch.

Peter von Borgo erstarrte, seine Erzählung brach ab. Der Duft des frischen Blutes stieg ihm in die Nase und berauschte seine Sinne. Zwar hatte er sich an diesem Abend schon an zwei späten Besuchern der Speicherstadt gestärkt, doch Sabines Blut so unverhofft glänzend frisch vor sich zu haben, raubte ihm die so mühsam aufrechterhaltene Beherrschung.

Noch ehe sie das Taschentuch herausziehen konnte, war er schon neben ihr, griff mit beiden Händen nach dem blutenden Handgelenk und zog es in wilder Gier an seine Lippen. Seine Zähne brachen mit solcher Gewalt hervor, dass er einen leisen Schmerzensschrei ausstieß. Ihr Blut benetzte seine Lippen, floss über seine Zunge, und sein Geschmack hätte Tränen der Erlösung in seine Augen getrieben, wenn er hätte weinen können.

War der Augenblick gekommen, ihn von seinen Qualen

zu erlösen? Noch schwebten die tödlichen Reißzähne über ihrer zarten Haut, unter der im Rhythmus ihres Herzens der liebliche Saft dahinströmte. Die Zunge leckte eifrig die aus der Wunde hervorquellenden Tropfen auf. Sabine versuchte, ihm ihre Hand zu entziehen, doch genauso gut hätte sie versuchen können, sich aus einem Schraubstock zu befreien.

„Aber was machen Sie da?“, begehrte sie unsicher auf. Ihre Stimme riss ihn aus seinem blutigen Rausch.

„Ich küsse Ihnen den Schmerz Ihrer Wunde weg“, sagte er undeutlich.

Noch einmal versuchte Sabine, sich zu befreien. Sie wusste nicht, wovor sie sich fürchtete, doch plötzlich überfiel sie panische Angst.

Da ließ Peter von Borgo sie los und taumelte zurück. Seine Brust hob und senkte sich in raschem Wechsel, ein Stöhnen drang aus seinem Mund. Er wandte sich ab und wischte sich den Blutstropfen ab, der noch in seinem Mundwinkel hing.

„Gehen Sie, es ist schon spät. Gehen Sie nach Hause.“

Sabine umklammerte ihr wundes Handgelenk. So schnell die Panik über sie gekommen war, so schnell ebbte sie wieder ab.

„Was ist mit Ihnen los?“, fragte sie und trat zu ihm. Sie hob die Hand, doch noch ehe sie seine Schulter berührte, schrie er:

„Fassen Sie mich nicht an! Verschwinden Sie endlich. Los! Hauen Sie ab, bevor etwas passiert, das einem von uns leid tun könnte.“

Da war er wieder, der bedrückende Schatten, der nach ihr griff und ihr die Luft abschnürte. Das Gesicht abgewendet, wedelte er mit den Händen, als wolle er lästige Insekten vertreiben. Ein Lichtstrahl verfing sich in seinen Fingern und ließ den großen Smaragdring leuchten. Sabine wurde blass.

Langsam tastete sie sich rückwärts zur Tür, doch er kam ihr nicht nach. Die junge Frau drehte sich um und rannte dann gehetzt die Treppe hinunter bis auf die Straße. Der Klang ihrer Schritte hallte durch die leere Speicherstadt, das Blut rauschte in ihren Ohren, ihr Atem ging stoßweise, doch sie verlangsamte ihren Lauf erst, als das U-Bahn-Schild *Baumwall* vor ihr auftauchte.

Als sie zu Hause ankam, hatte sich ihr Pulsschlag beruhigt. Die Kommissarin ließ sich ein Schaumbad ein und sank dann in das heiße Wasser. Sie schloss die Augen und sog den süßlichen Honigduft ein.

Was war mit diesem Mann los? Er machte sie neugierig und zog sie an, aber er beunruhigte sie auch, und nun fühlte sie Furcht. War er gefährlich? Ihre wirren Gedanken tanzten unruhig über dem duftenden Schaum, doch auch nachdem sie sich abgetrocknet hatte und in ihrem Schlafanzug unter der Bettdecke lag, hatte sie noch keine Antworten auf ihre vielen Fragen gefunden. Sie zog das Buch heran, das er ihr geschenkt hatte, und vertiefte sich in die Bilder.

Warum hatte er ihr dieses Buch geschenkt? Nur weil sie es bewundert hatte? Weil sie beide den Coppola-Film mochten? Oder steckte etwas ganz anderes dahinter? Sollte dies eine Warnung sein? Hegte er blutrünstige Gedanken und war bereit, seine Gewaltfantasien auszuleben? Konnte sie Thomas um Rat bitten oder Sönke ins Vertrauen ziehen? Doch was sollte sie ihnen erzählen? Mussten die Kollegen sie nicht für verrückt halten, dass sie Dinge sah und hörte, die es nicht geben konnte und Stunden plötzlich aus ihrem Gedächtnis verschwanden? Sollte sie lieber zu einem Arzt gehen? Einen Psychiater aufsuchen?

Langsam blätterte sie das Buch durch. Wieder fühlte sie sich seltsam fasziniert und in einen Bann gezogen, den sie sich nicht erklären konnte. Immer wieder sah sie sich die Bilder an, bis die Linien verschwammen und die Farben verblassten und die Erschöpfung sie auf die andere Seite der Traumwelt zog.

Die Entführer

In gedrückter Stimmung fuhr die Kommissarin am nächsten Morgen ins Präsidium. Sönke war schon da und verglich gerade die Lottozahlen vom Samstag mit seinem zerknitterten Beleg, als Sabine eintrat.

„Anscheinend gibt es Nacktfotos von Lilly Maas, und damit meine ich keine Familienbilder vom Strand!"

Sönke knüllte den Lottoschein zusammen, warf ihn in den Papierkorb und lehnte sich dann auf seinem Schreibtischstuhl zurück.

„Wer sagt das?"

„Nadine Horvac. Sie hat die Bilder in Ronjas Wohnung gesehen – irgendwann im September, sagt sie."

Sönke schob die Unterlippe vor wie immer, wenn er angestrengt nachdachte. „Angenommen, die Fotos existieren, dann ist doch die Frage, ob sie mit Wissen oder gar Unterstützung der Mutter aufgenommen wurden …"

„… oder ob sie es erst hinterher erfahren hat", ergänzte Sabine.

Die Kommissarin ging hinüber in die Asservatenkammer, holte den Karton mit Ronjas Sachen und blätterte das Adressbuch und den Kalender noch einmal sorgfältig durch.

„Nach was suchst du?", fragte Sönke.

„Nach einem Hausarzt oder Kinderarzt, irgendjemand, der mir vielleicht sagen kann, ob Lilly missbraucht wurde." Sabine zog eine Grimasse. „Die Lehrerin noch einmal zu befragen kann ich mir wohl sparen."

„Die Großmutter im Pflegeheim?“, schlug Sönke vor.

Sabine schüttelte den Kopf. „Alzheimer! Da ist nichts zu machen.“

Sie blätterte den Kalender mit den vielen Symbolen und Abkürzungen sorgsam durch. Ronja hatte hier vor allem ihre Kunden und die Uhrzeiten ihrer Besuche vermerkt, nie jedoch deren richtige oder vollständige Namen notiert. Neben den Arbeitsterminen fand Sabine ab und zu auch einen Frisör und eine Maniküre, dann einen Dr. Kern, der, wie sie inzwischen wusste, Ronjas Gynäkologe gewesen war.

Noch einmal sah sich Sabine die Eintragungen der vergangenen Monate genau an. Einige waren mit Telefonnummern versehen. Die Kommissarin zog die Gelben Seiten hervor und suchte nach Kinderärzten. Sie verglich die Eintragungen in Ronjas Kalender mit den Namen und Telefonnummern der Ärzte.

„Das könnte etwas sein“, murmelte sie und griff zum Hörer.

„Praxis Dr. Lichtenstein und Dr. Glockner, was kann ich für Sie tun?“, meldete sich eine Frauenstimme mit leichtem Akzent.

„LKA 41, Berner, guten Tag. Wir sind auf der Suche nach einem Mädchen, Lilly Maas, geboren am 13. Juni 2001. Würden Sie bitte in Ihrer Kartei nachsehen, ob das Kind bei Ihnen Patientin ist?“

„Ich weiß nicht, ob ich Ihnen das sagen darf“, zögerte die Frau. „Warum wollen Sie das wissen?“

Es war einige Überzeugungsarbeit nötig, bis die Sprechstundenhilfe bereit war, in der Patientenkartei nachzusehen. Ungeduldig scharrte die Kommissarin mit den Füßen, dann endlich meldete sich die Stimme wieder.

„Ja, das Mädchen war bei Dr. Lichtenstein in Behandlung.“

„Na, dann wollen wir uns den Arzt mal zu Gemüte führen!“, brummelte Sönke, der das Telefonat mitverfolgt hatte. Die Kommissarin nickte.

„Dann geben Sie mir bitte einen Termin bei Herrn Lichtenstein.“

„Der Herr Doktor hat jetzt noch drei Patienten, dann ist seine Mittagspause, und heute Nachmittag sind alle Termine schon vergeben. Ist es denn sehr wichtig? Ich kann ihn jetzt nicht stören. Rufen Sie doch bitte um siebzehn Uhr noch einmal an. Vielleicht kann ich Sie dann verbinden.“

Sabine verabschiedete sich und legte auf. „Ich fürchte, der liebe Doktor wird uns seine Mittagspause opfern müssen“, sagte sie zu Sönke, erhob sich und griff nach ihrer Tasche.

Das prächtige, in warmem Gelb gestrichene Stadthaus in der Papenhuder Straße in Uhlenhorst beherbergte einen Internisten, einen Orthopäden und die Gemeinschaftspraxis des Allgemeinarztes Dr. Glockner und des Kinderarztes Dr. Lichtenstein. Kommissarin Berner und ihr Kollege Lodering stiegen die breiten Stufen bis in den dritten Stock hoch und ließen sich dann von einer zierlichen Asiatin ins Sprechzimmer geleiten.

Dr. Lichtenstein war ein stattlicher, hellhäutiger Mann, sorgfältig rasiert, mit kurzem grauem Haar. Er erhob sich aus seinem bequemen Ledersessel, schüttelte der Kommissarin und ihrem Begleiter die Hand und bot ihnen Platz auf den kunterbunten Besucherstühlen an.

„Was kann ich für Sie tun?“, fragte er lächelnd und schickte seine Sprechstundenhilfe hinaus, um Kaffee zu kochen.

„Sagt Ihnen der Name Maas etwas?“, fragte die Kommissarin.

Der Doktor runzelte die Stirn. „Maas, ja, ich muss überlegen.“

„Edith Maas, eine Prostituierte, die sich Ronja nannte", fuhr die Kommissarin, einer plötzlichen Eingebung folgend, fort.

Ihr war es, als zuckte der Arzt ein wenig zusammen.

„Sie meinen die Frau, die ermordet aufgefunden wurde? Ich habe davon in der Zeitung gelesen", fügte er noch rasch hinzu.

„Ist die Tochter Lilly nicht bei Ihnen in Behandlung?" Zögernd nickte der Arzt, fügte dann nach einer kurzen Pause jedoch hinzu: „Sie ist meine Patientin, das ist das Einzige, was ich Ihnen sagen kann. Weitere Auskünfte verbietet mir meine ärztliche Schweigepflicht."

Die Kommissarin seufzte. „Hören Sie, Herr Lichtenstein, Lilly Maas ist seit mehr als vier Wochen verschwunden, und ihre Mutter wurde ermordet. Es gibt Fotos, die die Annahme stützen, dass das Mädchen missbraucht wurde. Können Sie diesen Verdacht bestätigen?"

Wieder hob der Arzt nur abwehrend die Hände. „Ich darf Ihnen nichts sagen ohne richterlichen Befehl."

„Warum machen Sie es uns so schwer? Wenn wir mit unserer Vermutung recht haben, dann läuft da draußen ein Mann herum, der kleine Mädchen missbraucht und vielleicht auch mehrere Morde auf dem Gewissen hat. Können Sie es mit Ihren Pflichten als Arzt vereinbaren, uns nicht zu helfen?"

Unruhig drehte Dr. Lichtenstein eine Karteikarte in seinen Händen, doch dann legte er sie auf den Tisch, so als habe er eine Entscheidung getroffen. Er sah die Kommissarin einige Augenblicke fest an, dann begann er zu sprechen.

„Ich werde Ihnen meine Meinung sagen, doch nur hier, sozusagen privat und ohne Aufnahmegerät."

Die Kommissarin und der Kriminalobermeister nickten.

„Bei ihrem Besuch am achten September klagte das Kind

über Bauchschmerzen, doch ich konnte keine körperliche Ursache finden. Die Mutter gab an, dass Lilly schlecht schlafe, wieder angefangen habe, Daumen zu lutschen, und ab und zu das Bett nass wäre, obwohl sie eigentlich seit drei Jahren nachts trocken sei."

„Haben Sie das Kind untersucht?"

Der Arzt schüttelte den Kopf. „Nicht auf körperlichen Missbrauch, wenn Sie das meinen. Sehen Sie, das Kind lebte vorher bei seiner Großmutter, bis diese in ein Heim kam. Im August hat ihre Mutter sie zu sich genommen. Ich wusste erst nichts über deren Beruf, doch dann dachte ich, das Kind hat vielleicht Dinge gesehen, die ein Kind in diesem Alter nicht sehen sollte."

„Sie meinen, wie die Mutter Sex mit ihren Freiern hatte!", stellte Sönke fest. Der Arzt lächelte verlegen und nickte.

„Ist das Mädchen vergewaltigt worden?", fragte die Kommissarin.

Wieder zuckte der Arzt zusammen. „Das glaube ich nicht."

„Wann haben Sie Edith und Lilly Maas zum letzten Mal gesehen?"

„Am ersten Oktober von drei bis circa vier hier in meinem Sprechzimmer."

„Kann ich Lillys Karteikarte einmal sehen?"

Entrüstet lehnte der Arzt ab und bat die Kripoleute nun zu gehen, da er noch einen wichtigen Termin habe. Kaum waren die Besucher verschwunden, griff er nach seinem Jackett und eilte die Treppe hinunter. Der Motor des roten Porsches heulte auf, mit quietschenden Reifen schoss der Wagen auf die Straße hinaus.

Auf dem Weg zurück zum Präsidium sagte Sabine kein Wort. Die Stirn gerunzelt, die Lippen fest aufeinandergepresst, steuerte sie den Wagen um die Alster herum durch Winterhude nach Alsterdorf.

„Warum war der liebe Doktor so nervös?“, fragte sie nach einer Weile.

Sönke zuckte die Schultern. „Welcher Arzt lässt sich schon gern in die Karten gucken? Vielleicht hat er Angst, man könne ihm vorwerfen, versagt zu haben.“

„Ich glaube, da ist noch was. Ich hab so ein komisches Gefühl.“

Doch dann vergaß die Kommissarin den Arzt. Während sie im Aufzug zu ihrem Büro hinauffuhren, kreisten ihre Gedanken schon wieder um Peter von Borgo. Sabine ließ sich in ihren Schreibtischstuhl fallen, während Sönke zweimal Friesenmischung Spezial ansetzte.

„Danke.“ Sabine lehnte sich zurück und nippte an dem starken Gebräu. „Du, Sönke, hast du ein paar Minuten Zeit? Ich möchte dich etwas fragen.“

Der grauhaarige Kollege tippte auf seine Armbanduhr. „Noch mindestens drei Stunden bis zum Feierabend, also schieß los, mien Deern.“

Sabine knetete ihre Hände. Sie wusste nicht, wie sie anfangen sollte. Sie warf dem Kollegen einen Hilfe suchenden Blick zu, doch der wartete geduldig und schlürfte seinen Tee.

„Es passieren in letzter Zeit komische Dinge“, fing Sabine nach einer Weile an. Sönke schwieg.

„Genauer: Mir oder, besser gesagt, mit mir passieren Dinge.“

Sie sah den Kollegen an, doch der nickte nur, zum Zeichen, dass er ihr zuhörte. Sabine kaute auf ihrer Unterlippe, doch dann brach es aus ihr heraus: das ständige Gefühl, beobachtet und verfolgt zu werden, die Stimmen, die sie hörte, die Stunden, an die sie sich nicht mehr erinnern konnte, ihre zahlreichen Begegnungen mit Peter von Borgo und sein seltsames Verhalten – wobei sie einige Details lieber ausließ.

„Der Jung beschäftigt dich ja ganz schön", brummte Sönke und nickte dann langsam, als er sah, wie sich ihre Wangen verfärbten.

„Was ist, wenn er etwas mit den Morden zu tun hat? Ich habe so ein komisches Gefühl, dass da etwas megafaul ist."

Sönke wiegte den Kopf hin und her. „Das reicht noch nicht, um ihm ein Observationsteam auf den Hals zu schicken. Außer deiner Ahnung hast du nichts, was auf illegales Treiben schließen lässt. Dass er seine Villa nur zum Klavierspielen nutzt, ist nicht strafbar."

„Aber komisch!", rief Sabine. „Er wohnt hier in Hamburg, ist nicht gemeldet und rückt seine Adresse nicht heraus!"

Sönke grinste breit. „Vielleicht wohnt er ja bei einem Freund und will sich nicht outen."

Die Kommissarin seufzte. „Daran habe ich auch schon gedacht. Ich habe ihn direkt gefragt, ob er schwul ist, doch das hat er abgestritten."

„Wie taktvoll!", lästerte der Kriminalobermeister. „Aber auch das wäre nicht strafbar – für dich allerdings, sagen wir, unerfreulich."

„So ein Quatsch! Warum denn das?", fauchte die Kommissarin, doch ehe Sönke darauf reagieren konnte, kam Björn Magnus hereinspaziert, eine braune Umlaufmappe in der Hand.

„Ich bin auf dem Weg zu Uwe und Klaus, und da dachte ich mir, ich bringe dir deine Post aus dem Fach mit." Mit einer übertriebenen Verbeugung überreichte er Sabine die Mappe.

„Was ist das?", fragte sie und zog einen DIN-A5-Umschlag heraus.

Björn zuckte die Schultern. „Woher soll ich das wissen? Ich guck doch nicht in deine Post rein!“

Die Kommissarin öffnete den Umschlag und schüttelte ein Dutzend Fotos heraus: Ronjas bleicher Körper aus verschiedenen Blickwinkeln, Großaufnahmen von ihrem Gesicht und den Würgemalen am Hals.

„Aber das sind doch die Bilder, die du am Tatort gemacht hast. Ich habe sie nicht bestellt.“ Achtlos blätterte sie die Fotos durch.

Björn beugte sich nach vorn, um noch einmal einen genaueren Blick darauf zu werfen, doch plötzlich sog er scharf die Luft ein.

„Was ist?“, fragte Sabine verwundert, doch dann sah sie es auch.

„Mein Gott!“, stöhnte sie und hob die Fotografie näher ins Licht. „Wie kann das sein?“ Fassungslos schüttelte sie den Kopf. Sönke erhob sich und kam um den Tisch herum, um ebenfalls einen Blick auf die Fotos zu werfen.

„Das ist aber keines von meinen Bildern!“, stotterte Björn, der ganz weiß im Gesicht geworden war.

„Ja, aber wie ist das zwischen die anderen gekommen?“, wunderte sich Sönke. „Ich denke, wir sollten Thomas und die anderen holen.“

Sabine nickte. „Ja, das denke ich auch.“

Als das ganze Team der 4. Mordbereitschaft versammelt war, berichtete die Kommissarin kurz, wie der Polizeifotograf ihr die an sie adressierte Umlaufmappe mitgebracht hatte, in der sie einen Umschlag mit Tatortfotos von Ronja fand.

„Ich wunderte mich, denn ich hatte die Fotos nicht angefordert, doch dann entdeckte ich das!“

Als Erstes ließ Sabine eines von Björns Tatortbildern herumgehen. „Achtet auf die Totenflecken an der Seite und auf das Haar! Seht euch die Fraßspuren am Halsansatz an!"

Dann zeigte sie den anderen das Foto, das sie inzwischen in eine Klarsichthülle gesteckt hatte.

„Keine Leichenfäulnis, keine Bissspuren, und das Haar ist trocken", fasste Hauptkommissar Ohlendorf zusammen. „Ich bin zwar kein Arzt, doch ich könnte schwören, als dieses Foto aufgenommen wurde, war Ronja noch keine vierundzwanzig Stunden tot! Wir müssen das natürlich noch überprüfen lassen."

„Gut, gut", warf Klaus Gerret ein, „er hat sie erwürgt, in den Sumpf geschleppt und noch ein Abschiedsfoto von ihr geschossen. Ist halt ein sentimentaler Kerl, unser Würger. Was mich allerdings brennend interessiert: Wie kommt das Foto in diese Umlaufmappe?"

Eine Weile redeten alle durcheinander, stellten Vermutungen an und machten Vorschläge, wie es nun weitergehen sollte. In all dem Trubel ging das Läuten von Sabines Telefon fast unter. Es klingelte achtmal, bis die Kommissarin abhob.

„LKA 41, Berner."

„Hallo, sind Sie an einem Kind interessiert?", fragte eine offensichtlich verfremdete Stimme.

„Wie meinen Sie das? Was für ein Kind?" Die Kommissarin winkte den anderen zu und legte dann den Zeigefinger an die Lippen.

„Ein kleines, schnuckeliges Mädchen namens Lilly!"

Schnell drückte sie auf die Lautsprechertaste, sodass die quäkende Stimme des Anrufers das Büro erfüllte.

„Was ist mit dem Kind?", fragte sie, um den Anruf hinauszuzögern.

„Ihr könnt es haben. Kostet euch nur eine Million – gebrauchte, kleine Scheine!"

Hauptkommissar Ohlendorf stahl sich ins Nebenzimmer, um in der Technik anzurufen.

„So einfach geht das nicht“, hielt Sabine den Anrufer hin. „Erst müssen Sie mich mit dem Mädchen sprechen lassen, damit wir uns vergewissern können, dass es ihm gut geht.“

„Vergessen Sie's! Sie bekommen Ihre Anweisungen!“ Dann legte er auf.

„Und? Haben wir ihn?“, rief Sabine aufgeregt.

„Ein Handy – ich brauche die Funkzelle – schnell!“ Es kam den Leuten von der 4. Mordbereitschaft wie eine Ewigkeit vor. Endlich rief Thomas Ohlendorf: „Das ist drüben auf dem Kiez! Ja, schicken Sie Ihre Leute raus, aber ein bisschen plötzlich! – Und ich will das Band – ja, sofort!“ Der Hauptkommissar knallte den Hörer auf die Gabel.

„Meint ihr, die Kleine lebt noch?“, fragte Klaus nach einer Weile und sah in die Runde.

„Wenn er es auf Lösegeld abgesehen hat, warum meldet er sich erst jetzt?“, fragte Sönke und sprach damit aus, was alle dachten.

„Auch wenn die Hoffnung noch so gering ist, versuchen müssen wir es“, wandte die Kommissarin ein. Die anderen nickten.

Zaghaft klopfte es an der Tür, dann trat die Sekretärin ein und drückte Sabine einen Zettel in die Hand.

„Ich glaube, das ist wichtig. Der Mann hat gerade angerufen.“

Unwillig warf sie einen Blick auf den Notizzettel, doch schon nach den ersten Worten war sie ganz bei der Sache.

„Hört mal alle her! Unser Freund hat sich im Sekretariat gemeldet und seine Übergabebedingungen bekannt gegeben! Morgen dreiundzwanzig Uhr in der Norderwerft – und ich soll alleine kommen.“

Die Kollegen der 4. Mordbereitschaft versammelten sich um einen Tisch, breiteten eine große Karte des Hafens aus und beugten sich dann darüber. Aufgeregt diskutierten sie die Möglichkeiten, die Entführer festzunehmen und das Kind zu retten. Dass mindestens zwei Männer daran beteiligt waren, stand fest, nachdem die Funkzelle des zweiten Anrufs ermittelt worden war.

„Wenn er keine Flügel hat, dann muss ein anderer den zweiten Anruf gemacht haben", stellte der Hauptkommissar trocken fest.

„Beide Anrufe kamen von Handys, vermutlich gestohlen. Das erste haben die mobilen Jungs in einem Mülleimer gefunden. Der Eigentümer wird noch ermittelt."

Um sieben schickte der Hauptkommissar seine Truppe nach Hause. „Schlaft euch aus, das wird morgen ein harter Tag. Ich erwarte euch alle pünktlich um acht im Besprechungszimmer – und nehmt euch für morgen Abend nichts vor!"

Als Sabine vom Bahnhof nach St. Georg ging, fuhr ein schwarzer Golf an ihr vorbei. Erschreckt zuckte sie zusammen. Sie versuchte zu erkennen, ob er eine Schramme auf der Motorhaube hatte, doch da war er auch schon um die Ecke verschwunden.

„Verfolgungswahn, ganz eindeutig Verfolgungswahn!", schimpfte die Kommissarin leise vor sich hin und stattete dann dem *Persischen Haus* einen Besuch ab, um sich mit „Nervennahrung" auszurüsten.

Nachdem sie ihre Gemüselasagne gegessen hatte und mit einer Ladung persischer Kekse und einem Riesenpott Cappuccino vor dem Fernseher saß, klingelte das Telefon.

„Sorry, dass ich dich noch mal störe", erklang Thomas

Ohlendorfs Stimme. „Ich möchte noch ein paar Details im Vorfeld mit dir klären."

„Hm, dann mal los", mümmelte Sabine undeutlich und spülte die letzten Kekskrümel mit einem Schluck Cappuccino herunter. Während sie der Stimme ihres Chefs lauschte, ging sie in der Wohnung auf und ab. Im Schlafzimmer sah sie aus dem Fenster in den dunklen Hof hinunter, dann zurück durch den Flur ins Wohnzimmer. Obwohl die Geschäfte schon geschlossen hatten, war auf der Straße noch viel los. Es war ihr schon zur Gewohnheit geworden, die parkenden Autos unter die Lupe zu nehmen. Ein Stück die Straße runter, das könnte ein schwarzer Golf sein. Saß da nicht jemand drin? Sie drückte die Nase an der Scheibe platt, doch sie war sich nicht sicher.

„Also dann, bis morgen", verabschiedete sich der Hauptkommissar und legte auf.

Einige Augenblicke sah sie noch hinunter auf die Straße, dann wählte sie die Nummer der uniformierten Kollegen am Steindamm.

„Kein Problem, Frau Berner, eines unserer Fahrzeuge ist sowieso gerade in der Nähe. Ich schicke es gleich in die Lange Reihe."

„Vielen Dank."

So, jetzt darf er uns nur nicht wieder wegfahren, dachte sie, doch da erklang Motorenlärm, und der schwarze Golf raste davon.

„Ja, gibt's denn so etwas!", schimpfte Sabine und stampfte wie ein Kind mit dem Fuß auf. „Kann der hellsehen?"

Nachdenklich wog sie das Telefon in ihrer Hand, dann rief sie noch einmal im Revier 11 an, um den Streifenwagen wieder abzubestellen.

Unruhig schritt Peter von Borgo auf der Terrasse auf und ab. Konnte es sein, dass ihn der kleine Blutfleck an seinem Ärmel so aus der Ruhe brachte? Es war ihr Blut, das an seinem Hemd klebte! Er berührte es mit den Lippen und roch daran, doch die überwältigenden Gefühle waren nur noch Erinnerung. Er musste sie wieder im Arm halten, ihren Lebenssaft auf seiner Zunge spüren und in ihren Duft eintauchen, nichts anderes konnte seine Qual lindern.

Mit großen Schritten eilte er ins Haus. Er sah sie vor sich, wie sie auf dem Sofa saß, das Weinglas in der Hand, wie sie an der Bücherwand stand und seine Schätze bewunderte, wie sie, in das lange Seidenkleid gehüllt, die Treppe herunterschritt. Er wollte sie besitzen, ihr Blut bis zum letzten Tropfen trinken und sich am Geruch ihrer nackten Haut berauschen, nur so würde er Frieden finden.

Der Vampir hielt inne und blieb mitten in dem gelben Schlafzimmer stehen. Hier hatte sie sich umgezogen, ihr seidiges Haar gebürstet. Würde er jemals Ruhe finden? Wie lange würde das Gefühl der befriedigten Lust andauern?

Er müsste sich zurückhalten, so wie bei den anderen Menschen auch, deren Blut jede Nacht seine Gier stillte. Dann könnte er immer wieder zu ihr kommen. Sie würde schwach und schwächer werden, doch wenn er vorsichtig wäre, dann könnte sie über Jahre hin ihr Blut für ihn geben. Doch wollte er sie so welken sehen? Und wäre es schön, sich immer und immer wieder zügeln und beherrschen zu müssen, im Vergleich zu der Ekstase, die er empfinden könnte, wenn sie unter seinem Biss, Herzschlag für Herzschlag, ihr Leben aushauchte?

„Ich will sie ganz!“, schrie er wild. Der leere Spiegel, der einst ihr Bild zurückgeworfen hatte, grinste ihn höhnisch an. Die glitzernde Leere brannte ihm in den Augen. Er griff nach einer kleinen Bronzestatue und schleuderte sie in die silbrige Glasfläche. Mit einem durchdringenden Klirren zersprang der Spiegel in tausend kleine Scherben, die knisternd herabrieselten. „Und ich will sie für immer", flüsterte er und ließ die Arme sinken. Zum ersten Mal in seinem unruhigen Wandeln als Vampir begann er darüber nachzusinnen, wie es wäre, eine Gefährtin an seiner Seite zu haben.

Den ersten Schock des Tages bekam die Kommissarin, als sie in die U-Bahn stieg und ihr Banknachbar die *Hamburger Morgenpost* aufschlug.

Kidnapper hat sich gemeldet prangte ihr die Überschrift entgegen. „Ist die kleine Lilly bald frei?"

Trotz der frühen Morgenstunde hatte sich schon ein ganzer Pulk an Reportern vor dem Präsidium eingefunden, die den Pressesprecher umlagerten. Die Kommissarin versuchte sich unauffällig vorbeizumogeln, doch da stellte sich ihr Frank Löffler breit grinsend in den Weg. Er hob die Kamera, der Blitz zuckte.

„Haben Sie ein Lebenszeichen von dem Kind? Wie viel verlangt der Kidnapper? Wann und wo wird die Geldübergabe stattfinden? Wird die Kripo nun endlich aktiv, nachdem sie über einen Monat einfach nur geschlafen hat?"

„Verschwinden Sie!", zischte Sabine und drückte sich an ihm vorbei.

„Ich wünsche Ihnen auch noch einen schönen Tag, Frau Kommissarin", spottete der Reporter und schoss noch ein paar Fotos von ihrem Rücken.

Kaum betrat die Kommissarin das Büro, da klingelte auch schon ihr Telefon. Es war Doktor Lichtenstein, und er war ziemlich verärgert.

„Ich werde Sie anzeigen!", donnerte er. „Das wird Sie Ihren Job kosten! Das ist nicht nur Diebstahl, das ist –"

Endlich gelang es Sabine, ihn zu unterbrechen. „Wovon reden Sie eigentlich, Herr Lichtenstein? Ich verstehe kein Wort!"

„Tun Sie nur nicht so unschuldig!", schimpfte der Arzt. „Sie oder einer Ihrer Kollegen haben die Karteikarte entwendet. Das ist ein Fall für die Staatsanwaltschaft!"

„Welche Karteikarte?", fragte sie langsam, obwohl ihr die Antwort bereits klar war.

„Die von Lilly Maas natürlich!"

„Hören Sie, weder ich noch einer meiner Kollegen hat auch nur einen Blick auf Lillys Patientenkarte geworfen, geschweige denn sie entwendet", versicherte ihm die Kommissarin, während sie nebenbei ihre Post durchsah.

Ein brauner Umschlag, den offensichtlich ein Kurierdienst gebracht hatte, erregte ihre Aufmerksamkeit. Sie verabschiedete sich von dem Kinderarzt, der sich noch immer nicht beruhigt hatte, und schlitzte den Umschlag auf. Eine Karte mit der Aufschrift *Praxis Dr. Lichtenstein* glitt auf ihren Schreibtisch.

„Aber jetzt werde ich einen Blick darauf werfen!", murmelte Sabine und schüttelte fassungslos den Kopf. Sie zog sich Handschuhe an und faltete dann die Karte auf. Mühsam entzifferte die Kommissarin die Diagnosen des Arztes. Die ersten Einträge enthielten nichts Ungewöhnliches, doch im September hatte jemand zwei Zeilen ausradiert und dann wieder neu beschrieben. Das würde sich das Labor genauer ansehen müssen.

Sönke steckte den Kopf ins Zimmer. „Kommst du? Die anderen warten schon."

„Ja, ja, ich schicke das nur noch rasch ins Labor."

Ich möchte bloß wissen, wer uns die Karte hat zukommen lassen, dachte sie, als sie hinter Sönke den Flur entlanghastete.

Den ganzen Tag jagte eine Besprechung die andere. Der Entführer meldete sich einmal kurz, doch auch dieses Mal konnten die Einsatzkräfte ihn nicht erwischen. Der Geldkoffer wurde von den Technikern präpariert, die Kommissarin verkabelt, die Männer der mobilen Eingreiftruppe gebrieft. Kriminaloberrat Tieze bestand darauf, dass seine Leute nicht nur ihre Waffen bei sich trugen, sondern auch alle mit kugelsicheren Westen ausgestattet wurden.

Als eine Kollegin der Einsatztruppe Sabine beim Anlegen der Weste half, merkte sie zum ersten Mal an diesem Tag, dass ihr Puls schneller ging und ihr Magen unangenehme Wellen der Übelkeit aussandte. Auf was ließ sie sich da ein? Warum hatte sie darauf bestanden, das Geld zu übergeben, als Karsten Tieze sie davon abhalten wollte?

Sie dachte an Julia, ihre kleine blonde Julia, die so fröhlich lachen und singen konnte. Wenn es deine Tochter wäre, würdest du froh sein, wenn jemand diesen Job übernähme und das Kind aus den Klauen dieser Bestien rettete, sagte die Kommissarin in ihr. Wenn dir etwas passiert, dann wird dein Kind zur Halbwaisen, wehrte sich dagegen die Mutter. Sie hat doch ihren Vater und Angelika und ihre Großmutter, dachte Sabine bitter, als sie ihre SigSauer lud.

Sönke steckte den Kopf zur Tür herein. „Bist du bereit?“ Sabine nickte.

Andreas Wolf steuerte seinen Wagen zum Haupteingang der Norderwerft, parkte auf dem Gehweg und stieg aus.

„Kommst du mit?“, fragte er den zweiten Mann, der auf dem Beifahrersitz saß und die Augen geschlossen hatte.

„Nee, mach du das mal“, grunzte der andere.

Andreas zog seine braune Lederjacke an, schob sich den Revolver in den Hosenbund und duckte sich dann unter der

Schranke hindurch. In einem der unteren Büros brannte noch Licht. Ob die fesche Anja noch Überstunden machte? Er warf einen Blick zurück zu seinem Wagen. Hans war sicher wieder eingeschlafen. Der würde ihm nicht in die Quere kommen. Auf leisen Gummisohlen huschte Andreas zum Büro hinüber und drückte die Schwingtür auf. Welch ein Leichtsinn, nach Einbruch der Dunkelheit nicht abzuschließen, dachte er.

Einsatz am Reiherstieg

In einem zivilen Fahrzeug der Kripo fuhr Sabine Berner über die Freihafenelbbrücken, folgte dem Veddeler Damm und bog dann in den Ellerholzdamm ein. Langsam rollte sie die Reiherstraße entlang und hielt dann vor der Schranke, die die hintere Einfahrt zur Werft blockierte.

„Könnt ihr mich hören?“, flüsterte sie.

„Ja, klar und deutlich“, kam Thomas Ohlendorfs Stimme zurück. „Alle sind auf Position, du kannst jetzt reingehen.“

Sabine dachte an die Männer vom mobilen Einsatzkommando, die sich in kleinen Gruppen in den Schuppen am Ellerholzdamm und drüben auf der anderen Seite des Reiherstiegs postiert hatten. Auch die Wasserschutzpolizei hatte zwei Schnellboote hier im Hafen und eines drüben am Hübenerkai in Position gebracht. Der Hubschrauber wartete bei Blohm und Voss am Werfthafen auf den Einsatzbefehl. Die Männer der 4. Mordbereitschaft saßen in einem Sprinter in der Nähe des Musicaltheaters.

Vorsichtig passierte Sabine die Schranke. Schwarz und drohend erhoben sich die Kräne in den Nachthimmel. Die Kommissarin blieb stehen und lauschte. Nichts regte sich, das niedere Gebäude zu ihrer Linken lag verlassen da. Langsam ging sie weiter. Gern hätte sie mit Thomas Kontakt aufgenommen, doch wenn sie beobachtet wurde, dann verdarb sie damit alles. Vor ihr tauchte die Silhouette der „Svenja“ auf, deren Bug hier – nach ihrer unsanften Begegnung mit einem asiatischen Riff – wieder flottgemacht wurde. Im Dock daneben lag die grasgrüne „Margaretha", ein neues Containerschiff, das in wenigen Tagen zu seiner ersten Fahrt auslaufen konnte. Sabine schritt am Bug des alten Schwerlastschiffes vorbei. Ihr Herzschlag war das einzige Geräusch, das die Stille durchbrach. Unsicher blieb sie stehen und drehte sich einmal um ihre Achse. Nichts! Ob die Entführer kommen würden? Zwei Autos fuhren den Ellerholzdamm entlang. Das Licht ihrer Scheinwerfer huschte durch das hohe Gitter, das die Umfassungsmauer auf einigen Metern unterbrach.

Die Kommissarin ging zwischen der „Margaretha" und einem Lagerschuppen hindurch. Den Schatten, der sich hinter einem Container duckte, bemerkte sie nicht. Auch die Schritte auf leisen Gummisohlen hörte sie erst, als es zu spät war. Zwei starke Hände legten sich um ihren Hals. Sie war so überrascht, dass sie nicht einmal schreien konnte. Sabine ließ die Tasche mit dem Geld fallen. Sie wand sich, trat nach hinten und wehrte sich mit allen Kräften.

„Da stimmt was nicht", sagte Hauptkommissar Ohlendorf und runzelte besorgt die Stirn. Die Männer beugten sich vor und lauschten den Geräuschen, die das Mikrofon in Sabines Jacke übertrug.

„Keine Panik", beschwichtigte ihn der Leiter der mobilen Einsatztruppe, „meine Männer können jederzeit zugreifen, wenn es kritisch wird."

„Es ist kritisch!", schrie Thomas Ohlendorf. „Holen Sie sie da raus!"

Vor Sabine tauchte der Schatten eines Mannes auf. Die Kommissarin trat noch einmal fest nach hinten. Ein Stöhnen, der Griff um ihren Hals lockerte sich. Der erste Atemzug schmerzte, doch er gab ihr neuen Mut. Sie versuchte sich umzudrehen, um ihrem Angreifer einen Schlag zu versetzen, doch da schlang sich ein raues Seil um ihren Hals. Der Ruck riss sie von den Füßen. Sie knallte mit Rücken und Hinterkopf auf den Asphalt und blieb mit einem schmerzvollen Stöhnen liegen. Jemand öffnete grob ihre Jacke. Etwas drückte auf ihre Brust. Ein Schuss knallte durch die Nacht, dann wurde es dunkel um sie.

„Einheit zwei, sofort auf das Gelände vorrücken", befahl der Einsatzleiter, steckte das Funkgerät wieder in die Tasche und schob die Tür des Kleinbusses auf. „Na, dann wollen wir mal!" Die Männer vom LKA 41 folgten ihm.

Sabine wandelte durch tiefe Nacht. Sie fühlte sich emporgehoben und schwebte durch die Finsternis. Sie sah ein Licht, hell und strahlend. Es zog sie an. Die junge Frau wollte zu ihm, doch etwas hielt sie fest. Das warme Licht wurde schwächer und begann zu verblassen, Schmerz wallte durch ihren Körper und dröhnte in ihrem Kopf. Sie wollte etwas sagen, doch ihr Hals war so rau, dass sie keinen Ton hervorbringen konnte.

„Pssst, sei still", raunte ihr eine Stimme ins Ohr. „Es wird dir nichts geschehen."

Sabine kämpfte gegen die Übelkeit, die in ihr hochstieg, und gegen die Schwärze, die wieder nach ihr griff. Sie fühlte, dass sie auf kaltem, glattem Boden saß und ihre Wange an seidigen Stoff lehnte. Ein Arm schlang sich um ihre Schulter. Langsam öffnete sie die Augen. Obwohl es dunkel war, erkannte sie das Gesicht, das so nah über ihr schwebte.

„Peter", krächzte sie und wollte sich aufrichten, doch er hielt sie fest.

„Mach die Augen zu. Sie werden bald kommen und dich holen", flüsterte der Vampir und ließ sie zurücksinken. Die Schwärze holte sie wieder ein, und sie versank in Bewusstlosigkeit.

Einen Augenblick blieb er reglos stehen. Die Wut in ihm

drohte in einer aufgepeitschten Woge über ihm zusammenzuschlagen und ihn mitzureißen. Der Zorn glühte in seinen Augen, seine Hände ballten sich zu Fäusten, dass die Knöchel knirschten. Er hatte es gewagt, Hand an sie zu legen! Er hatte versucht, sie zu töten!

„Ich habe sie erwählt, und kein Sterblicher hat das Recht, sie zu berühren!“, fauchte er hasserfüllt.

„Was is denn los?“, fragte der Mann auf dem Beifahrersitz verschlafen, als Andreas Wolf ins Auto sprang und den Motor startete. „Bist du schon fertig?“

„Ja, alles klar“, keuchte Andreas, als wäre er schnell gelaufen. Zügig fuhr er den Damm entlang und dann auf die Elbbrücken zu. Immer wieder wischte er sich die Hände an seiner Jeans ab. Erst als sie die Speicherstadt passierten, drosselte er die Geschwindigkeit.

Zwischen Reiherstieg und Fährkanal brach die Hölle los. Auf der einen Seite stürmten mehrere Gruppen bewaffneter Männer die Norderwerft, auf der anderen Seite strömten hunderte Musicalbesucher ins Freie, zu ihren Wagen oder zum Fähranleger.

„Ich brauche zwei Teams hier am Anleger“, brüllte der Einsatzleiter. „Das könnte dem Mistkerl so passen, sich hier in der Menschenmenge unbemerkt davonzumachen.“

Das ist kein Zufall, dachte der Hauptkommissar. Das gehört zu seinem Plan!

Thomas Ohlendorf und seine Männer drängten sich durch festlich gekleidete Menschen. Sönke folgte ihm. Einen Moment streifte sein Blick einen gepflegten, grauhaarigen Mann, doch der Kriminalobermeister war zu aufgeregt, um ihn zu erkennen. Dr. Lichtenstein wandte sich seiner attraktiven

Begleiterin zu und raunte ihr etwas ins Ohr. Die stark geschminkte Dame nickte, warf den Einsatzkräften noch einen kurzen Blick unter ihren langen Wimpern zu und folgte dann ihrem Begleiter zu dessen Wagen. Der Motor heulte auf, und der rote Porsche schoss über den Ellerholzdamm davon.

Thomas Ohlendorf schob zwei junge Männer in Jeans und Lederjacken beiseite.

„Aus dem Weg!“, schrie der Hauptkommissar. „Lassen Sie uns durch!“ Sie kamen zu langsam vorwärts. Viel zu langsam!

„Sabine, Sabine, kannst du mich hören?“, rief er immer wieder in sein Sprechgerät, doch nur ein gleichmäßiges Rauschen antwortete ihm.

„Chef, wir brauchen hier einen Rettungswagen“, erklang eine Stimme aus dem Funkgerät des Einsatzleiters. „Bauchschuss, sieht bös aus.“

Thomas' Magen krampfte sich zusammen. In seiner dreißigjährigen Dienstzeit hatte er keinen Kollegen verloren, und damit wollte er heute auch nicht anfangen.

Sie hatten die Menschenmenge hinter sich gelassen. Mit langen Schritten lief der Hauptkommissar los, doch Klaus überholte ihn wie ein Blitz. Hinter ihnen keuchten Uwe Mestern und Sönke Lodering.

„Ist Frau Berner verletzt?“, schrie der Einsatzleiter im Laufen. „Weiß nicht. Wir haben sie noch nicht gefunden.“

In der Ferne erklangen Sirenen. Gerade als Hauptkommissar Ohlendorf die beiden Männer der Einsatztruppe erreichte, die neben einer am Boden liegenden Gestalt knieten, raste der Rettungswagen auf das Werftgelände. Der Arzt sprang ab, bevor der Wagen zum Stehen kam, und eilte zu der verletzten Person.

„Kriegen Sie ihn wieder hin?“, fragte Thomas Ohlendorf grimmig. „Ich würde mich gern mit ihm unterhalten!“

Zwei Sanitäter hoben den Mann auf eine Trage und schoben ihn in den Krankenwagen, der Arzt folgte ihnen und schüttelte den Kopf.

„Wir tun, was wir können, doch ich glaube, das war's."

„Thomas, komm hierher!", schrie Klaus Gerret und schwenkte seine Taschenlampe. „Hier liegt Sabines Jacke und auch die Geldtasche, leer natürlich!"

Der Hauptkommissar eilte zu Klaus und bückte sich zu der Jacke hinunter. Sie musste grob aufgerissen worden sein. Zwei Knöpfe fehlten.

„Fass sie nicht an", warnte Thomas Ohlendorf. „Am Kragen, das sieht aus wie Blut."

„Chef, ich glaube, da drüben liegt die Tatwaffe", meldete Sönke und richtete den Lichtkegel seiner Lampe auf eine Pistole. „SigSauer P6 9 mm – könnte Sabines Dienstwaffe sein."

Der Hauptkommissar nickte. „Pack sie ein und lass, verdammt noch mal, das Gelände absperren!"

Sönke stemmte die Hände in die Hüften. „Wo ist sie nur hin?", fragte er kopfschüttelnd.

„Vielleicht verfolgt sie einen der Entführer", warf Klaus ein, und seine Augen leuchteten.

Thomas Ohlendorf knurrte grimmig: „Oder sie begleitet ihn nicht freiwillig."

Klaus zog seine Waffe. „Dann wollen wir sie mal suchen gehen!" Ein strenger Zug verhärtete seine Lippen.

„Entschuldigen Sie, Herr Gerret, doch das überlassen Sie besser meinen Männern!", mischte sich der Einsatzleiter ein. „Die Herren von der Mordkommission sollten lieber bei ihren Schreibtischermittlungen bleiben."

„Wir brauchen Licht!", brüllte er in das Funkgerät. „Schickt den Hubschrauber und die Schnellboote los. Vermutlich mindestens ein Verdächtiger flüchtig – eventuell mit weiblicher Geisel!"

„Ich werde Sabine finden!", widersprach Klaus störrisch. Der Hauptkommissar legte beruhigend eine Hand auf seinen Arm.

„Am besten, wir suchen in Dreiergruppen, zwei von Ihren Leuten und einer von uns", schlug er vor. „Und du, Sönke, bleibst hier und passt auf, dass unsere Beweisstücke keine Beine bekommen!"

Einsatzleiter Fahrner nickte und rief seinen Männern ein paar Worte zu. Mit starken Lampen und gezückten Waffen verteilten sich die Männer über das Gelände. Im Werfthafen erhob sich knatternd der Hubschrauber. Das Licht seines Suchscheinwerfers huschte über das Firmengelände von Blohm und Voss und näherte sich dann dem Fährkanal. Die Schnellboote der Wasserschutzpolizei lösten die Leinen und zogen den Ring um das Gelände enger zusammen.

Er starrte auf die Leiche hinunter. Die Frau war nicht mehr ganz jung, doch schlank und gepflegt, das Gesicht dezent geschminkt. Sie trug nur ihre Unterwäsche und einen weißen Seidenschal um den Hals. Ihre Füße steckten in hohen Pumps. Den einen Arm abgewinkelt unter dem Kopf, den anderen weit von sich gestreckt, die Beine übereinandergeschlagen, sodass die Fersen auf der niederen Holzbank ruhten, lag sie in dem kleinen Boot. Sie sah aus, als ob sie schliefe oder sich sonnte. Der Mund war leicht geöffnet, die Augen geschlossen.

Der schmale Strahl seiner Taschenlampe huschte über sie hinweg. Immer wieder zuckte der Mann zusammen und sah sich rasch um. Er konnte ihre Stimmen hören. Noch hatten sie anscheinend keine Hunde dabei, doch offensichtlich machten sich mehrere Gruppen auf, das Gelände zu durchsuchen.

Der Fotoapparat wog schwer in seiner Hand. Sollte er es wirklich riskieren? Das Blitzlicht würde ihn vielleicht verraten. Und doch konnte er nicht widerstehen. Ein oder zwei Bilder und dann schnell in dem Gewirr aus Holz und Stahl untertauchen. Noch war keiner in der Nähe. Er musste sich beeilen. Jetzt oder nie!

Zweimal flammte der Blitz auf. In wilder Hast hängte der Mann sich die Kamera um den Hals und stemmte sich hoch. Sein Fuß verlor in dem schmierigen Morast den Halt, er rutschte vor und fiel gegen das Boot. Mit einem schmatzenden Geräusch befreite es sich aus den angeschwemmten Abfällen und glitt auf den Reiherstieg hinaus. Entsetzt starrte er dem Boot nach, doch dann kam wieder Leben in ihn. Geduckt hastete er zwischen dem an der Kaimauer aufgestapelten Eisenschrott entlang. Er musste den Damm erreichen und zurück zu seinem Auto gelangen, dann war er gerettet.

Außer Atem schob er sich durch die Lücke, die er vorher in den Zaun geschnitten hatte. Hinter einen Reifenstapel geduckt, ließ er den Blick die Straße entlangwandern. Ein Rettungswagen brauste mit Blaulicht an ihm vorbei, zwei Streifenwagen im Schlepptau. Sie hatten sicher schon Straßensperren errichtet, doch das musste ihn nicht kümmern. Er sah zu seinem Wagen hinüber. Nur ein paar Meter! Endlich schien die Luft rein. Die Männer der Einsatztruppe drüben an der vorderen Schranke wandten ihm den Rücken zu. Schnell erhob er sich, strich das Haar glatt und zwang sich dann, langsam zu seinem Wagen hinüberzugehen. Er hatte ihn fast erreicht, als eine Stimme erklang:

„He, Sie, bleiben Sie stehen! Was haben Sie hier zu suchen?“

Mit großen Schritten eilten zwei Polizisten in Kampfanzügen auf ihn zu. Er zwang sich zu einem Lächeln und drehte sich langsam um. Auch als einer der Beamten ihn am Arm packte, blieb das Lächeln in seinem Gesicht.

„Presse“, sagte er und deutete auf seinen Fotoapparat. „Ich war im Musical, als der Tanz hier losging.“

Sie dürfen nicht nach unten sehen, dachte er, und es war ihm, als brenne der stinkende Morast, der an seinem Hosenbein und den Schuhen klebte, auf seiner Haut.

„Können Sie sich ausweisen?“, fragte der eine barsch. Der andere lockerte die Pistole in seinem Halfter.

Mit zwei Fingern zog der Mann langsam seinen Presseausweis aus der Tasche und reichte ihn dem Beamten, der nur einen kurzen Blick darauf warf.

„Ist gut, aber nun verschwinden Sie!“

Erleichtert strich er sich das Haar aus dem Gesicht, grüßte freundlich und wandte sich dann ab. Der Autoschlüssel in seiner Hand zitterte, als er ihn im Schloss drehte. Rasch stieg er ein, startete und fuhr dann gemächlich los, obwohl es ihn drängte, das Gaspedal bis zum Anschlag durchzutreten. Vorn an der Argenbrücke wurde der schwarze Golf noch einmal angehalten, doch dann fuhr er unbehelligt in die Stadt zurück.

„Verdächtige Person mit Aktentasche flüchtet durch den alten Elbtunnel“, meldete der Beamte, der mit dem Pförtner vor den Überwachungsmonitoren saß.

„Schnappt ihn euch!“, rief der Einsatzleiter.

Einen breitkrempigen Hut tief ins Gesicht gezogen, verhüllt von einem langen beigen Mantel, eine braune Aktentasche unter dem Arm, eilte der Mann durch den langen, geraden Tunnel. Er überholte ein paar Musicalbesucher, die lachend und schwatzend auf dem Gehweg am Rand dahinschlenderten. Der Verdächtige sprang auf die schmale Fahrspur hinunter und überholte die Gruppe. Ein Wagen kam ihm entgegen und zwang ihn, wieder auf den Bürgersteig zu wechseln. Am anderen Ende des Tunnels angekommen, blieb er vor den Aufzügen stehen. Beide waren gerade oben. Sein Blick irrte unstet umher. Warum ging das nicht schneller? Kurz entschlossen eilte er auf die Stufen zu, die am Rand des tonnenförmigen Schachtes nach oben führten. In einer langen Schleife wand sich die Treppe hinauf. Die vorher noch frischen Schritte verlangsamten sich, der Atem wurde schneller. Mit einem Seufzer erklomm der Mann die letzte Stufe und stieß die Tür auf. Ein kalter Luftschwall brandete ihm entgegen. Geschafft! Erleichtert trat er ins Freie, doch plötzlich griffen von beiden Seiten Hände nach ihm und hielten ihn fest. Grob wurden seine Arme auf den Rücken gedreht, Handschellen schnappten ein.

„Sie sind verhaftet. Sie haben das Recht zu schweigen. Alles, was Sie sagen, kann gegen Sie verwendet werden."

Der Beamte zog den Hut herunter. Braunes, lockiges Haar fiel auf die Schulter herab, und er sah in das Gesicht einer jungen Frau, die ihn aus großen braunen Augen anstarrte.

„Der Helikopter hat etwas gefunden", knarzte eine Stimme im Funkgerät. Der Einsatzleiter wechselte die Frequenz. Er stand mit Sönke Lodering im Dunkeln vor dem Lagerhaus und starrte zu dem Lichtkreis, in dessen Mitte eine Jacke lag. Einige Meter weiter hatte sich der Boden dunkel verfärbt. Der Krankenwagen mit der Leiche war inzwischen abgefahren, ein anderer wartete bei der vorderen Schranke.

„Fahrner hier, ich höre!"

Das Knattern der Rotorblätter schmerzte in seinem Ohr, doch dann erklang die Stimme des Piloten erstaunlich klar.

„Unter uns treibt ein Ruderboot. Da liegt jemand drin. Warten Sie, ich gehe noch ein Stück runter."

Sönke trat zu Polizeioberkommissar Fahrner heran und lauschte der Stimme des Piloten.

„Es ist eine Frau in Unterwäsche. Sie hat einen Schal um den Hals. Sie rührt sich nicht. Ich würde sagen, sie ist bewusstlos oder tot."

„Schiete, Schiete, Schiete", fluchte Sönke und ballte die Fäuste. „Wie sieht sie aus, fragen Sie ihn, wie sie aussieht!"

Der Einsatzleiter drückte die Sprechen-Taste. „Wir vermissen eine Kollegin vom LKA 41 – dunkelblondes, schulterlanges Haar, schlank, zweiunddreißig Jahre."

„Schwer zu sagen", gab der Pilot zurück. „Könnte schon sein. Die Blauen sollen sich das mal ansehen. Ich sehe die Stern II. in der Nähe. Ich funke sie an, sie sollen das Boot einfangen. Over." Sönke ging unruhig vor der Lagerhalle auf und ab. Es war wie ein Albtraum. Wie waren sie nur in diese Katastrophe hineingeraten?

„Hallo, Sönke", hörte er da plötzlich eine Stimme hinter sich. „Habt ihr Sabine schon gefunden? Ein Typ an der Schranke hat mir gesagt, sie ist verschwunden." Mit besorgter Miene trat der Polizeifotograf zu den beiden Männern.

„Der Heli hat ein Ruderboot mit einer bewusstlosen Frau entdeckt – ich glaube nicht, dass das Sabine ist", antwortete Sönke trotzig.

„Was soll ich hier fotografieren? Die schnellen Jungs vom Rettungsdienst haben die Leiche ja schon mitgenommen."

Sönke zuckte die Schultern. „Weiß nicht. Da musst du auf Thomas warten."

„Ich gehe ihn suchen."

„He", rief ihm der Einsatzleiter hinterher, „hier strolcht niemand alleine durchs Gelände!"

Doch Björn Magnus hörte nicht auf ihn und verschwand in der Dunkelheit. Einige Zeit sahen und hörten sie nichts von ihm, doch dann erklang vom Dock her ein Schrei, ein Klirren und ein dumpfer Schlag. Edgar Fahrner schickte noch zwei Männer los, die bisher nur gelangweilt an der Schranke gestanden hatten, doch sie konnten den Fotografen nicht finden.

Der Plan ist scheiße, hat der Skorpion ja gleich gesagt. Aber ich muss ja so dämlich sein und mich auf so was einlassen! Wenn mir nur nicht diese Spielschulden im Nacken säßen! Die fünfhundert Mille hätten mich gerettet. Warum muss der Kerl immer recht behalten?, haderte er mit sich. Er hat mich gewarnt, und nun sitze ich hier in dieser Mausefalle.

Wie konnte das nur passieren? Hatte die Kommissarin die Nerven verloren und Holger über den Haufen geschossen? Michael Schmieder, den die Jungs vom Kiez den blauen Michel nannten, sah noch einmal, wie Holger von der Wucht der Geschosse nach hinten geworfen wurde und dann zusammengekrümmt auf dem Boden liegen blieb, die Schreie gellten in seinen Ohren. Wahrscheinlich war er inzwischen tot. Plötzlich überlief es ihn eiskalt. Hoffentlich war er tot! Wenn die Bullen ihn zum Reden brächten, wäre auch seine Zeit in Hamburg vorbei!

Warum war ich nur so blöd!, schimpfte er leise vor sich hin und lauschte dann wieder in die Dunkelheit. Sicher würden sie bald beginnen, das Gelände systematisch zu durchkämmen, womöglich hatten sie Hunde dabei. Doch plötzlich huschte ein Lächeln über sein Gesicht.

Ganz so blöd, mich nur auf Holger zu verlassen, war ich allerdings auch wieder nicht! Welch gute Idee, noch einen zweiten Fluchtplan zu entwerfen! Nicht umsonst hatte er harte Jahre bei den Marinetauchern zugebracht. Nun würde das vielleicht seine Rettung sein und ihn noch dazu – wenn alles glattging – reich machen!

Es war nicht einfach, in seinem engen Versteck unter dem Gerüst am Kiel der „Svenja“, zwischen den am Wasser gestapelten rostigen Blechen, in den Trockentauchanzug zu schlüpfen. Es würde kalt werden, denn auf den wattierten Overall, den er sonst beim Tauchen in kalten Gewässern unter der dichten Folie trug, hatte er verzichtet. Auch hatte er nur eine kleine Aluminiumflasche mit sieben Liter Pressluft am Tag vorher hier deponiert. Das musste genügen! Michael Schmieder zog seine Stiefel aus, schlüpfte in den gummiartigen Tauchanzug und zog ihn hoch.

Vielleicht wird mich das Geld ein wenig wärmen, dachte er grinsend, als er die sauber gepackten Bündel in den Anzug stopfte. Er klipste das Jackett zu, zog den Lungenautomaten nach vorn und klemmte die Flossen unter den Arm.

Jetzt kam der gefährlichste Teil. Es waren nur drei Meter bis zum Wasser, doch wenn ihn jetzt ein Scheinwerfer erfasste, wurde es kritisch. Vorsichtig schob er eines der Bleche zur Seite und spähte hinaus. Weiter unten sah er den Hubschrauber über dem Reiherstieg kreisen. Eines der Schnellboote war direkt unter ihm. Mit Bootshaken versuchten die Männer etwas Großes heranzuziehen.

Gut, die sind beschäftigt, dachte er erleichtert. Gebückt stand er da. Er fühlte sich plump und unbeweglich unter der Last seiner Tauchausrüstung. Auch waren die Zeiten vorbei, da es nur trainierte Muskeln unter seiner Haut gegeben hatte. Noch einmal atmete er tief durch, dann ging er los. Um ihn herum blieb alles ruhig: keine Rufe, keine Lichter in der Nähe. Das Wasser glänzte dunkel zu seinen Füßen. Die Beine bereits im eisigen Nass, setzte er sich hin und zog die

Flossen an. Er hatte den Lungenautomaten schon im Mund und wollte sich gerade die Taucherbrille über Augen und Nase ziehen, als er plötzlich den Mann sah. Der blaue Michel zuckte zusammen. Keinen Meter von ihm entfernt stand er, die Hände in die Hüften gestützt, und sah auf den Taucher herab.

Wo kam der denn her? Panisch tastete er nach einer Waffe. Da fühlte er plötzlich eine Eisenstange in seiner Hand. Der Typ hatte noch kein Wort gesprochen. Nun kam er einen Schritt näher. Es schien Michael, als sei er riesig. Langsam bückte sich der Mann. Michael umklammerte die Eisenstange. Noch nicht, noch nicht – jetzt!

Auf seine Armmuskeln konnte er sich immer noch verlassen. Das müsste reichen! Die Stange sauste auf das schattenhafte Gesicht zu, doch plötzlich schnellte eine weiße Hand nach oben und fing das Eisen ab. Es war, als habe Michael auf Stahl geschlagen. Er stöhnte vor Überraschung und Schmerz auf. Bevor er sich versah, hatte der Fremde ihm die Stange aus der Hand genommen. Klirrend rollte sie über den abschüssigen Beton und versank dann mit einem Glucksen im tiefen Hafenbecken.

„Aber, aber …", stotterte Michael, als die schmale Hand mit den übermenschlichen Kräften nach ihm griff. Zwei rote Augen leuchteten in der Finsternis, eiskalter Atem streifte sein Gesicht. Er begriff, dass er verloren hatte. Fast teilnahmslos ließ er sich die Haube vom Kopf ziehen. Er spürte, wie die Halsmanschette des Tauchanzuges zerriss.

„So begegnen wir uns wieder", raunte eine dunkle Stimme. „Das letzte Mal hat es nicht wehgetan, doch heute ist mir, als sei der Wolf in mir erwacht!"

Michael blieb keine Zeit, über die merkwürdigen Worte nachzudenken. Messerscharfe Zähne legten sich an seine

Kehle, bissen brutal zu und rissen eine klaffende Wunde auf, aus der das Blut in hellroten Stößen hervorsprudelte. Die Hand vor Michaels Mund unterdrückte seinen Schrei. Mit Kraft schoss das Blut in Peter von Borgos Mund. Welch Gewalt, welch Leben sog er in sich auf! Zu beiden Seiten troff der Saft aus seinen Mundwinkeln, doch das störte ihn nicht. Er war in einen Zustand der Raserei verfallen, trank und schluckte nur noch und fühlte die Kraft des Lebens in sich, bis der Strom nach und nach versiegte. Ein paar Atemzüge noch, ein paar Herzschläge, dann würde das Leben in seiner Hand erlöschen. Mit einem Hauch von Bedauern löste sich der Vampir von seinem Opfer – hielt es noch einen Augenblick mit ausgestrecktem Arm von sich und ließ es dann ins Wasser gleiten. Flossen, Haube und Taucherbrille kickte er hinterher.

Die Kälte der winterlichen Elbe holte Michael Schmieders Geist noch einmal zurück. Das Letzte, was er wahrnahm, war das eisige Wasser, das ihm in die Lunge drang.

Björn Magnus humpelte zwischen der Betonwand und dem abgestützten Schiffsrumpf auf eine Leiter zu, die an Deck hochführte. Sie muss hier doch irgendwo sein!, dachte er voller Panik. Knie und Hände schmerzten, als er die Sprossen ergriff und langsam an der Außenwand hinaufkletterte. Eine bleiche Mondscheibe trat hinter den Wolken hervor und ließ die frisch grüne Farbe auf dem Schiffsstahl glänzen. Björn ließ die Taschenlampe stecken und ging vorsichtig weiter. Seine Augen hatten sich an die Dunkelheit gewöhnt. Er schritt das Deck ab und überlegte gerade, ob er in die Laderäume hinuntersteigen sollte, als er ein leises Stöhnen vernahm. Bewegte sich dort etwas hinter den Taurollen? Mit zwei schnellen Schritten war er dort und kniete sich nieder.

Seine Hand tastete über wirres Haar, einen Jeanshemdkragen und einen Strickpullover. Wieder stöhnte die Gestalt, die zusammengekrümmt zu seinen Füßen lag.

„Sabine", flüsterte er und nahm ihr Gesicht in seine Hände, „Sabine, kannst du mich hören?"

Er fühlte ihren Puls, der deutlich unter seinen Fingern pochte, doch noch immer schien sie ohne Bewusstsein.

„So ein Mist, so ein verfluchter Mist. Wie konnte das passieren?" Er schob seinen Arm unter ihre Schulter.

Die Schritte auf dem Deck hörte er erst, als sie schon fast hinter ihm waren. Er fuhr herum, sodass der erste Schlag fehlging, doch der zweite Faustschlag traf ihn ins Gesicht.

„Herr Ohlendorf, weg da", schrie eine Stimme wütend, „das ist unsere Sache!"

Björn duckte sich unter dem nächsten Schlag hindurch. „Aufhören!", stöhnte er. „Herr Ohlendorf, bitte, ich bin es, Björn Magnus!"

Der Hauptkommissar ließ die Faust sinken. „Verdammt, was machen Sie hier? Und noch dazu alleine!"

„Es war nur wegen Sabine. Ich musste sie einfach finden", verteidigte sich der Fotograf kleinlaut.

„Ist schon gut", beschwichtigte ihn Thomas Ohlendorf und hob den Oberkörper der Kommissarin vom Boden. „Fassen Sie mal mit an", forderte er einen seiner Begleiter von der mobilen Einsatztruppe auf. Gemeinsam trugen sie Sabine die schmale Treppe hinunter in den Maschinenraum und hievten sie dann durch eine Öffnung im Rumpf hinaus. Björn Magnus humpelte schweigend hinterher.

In der Eppendorfer Klinik

Ihr Kopf dröhnte, der Hals schmerzte zum Zerspringen. Sie versuchte zu schlucken, doch es ging nicht. Was war geschehen? Sie spürte wieder die Hände um ihren Hals, hörte den Schuss und fühlte, wie sie nach hinten gerissen wurde, dann der Schlag und danach – Finsternis. Ihre Hände krümmten sich und griffen in eine weiche Decke. Nun hörte sie leise Stimmen, zwei Männer flüsterten miteinander. Es roch nach steriler Sauberkeit, doch plötzlich war ihr, als dringe der Duft von Rosen in ihre Nase. Verwirrt öffnete Sabine die Augen.

„Ich glaube, sie ist wach“, meinte Hauptkommissar Ohlendorf und trat einen Schritt näher an das Bett heran, doch Klaus Gerret drängte sich dazwischen und streckte ihr einen riesigen Strauß lachsfarbener Rosen entgegen. Nun näherte sich auch Sönke Lodering dem Bett.

„Was machst du denn, mien Deern? Du kannst uns doch nicht solch einen Schreck einjagen!“, sagte er vorwurfsvoll, und seine Augen glänzten feucht. Er griff nach ihrer Hand und drückte sie.

„Schöne Rosen“, krächzte Sabine und berührte die halb geöffneten Blüten.

„Die sind von uns allen.“

Ein Grinsen huschte über Klaus' Lippen. „Auch wenn Björn mehr für rote Rosen war“, ergänzte er.

„Björn …“, hauchte sie leise, und ihre Stirn legte sich in Falten. Hauptkommissar Ohlendorf zog sich einen Stuhl ans Bett und setzte sich.

„Magnus hat dich als Erster auf dem Schiffsdeck gefunden. Na ja, und ich habe ihm einen Schlag versetzt, weil ich ihn nicht erkannte."

Sabine sah ihn mit großen Augen an. Klaus kicherte. „Der Chef ist richtig rambomäßig ausgetickt. Björns eigene Mutter würde ihn zurzeit nicht wiedererkennen."

Der Hauptkommissar räusperte sich verlegen. „Mich würde viel mehr interessieren, was vorgefallen ist. Warum lag deine Jacke mit dem Mikrofon unten und was hast du auf dem Schiff gemacht?"

Sabine kaute auf ihrer Lippe. „Keine Ahnung. Ich ging mit der Tasche an den Docks vorbei bis zu der ersten Lagerhalle, das weiß ich noch, und da hat mich jemand von hinten angegriffen und gewürgt. Ich erinnere mich noch an einen Schuss und dass ich nach hinten fiel."

„Hast du den Laabs erschossen?", fragte Klaus neugierig.

„Wen?" Sabine richtete sich halb in ihrem Bett auf und starrte die Männer mit großen Augen an.

„Den Zuhälter von Ronja, Holger Laabs, der sich beim Verhör an gar nichts mehr erinnern konnte! Bauch- und Lungenschuss!"

„Ist er tot?", fragte Sabine.

Der Kriminalhauptmeister nickte. „Ja, und leider so schnell, dass er uns nichts mehr verraten konnte."

„Und was ist mit dem anderen?", flüsterte sie heiser.

„So wie es aussieht, wollte der mit dem Geld durchs Wasser ausbüxen, doch das hat nicht ganz geklappt. Die blauen Jungs haben vor zwei Stunden eine Leiche bei der Ellerholzschleuse herausgefischt, deren Tauchanzug mit dem Lösegeld gepolstert war."

„Was ist mit ihm passiert?", fragte Sabine.

Hauptkommissar Ohlendorf zuckte die Schultern. „Das

muss die Obduktion herausfinden. So wie es aussieht, ist er verblutet oder ertrunken. Er hatte eine klaffende Wunde am Hals. Vielleicht ist er einem Boot zu nahe gekommen."

Die Kommissarin schloss die Augen. Da war etwas, an das sie sich unbedingt erinnern musste. Ein dunkler Schatten huschte durch ihr Gedächtnis, doch sie konnte ihn nicht festhalten. Thomas' eindringliche Stimme rief sie wieder zurück.

„Sabine, denk nach, waren es mehr als zwei?"

Sie blinzelte und verzog gequält das Gesicht. „Ich kann mich nicht erinnern. Vielleicht fällt mir später noch etwas ein."

„Und noch etwas Interessantes …", begann der Hauptkommissar, doch da ging die Tür auf, und der Arzt erschien mit einer Schwester im Schlepptau. Er schüttelte den Männern die Hand, bat sie dann jedoch zu gehen.

„Wie lange wird Frau Berner hierbleiben müssen?", fragte Hauptkommissar Ohlendorf.

„Genau kann ich es noch nicht sagen. Sie hat Quetschungen am Hals und eine leichte Gehirnerschütterung. Ein paar Tage müssen Sie schon auf Ihre Kollegin verzichten."

Die Krankenschwester lächelte verbindlich und schob die Männer dann zur Tür hinaus.

Als der Arzt sie allein gelassen und die Schwester ihr Tee und ein wenig Suppe aufgenötigt hatte, schlief Sabine erschöpft ein. Immer wieder schwebte der Schatten durch ihre Träume. Sie griff nach ihm, doch er schlüpfte ihr durch die Finger. Dann war es ihr, als öffne sich die Tür. Ein Mann kam herein. Rote Rosen regneten auf Sabine herab, bis die weiße Bettdecke ganz unter den blutig roten Blüten verschwand. Sie sah Björns Gesicht über sich schweben. Sein Lächeln, seine Lippen waren ganz nah. Sie konnte seinen Atem spüren, doch ihr Bett fühlte sich so eng und unbequem an. Der süße Rosenduft machte das Atmen schwer. Mit Schrecken bemerkte sie, dass sie in einem mit Satin ausgeschlagenen Sarg lag. Zwei große Hände umspannten ihren Hals. Sabine versuchte sich zu wehren, öffnete die Lippen zu einem Schrei, doch nur ein heiseres Röcheln kam aus ihrem Mund. Sie fiel in die Tiefe und dachte schon, nun sei es zu Ende, da drang kühle Luft in ihre Lungen. Gierig sog Sabine die Luft ein, der Brustkorb spannte sich. Da legte sich eine eiskalte Hand auf die ihre und streichelte sie sanft. Sabines Finger tasteten nach der schmalen, gepflegten Hand und strichen über einen kantigen Ring. Ihre Augenlider flatterten.

„Peter", seufzte sie und warf sich auf die andere Seite. Er war da. Sie konnte ihn ganz deutlich spüren und seine bleiche Gestalt durch die geschlossenen Lider sehen. Wenn sie nur aufwachen könnte. Sie musste mit ihm reden und ihn etwas ganz Wichtiges fragen. Wenn es ihr doch nur wieder einfallen würde, was es war. Sabine versuchte die Augen zu öffnen, doch die bleierne Schwere in ihrem Geist und Körper hielt sie beharrlich im Reich der Träume fest. Ruhelos warf sie sich von einer Seite auf die andere.

Als es ihr endlich gelang, dem Schlaf zu entfliehen und die Augen zu öffnen, drang graues Morgenlicht ins Zimmer. Scheppernde Geräusche auf dem Flur kündigten das Frühstück an.

Er war auf dem Werftgelände gewesen!, fiel es ihr plötzlich wieder ein. Warum? Warum nur?, dachte sie verzweifelt, doch für Tränen war jetzt nicht die rechte Zeit. Entschlossen warf Sabine die Bettdecke zurück und tappte in ihrem unförmigen Nachthemd in den Flur zum Telefon. Sie erwischte Sönke zwischen Dusche und Frühstück.

„Sönke, bist du schon wach?"

„Hm, was gibt's?“

„Hör mir gut zu. Am Dienstag war noch jemand auf dem Werftgelände unterwegs. Es ist mir eben erst wieder eingefallen. Ich habe Peter von Borgo alias Mascheck gesehen!“

„Das ja 'n Ding!“

Am anderen Ende war erst einmal Stille. Die Worte waren heraus, doch die Kommissarin fühlte sich, als habe sie einen Freund verraten und ihm großes Unrecht zugefügt. Aber seine Anwesenheit auf dem Werftgelände ließ nur einen Schluss zu! Viel zu lange hatte sie Rechtfertigungen für sein Verhalten ersonnen.

„Vielleicht findet ihr ihn in seiner Villa am Baurs Park. Ansonsten muss er eine Wohnung in der Nähe der Speicherstadt haben. Leider weiß ich nicht genau, wo. Wenn ihr ihn nicht gleich kriegt, dann soll Thomas ein Observationsteam für die Villa besorgen.“

„Ich werde es ihm sagen.“

Sabine legte auf. Einige Augenblicke stand sie da und sah an dem verwaschenen Flanellnachthemd herunter, das einen undefinierbaren Grünton angenommen hatte, dann wählte sie Ingrids Nummer und bat die Freundin, ihr ein paar Sachen aus ihrer Wohnung zu holen.

„Oh mein Gott, du warst doch nicht etwa in diese Sache im Hafen verwickelt? Was ist denn passiert?“

In kurzen Worten fasste die Kommissarin die Ereignisse zusammen, soweit sie diese ihrer Freundin mitteilen durfte.

„Ach, Sabine, in was bist du da nur reingeraten?“, stöhnte Ingrid. „Das klingt ja unglaublich. Die Zeitungen sind voll davon. In der *Mopo* ist vorn ein riesiges Foto von der ermordeten Frau in dem Boot. Ich darf gar nicht daran denken, dass der dich fast erwischt hat. Und dann noch der Skandal um die Tochter von Senator Weber. Er tobt und hat seiner

Tochter den teuersten Anwalt besorgt, aber noch sitzt sie anscheinend in Untersuchungshaft."

Sabine blinzelte und versuchte ihre Kopfschmerzen zu ignorieren. „Wovon sprichst du eigentlich? Ich dachte, ein Mann wurde erschossen."

„Ja, das auch, die Presse sagt, er sei bei der Geldübergabe von einer Kommissarin der Kripo erschossen worden. Sabine, hast du – ich meine …"

Der Mund der Kommissarin war nur noch ein schmaler Strich. „Komm so schnell du kannst und bring mir alle Zeitungen mit, die du erwischen kannst." Langsam legte sie den Hörer auf.

„Frau Berner, was machen Sie denn hier? Der Arzt hat Ihnen noch nicht erlaubt aufzustehen – und noch dazu barfuß! Also wenn Sie ein paar Jahre jünger wären, dann würde ich sagen: Marsch ins Bett!"

Sabine beugte sich dem Funkeln der grauen Augen und ließ sich von der Schwester ins Bett zurückscheuchen.

„Ich muss gehen!", murmelte Sabine, doch die Schwester zog resolut die Bettdecke bis an ihr Kinn. Neben ihren Mundwinkeln erschienen zwei Grübchen, und eigentlich sah sie trotz des streng nach hinten gekämmten grauen Haares ganz nett aus.

„Heute gehen Sie nirgends mehr hin. Sie dürfen schlafen und essen und wieder schlafen und sonst gar nichts. Überlassen Sie die Arbeit einfach Ihren Kollegen. Es sind zwar nur Männer, aber die paar Tage werden die das schon ohne Sie hinkriegen." Sabine konnte sich ein Grinsen nicht verkneifen. „Sie sind nicht zufällig verheiratet, Schwester Margarete?"

Die Augen zwinkerten. „Gott bewahre, nein! Meine störrischen Patienten reichen mir völlig. Abends brauche ich meinen Frieden."

Sabine trank noch einen Becher Tee, dann döste sie vor sich hin, bis Ingrid Kynaß mit einer kleinen Reisetasche unter dem Arm eintrat.

„Hat das mit dem Schlüssel geklappt? War Lars zu Hause?"

Ingrid klopfte auf die Tasche. „Befehl ausgeführt. Ich habe alles hier drinnen." Sie begann Waschsachen und Kleider auszupacken.

„Zuerst dachte ich, du hättest mich in die Höhle eines Zombies geschickt", erzählte sie grinsend, ohne auf Sabines fragenden Blick zu achten, „doch dann habe ich tief drinnen den smarten Jungschriftsteller erkannt, den ich mal bei dir getroffen habe. Momentan geht er jedoch gebeugt wie der Glöckner von Notre-Dame, zieht auch sehr malerisch den Fuß nach und kann mit seinem geschwollenen Gesicht und dem blauen Auge ohne weitere Schminke als Quasimodo auftreten."

„Was ist passiert?", fragte Sabine erschrocken.

„Ein wild gewordener Hund hat ihn vom Fahrrad geworfen – sagt er, doch für mich sieht das eher so aus, als habe er sich ordentlich geprügelt."

„So, so", murmelte Sabine, verschränkte die Arme hinter dem Kopf und ließ sich in ihre Kissen zurücksinken.

„Hier sind übrigens deine Zeitungen."

Ingrid ließ den Stapel auf das Bett plumpsen. Ganz oben lag die *Morgenpost* mit dem Bild der Toten im Ruderboot. Eine Stunde lang vergrub sich die Kommissarin in ihre Lektüre, dann rief sie von Ingrids Handy aus, das sie ihr dagelassen hatte, im Präsidium an, doch die Kollegen waren im Einsatz – in Blankenese, fügte die Sekretärin hinzu. Die Kommissarin verbrachte zwei Stunden voller Ungeduld, dann endlich erreichte sie Thomas Ohlendorf.

„Und?"

„Der Vogel ist ausgeflogen. Wir haben uns das nette Anwesen etwas genauer angesehen, doch viel ist nicht dabei herausgekommen. Außer einem fensterlosen Schlafzimmer im Keller ist uns nichts Ungewöhnliches aufgefallen."

„Wie hast du so schnell einen Durchsuchungsbefehl bekommen?", wunderte sich Sabine.

„Na, wenn es um Leib und Leben einer verehrten Kollegin geht, ist selbst die Staatsanwaltschaft schneller als sonst", erwiderte der Hauptkommissar trocken.

„Und wie geht es jetzt weiter?"

„Wir lassen die Villa beobachten. Vielleicht ist er so unvorsichtig, zurückzukommen. Außerdem schicke ich dir unseren Phantombildcrack mit seinem Notebook ans Bett. Ich möchte so schnell wie möglich eine Suchmeldung rausgeben. – Hat der Arzt schon gesagt, wann du entlassen wirst?"

Sabine seufzte. „Nein, doch ich schwöre dir, die halten mich hier nicht lange fest!"

„Jetzt mach mal langsam! Du hast ganz schön was abgekriegt. Wir schaffen das ein paar Tage auch ohne dich."

„Das hat meine Krankenschwester auch gesagt, obwohl sie keine sehr hohe Meinung von den Fähigkeiten der Männer hat."

Der Hauptkommissar knurrte. „Sonst noch was?"

Sabines Blick fiel auf die *Morgenpost* neben ihrem Bett. „Ja, beispielsweise wüsste ich gerne, was das Aufreißerfoto in der *Mopo* heute Morgen zu bedeuten hat!"

Thomas Ohlendorf brummte unwillig. „Das würde mich auch interessieren! Vor allem wüsste ich gern, wie die an das Bild herangekommen sind, doch die verschanzen sich mal wieder hinter ihrer Pressefreiheit und dem Informantenschutz."

„Wer ist die Tote und was hat die Geschichte von der Senatorentochter damit zu tun?"

„Die Ermordete war Sekretärin der Norderwerft und wollte am Dienstag Überstunden machen, und die Senatorentochter wurde am Ende des alten Elbtunnels aufgegriffen. Sie kam dem Kollegen am Überwachungsschirm verdächtig vor, da sie eine Aktentasche trug und es ziemlich eilig hatte."

Sabine runzelte die Stirn. „Und wo liegt das Problem? So ein Missverständnis lässt sich doch leicht aus der Welt schaffen."

„Ganz so einfach ist das nicht. In der Tasche waren neue Kinderkleider, ein Teddybär, Lebensmittel und in einer Innentasche Fotos – eindeutige Fotos."

„Puh", stieß Sabine aus. „Wie alt ist die Dame?"

„Siebzehn."

„Und was sagt sie dazu?"

„Erst hat sie behauptet, ein Mann hätte ihr die Tasche gegeben und ihr fünfzig Euro geboten, wenn sie diese schnell zu den Landungsbrücken rüberbringt. Dann sagte sie, sie habe geglaubt, er sei ein Polizist. Die letzte Aussage lautet, die Tasche stamme aus einem Wagen, der unverschlossen auf dem Parkplatz vor der Musicalhalle stand."

„Und was glaubst du?"

„Ich glaube an Zufälle, und dieser Zufall hat uns eine kleine Autoaufbrecherin geschickt – ob Papa das nun hören will oder nicht."

„Die Frage ist, ob uns das weiterbringt."

„Das Material wird im Labor ausgewertet. Immerhin gibt es uns die Hoffnung, dass das Kind noch lebt."

Die Tür öffnete sich und ließ Lars Hansen herein. Mit einer roten Rose bewaffnet, hinkte er ans Bett heran und ließ sich dann mit einem Stöhnen auf einen Stuhl sinken. Hastig verabschiedete sich Sabine von Thomas und legte auf.

„Meine Vampirgeschichte ist fertig. Soll ich dir was vorlesen?“ Sabine nickte erschöpft und legte sich in ihre Kissen zurück, um seiner Stimme zu lauschen.

„Ich habe gestern mit einem Krimi angefangen“, verriet Lars, als er die letzte Seite weggelegt hatte. „Du kommst auch drin vor, doch mehr verrate ich noch nicht. Erst wenn das Buch fertig ist. Das wird eine Überraschung. Ich kann es jetzt schon kaum erwarten!“

Er legte die eng beschriebenen Blätter in seinen Ordner zurück und klappte ihn zu. Als er ihn hochhob, rutschte etwas zwischen den Seiten hervor und flatterte auf die Bettdecke. Hastig griff Lars danach, doch Sabine war schneller. Ein Schrei entfuhr ihren Lippen, als ihr Blick in die geöffnete Brust eines Mannes tauchte. Lars riss ihr das Foto aus der Hand und steckte es in seine Mappe zurück. Seine Wangen färbten sich rot.

„Was ist denn das?“, fragte Sabine streng.

„Das ist eine Leiche“, antwortete er leise und schlug die Augen nieder.

„Das ist mir nicht entgangen, doch woher stammt das Foto und was willst du damit?“

„Ein Freund – er studiert Medizin – hat mich zu seinem Sezierkurs mitgenommen. Du verstehst das nicht. Ich kann nicht über Dinge schreiben, die ich nie gesehen habe“, verteidigte sich der junge Mann. „Ich mache mir von allen möglichen Dingen Fotos, und wenn ich dann eine Szene schreibe, dann breite ich die Bilder auf dem Schreibtisch aus …“

„So, so“, murmelte Sabine.

Lars sah sie fragend an, doch plötzlich erhellte sich seine Miene.

„Nimmst du mich mal mit zu deinen Ermittlungen? Dann könnte ich meinen Krimi doch viel realistischer schreiben. Die Spurensicherung und Verhöre und …"

„Vergiss es!", schnitt ihm die Kommissarin das Wort ab und schloss erschöpft die Augen.

Von nun an gaben sich die Besucher die Klinke in die Hand. Als Nächster kam der Phantombildzeichner, doch die Kommissarin merkte schnell, dass sie ihm keine große Hilfe war. Wie konnte das sein? Die Gesichter ihrer Kollegen, aber auch flüchtige Bekannte sah sie ganz deutlich vor sich, doch es wollte ihr nicht gelingen, Peter von Borgos Gesichtszüge festzuhalten. Es war, als schwebe eine Nebelwolke zwischen ihr und seinem Bild. Er war groß und blass, hatte schwarzes Haar und ein ebenmäßiges, bartloses Gesicht – mehr war aus ihr nicht herauszuholen. Unbefriedigt fuhr der Beamte zum Präsidium zurück.

Danach kamen Björn und später noch Sönke und Klaus zu Besuch und berichteten ausführlich von der Durchsuchung der Blankeneser Villa. Um sieben sah Schwester Margarete noch einmal nach der Patientin und verscheuchte – als letzte Amtshandlung ihrer heutigen Schicht – die beiden letzten Besucher. Sabine war blass, und ihr Kopf hämmerte. Dankbar kuschelte sie sich in ihr Kissen und fiel in tiefen Schlaf.

Die Erfüllung ist nah!

Wieder etwas kräftiger, doch noch immer mit Kopfschmerzen, wurde Sabine am Samstag aus der Universitätsklinik in Eppendorf entlassen. Blass und still saß sie daheim in ihrem Sessel, trank Tee und starrte in das Novembergrau hinaus.

Ich muss mich ablenken, dachte sie. Wie wäre es mit einem Bummel durch die Mönckebergstraße – verbunden mit diversen kleinen Einkäufen? Das hatte bisher immer geholfen, trübe Stimmungen zu vertreiben. Sie schlüpfte in ihre Jacke, wickelte den Schal um den Hals und verließ das Haus.

Während die Kommissarin die Lange Reihe entlangging, dachte sie an Lilly, das kleine rotblonde Mädchen, das nun schon seit Wochen in der Gewalt ihrer Entführer und Peiniger war, doch noch immer hatte die Kripo keine heiße Spur. Die Fingerabdrücke, die sie an der Tasche und auf den Gegenständen darin gefunden hatten, besagten nur, dass sie von Menschen stammten, die in der Datei nicht gespeichert waren.

Die Tochter des Senators war inzwischen wieder auf freiem Fuß. Sie war zu ihrer ersten Geschichte zurückgekehrt, und da sich ohne das aufgebrochene Auto und ohne einen bestohlenen Wagenhalter nichts machen ließ, wurde die Anklage fallen gelassen.

Eine Überraschung brachte die Leiche des Tauchers. Eine DNA-Analyse bewies, dass er der zweite von Nadines Vergewaltigern war. Jetzt war nur noch der Skorpion flüchtig. Nadine war gestern aus dem Krankenhaus entlassen worden. Die

Kommissarin hatte vorher noch einmal mit ihr gesprochen. Als die beiden Frauen zusammen durch die leeren Flure schritten, erzählte Nadine leise von ihren Träumen und von ihren Ängsten. Sie hatte die Drogen aus Ronjas Wohnung genommen. Die Cracksteine hatte sie selbst verbraucht, doch das Ecstasy wollte sie in den Discos auf dem Kiez verkaufen. Sie wusste, dass es gefährlich war, dass der Drogenmarkt in festen Händen war, die bereit waren, ihr Revier mit allen Mitteln zu verteidigen.

„... aber es war zu verlockend, eine Zeit lang nicht anschaffen gehen zu müssen", sagte sie leise und sah die Kommissarin flehend an.

„Hat Holger Laabs Ihnen die Typen auf den Hals geschickt?"

Nadine zögerte. „Nein, das glaube ich nicht. Er hat mir selbst ein paar Tage vorher aufgelauert und mich geschlagen, weil er den Verdacht hatte, ich könnte sein Zeug haben." Sie überlegte. „Nein, ich glaube, es waren die Albaner. Sie haben den Kiez im Griff und lassen nicht zu, dass ihnen jemand reinpfuscht."

„Und was war mit Holger?"

„Der hatte selbst die Hosen voll. Er konnte seine Lieferung nicht bezahlen. Die Eintreiber standen bei ihm auf der Matte. Eine Weile ist er untergetaucht, doch als die Kripo ihn zurückholte, sind ihm offensichtlich auch seine Lieferanten wieder auf die Spur gekommen. Er suchte verzweifelt nach Geldquellen. Jedes seiner Mädchen hat er bis zum letzten Hemd ausgequetscht." Sie zuckte die Schultern. „Ist ja klar, das Wasser stand ihm bis zum Hals."

Und dann kam ihm die Idee mit dem Lösegeld, dachte die Kommissarin. Laut fragte sie:

„Ist noch etwas von den Drogen übrig?"

„Nein!“, sagte Nadine mit fester Stimme, doch Sabine wusste, dass sie log.

„Was werden Sie nun machen?“, fragte die Kommissarin, als sie wieder vor Nadines Zimmer standen.

„Ich weiß noch nicht genau. Wahrscheinlich werde ich mich nach Berlin durchschlagen. Was macht das schon für einen Unterschied – Hamburg, Berlin. Hier in der Szene sollte ich mich jedenfalls für eine Weile nicht blicken lassen. Ob Sie den Skorpion nun kriegen oder nicht.“

Was Nadine wohl gerade machte? Ohne auf ihre Umgebung zu achten, durchquerte Sabine den Bahnhof und folgte dann der Menschentraube über den Steintorwall. Die junge Frau schlenderte durch einige Geschäfte, doch es gab nichts, was ihre Gedanken in eine andere Bahn lenken konnte. Vielleicht sollte sie sich schon einmal nach einem Weihnachtsgeschenk für Julia umsehen? Sabine streifte durch die Spielwarenabteilung eines Kaufhauses und fuhr dann mit der Rolltreppe zur Kinderabteilung hinauf. Unschlüssig betrachtete sie die modern geschnittenen Hosen mit den ausgestellten Hosenbeinen. Vielleicht doch lieber ein Kleid? Noch freute sich Julia über feine Röcke und Spitzen. Sabine trat neben einen Mann, der gerade ein mintgrünes Trägerkleid von der Stange genommen hatte und es mit ausgestrecktem Arm von sich hielt. Er zögerte, doch dann schüttelte er den Kopf und hängte das Kleid zurück, gerade als Sabine ein dunkelblaues mit kleinen Blümchen von der Stange nahm. Ihre Hände berührten sich.

„Entschuldigung“, sagten beide gleichzeitig und fuhren zurück.

„Ach, du bist das!“, rief Sabine erstaunt.

Andreas Wolf trat näher, legte seine Hand an ihre Taille und küsste ihre Wange.

„Hallo, Bienchen, was tust du in diesem Horrorladen?"

„Ich habe eine Tochter, die Wert auf viele Geschenke zu Weihnachten legt, doch ich wusste gar nicht, dass du zu Familienfreuden gekommen bist", gab Sabine zurück.

Andreas hob abwehrend die Hände. „Gott bewahre. Nein, meine Einstellung zu einer eigenen Familie hat sich nicht geändert. Ich dachte nur, ich könnte meiner Nichte etwas zum Geburtstag schenken, doch ich habe keine Ahnung, was."

„Guter Wille ist doch schon einmal ein Fortschritt", spottete Sabine. „Soll ich dir beim Aussuchen helfen?"

Der stoppelhaarige Riese schüttelte den Kopf. „Nein, das hat noch Zeit. Aber ich denke, du gehst jetzt mit mir einen Kaffee trinken und erzählst mir, was du in letzter Zeit so getrieben hast. Du siehst schauderhaft aus!"

„Danke für das Kompliment", erwiderte sie ironisch, „aber ich –"

„Keine Widerrede!", fiel er ihr ins Wort und griff nach ihrem Arm.

Widerstrebend ließ sich die Kommissarin am Rathaus vorbei zur Graskellerbrücke führen. Im *Balzac* trank sie einen Milchkaffee mit viel Zucker und Vanille, doch obwohl Andreas nicht lockerließ, blieb sie einsilbig.

Es dämmerte bereits, als sie sich von Andreas vor ihrer Haustür absetzen ließ. Kaum war sie alleine in ihrer Wohnung, da tauchte schon wieder das Bild des blonden Zuhälters vor ihrem inneren Auge auf. Wer hatte Holger Laabs erschossen? Die Suche nach Schmauchspuren an den Händen hatte klar ergeben, dass weder Sabine noch Michael Schmieder an diesem Abend eine Waffe abgefeuert hatten.

Der geheimnisvolle Dritte! Er hatte Sabine fast erwürgt, er hatte den Zuhälter erschossen – und er hatte vermutlich auch die Frauen auf dem Gewissen und das Kind in seiner

Gewalt. Alle Fäden schienen bei ihm zusammenzulaufen, und die Spur führte nach Blankenese.

Mit einem Knall stellte die Kommissarin den Teebecher auf den Tisch. Dieses untätige Herumsitzen ging ihr auf die Nerven. Wie wäre es, wenn sie in Blankenese vorbeisähe? Vielleicht hatten die Kollegen ja etwas Wichtiges übersehen?

Kurz entschlossen schlüpfte Sabine in ihren Mantel und fuhr zum Baurs Park. Die Kollegen, die das Grundstück beobachteten, waren von ihrem überraschenden Besuch nicht gerade begeistert.

„Wir warten darauf, dass er zurückkommt, um ihn verhaften zu können. Was glauben Sie wohl, wie er reagiert, wenn er vorbeikommt und Sie dort drinnen Festbeleuchtung machen? Dann ist er doch gewarnt und sucht das Weite!"

„Ich werde meine Taschenlampe benutzen und die Vorhänge zuziehen", versprach die Kommissarin. „Wird die Gartenseite auch bewacht? Ich habe keine Lust, ihm da drinnen plötzlich gegenüberzustehen."

Der Beamte verzog beleidigt das Gesicht. „Natürlich haben wir unsere Leute so verteilt, dass da keiner rein- oder rausgehen kann, ohne dass wir ihn erwischen. Wir machen diesen Job nicht zum ersten Mal! Nach was suchen Sie eigentlich? Ihre Kollegen haben doch schon alles auf den Kopf gestellt", fragte er neugierig.

Sabine antwortete nicht. Sie wusste selbst nicht, wonach sie suchte.

„Hier, nehmen Sie das Funkgerät mit – für alle Fälle!"

Der Beamte vom Observationsteam öffnete ihr die Haustür und kehrte dann zu seinem Platz zurück. Sabine stand reglos in der dunklen Halle und lauschte. Es war so still, dass sie das Blut in ihren Ohren rauschen hörte.

Wo sollte sie beginnen? Nach was sollte sie suchen?

Die Kommissarin knipste ihre Taschenlampe an und stieg dann in den ersten Stock hoch. Sie warf einen Blick in jeden Raum und ließ den Lichtkegel langsam schweifen. Vor dem zerbrochenen Spiegel blieb sie einige Augenblicke stehen. Ein Unfall? Ein Kampf? Ein Wutausbruch? Sie zog die Schubladen des Frisiertisches heraus. Außer dem Spiegel schien sich – seit dem Tag, an dem sie sich für das Konzert in der Musikhalle hier umgezogen hatte – nichts verändert zu haben. Langsam ging sie weiter. Das Bad sah unbenutzt aus, doch plötzlich stutzte die Kommissarin, bückte sich und hob eine schwarze Haarsträhne auf.

Jemand hatte sich das Haar geschnitten. Hatten die Kollegen die Strähne bei ihrer Durchsuchung übersehen oder nur ein paar Haare für das Labor mitgenommen – oder war in der Zwischenzeit jemand hier gewesen? Sie steckte das Haar in eine kleine Plastiktüte und verstaute sie in ihrer Manteltasche.

Wann hatte sie das lange schwarze Haar von seinem Hemd entfernt? Stammte es von einer Freundin, einer Komplizin, die sich nun für die Flucht die Haare geschnitten hatte? Oder von einem anderen Mann? In ihrem Unterbewusstsein regten sich Erinnerungen an einen nächtlichen Verfolger. Konnte es doch Peter von Borgo sein? Vielleicht trug er manchmal eine langhaarige Perücke – doch warum nun das Haar abschneiden?

Sabine war sich sicher: Er war Kunde bei Ronja gewesen, er hatte sie ermordet und dann sein grausames Spiel mit ihr gespielt. Sandra war ihm auf die Spur gekommen, und deshalb musste sie sterben, wie auch die alte Nachbarin, die ihn mit Ronja beobachtet hatte.

Und dann hat er mich entführt und zu Sandras Leiche

gebracht. – Aber warum? Warum wollte er, dass die Leichen entdeckt werden? Sie sah Ronja vor sich, wie sie über dem Wasser schwebte, und Sandra, wie sie zwischen grünem Farn ruhte. Wenn er sie hätte verstecken wollen, dann hätte er sie vergraben. Nein, er wollte sie präsentieren, und da sie nicht schnell genug gefunden worden sind, hat er nachgeholfen. Welch unglaubliches Risiko er eingegangen war!

Nachdenklich schritt Sabine die Treppe hinunter in das große Zimmer mit dem Flügel. Sie schloss die schweren Vorhänge, damit das Licht ihrer Lampe nicht nach draußen drang, und blieb dann vor der Bücherwand stehen.

Es sind nicht allein die Morde, die ihn erregen und befriedigen – es ist die Präsentation seines Kunstwerkes und die Demonstration seiner – vermeintlichen – Überlegenheit.

Da fiel ihr Blick auf eine Reihe niedriger, ledergebundener Bände. Die Bücher waren alle gleich hoch und gleich dick und füllten eine ganze Regalreihe, doch ihre Rücken verrieten nicht, um was für Bücher es sich handelte. Die Kommissarin zog einen Band heraus und klappte ihn auf. Die Seiten waren gleichmäßig mit einer feinen Handschrift bedeckt, die ihr seltsam bekannt vorkam. Sabine schlug eine Seite um, und ihr Blick blieb bei einer Datumszeile hängen. Ein Tagebuch! Neugierig begann Sabine zu lesen.

13. Juni 1963. Seit Langem habe ich mich nun wieder einmal nach St. Pauli gewagt. Ich dachte, die Tänzerinnen im Moonlight könnten meinen Appetit angenehm schüren – und ich hatte recht. Schon lange ist das Ausziehen auf der Bühne zur Kunstform erhoben worden, doch stets bestanden die Hüter der Sitte und Moral darauf, dass die Damen ein Schrittband anbehielten. So war ich ein wenig erstaunt, als sie – für eine Extragage von fünf Mark – das Keuschheitsband lösten und es unter dem Gejohle der aufgegeilten Männer in die Menge warfen. Ja, die Sitten ändern sich, doch wenn ich daran denke, was ich zu früheren Zeiten in den Pariser Clubs erlebt habe! Die Damen wussten auch ihre Körper zu präsentieren und den Herren mit den dicken Börsen die Nacht zum Erlebnis werden zu lassen …

Sabine ging zwei Schritte weiter, zog ein weiteres Buch heraus und schlug es auf. *25. August 1826* lautete die Überschrift.

Blankenese begann der Eintrag in derselben schwungvollen Schrift. *Nach einem Streifzug am Elbufer entlang erreichte ich das Fischerdorf Blankenese. Eine ärmliche Ansiedlung geduckter Hütten, die sich ängstlich an den steilen Hang schmiegen, und doch leuchtete mir auch Trotz und Starrsinn aus den leeren Fensteröffnungen entgegen. Das Blut der Strandräuber pocht noch immer in ihren Adern. Zwar locken sie heute keine Schiffe mehr mit ihren Lichtern auf die Sandbänke, um sich ihrer Ladung zu bemächtigen, doch ihre Männer sind aus härterem Holz geschnitzt und von anderem Blute als die Menschen in Hamburg. Während des Sommers gibt es nur Frauen, Kinder und Greise hier, denn die Männer sind zur Tiefseefischerei ausgezogen. So mancher wird dabei vom Meer geholt, und so wundert sich keiner, wenn einige nicht zurückkehren. Die Frauen hüllen sich in Schwarz, kneifen die Lippen zusammen und arbeiten ohne zu klagen weiter. Auch die ganz jungen Mädchen sind hier schon von einem seltsam anmutenden Ernst erfüllt. Die kokette Leichtigkeit, die man bei mancher jungen Dame an der Alster aus den Augen blitzen sieht, sucht man hier vergeblich. Und doch zieht mich dieses Dorf an wie kaum ein anderer Fleck hier im Norden des Reiches. Ist es der weite Blick über die Elbe und das Alte Land, wenn der Mond sein silbernes Licht verstreut? Die letzte Prise Meerluft, die der*

Wind die Geesthänge hinauftreibt? Der Hauch von Ferne und Sehnsucht? Hier werde ich mir ein Domizil suchen, um der lärmenden Stadt entfliehen zu können. So mancher reiche Hamburger fühlt diesen Reiz wohl ebenso, denn die Villen über den steilen Uferhängen werden mit jedem Jahr prächtiger, die weitläufigen Parkanlagen raffinierter. Ich bin durch Lustgärten mit fein beschnittenen Bäumen gestreift, die jeden Schlossgarten, den ich in früheren Zeiten in Frankreich besucht habe, in den Schatten stellen.

Seltsam. Es klang, als habe derselbe Mann diese Worte geschrieben. Wieder nahm sie einen anderen Band und schlug ihn an einer beliebigen Stelle auf.

23. September 2001: Das war eine spannende Nacht in dem sonst so trübsinnigen Einerlei. Wieder einmal hatte ich Gelegenheit, in die tiefen Kammern der menschlichen Seele zu blicken. Vor einer Woche war ich Zeuge einer Razzia im Club 77 an der Holstenstraße, in dem sich die türkische Unterwelt seit Jahren ein Stelldichein gibt. Sie verhafteten die süßen tschechischen Lolitas, Leasinghuren der Sinti und Roma. Der Club ist seitdem geschlossen, und der „schöne Italiano" lief mit einer Miene der Verzweiflung über den Kiez, obwohl er seine Konzession für den Club offiziell ja schon lange eingebüßt hatte. Seit einigen Tagen nun war der Italiano Ahmet verschwunden, und als ich heute in der Nähe durch die Straßen strich, führte mich der Verwesungsgeruch seiner Leiche zu ihm. Mit einem Kopfschuss hingerichtet, lag er im Kofferraum einer schwarzen Luxuslimousine. Es waren sicher Profikiller, denn um unnötige Blut- und Hirnspritzer zu vermeiden, hatten sie ihm vor seiner Hinrichtung eine Plastiktüte über den Kopf gezogen. Ich wollte ihn gerade näher untersuchen, als sein Bruder Oktay sich näherte …

Sabine ließ das Buch sinken. 2001 war sie zwar noch nicht

beim LKA gewesen, doch sie konnte sich noch gut an den Fall erinnern. Die Fahnder waren anschließend in Ahmets Wohnung eingedrungen und hatten dort dessen Freundin Amdia gefunden, ebenfalls durch einen Kopfschuss getötet. Doch was hatte der Schreiber dieser Bücher mit alldem zu tun? War es Peter von Borgo? Sabine legte das Buch aufgeschlagen auf den Flügel, holte dann den ersten Band der Reihe und legte ihn daneben. Das Papier war vergilbt, die Tinte verblasst, und doch hätte sie jeden Eid geschworen, dass es ein und dieselbe Schrift war. Doch wie konnte das möglich sein? Das Datum lautete auf das Jahr 1800!

Ich habe schon so viele Länder gesehen und habe die menschliche Spezies wohl kennengelernt. Es sind nur die Hüllen, die sich unterscheiden. Hier in Hamburg sieht man an lauen Abenden viele holländische Frauen mit großen Regenschirm-Hüten, die wohl an die zwei Fuß über ihren Kopf ragen. Die Hamburgerinnen aus gutem Hause dagegen tragen gefaltete Kappen mit Gold oder Silber verziert. Der Unterschied zwischen den Damen und ihren Dienstmädchen ist nicht zu übersehen. Während die Wohlgeborenen geschminkt und mit schlechten Zähnen daherkommen, zeigen die Landfrauen, die viel und laut daherplappern, natürlich rote Wangen und blitzend weiße Zähne. Ich habe die Dienstmädchen beobachtet, wie sie in ihren weißen Strümpfen mit ihren Pantoffeln ohne Absätze durch die schmutzigen Straßen tippeln. Ein herrlicher Anblick, und so sind es diese einfachen Frauen, voll von prallem Leben, die mich in ihren Bann ziehen und mir Genuss bereiten.

Hatte Peter von Borgo diese Zeilen geschrieben? Dann konnte es kein echtes Tagebuch sein. Doch warum sollte jemand ein erfundenes Tagebuch über zwei Jahrhunderte schreiben, das mehrere Meter an Bänden maß? Eine Arbeit von vielen Jahren musste darin stecken! Und wie täuschte er die Alterung von Papier und Tinte vor? Sabine stand vor einem Rätsel.

Sie ging nach rechts und nahm sich den letzten Band heraus. Erst ein Drittel der Seiten waren beschrieben. Sabine blätterte das Buch flüchtig durch, als ihr Blick plötzlich an ihrem eigenen Namen hängen blieb. Hastig schlug sie das Buch auf und begann zu lesen.

Sabine Berner. Schon ihr Name schmeckt prickelnd süß auf meiner Zunge, und dann erst ihr Duft! Wenn ich in der Stille der Nacht durch ihre Wohnung streife, erfasst mich ein ungekannter Schauder voll drängender Sehnsucht …

„Du bist gerissen und schlau, doch nun hast du einen Fehler gemacht, und ich werde dich festnageln!", knurrte sie.

„Ach, wirklich?", erklang eine amüsierte Stimme hinter ihr. Sabines Nackenhaare stellten sich auf, ihre Hände zitterten, als sie sich langsam umdrehte, das Buch entglitt ihren Händen.

„Wie sind Sie hereingekommen?", fragte die Kommissarin verwirrt.

„Warum? – Oh, Sie meinen, weil draußen ein paar Polizisten in Zivil herumhuschen und das Haus beobachten. Liebe Sabine, haben Sie ernsthaft geglaubt, die könnten verhindern, dass ich hier unbemerkt ein und aus gehe? Menschen sind schwach, ihre Sinne leicht zu verwirren. Sie können mich nicht aufhalten!"

„Menschen? Wenn Sie so abfällig über Menschen reden, in was für eine Kategorie ordnen Sie sich denn ein?", warf ihm Sabine sarkastisch vor die Füße und vergaß ganz ihre Angst.

„Das ist eine interessante Frage, über die es sich nachzudenken lohnt", sinnierte er und lächelte freundlich. „Doch wir wollen nicht über die Welt da draußen reden. Wir wollen den Augenblick genießen, der uns zusammen geschenkt wird!" Langsam kam er näher.

Hektisch irrte Sabines Blick durch den Raum. Das Funkgerät, wo war das verdammte Funkgerät?

Peter von Borgo, der ihren suchenden Blick richtig interpretierte, deutete auf den kleinen schwarzen Kasten, der auf dem Sofa lag. „Sie haben es dorthin gelegt, bevor Sie die Vorhänge zuzogen. – Sehr weise! Es wäre doch störend, wenn die Männer im Garten durch die Fenster hereinsehen könnten!" Der Spott in seiner Stimme war unüberhörbar. Er trat auf sie zu, nahm ihr die Lampe aus der Hand und schaltete sie aus.

„Entschuldigen Sie, doch das Licht blendet mich unangenehm. So ist es doch viel schöner."

Sabine stand mit dem Rücken an die Bücherwand gelehnt im stockfinsteren Zimmer. Angstschweiß perlte über ihre Stirn. Sie versuchte zu erahnen, wo er war, und fürchtete, jeden Moment seine Hände an ihrem Hals zu spüren. Wenn sie sich nun ganz langsam an der Wand entlang zur Tür tasten würde, vielleicht könnte sie ihm dann entkommen.

„Möchten Sie zum Sofa hinüber oder versuchen Sie heimlich durch die Tür zu entkommen?", erkundigte sich Peter von Borgo höflich und griff dann plötzlich nach ihrer Hand. Sabine zuckte zusammen.

„Nun kommen Sie schon, stellen Sie sich nicht so an!"

Er hob sie kurzerhand hoch und trug sie zum Sofa, als sei sie nur ein Kind oder eine Puppe ohne Gewicht. Verdutzt ließ sich Sabine auf das Polster drücken.

„Vielleicht sollte ich doch etwas Licht holen", murmelte er, „für Sie muss es unangenehm sein, Ihren Gesprächspartner nicht sehen zu können. Warten Sie hier, ich bin gleich wieder da." Sie hörte ihn nicht hinausgehen, doch es schien ihr, als zeige ein grauer Streifen die Türöffnung an. Die Kommissarin schnellte hoch und lief blindlings darauf zu. Ihre Hände fanden die Klinke und stießen die angelehnte Tür auf. In der Halle war es nicht ganz so finster. Schemenhaft sah sie die Treppenaufgänge zu beiden Seiten nach oben führen. Genau in der Mitte dort drüben musste die Haustür sein! Die Arme vor sich ausgestreckt, rannte Sabine los, doch statt auf glattes Holz zu treffen, stießen ihre Hände auf Stoff und einen sehnig schlanken Körper.

„Liebste Sabine, Sie wollten doch nicht so unhöflich sein und mitten in unserer Unterhaltung ohne Gruß gehen?"

Wieder fühlte sie sich emporgehoben. Sanft ließ der Vampir sie auf das Sofa sinken. Ein Streichholz flammte auf, und nacheinander fingen fünf Kerzendochte Feuer. Erst noch winzige Flämmchen, schmolzen sie das Wachs der hohen, weißen Kerzen, die in einem schmiedeeisernen Leuchter steckten, dann wuchsen die Flammen und tauchten das Zimmer in ihren warmen Schein. Unruhig tanzten die Schatten über die Wände.

„So ist es doch viel besser, nicht wahr?", stellte Peter von Borgo fest und betrachtete Sabine mit zunehmender Lust.

„Und was nun? Wollen Sie Ihr Werk nun vollenden, das letztes Mal schiefgelaufen ist?" Die Kommissarin ballte vor Wut die Fäuste. Wut war immerhin besser als Angst.

Der Vampir nickte. „Ja, vollenden, das ist das richtige Wort, doch etwas sagt mir, dass du noch immer nicht verstehst."

„Was soll ich verstehen? Dass Sie mich wie Ronja und Sandra und die Sekretärin der Werft erwürgen wollen?" Jetzt, da sie die Worte hervorstieß, konnte sie nicht verhindern, dass ihr Tränen in die Augen traten.

„Sabine, du bist eine bemerkenswerte Frau", sagte er sanft, „doch auch mit bemerkenswerter Blindheit geschlagen. Um das größte Missverständnis gleich auszuräumen: Ich habe keine der Frauen ermordet."

„Ach nein? Und Sie wissen natürlich auch nicht, wo das Kind versteckt ist!", rief die Kommissarin zornig.

Der Vampir ließ sich auf den Klavierhocker sinken und schlug die Beine übereinander.

„Doch, das weiß ich, auch wenn ich das Kind nicht dorthin gebracht habe. Ich kenne den, der es war. Es ist derselbe, der mit seinen Händen den Atem der Frauen abschnürte – und der auch an dich Hand angelegt hat."

Zum ersten Mal schien es, als verlasse ihn seine ruhige Gelassenheit. Hass schwang in seiner Stimme.

„Ach ja, und was hatten Sie dann Dienstagnacht auf dem Werftgelände zu suchen? Lügen Sie nicht, ich weiß genau, dass Sie dort waren!"

Peter von Borgo nickte. „Natürlich war ich dort, um dich vor deinem Leichtsinn zu bewahren! Ich habe dich schon einmal gewarnt, doch du hast nicht auf mich gehört. Was blieb mir also anderes übrig, als jedem deiner Schritte zu folgen. Ich habe dich am Dienstag davor bewahrt, das gleiche Schicksal wie Ronja und Sandra zu erleiden."

Sabine schwieg einen Augenblick und versuchte in seinem rätselhaften Blick zu lesen. „Sie sind in meine Wohnung eingebrochen!"

„Ja, ich habe über deinen Schlaf gewacht."

„Wer ist der Mörder? Wer hat die kleine Lilly in seiner Gewalt?"

Der Vampir trat näher. „Kannst du nicht einmal deine Arbeit vergessen? Es gibt etwas viel Wichtigeres, über das du nachdenken solltest, darum verscheuche diese Gedanken für eine Weile aus deinem Kopf. Ich möchte dir ein sehr großes Geschenk machen!" Er blieb vor ihr stehen, reichte ihr die

Hand und zog sie hoch, sodass sie dicht vor ihm stand. „Was zählt, ist der Augenblick, der uns gegeben ist und der uns zusammengeführt hat. Wenn du wüsstest, wie viele Jahre ich gewartet habe, um dies zu erleben!"

Die Leidenschaft in seiner Stimme erschreckte sie. „Wer sind Sie?", flüsterte Sabine, als er ihr den Mantel abstreifte.

„Die Frage ist falsch gestellt, meine Liebe. Sie müsste heißen: Was sind Sie? Mach dich frei von deinen engen Vorstellungen. Ich möchte, dass du sehen lernst. Du musst deinen Gefühlen und Ahnungen vertrauen und das Unglaubliche zulassen, dann wirst du verstehen!"

Pullover, Bluse und BH fielen zu Boden. Wie versteinert stand sie da und starrte ihn mit aufgerissenen Augen an. Dem Vampir schien es, als könne er durch ihre geweiteten Pupillen bis in ihre Seele sehen. Die Kerzenflammen tanzten in der Tiefe ihres Blicks.

Peter von Borgo hob sie hoch, setzte sie auf den Deckel des Flügels und drückte ihre Schultern herab. Schuhe, Hose und Slip folgten den anderen Kleidungsstücken. Mit einem Sprung war er auf dem Flügel. Hoch aufgerichtet stand er über ihr und weidete sich an dem Bild, das sich ihm bot. Da lag sie nackt auf der spiegelnd glatten Fläche, vom schmeichelnden Flammenlicht umflossen. Welch ein Anblick! Ihr Haar breitete sich wie ein Kranz um ihren Kopf und fiel bis auf die elfenbeinfarbenen Tasten herab. Zitternd hob und senkte sich der Brustkorb mit den festen, kleinen Brüsten, unter denen sich in feinen Bögen die Rippen abzeichneten. Der Vampir sprang wieder auf den Boden, zog den Hocker heran und schlug einen Akkord an.

„Bleib liegen, bewege dich nicht. Du musst die Musik spüren. Lass sie in deinen Körper eindringen und deinen Sinn beflügeln."

Seine Finger tanzten über die Tasten. Vibrierend lösten sich die Töne von den Saiten und hüllten den nackten Frauenkörper ein. Sie flochten einen Kranz aus Farben und Gefühlen, rankten sich um Arme und Beine, bedeckten sanft den zitternden Leib. Konnte ein kaltblütiger Mörder den Saiten solch liebliche Musik entlocken? Er erhob sich, sein Gesicht näherte sich dem ihren, doch noch immer spielte er mit einer Hand eine leise Melodie.

Seine Lippen waren kühl. Erst lagen sie sanft auf den ihren, dann fühlte sie scharfe Zähne. Fordernd öffnete seine Zunge ihren Mund. Sein Kuss schmeckte salzig und war voller Leidenschaft. War das Blut auf ihren Lippen? Die letzten Töne verklangen.

„Oh Sabine", hauchte er, „wenn ich weinen könnte, dann wäre dies der Augenblick."

Sein Gesicht schwebte über ihrem. Ihr Blick wurde trüb, die Augenlider sanken herab.

„Nein! Sieh mich an!" Er schlug ihr leicht auf beide Wangen.

„Du sollst an dem Wunder teilhaben, denn du musst dich entscheiden!"

„Warum quälen Sie mich so?", weinte die junge Frau leise. Eine Träne löste sich aus ihrem Augenwinkel, rann langsam bis zum Ohr und tropfte dann auf den schwarz glänzenden Flügel.

„Quälen? Nein, ich quäle dich nicht! Ich führe dich in die Tiefe der Finsternis und hebe dich hinauf in den Glanz der Sterne. Ich öffne dir deine Sinne und lehre dich Gefühle, die dir den Atem rauben werden."

Sanft strich er mit den Fingerspitzen über ihren nackten Körper. Sie wand sich. Unter seinem kühlen Atem stellten sich die feinen, weißen Härchen auf, und ihre Brustwarzen zogen sich zu kleinen, festen Knospen zusammen. Der Vampir kniete sich neben sie und senkte sein Gesicht über ihren flachen Bauch.

„Sie werden mich töten, nicht?“, hauchte sie.

Der Vampir hob den Kopf und sah sie an. „Ich weiß es noch nicht“, sagte er nach einer Weile ehrlich. „Es ist deine Entscheidung. Noch kann ich dir nicht sagen, was mit uns geschehen wird, doch eines verspreche ich dir: Es wird gewaltig! Und selbst wenn es für dich danach zu Ende ist, so wirst du in diesen Augenblicken mehr Leben spüren als in den vielen Jahren, die du schon gelebt hast!“

Er beugte sich herab, seine Lippen berührten ihre Brustwarze. Messerscharfe Zähne ritzten die Haut, Blut quoll in winzigen Tropfen hervor. In seinem Kopf rauschte es, sein Körper schrie, in seiner Kehle brannte die Gier. Die Vollkommenheit war zum Greifen nah.

Das Funkgerät rauschte und knackte, dann drang eine klare Stimme hervor. „Frau Berner? Hallo, können Sie mich hören? Ist bei Ihnen alles in Ordnung? Wir haben jetzt Schichtwechsel. Hier draußen ist alles ruhig. Hallo, Frau Berner! Melden Sie sich.“ Eine Weile war nur das Rauschen zu hören, dann entfernte Flüche. „Ich komme dann mal rein, ja?“

Der Zauber war zerstört. Hass glitzerte in den dunklen Augen. Der Vampir griff nach dem Funkgerät und zerquetschte es, doch es war sinnlos. Der Augenblick ließ sich nicht zurückholen. In seiner Wut erwog Peter von Borgo, die Störenfriede zu zerfetzen, doch die Vernunft hielt ihn zurück. Sie würden ihm seinen geliebten Zufluchtsort nehmen, seine Bücher, seinen Flügel, den nächtlichen Blick über die Elbe, das Rauschen des Windes in den Eichen. Vertreiben und jagen würden sie ihn. Nein, es war klüger, sich zurückzuziehen. Er musste sich beeilen. Schon sang das Tor an der Einfahrt. Mit einer hastigen Bewegung wischte er sich die Linsen heraus, zog Sabine hoch und sah ihr in die Augen.

„Schlaf, mein Lieb, sei ganz ruhig. Du musst schlafen und vergessen!"

Ihre Lider sanken herab, ihr Atem wurde gleichmäßig. Mit einem Hauch löschte er die Kerzen, raffte Sabines Kleider unter den Arm, hob sie über seine Schulter und eilte mit ihr die Treppe hinauf. Es kratzte und schabte an der Tür, dann schwang sie zurück. Das Licht einer Lampe huschte durch die Halle.

„Frau Berner?" Stille, dann ein leises Rascheln. „Bernd, komm mal her. Ich glaube, hier ist was faul."

Peter von Borgo warf Sabine ein Nachthemd über, nahm sie in die Arme und trat dann an die Brüstung. Der Beamte stand in der halb offenen Tür und sah hinaus. Die Wärme seines Körpers leuchtete hell in der nächtlichen Halle. Geräuschlos wie ein Schatten huschte der Vampir die Treppe herab und dann die schmale Stiege in den Keller hinunter. Er war sich sicher, dass die Kripoleute seinen geheimen Ausgang nicht entdeckt hatten. Leise öffnete er die Schranktür, schob die Rückwand beiseite und schlüpfte in den engen Gang, der tief unten am Westhang des Geestrückens über der Elbe endete.

„Berner", meldete sich Sabine endlich, nachdem das Telefon ein Dutzend Mal geklingelt hatte.

„Verdammt, Sabine, was läuft denn da!", schimpfte ihr Thomas Ohlendorf ins Ohr. „Der Leiter des Observationsteams klingelt mich aus dem Bett, weil du plötzlich vom Erdboden verschwunden bist und er dafür keine Erklärung hat."

„Wovon redest du eigentlich?", fragte die Kommissarin verwirrt. Ihr Kopf hämmerte.

„Warst du heute Abend in Blankenese in Peter von Borgos Haus?“, fragte der Hauptkommissar streng.

„Nein, warum – oder ja, ich glaube schon.“ Sie versuchte mit ihren Gedanken den dichten Nebel zu durchdringen, der sich in ihrem Kopf eingenistet hatte.

„Kannst du mir erzählen, was dort passiert ist?“ Nur mühsam gelang es ihm, seine Ungeduld zu unterdrücken.

„Nein, nicht so genau. Ich erinnere mich nicht mehr.“ Eine Weile war es ganz still. Nur die Uhr in der Küche tickte.

„Ich bin nach Blankenese rausgefahren und habe mit dem Leiter des Einsatzteams gesprochen – Tobler heißt er, glaube ich.“

„Weiter!“

„Er hat mich in das Haus gelassen und mir ein Funkgerät mitgegeben. Erst war ich oben, und dann bin ich, glaube ich, in das Zimmer mit dem Flügel gegangen und habe die Vorhänge zugezogen, damit man von außen das Licht nicht sieht. Ich habe mir die Bücher angesehen“, fügte sie noch zögernd hinzu.

„Und was ist dann passiert?“

„Ich weiß es nicht“, rief Sabine voller Verzweiflung. „Je mehr ich versuche, mich daran zu erinnern, desto stärker wird der Schmerz in meinem Kopf. Ich sehe einen Schatten, einen Mann, es könnte Peter von Borgo sein, aber ich weiß es nicht sicher. Und wenn er es wäre, wenn er mich dort in seinem Haus überrascht hätte, wie komme ich dann hierher zurück in mein Bett?“

„Das musst du nicht mich fragen“, brummelte Thomas Ohlendorf. „Tatsache ist, dass dich keiner aus dem Haus hat kommen sehen. Irgendwann schöpfte Tobler Verdacht und ging hinein. Das Einzige, was er fand, war das Funkgerät, das er dir mitgegeben hatte – in einem desolaten Zustand –, und einen Leuchter mit halb abgebrannten Kerzen neben dem Flügel – das Wachs war noch heiß!"

„Ich kann mich einfach nicht erinnern, wie ich nach Hause gekommen bin", jammerte Sabine, „und das ist nicht das erste Mal."

„Vielleicht ist die Gehirnerschütterung doch stärker, als der Arzt dachte. Du solltest dich morgen noch einmal untersuchen lassen."

„Du verstehst nicht, diese Aussetzer hatte ich schon vor Dienstag ein paarmal."

Der Hauptkommissar schwieg lange. „Dann musst du das dem Arzt sagen. Das wird schon wieder", tröstete er, doch in seiner Stimme schwang Unsicherheit. „Tatsache ist jedoch, dass du das Haus verlassen konntest, ohne vom Observationsteam bemerkt zu werden. Ich werde jetzt wieder schlafen gehen, aber ich schwöre dir, morgen gibt es ein Donnerwetter. So etwas haben die noch nicht erlebt!"

Mit unsicheren Bewegungen steckte die junge Frau das Telefon in die Ladestation und wankte dann ins Bad. Ein bleiches Gesicht mit riesigen, dunklen Pupillen starrte ihr aus dem Spiegel entgegen. Getrocknetes Blut färbte ihre Mundwinkel braun. Plötzlich sog sie ungläubig die Luft ein. Ihr Blick wanderte herab. Aber was war denn das? Fassungslos starrte sie das altmodische weiße Nachthemd an, das sie trug. Das gehörte garantiert nicht ihr! Wieso hatte sie es an? Sabine war sich sicher, das Nachthemd noch nie gesehen zu haben – oder vielleicht doch? Wieder versuchte sie den Nebel zu durchdringen – vergeblich. Kopfschüttelnd sah sie an sich herunter, strich über die eingewebten Seidenbänder und die steif gestärkten Rüschen. Auf Höhe der Brüste hatten sich kleine, bräunliche Flecken auf dem sonst makellos weißen Stoff ausgebreitet. Wie kam sie zu diesem Nachthemd?

„Denk nach, Sabine, denk nach. Dafür muss es eine Erklärung geben!" Eine Truhe mit herrlichen alten Gewändern schwebte durch ihren Sinn. Hatte sie das Nachthemd in Peter von Borgos Haus gefunden und dann mitgenommen?

„Oh mein Gott", jammerte sie, „ich werde wahnsinnig. Ich klaue Nachthemden in fremden Häusern, zerstöre Funkgeräte und leide dann unter Gedächtnisschwund."

Lilly

Den Sonntag verbrachte Sabine wieder in der Eppendorfer Klinik. Drei Ärzte untersuchten sie von Kopf bis Fuß, stellten Fragen, prüften Reflexe und zogen sich dann zur Beratung zurück. Dann riefen sie Sabine herein. Professor Langberger, der Psychiater, ergriff das Wort.

„Um ganz offen zu sein, wir stehen vor einem Rätsel. Körperlich konnten wir nichts finden, das für Ihre Gedächtnislücken verantwortlich sein könnte. Natürlich war das erst ein kurzer Überblick. Es gibt noch andere, langwierigere Verfahren, die mehr Informationen liefern. Kommen wir also zur psychischen Seite. Wenn Menschen traumatischen Ereignissen ausgesetzt werden, kann das zu Gedächtnisstörungen führen. Wenn die Belastung für eine Person zu groß wird, schaltet sich das Gehirn ab – vereinfacht ausgedrückt. Kommt es später zu Erlebnissen, die an dieses Trauma erinnern, kann das wieder zu ähnlichen Reaktionen führen. Dabei muss das neue Ereignis an sich – beispielsweise für andere Menschen – gar nichts Traumatisches haben. Können Sie mir folgen?“

Sabine nickte. „Und was könnte das sein, ich meine, das ursprüngliche Ereignis?“

Der Psychiater zuckte die Schultern. „Wenn Sie uns das nicht sagen, dann können wir es hier spontan erst recht nicht. Es ist durchaus möglich, dass es weit zurück in Ihrer Kindheit liegt und nun aus irgendwelchen Gründen wieder hervortritt – durch Stress und seelische Belastung beispielsweise. Wir brauchen Zeit und viele intensive Sitzungen, dann können wir gemeinsam der Ursache auf den Grund gehen."

„Was ist, wenn ich das nicht möchte?"

Professor Langberger hob entschuldigend die Hände. „Dann muss ich Sie krankschreiben. Verstehen Sie, in diesem Zustand kann ich Sie nicht als Kriminalkommissarin auf die Bevölkerung loslassen."

„Verstehe", murmelte Sabine und schlüpfte in ihren Mantel. „Couch oder Kündigung, so lauten die Alternativen." Sie nickte den drei Herren in Weiß zu. „Ich werde darüber nachdenken."

Hocherhobenen Hauptes schritt sie hinaus, doch noch ehe sie die Pforte erreichte, sackten ihre Schultern nach unten. Tränen rannen über ihr Gesicht. Sie floh nach Ohlsdorf und kniete sich vor dem Grab ihres Vaters ins Gras. Lautlos weinte sie in sich hinein.

„Ach, Papa, warum passiert mir das? Ich habe dich verloren, weil ich nicht mitgekommen bin, und Julia, weil ich meinen Job nicht aufgeben wollte – und nun wollen sie mir auch noch meine Arbeit nehmen. Sag mir, bin ich verrückt? Was passiert mit mir? Was ist real und was ist Hirngespinst? Wer bestimmt, was es in dieser Welt gibt – was es geben darf? Sind es die Männer in Weiß? Sind es die Wissenschaftler in ihren Türmen? Sind wir schon am Ende der Wissensleiter angekommen? Gibt es keine offenen Fragen mehr? Papa, was soll ich tun? Was werden sie finden, wenn ich mich dort auf die Couch lege und sie in meinem Unterbewusstsein herumstochern? Ich habe Angst davor, und doch kann ich dir nicht sagen, warum. Ich kann es nicht beschreiben. Es ist ein Schatten in mir, der entflieht, wenn ich nach ihm greifen will. Etwas sagt mir, dass sie ihn auf keinen Fall finden dürfen." Voll Entsetzen riss sie die Augen auf.

„Wenn sie ihn finden – dann werden sie mich in eine Anstalt schicken. Dann verliere ich nicht nur meine Arbeit. Sie werden mir Julia endgültig verweigern, und sie werden mir meine Freiheit nehmen – sie werden mich ersticken."

Ihr keuchender Atem hob und senkte ihre Brust. Sabine schlug die Hände vors Gesicht. So kauerte sie vor dem Grab, unfähig, sich zu bewegen. Sie merkte nicht, dass der Park sich leerte und die Dämmerung herabsank.

„Papa, ich habe Angst, dass sie recht haben. Ich habe Angst, dass ich verrückt bin."

„Beruhigt es Sie, wenn ich Ihnen versichere, dass Sie keineswegs verrückt sind?", erklang die weiche Stimme, die durch ihren Sinn geisterte, dicht hinter ihr.

Sabine drehte sich nicht um. „Was wollen Sie von mir? Erzählen Sie mir nicht wieder, es sei ein Zufall, dass Sie hier sind."

„Nein", sagte Peter von Borgo sanft, „ich habe Sie gesucht. Ich habe es falsch angefangen und greife nun nach einer neuen Chance."

Mühsam erhob sich die Kommissarin und wandte sich dem Vampir zu. „Verraten Sie mir auch, wie Sie mich gefunden haben?", fragte sie müde und strich sich eine feuchte Haarsträhne aus dem Gesicht.

„Was möchten Sie denn hören? Ich kann Ihnen sagen: Ich spüre Ihre Gegenwart. Ich wittere Ihre Spuren. Oder ich antworte: Wie gehen Sie vor, Frau Kommissarin, wenn Sie einer Person auf den Fersen bleiben wollen?" Peter von Borgo griff nach ihrem Handgelenk und löste ihre Armbanduhr. Mit zwei Fingern hielt er das Band fest und schwenkte die Uhr hin und her.

„Eine Wanze?", fragte Sabine ungläubig und griff danach, doch Peter von Borgo war schneller. In einem hohen Bogen warf er die Uhr in den Prökelmoorteich. Ein Sumpfhuhn fiepte erschreckt.

„He, das können Sie doch nicht machen!“, protestierte Sabine.

„Wir brauchen sie nicht mehr“, sagte er gelassen, zog eine neue Uhr aus der Tasche, die der im Wasser versunkenen glich, und befestigte sie an Sabines Handgelenk.

„Was wollen Sie von mir?“, fragte die Kommissarin noch einmal.

„Heute habe ich Sie aufgesucht, um ein paar Missverständnisse aus dem Weg zu räumen. Es gab Zeiten, da haben Sie mich freundlich, voll Vertrauen – ich möchte fast sagen, mit Begehren in Ihren Augen angesehen, und nun sind dort nur noch Misstrauen, Verachtung, Angst und Zorn.“ Er breitete die Arme aus.

„Wenn ich Ihnen sage, ich habe mit den Morden an den Frauen nichts zu tun und habe auch das Kind nicht entführt, so glauben Sie mir nicht.“

„Kommen Sie mit mir zum Präsidium, dann wird sich alles klären“, sagte Sabine kalt.

„Nein, das ist keine gute Idee“, wehrte er ab. „Ich mache Ihnen einen anderen Vorschlag: Ich führe Sie zu dem Kind und zeige Ihnen Ronjas und Sandras Mörder – und Sie schenken mir dafür wieder Ihr Lächeln.“

Sabine atmete schneller. „Wollen Sie mir damit sagen, Sie haben zwar nichts mit dem Fall zu tun, kennen aber zufällig den Mörder und wissen, wo er Lilly versteckt hält?“

„Sie kennen ihn auch, nur sind Sie – Verzeihung – ein wenig blind. Ich sehe ein Stück tiefer, und ich spüre Lügen, Hass und Gewalt. Ich habe ihn beobachtet, und er hat mich zu dem Kind geführt.“

„So, so, der Herr Privatdetektiv“, murmelte sie sarkastisch.

Er verneigte sich ernst.

„Nun, dann nennen Sie mir doch den Namen. Wir werden ihn verhaften und verhören", schlug Sabine vor, steckte die Hände in die Manteltaschen und ging langsam in Richtung des Tores, das nach Hoheneichen führte.

„Sie würden mir nicht glauben, daher möchte ich, dass Sie mit mir kommen und sich selbst überzeugen."

„Mit Ihnen gehe ich nirgendwohin!", wehrte Sabine ab und beschleunigte ihren Schritt. In ihrem Kopf arbeitete es. Wie konnte sie es schaffen, die Kollegen zu rufen, ohne dass er es verhinderte oder wieder entkam?

„Ach, machen Sie es mir doch nicht so schwer", seufzte Peter von Borgo.

„Wollen Sie mich entführen, wenn ich Ihnen nicht freiwillig folge?", fauchte sie und sah ihn provozierend an.

„Nein", seufzte Peter von Borgo, griff ihr in die Tasche und holte ihr kleines Mobiltelefon heraus. „Rufen Sie Ihren Kollegen an. Er kann uns begleiten."

Die Kommissarin riss die Augen auf. „Ist das Ihr Ernst?"

„Ja, natürlich, doch bitte keine Einsatzfahrzeuge, kein Blaulicht!"

Mit zitternden Fingern wählte die Kommissarin Sönke Loderings Nummer. Es klingelte fünfmal, ehe er abhob.

„Sönke, kannst du sofort nach Ohlsdorf Ausgang Hoheneichen kommen?"

„Warum?"

„Es geht um Lilly Maas."

„Heute ist Sonntag!"

„Sönke, bitte, es ist wichtig!"

„Heute gibt es Filetspitzen in Champagnersauce!"

„Verdammt, ich würde dich nicht stören, wenn es nicht dringend wäre!"

„Schiete! Na gut. Soll ich irgendetwas mitbringen?"

„Die volle Ausrüstung!"

„Wenn's sein muss. Ich bin gleich da."

Zwanzig Minuten schritt Sabine unruhig vor dem Tor auf und ab. Da endlich bog der alte, weinrote Daimler des Kriminalobermeisters um die Ecke. Sönke stellte ihn hinter Sabines Passat und stieg dann schwerfällig aus.

„Wenn es nicht wichtig ist und ich deswegen meine Filetspitzen versäume, dann zieh dich warm an!", begrüßte er seine Kollegin.

„Halte keine Reden, schnapp dir dein Zeug und steig hinten ein", schnitt ihm Sabine das Wort ab und ließ den Motor an. „Das ist Peter von Borgo oder Mascheck, wie sein richtiger Name lautet."

Mit quietschenden Reifen schoss der Passat die schmale Straße entlang. Sönke klammerte sich an seinem Sitz fest und riss die Augen auf.

„Borgo? Mascheck?" Er starrte den Mann auf der Rückbank neben sich an. „Ist das der Kerl, den das Einsatzteam zu erwischen versucht?"

„Genau der", bestätigte Sabine und bog schwungvoll in die Wellingbütteler Landstraße ein.

„Und was machen wir mit ihm?", fragte der Kriminalobermeister, ohne die Gestalt neben sich aus den Augen zu lassen.

„Er führt uns zu dem Versteck, in dem Lilly gefangen gehalten wird, und vielleicht liefert er uns auch noch einen passenden Entführer und Mörder dazu", sagte Sabine grimmig und überholte halsbrecherisch einen dahinschleichenden Ford.

Sönke wurde hin und her geschleudert, doch Sabines Worte beunruhigten ihn noch mehr als ihr Fahrstil.

„Was?“, schrie er. „Wir zwei sollen eine Gefangenenbefreiung durchziehen? Bist du völlig übergeschnappt?“

Die Hände im Schoß gefaltet, folgte der Vampir dem Wortwechsel, ohne eine Miene zu verziehen.

„Mir wäre eine Einsatztruppe auch lieber, doch der Herr dort hinten ist erstaunlich stur. Wir werden das schon schaffen“, versuchte sie den Kollegen aufzumuntern.

„Und danach reißt uns der Tieze den Kopf ab und rammt uns ungespitzt in den Boden!“, maulte Sönke.

Sabine bog in die Alsterdorfer Straße ein. „Das Risiko gehe ich ein. Hast du eigentlich deine Waffe dabei? Ich leider nicht. Eine Befreiungsaktion stand nicht auf meinem Abendprogramm.“

„Auf meinem auch nicht“, schimpfte Sönke und dachte an seine Filetspitzen.

„Und was machen wir mit dem?“, fragte er nach einer Weile und warf seinem Sitznachbarn einen bösen Blick zu.

„Sie können mich ja fesseln und im Wagen zurücklassen“, schlug der Vampir in leicht spöttischem Ton vor, „damit ich Ihnen nicht in die Quere komme oder einfach entwische.“

„Gute Idee“, brummte Sönke und kramte nach seinen Handschellen. „Wohin fahren wir eigentlich?“, fragte er, als Sabine in Stellingen auf die Autobahn fuhr.

„Bisher weiß ich nur, dass wir Richtung Wedel müssen, doch ich hoffe, dass Herr von Borgo sich rechtzeitig äußert, wie es dann weitergeht.“ Sie warf ihm im Rückspiegel einen Blick zu, den er mit einem Lächeln beantwortete.

„Wedel“, wiederholte Sönke und sah aus dem Fenster. „Wedel? Aber das gehört zu Schleswig-Holstein!“, rief der Kriminalobermeister aus.

„Gut beobachtet!“

„Verdammt, Sabine, da sind wir nicht zuständig! Das müssen die Kollegen aus Kiel machen." Sönke barg sein Gesicht in den Händen und lehnte sich stöhnend zurück. „Schiete! Worauf habe ich mich da nur eingelassen."

Schweigend fuhr die Kommissarin weiter. Sie passierten Blankenese und Rissen. Als sie Wedel erreichten, durchbrach Peter von Borgo die Stille und gebot Sabine links abzubiegen. Sie fuhren durch ein Wohngebiet, doch dann wichen die Häuser plötzlich zurück, und vor ihnen breitete sich die Wedeler Marsch aus.

„Fahren Sie weiter."

„Dort vorn ist ein Tor. Der Weg ist gesperrt."

Noch ehe Sabine ein weiteres Wort sagen konnte, war Peter von Borgo aus dem Wagen gesprungen, hatte das Tor geöffnet und saß auch schon wieder neben Sönke. Verwundert rieb sich der Kriminalbeamte die Augen.

Langsam fuhr die Kommissarin den schmalen Weg entlang. Das Licht der Scheinwerfer huschte über winterbraunes Marschland, das nur von vereinzelten Büschen und schnurgeraden Entwässerungsgräben unterbrochen wurde. Links tauchte der Lauf der Hetlinger Binnenelbe auf, dann glitt das Licht über eine ausgedehnte Wasserfläche. Schemenhaft hob sich die Vogelbeobachtungsstation gegen den bewölkten Nachthimmel ab. Weiter hinten im Dunkeln ahnte man den grasbewachsenen Deich, hinter dem die Elbe träge dahinfloss. Nachdem sie Fährmannssand hinter sich gelassen hatten, verließ der Weg den Wasserlauf und führte wieder tiefer in das Marschland hinein.

„Langsam!", befahl Peter von Borgo. „Schalten Sie das Licht aus! Dort vorn an dem großen Weißdornbusch geht es links rein. Am besten bleiben Sie hier gleich stehen und gehen den Rest des Weges zu Fuß."

Sabine stellte den Motor ab und öffnete die Wagentür. Der

Wind säuselte in den letzten Blättern der Büsche, ein paar schwärzlich verfärbte Beeren hingen noch in den Zweigen, irgendwo gluckste Wasser. Nervös trat die Kommissarin von einem Fuß auf den anderen, während Sönke dem Vampir Handschellen anlegte und die Beine zusammenband.

„Der Weg führt in einem Rechtsbogen weiter. Die Böschung auf der linken Seite wird immer höher und ist weiter hinten bewachsen. Dort, wo sie abbricht, steht rechts eine alte Scheune. Die Hütte finden Sie links an der Rückseite der Böschung", erklärte Peter von Borgo höflich, während er Sönke die Hände entgegenhielt.

„Gehen wir?", flüsterte Sabine und umklammerte die Lampe in ihrer Manteltasche.

Sönke nickte. Mit einem schnappenden Geräusch rastete das Magazin seiner SigSauer ein. „Dann mal los!"

Schweigend schritten sie den holprigen Weg entlang. Der Himmel war von schweren Wolken verhangen, doch Sabine wagte nicht, ihre Taschenlampe einzuschalten. Neben ihnen stieg die Böschung an, bis sie düster über ihnen emporragte. Kahle Zweige reckten sich wie knochige Finger in den Himmel.

Peter von Borgo saß im Wagen, den Kopf an die Polster gelegt, und wartete. Im Geist folgte er den Schritten der beiden Kripobeamten den grasigen Weg entlang. Er hörte das Rascheln der Mäuse im dürren Laub und ahnte den Flügelschlag eines nächtlichen Vogels. Irgendwo knackte ein Zweig. Es wurde Zeit zu gehen!

Mit einer raschen Bewegung wand er sich aus den Handschellen, entledigte sich der Fußfesseln und schlüpfte dann aus dem Wagen. Einige Augenblicke blieb er reglos stehen und lauschte den Geräuschen der Nacht. Er sog die Luft ein und nahm die Witterung in sich auf, dann folgte er Sabine und Sönke. Lautlos, wie ein fliehender Schatten, eilte er voran und verschwand dann links von der Böschung hinter dichtem Buschwerk.

Sabine und Sönke hatten inzwischen das Ende der Böschung erreicht. Vor ihnen lag eine dürre Grasfläche, an deren rechter Seite eine windschiefe Scheune aufragte. Die angemoderten Tore waren weit geöffnet. Die Hand auf das splittrige Holz gelegt, blieb Sabine stehen und lauschte, doch nur das Rauschen des Nachtwindes war zu hören. Die Kommissarin wagte es, ihre Lampe anzuschalten. Der dünne Lichtstrahl huschte über feuchte Strohballen und einen Bretterstapel und brach sich dann im blanken Blech einer silbernen Motorhaube. Sönke trat an den Wagen und legte seine Hand auf die Haube.

„Sie ist noch warm!", warnte er. Schnell knipste Sabine die Taschenlampe aus. Eine Weile mussten sie warten, bis sich ihre Augen wieder an die Dunkelheit gewöhnt hatten.

„Hier ist nichts", flüsterte Sönke. „Lass uns zu der Hütte gehen. Aber vorsichtig! Bleib dicht hinter mir."

So leise wie möglich schlichen sie an der Scheune entlang und huschten dann hinüber zu einem Haufen in weiße Plastikfolie verpackter Heurollen. Lauschend blieben sie stehen. Dort drüben, auf der anderen Seite der Wiese, im Schutz der Büsche musste die Hütte sein.

„Also los!", raunte Sönke und lief los. Sabine folgte ihm.

„Heute ist dein großer Tag", sagte er und lächelte verzückt. Das rotblonde Mädchen sah ihn aus großen Augen an.

„Heute machen wir die schönsten Bilder von dir – und es werden vermutlich auch die letzten sein."

Lilly drückte ihren Hasen an die Brust. „Darf ich dann wieder zu meiner Mama?"

Der Mann lachte kurz auf und tätschelte den Kinderkopf. „Ja, das kann man so sagen."

Hoffnung glänzte in den großen blauen Augen auf.

„Nun iss fertig, damit wir anfangen können!" Ungeduld schwang in seiner Stimme. Fast liebevoll strich er über das Kameragehäuse, prüfte noch einmal Batterie und Blitz und sah dann wieder zu Lilly hinüber, die lustlos an ihrer Milchschnitte kaute.

„Wenn du sie nicht essen willst, dann lass es!", herrschte er das Kind an, riss ihr den Rest aus der Hand und warf ihn in eine Ecke. Lilly zuckte zusammen. Tränen sammelten sich unter den dichten, blonden Wimpern, doch sie gab keinen Laut von sich.

Der Mann zog eine Bürste aus der Tasche und bearbeitete das Kinderhaar, bis es in gold glänzenden Wellen über den Rücken fiel. Dann befahl er dem Mädchen, sich auszuziehen. Der Blick des Kindes trübte sich ein. Mechanisch begann Lilly Pullover, Hemd und Hose auszuziehen. Als sie schließlich nackt vor ihm stand, zog er ihr ein seidiges, kurzes Hemdchen mit dünnen Trägern über den Kopf und band ihr einen rosafarbenen Tüllschal um den Hals.

„Und nun komm, sei aber leise!"

„Gehen wir hinaus?", fragte Lilly und riss die Augen auf.

„Ja, heute machen wir draußen Bilder." Er griff nach ihrer Hand und zog sie mit sich, doch das Kind sträubte sich und warf sich auf den Boden.

„Mein Hase! Ich will meinen Hasen mitnehmen!", weinte sie. Der Mann stöhnte. „Also gut, aber dann bist du brav und machst, was ich dir sage."

Lilly nickte, stürzte zu ihrem Stofftier und presste es fest an sich. Auf nackten Füßen folgte sie dem Mann in die kalte Novembernacht hinaus. Er führte sie zwischen den Büschen hindurch. Weiche Erde quoll zwischen ihren Zehen auf und klebte an ihren Fußsohlen fest. Mit gesenktem Kopf trottete das Mädchen hinter dem Mann her. Plötzlich blieb er stehen und presste seine Hand auf ihren Mund.

„Still! Und rühr dich nicht vom Fleck!", zischte er und duckte sich hinter einen Haselstrauch. Etwas bewegte sich dort drüben an der Scheune. Zwei Schatten huschten an der Bretterwand entlang. Der Mann zog eine Pistole aus dem Gürtel, spannte, trat einen Schritt nach vorn und zielte dann sorgfältig mit ausgestreckten Armen. Da riss die Wolkendecke auf. Das Mondlicht hüllte Sabine und Sönke ein und spiegelte sich in der auf sie gerichteten Waffe.

„Sabine, runter!", brüllte Sönke und warf sich auf den Boden. Die Kommissarin folgte seinem Beispiel. Ein Schuss krachte und pfiff über ihre Köpfe hinweg.

„Lauf zu den Heuballen", schrie Sönke und trat geduckt den Rückzug an.

Da löste sich eine kleine weiße Gestalt aus den Schatten der Büsche und rannte schreiend über die Wiese, den alten Stoffhasen fest an sich gepresst.

„Lilly!", rief Sabine und lief ihr geduckt entgegen.

Sönke brüllte: „Nein!", doch da fiel der nächste Schuss.

Sabine konnte nicht sagen, woher die große, schwarze Gestalt kam, doch als der Schuss explodierte, war der Vampir plötzlich da und warf sich vor sie. Sein Körper zuckte, als das Projektil seine Jacke zerfetzte, das Hemd zerriss und tief in seine Brust eindrang. Der nächste Schuss streifte das Kind. Lilly kreischte auf, taumelte und stolperte, doch bevor sie fiel, rissen sie kräftige Arme hoch. Das weiße Hemdchen färbte sich rot.

Das Kind in den Armen, Sabine vor sich herschiebend, hastete Peter von Borgo dem schützenden Heuberg entgegen.

Sein Körper bäumte sich auf, als ihn das nächste Geschoss in den Rücken traf. Er taumelte noch zwei Schritte, setzte das Kind ab und brach dann zusammen.

„Sabine, bist du verletzt?" Panik schwang in Sönkes Stimme, als er im Schutz der Ballen zu den dreien hinüberkroch.

„Nein, doch das Kind ist getroffen – und Peter." Sie legte ihre Hand auf seine Brust, die in kühlem, schwärzlichem Blut schwamm.

Sabine knipste ihre Lampe an. Den Strahl mit der Hand abschirmend, ließ sie das Licht über das Kind huschen, das sich wimmernd an sie drückte, dann blieb der Lichtstrahl an einer hässlichen Wunde in Peter von Borgos Brust hängen.

„Oh mein Gott", hauchte sie entsetzt. Hastig zog sie Mantel, Pullover und Bluse aus, drehte die Bluse zu einem Knäuel zusammen und drückte sie auf die blutende Wunde. Den Pullover zog sie Lilly an und breitete dann ihren Mantel über die reglose Gestalt. Zitternd vor Kälte saß sie im Unterhemd da, das Kind in ihren Armen. Mit der einen Hand streichelte sie Lillys Haar, die andere hielt die kalte, starre Männerhand umklammert.

„Peter, halte durch, du darfst nicht sterben", flüsterte sie.

Sie hörte Sönke über sein Handy Hilfe anfordern. Die Pistole im Anschlag, lugte er um die Ballen, doch die Wiese lag still und friedlich im Mondlicht da.

Plötzlich huschte eine Gestalt drüben auf der anderen Seite über den Ausgang des Hohlweges.

„Verdammt, er will uns austricksen", schimpfte Sönke. „Der versucht sich zu verdrücken. So sieht der aus. Den hole ich mir!"

„Sönke, nein, bleib hier!", beschwor ihn die Kommissarin.

Der Kriminalobermeister lief geduckt zur Scheune hinüber und lugte dann vorsichtig um die Ecke. Für einen Moment sah er einen großen Mann in einem grauen Jogginganzug, doch dann verblasste das Mondlicht und hüllte das Marschland wieder in Finsternis. Rasche Schritte, keuchender Atem, dann das Klacken einer Tür.

Vorsichtig tastete sich Sönke an das Scheunentor heran, als plötzlich Scheinwerfer aufflammten. Der Kriminalobermeister fuhr geblendet zurück und warf sich auf den Boden. Der Motor heulte auf, und der silberne Ford raste dem Hohlweg entgegen. Sönke drückte zweimal ab. Glas splitterte. Eines der Rücklichter erlosch, doch dann verschwand der Wagen in der Nacht.

Es kam Sabine wie eine Ewigkeit vor, bis in der Ferne endlich der Klang von Sirenen ertönte. Zuckende Lichter, einer tanzenden Kette gleich, zogen sich durch die nächtliche Marsch, dann tauchten drei Streifen- und zwei Rettungswagen hinter der Böschung auf und kamen auf der Wiese vor der Scheune zum Stehen.

Das Mädchen in den Armen, verließ Sabine den Schutz der Heuballen und rannte über die Wiese auf den ersten Rettungswagen zu. Helfende Hände streckten sich ihr entgegen und nahmen ihr das Kind ab. Einer der Männer legte ihr eine Decke um die Schulter.

„Schnell“, keuchte die Kommissarin, und vor Aufregung und Kälte schlugen ihre Zähne aufeinander, „dort an den Heurollen liegt ein Schwerverletzter!“ Sie ergriff den Ärmel des Notarztes und zerrte den Mann hinter sich her. Helle Lampen flammten auf.

„Hierher!“, rief Sabine, doch dann blieb sie wie erstarrt stehen und sah auf ihre blutdurchtränkte Bluse und den Mantel hinunter, die dort zwischen den Ballen auf dem Boden lagen. Von Peter von Borgo aber fehlte jede Spur.

„Wo ist der Schwerverletzte denn?“, fragte der Arzt ungeduldig. Die Kommissarin schüttelte fassungslos den Kopf. „Ich begreife das nicht. Ich dachte, er liegt im Sterben.“ Mit steifen Fingern zog sie ihren Mantel über.

Der Arzt umrundete den Ballenstapel, leuchtete in die Ritzen und schritt dann zur Scheune hinüber, doch der Verletzte schien wie vom Erdboden verschluckt.

„Er war in die Brust und in den Rücken getroffen“, murmelte Sabine und schlang den Mantel enger um sich. „Er hat viel Blut verloren. Ich habe es gesehen und gefühlt.“

Verwirrt stand sie zwischen zuckendem Blaulicht und umhereilenden Uniformierten mitten auf der Wiese. Die Türen des ersten Rettungswagens wurden geschlossen, um Lilly in die Kinderklinik zu bringen. Sabine sah dem Wagen nach, bis er hinter der Böschung verschwand. Da kam Sönke keuchend zu ihr und fasste sie am Arm.

„Dein Wagen ist weg!“

Sabine griff in ihre Manteltasche. Der Schlüssel war verschwunden. Entschlossen schritt sie zu dem nächsten Streifenwagen.

„Was hast du vor?“, rief ihr Sönke nach, doch sie gab keine Antwort.

„Ich brauche kurz Ihren Wagen“, sagte sie barsch zu dem jungen Polizeimeister, der neben dem Streifenwagen stand, und schwang sich auf den Fahrersitz.

„He, das geht doch nicht!“, rief er entsetzt und zog vergeblich an der von innen verriegelten Tür. Der Motor heulte auf, dann schoss der Wagen davon. Der junge Polizist wollte hinterherlaufen, doch Sönke packte ihn am Ärmel.

„Kriminalpolizei, LKA 41 Hamburg“, knurrte er. „Wenn Oberkommissarin Berner Ihren Wagen braucht, dann geht das schon in Ordnung.“

„Hamburg?“, fragte der junge Mann verwirrt. „Aber Sie sind hier doch gar nicht zuständig. Wir müssen in Kiel Bescheid sagen.“

Sönke nickte und verzog gequält das Gesicht. Das würde eine lange Nacht werden.

Der Vampir drückte das Gaspedal durch. Dunkel glänzend quoll Blut aus den Schusswunden, durchweichte Hemd und Jacke und rann ihm Brust und Rücken hinunter. Lähmende Kälte breitete sich in seinem Körper aus. Er fühlte eine Schwäche, wie er sie – trotz zahlreicher Verletzungen – noch nie gespürt hatte. Er war noch nicht über Rissen hinaus, als er merkte, wie seine Beine taub wurden. Er hatte viel Blut verloren, zu viel Blut, selbst für einen Vampir.

„Ich muss mich stärken“, murmelte er, „sofort!“

Peter von Borgo verließ die Hauptstraße und fuhr durch Sülldorf, doch obwohl er an einigen nächtlichen Spaziergängern vorbeikam, zögerte er, sie sich zu greifen. Sein Geist war geschwächt, sein Blick getrübt, rote Flecken tanzten vor seinen Augen. Kaum wusste er noch, wohin er den Wagen lenkte. Die letzten Häuser blieben zurück, das Scheinwerferlicht huschte über eingezäunte Wiesen. Drei Gebäude, um einen quadratischen Hof gruppiert, tauchten aus der Dunkelheit auf. Ein Reiterhof! Schlingernd brachte Peter von Borgo den Wagen am Wegesrand zum Stehen. Langsamer noch, als es Menschen sind, tappte er unsicher auf den lang gezogenen Stall zu. Der warme Geruch von Pferden schlug ihm entgegen, als er leise die Tür öffnete. Der Vampir taumelte gegen die erste Box. Die braune Stute hinter der Gittertüre schnaubte ängstlich und legte nervös die Ohren nach hinten. Mit zitternden Händen schob der Vampir das Gitter zur Seite und trat in die Box. Das Pferd wieherte und wich an die

Wand zurück, doch Peter von Borgo hob seine Hand und legte sie der Stute auf die Nüstern.

„Ruhig, ganz ruhig, meine Gute", hauchte er und strich über das glänzende Fell an ihrem Hals. Die braunen Augen sahen ihn fragend an, als er seine Zähne tief in ihre Flanke schlug, doch das Tier stand ruhig da, bis er von ihm abließ. Noch einmal streichelte er die Stute, dann ging er in die nächste Box.

Nach dem dritten Mahl fühlte er, wie seine Kräfte zurückkehrten. Noch immer floss Blut aus seinen Wunden, doch der Schleier vor seinen Augen verschwand und das Dröhnen in seinem Kopf ließ nach. Der Vampir eilte zum Wagen, wendete und fuhr zur Hauptstraße zurück. Es wurde Zeit, sein schützendes Domizil aufzusuchen, bevor die Schwäche zurückkehrte.

Sabine folgte dem Rettungswagen den schmalen Weg durch die Marsch, dann raste sie mit Blaulicht durch Wedel. Hinter Rissen verließ sie die Hauptstraße und fuhr nach Blankenese. Bevor sie in den Baurs Park einbog, schaltete sie das Blaulicht aus. Die Versicherung des Observationsteams, dass hier keiner rein- oder rausgekommen sei, genügte ihr nicht. Sie ließ sich die Tür öffnen, schaltete ihre Lampe ein und lief dann mit langen Schritten durch das Haus. Sie sah in jeden Raum, stieg in den Keller hinunter, öffnete Schränke und Truhen, doch nichts wies darauf hin, dass Peter von Borgo hierher geflüchtet war.

Enttäuscht ging sie zu dem Polizeiwagen zurück. Sie war sich sicher gewesen, ihn hier zu finden. Wo sollte sie jetzt nach ihm suchen? Sabine rief Sönke auf seinem Handy an.

„Hier ist die Hölle los. Thomas und die anderen sind hier – und ich sage dir, er ist nicht gerade bester Laune.

Wir warten jetzt noch auf die Kieler, die darauf bestehen, bei allem dabei zu sein. Fahr du nur nach Hause. Das hat gar keinen Wert, wenn du wieder hier rauskommst. Morgen ist noch früh genug, dass sich Thomas' Zorn über deinem Haupt entlädt!"

Tief in Gedanken fuhr die Kommissarin in die Stadt zurück. Plötzlich merkte sie, dass sie am Zollkanal entlangfuhr. Dahinter lag die Speicherstadt, von unzähligen Scheinwerfern in ein sanftes Licht getaucht.

Das war es!

Sie riss das Steuer herum und fuhr über die Brooksbrücke. Langsam rollte sie an den Speicherblöcken vorbei und ließ den Blick über die geparkten Autos huschen. Da! Sabine trat auf die Bremse, riss die Tür auf und sprang heraus. Augenblicke später stand sie neben dem blauen Passat, der vor dem Sandthorquaihof parkte. Der schwärzliche Fleck auf dem Kopfsteinpflaster neben der Fahrertür war noch feucht.

Wo war er hingegangen? Suchend drehte sie sich im Kreis, dann schritt sie zielstrebig auf den Speicher P zu. Nach ihrem Besuch im Speicher hatte sie Bücher und Urkunden gewälzt und wusste nun, dass Peter Mascheck die oberen drei Böden des Speichers gepachtet hatte. Es waren seine eigenen Quartiersleute, die hier Tee, Kakao und Gewürze lagerten!

An der Schwelle fand die Kommissarin Blut. Unter der Haustür hatte sich ein kleiner Stein verklemmt, sodass sie nicht ins Schloss gefallen war. Sabine warf sich gegen die schwere Tür, der Stein kreischte auf der Schwelle, doch dann gab die Tür nach. Treppe für Treppe eilte Sabine hinauf und rüttelte vergeblich an den Klinken, bis sie ganz oben den Teespeicher erreichte. Zaghaft trat sie auf den Boden.

„Peter? – Peter, sind Sie hier? Bitte antworten Sie. Ich will Ihnen helfen."

Das Licht der Scheinwerfer draußen spiegelte sich warm an den hölzernen Stützen und Deckenbalken wider. Sabine umrundete die Kistenstapel, sah in jede Ecke – nichts. Mutlos ließ sie sich auf die Teekiste am Fenster sinken, auf der sie vor ein paar Tagen schon einmal gesessen hatte. Ein paar Tage war das erst her, doch es schienen ihr Jahre vergangen zu sein.

Auf der anderen Seite der Bretterwand, kaum drei Schritte von ihr entfernt, lag der Vampir in seiner langen, schmalen Kiste, die Wange an das blau glänzende Nachtgewand gelehnt. Er hörte ihre Stimme, er spürte ihre Gegenwart, doch er lag nur da und rührte sich nicht. Das Pferdeblut kreiste in seinen Adern, wärmte seinen Körper und ließ an den Stellen, an denen die Projektile das Gewebe brutal zerstört hatten, Knochen, Muskeln, Sehnen und Haut nachwachsen.

Wieder hörte er ihren Schritt. Sie war so nah! Es drängte ihn, sich zu erheben, die Bretter zur Seite zu schieben und Sabine mit festen Armen zu umschließen. Die Hände des Vampirs verkrampften sich, als ihr Duft zu ihm herüberdrang. Das Tierblut floss durch seinen Körper. Es rettete ihn und gab ihm seine Kraft zurück, doch es konnte seine Gier nicht mildern. Das Verlangen tobte wie ein wilder Fluss durch seinen Sinn. Seine Fingernägel krallten sich in das harte Holz, während sein Geist in wilder Pein aufschrie:

Ich will dich! Ich brauche dich! Komm zu mir und erlöse mich!

Müde schloss Sabine die Augen. Es war ihr, als könne sie ihn spüren, ganz nahe. Er rief nach ihr. Irritiert sprang sie auf, zog die Lampe aus der Tasche und leuchtete noch einmal sorgfältig den ganzen Speicher ab, doch alles, was sie fand, waren einige Tropfen Blut nahe der Tür.

Warum war er trotz seiner schweren Wunden geflohen?

Er hatte ihr und dem Mädchen das Leben gerettet. Wovor fürchtete er sich? Sie fühlte seine Pein, Angst schnürte ihre Kehle zu. Er war in Gefahr, doch wie konnte sie ihm helfen?

Die Kommissarin zog ihr Handy aus der Tasche und sah auf das grünlich schimmernde Display, und doch scheuten sich ihre Finger, die Tasten zu berühren. Es war ihre Pflicht, Polizei und Rettungsdienst zu verständigen und den Speicher durchsuchen zu lassen, bis sie Peter von Borgo gefunden hatten, und doch schaltete sie das Telefon aus und steckte es wieder in ihre Manteltasche. Warum? Was ging hier vor sich?

Sabine war zu erschöpft, um weiter darüber nachzudenken. Ihr Hals schmerzte wieder, und in ihrem Kopf hämmerte es. Gebeugt tappte sie zur Tür. Doch was war das? Etwas glitzerte dort drüben auf dem Boden, direkt an der Bretterwand. Sabine bückte sich und griff nach dem Schlüsselbund – ihrem Schlüsselbund. Ihr Blick wanderte an der Bretterwand entlang. Klang sie nicht hohl? Noch einmal rief sie nach Peter, dann wandte sie sich um und schleppte sich die Treppe hinunter zu ihrem Wagen.

Wie in Trance fuhr sie nach Hause. Sie sehnte sich nach einer Brust, an die sie sich lehnen konnte, nach starken Armen, die ihr Schutz gaben, doch sie wusste, dieser Wunsch war vergeblich. Ob wenigstens Lars noch wach war? Er könnte noch ein wenig bei ihr sitzen, solange sie einen Tee trank, doch obwohl sie mehrmals bei ihm klingelte, rührte sich in der Nachbarwohnung nichts. Seufzend gab Sabine es auf. Ihre Zähne schlugen schon wieder unkontrolliert aufeinander, ihre Hände zitterten, als sie versuchte, den Schlüssel ins Schloss zu schieben. Mit letzter Kraft schob sie die Wohnungstür auf.

Warum brannte im Wohnzimmer Licht?

Mit einem Mal war die Schläfrigkeit verschwunden. Mit klopfendem Herzen schlich die Kommissarin den Flur entlang und lugte um die Ecke. Das Bild, das sich ihr bot, trieb ihr die Tränen in die Augen.

Ihr Exmann, Jens Thorne, saß zusammengesunken mit hängendem Kinn auf dem Sofa, auf seinem Schoß zusammengekringelt, in eine warme Decke gehüllt, lag Julia, friedlich schlafend. Ein Schluchzen entrang sich Sabines Kehle, als sie ihre Tochter dort liegen sah, die Wangen gerötet, den Daumen fest im Mund, das blonde Haar wie einen Engelsschein um ihren Kopf. Ein Schnarchen ließ Jens' Kehle erzittern und ging dann in ein Schmatzen über. Das Kinn klappte nach oben, die Augen flatterten.

„Verdammt, Sabine, wo warst du so lange?", maulte er schläfrig und gähnte dann herzhaft. „Ich habe dir dreimal auf deine Mailbox gesprochen!"

„Tut mir leid, ich bin nicht dazu gekommen, sie abzuhören", seufzte Sabine und ließ ihren Mantel zu Boden gleiten. Plötzlich saß Jens kerzengerade auf dem Sofa.

„Himmel, wie siehst du denn aus?", rief er entsetzt.

Sabine ließ den Blick an ihrem blutverschmierten Unterhemd herabgleiten. „Ich glaube, ich muss mal unter die Dusche."

Julia regte sich und schlug die Augen auf. „Mama!" Ein Strahlen huschte über das Kindergesicht. Sie warf die Decke von sich und flog in Sabines Arme.

„Du bist schmutzig!", rügte das Kind mit strenger Stimme. „Du musst dich waschen!"

„Genau das werde ich jetzt tun", sagte die Kommissarin und hob das Kind auf ihre Arme. „Und der Papa kocht mir solange einen schönen Tee und schmiert mir zwei Scheiben Brot!"

„Wenn's sein muss", murrte Jens und trollte sich in die Küche. „Aber dann erzählst du mir, was du nun schon wieder angestellt hast."

Das Ende eines Mörders

Den Wecker um sieben überhörte Sabine, und auch als das Morgenlicht durch die Fenster kroch, rührte sie sich nicht. Es war nach neun, als sie erwachte und sich verwirrt die Augen rieb. Julia, die irgendwann in der Nacht in ihr Bett gekrochen war, räkelte sich, gähnte und kuschelte sich dann wieder an ihre Mutter. Sabine zog sie an sich und vergrub ihre Nase in dem duftenden Kinderhaar.

Was war heute für ein Tag? Montag! Mit einem Schrei fuhr Sabine hoch. Trotz Julias Protest stieg sie aus dem Bett und wankte ins Wohnzimmer. Jens war schon weg. Nur das Bettzeug lag noch unordentlich auf dem Sofa, eine Kaffeetasse stand auf dem Tisch. Schnell zog sich Sabine an, gab Julia ihre Schokopops und klingelte dann bei Lars, doch niemand öffnete. Auch Ingrid musste bedauernd ablehnen. Sie hatte Dienst und das „Ragazza" war nicht der geeignete Ort für Kinder. Es blieb der Kommissarin also nichts anderes übrig, als Julia mit ins Präsidium zu nehmen. Sie brachte das Kind zur „Sitte", einen Flur weiter, und schob es in das Spielzimmer, das die Kollegen für missbrauchte Kinder eingerichtet hatten.

„Pass auf, mein Schatz, gegenüber sitzt Frau Reinberg. Wenn du etwas brauchst, dann gehst du zu ihr hinüber. Ich bin dort drüben im Besprechungszimmer. Wenn die Sitzung vorbei ist, dann komme ich gleich wieder, ja? Du spielst hier brav, dann geht die Zeit ganz schnell vorbei." Sie kniete nieder und nahm ihre Tochter in die Arme, dann sah sie noch bei der Sekretärin des Sittendezernats vorbei, um ihr Bescheid zu sagen.

Die Sitzung lief schon seit einer halben Stunde. Der Raum war fast bis zum letzten Platz gefüllt, denn auch der Einsatzleiter der mobilen Truppe, einige Techniker und Männer des Observationsteams waren bei der heutigen Besprechung mit dabei. Möglichst unauffällig schlüpfte Sabine in den Konferenzraum und rutschte neben Hauptkommissar Ohlendorf auf einen leeren Stuhl.

„Das vermisst gemeldete Mädchen“, sagte Kriminaloberrat Tieze gerade und linste durch seine Brille, die ihm wieder bis vor auf die Nasenspitze gerutscht war, auf das Papier vor sich, „Lilly Maas, wurde gegen elf in der Klinik in Eppendorf eingeliefert. Sie hat einen Streifschuss am Arm, den der Arzt als unbedenklich einstuft. Ansonsten konnte der Arzt – außer ein paar blauen Flecken – keine Verletzungen feststellen. Die seelischen Schäden, die das Mädchen durch die Entführung und den vermuteten Missbrauch erlitten hat, sind noch nicht abzusehen. Eine Kinderpsychologin kümmert sich um sie. Wir hoffen eine brauchbare Aussage zu bekommen, doch das kann dauern.“

Thomas Ohlendorf beugte sich zu Sabine hinüber. „Was tust du hier? Du bist bis auf Weiteres krankgeschrieben!“, raunte er.

„Von wem?“, zischte Sabine. Uwe und Klaus drehten sich um und winkten ihr zu.

„Professor Langberger.“

„Verdammt, kann mich so ein Seelenklempner einfach vom Dienst suspendieren?“, ereiferte sie sich. Kriminaloberrat Tieze unterbrach seinen Vortrag und sah zu ihr hinüber.

„Frau Berner, es freut mich ja, dass Sie sich entschlossen haben, auch noch zu erscheinen, aber sind Sie nicht krankgeschrieben?" Er wartete ihre Antwort nicht ab, sondern fuhr fort: „Dennoch ist es ganz gut, dass Sie da sind. Kollege Lodering hat schon einiges über Ihren – sagen wir – ungewöhnlichen Einsatz berichtet, doch so manche Frage ist offengeblieben, und es wäre mir sehr recht, wenn Sie diese Lücken füllen und mir sagen könnten, wie es zu so etwas kommen konnte!"

Sein kalter Tonfall ließ sie deutlich spüren, was er von solch riskanten Einzelgängen hielt. Stockend beantwortete Sabine seine Fragen.

„Und wohin ist der angeblich so schwer Verletzte verschwunden?", fragte der Kriminaloberrat.

„Er nahm sich meinen Wagen und fuhr Richtung Hamburg. Ich folgte ihm in einem Streifenwagen. Ich dachte, er fährt zu seinem Haus in Blankenese, doch dort war er nicht."

„Apropos Streifenwagen. Die Kollegen aus Wedel haben höflich angefragt, was aus ihrem Fahrzeug geworden ist. Sie hätten es – wenn möglich – gerne zurück. Wo haben Sie es denn gelassen?"

Sabine versuchte den Sarkasmus zu überhören. „Der Wagen steht in der Speicherstadt beim Sandthorquaihof."

Karsten Tieze schwieg einen Augenblick verblüfft. „Warum denn das?"

„Dort hat Herr von Borgo mein Auto abgestellt", antwortete Sabine widerstrebend. Alle Augen waren auf sie gerichtet, und sie kam sich wie bei einem Verhör vor.

„Und Sie haben es ganz zufällig dort gefunden?"

Die Kommissarin schluckte. „Nein, nicht ganz zufällig. Ich habe Herrn von Borgo einmal in der Speicherstadt getroffen, und da erzählte er mir, er habe in der Nähe ein Domizil – so drückte er sich aus. Wo das genau ist, hat er allerdings nicht erwähnt, deshalb bin ich durch die Speicherstadt gefahren", gab sie widerstrebend zu. Die gepachteten Böden im Speicher P erwähnte sie nicht.

„So, so, in der Nähe der Speicherstadt. Sie haben nicht zufällig daran gedacht, Ihre Kollegen zu verständigen, als Sie Ihren Wagen dort entdeckten? Wäre doch möglich gewesen, dass wir den Flüchtenden aufspüren."

Die Kommissarin wich seinem anklagenden Blick aus. „Ja, also, ich …"

In diesem Moment öffnete sich die Tür, und ein kleines Mädchen drückte sich durch den Spalt. Nervös an seinen Fingern herumkauend, ließ das Kind den Blick schweifen, bis es die Mutter entdeckte. Ein Strahlen erhellte sein Gesicht. Zielstrebig eilte es auf die Kommissarin zu. Karsten Tieze schob seine Brille ein Stück höher und sah fassungslos zu Julia hinüber, die sich nun eng an Sabine drückte.

„Was ist das für ein Kind?", fragte er verwirrt. „Frau Berner, was hat es hier zu suchen?"

Sabine legte schützend die Arme um das Mädchen. „Das ist meine Tochter Julia. Sie lebt bei meinem geschiedenen Mann, doch er hat sie mir gestern überraschend vorbeigebracht." Entschuldigung heischend sah die Kommissarin den Kriminaloberrat an. „Ich wusste heute Morgen nicht, wo ich sie lassen soll."

„Aha", brummte Karsten Tieze. „Dann schlage ich vor, Sie gehen nun mit Ihrer Tochter nach Hause. Über alles andere sprechen wir später!"

Sabine presste ein „Danke" heraus, erhob sich und schob Julia vor sich zur Tür.

„Ach ja", hielt der Kriminaloberrat sie zurück, „und melden Sie sich bei Professor Langberger. Klären Sie diese Sache!"

Den ganzen Nachmittag las Sabine Bilderbücher vor, malte Kinder, Segelboote und bunte Fische, kochte Pudding und backte Marmorkuchen. Um fünf klingelte das Telefon: Es war Sönke.

„Ich dachte, ich halte dich mal auf dem Laufenden, bis du wieder zurückkommst."

„Danke, das ist lieb von dir", sagte sie warm.

„Pah, lieb!", grunzte er. „Ich brauche dich hier! Was glaubst du, was hier in den nächsten Tagen los ist. Richte deinem Seelenklempner aus, er soll sich jemand anderes für seine Couch suchen, du wirst hier gebraucht!"

Sabine standen Tränen in den Augen. „Sag das diesen Möchtegerngöttern in Weiß und unserem Herrn Chef! Ich möchte lieber heute als morgen weitermachen."

Das Geräusch am anderen Ende der Leitung drückte aus, was Sönke von seinem Chef und von Ärzten im Allgemeinen hielt.

„Kopf hoch, Deern", versuchte er Sabine aufzuheitern, „das kriegen wir schon hin."

Sie hatte gerade aufgelegt, als es schon wieder klingelte.

„Maria Limitone", meldete sich eine Stimme mit südländischem Akzent.

Der Name sagte ihr etwas. Sabine legte grübelnd die Stirn in Falten.

„Ich war eine Zeit lang mit Björn Magnus, Ihrem Polizeifotografen, befreundet", fuhr die Frau fort.

Natürlich! Maria und Susanna, von denen Björn so oft gesprochen hatte.

„Was kann ich für Sie tun, Frau Limitone?"

Die Frau am anderen Ende der Leitung zögerte. „Sehen Sie, ich möchte nicht schlecht über jemanden sprechen, doch die Sache lässt mir keine Ruhe, und meine Mutter hat mir geraten, zur Polizei zu gehen. Sie kennen Björn, er hat oft von Ihnen erzählt, deshalb möchte ich Sie um einen Rat bitten."

Mit stockender Stimme erzählte Maria Limitone. Wie üblich, wenn sie erregt war, schritt Sabine durch die Wohnung, das Telefon dicht ans Ohr gepresst. Als die Frau aus Italien geendet hatte, war Sabine wie betäubt. Ratlos sah sie auf den Hörer in ihrer Hand, doch dann wählte sie Thomas Ohlendorfs Nummer. Sie erreichte den Leiter der 4. Mordbereitschaft in seinem Büro.

„Thomas", die Kommissarin zögerte, „ich habe gerade einen Anruf aus Italien bekommen, von Maria Limitone, Björn Magnus' früherer Freundin."

„Und?"

Sabine war es, als habe sie nicht die Kraft, das auszusprechen, was in ihren Gedanken einen Sturm entfacht hatte, doch es musste sein.

„Sie hat mir von Nacktfotos erzählt, die Björn von ihr gemacht hat – und von ihrer Tochter Susanna", berichtete Sabine leise. „Davon wusste sie nichts, doch eines Tages hat sie eines dieser Fotos gefunden. Deshalb hat sie Björn verlassen."

Thomas Ohlendorf schwieg.

„War Björn gestern Nacht beim Einsatz dabei?"

„Nein."

„Hast du ihn heute gesehen? Ich will ihm gar nichts unterstellen, es ist nur so, als mir Frau Limitone von den Fotos erzählte – mit Fesseln oder Tüchern um den Hals –, da hatte ich wieder diese Bilder von Ronja und Sandra vor Augen. Thomas, sag mir bitte, dass das nicht wahr sein kann." Ihre Stimme klang flehend. Sie sah sich mit Björn im Kino, sah ihn hier in ihrer Wohnung, sah sich ihn tröstend in die Arme nehmen, als er um Maria und Susanna weinte.

„Wir werden das überprüfen!“, sagte der Hauptkommissar fest und legte auf. Lange musste Sabine nicht auf den Rückruf warten. Thomas Ohlendorf räusperte sich. „Ich habe vor ein paar Minuten die Ergebnisse aus dem Labor bekommen. Wir haben einen Objektivdeckel aus der Hütte mit Björns Fingerabdrücken! Ich habe die Sachen aus der gestohlenen Tasche auch noch mal prüfen lassen. Sabine, Björn wird gerade zur Fahndung ausgeschrieben!“

Die Kommissarin schwieg. Minutenlang stand sie da, das Telefon noch in der Hand, und starrte vor sich hin. Björn! Wie war so etwas möglich? Peter hatte es gewusst! Doch hätte sie ihm geglaubt, wenn er Björn beschuldigt hätte? Nein, wahrscheinlich nicht. Sie seufzte tief. Wem konnte man noch vertrauen? Was konnte man noch glauben? Im Zimmer war es still und dunkel. Julia war auf dem Sofa eingeschlafen. Nachdenklich stand Sabine am Fenster und sah auf die Straße hinunter. Der schwarze Golf! Da stand er wieder. Ein Mann saß auf dem Fahrersitz und telefonierte wild gestikulierend.

„Dieses Mal kriege ich dich, du Mistkerl!“, fauchte die Kommissarin und wog das Telefon in ihrer Hand.

„Nein!“

Sie legte es auf den Tisch, ging ins Arbeitszimmer, schloss die Schreibtischschublade auf und zog die SigSauer hervor. Mit einem Knacken rastete das Magazin ein. Die Pistole in ihrer Jackentasche verborgen, eilte Sabine die Treppe hinunter. Sie lief bis in den Keller und trat dann durch eine schmale Tür in den Hof. Im Laufschritt rannte sie zur Koppel und dann vor zur Gurlittstraße. Eilig überquerte sie die Lange Reihe und bog dann nach links auf das Gelände des Mariendoms ein. Sie zitterte vor Anspannung, als sie den Hof überquerte und sich dann durch den düsteren Torbogen dem parkenden Wagen näherte. Einen Moment blieb sie noch im Schatten der alten Klinkersteine stehen, dann zog sie die Pistole aus der Tasche, lief um den schwarzen Golf herum, riss die Wagentür auf und hielt dem Fahrer die Mündung an den Kopf.

„Hände hoch!“, brüllte sie. „Legen Sie die Hände hinter den Nacken!“

Frank Löffler stieß einen Schrei aus, seine Hände fuhren nach oben. Jede Farbe war aus seinem Gesicht gewichen.

„Bitte, Frau Berner, nein“, stotterte er mit zitternder Stimme. „Tun Sie die Waffe weg!“

Die Kommissarin hielt die Pistole weiter im Anschlag. „Erst sagen Sie mir, warum Sie mich verfolgen, warum Sie meine Wohnung beobachten …“ Ihr Blick fiel auf einen kleinen schwarzen Kasten und ein laufendes Notebook, das auf dem Beifahrersitz stand. Die Vermutung wurde zur Gewissheit. „… und warum Sie mein Telefon abhören.“

„Frau Berner, wir sind doch zivilisierte Menschen. Lassen Sie uns in Ruhe darüber reden.“ Der Journalist sah sie flehend an.

„Zivilisiert? So fühle ich mich gerade nicht. Ich bin eher richtig archaisch wütend und würde Sie am liebsten kräftig durch die Mangel drehen!“ Sie deutete mit dem Lauf der Pistole auf sein Handy. „Doch ich will mich beherrschen, wenn Sie jetzt einen Streifenwagen herbeiordern, der Sie mitnehmen wird.“

Frank Löffler zauderte. „Aber Frau Berner“, er versuchte ein gewinnendes Lächeln, „es ist doch niemand zu Schaden gekommen. Ich habe es auch bei Ihren Kollegen versucht, doch die haben alle ISDN, da komme ich nicht ran. Sie dürfen das nicht persönlich nehmen. Ich bin Journalist und von Natur aus neugierig. Bitte, machen Sie keine Staatsaffäre daraus. Ich verspreche, mich in Zukunft von Ihnen fernzuhalten.“

„Sie haben geschäftliche und private Telefonate abgehört, Sie haben sich in Ermittlungen der Kriminalpolizei eingemischt und Informationen an die Zeitung verkauft. Sie haben unsere Ermittlungen gefährdet, und da bilden Sie sich ein, ich lasse Sie einfach laufen?", rief Sabine empört. „Wählen Sie sofort die Nummer!"

Die Züge des Journalisten nahmen einen gehässigen Zug an. „Ach, Sie wollen sich also stur stellen. Unsere Leser wird es sicher interessieren, dass Sie wie ein wilder Cowboy sämtliche Vorschriften mit Füßen getreten und das Leben eines Kindes aufs Spiel gesetzt haben, nur um sich zu profilieren. Oder wie wäre es damit: Kommissarin leidet unter Gedächtnisschwund, hört seltsame Stimmen und hat Halluzinationen beim Einsatz. Schützt die Bürger vor dieser gemeingefährlichen Person, die in eine Anstalt gehört und nicht ins LKA!"

Sabine wurde feuerrot vor Wut, holte aus und schlug ihm ins Gesicht. Dann riss sie ihm das Telefon aus der Hand und wählte 110.

„Das wird teuer!", fauchte sie, während sie auf den Streifenwagen warteten. „Sehr teuer! Sie werden sich noch oft wünschen, Sie hätten sich Ihre Informationen auf legalem Weg beschafft!"

Es dauerte nicht lange, bis der Streifenwagen vom Steindamm kam. Erleichtert sah Sabine zu, wie die uniformierten Kollegen Frank Löffler in den Peterwagen verfrachteten, um ihn aufs Revier mitzunehmen. Sabine versprach, am nächsten Morgen vorbeizukommen, um ihre Aussage zu machen, und sah dann dem Wagen nach, bis er um die nächste Ecke bog und verschwand.

Fröstelnd zog sich Sabine ihre Jacke enger um die Schultern. Hoffentlich war Julia nicht aufgewacht. Sie rannte über die Straße und dann, zwei Stufen auf einmal nehmend, die

Treppe hinauf. Die Wohnungstür war nur angelehnt. War das nicht Julias Stimme? Weinte sie? Eine leise männliche Stimme antwortete. Versteinert blieb Sabine im Flur stehen. Ihre Nackenhaare sträubten sich, ihr Herz begann zu rasen. Wie in Trance zog sie die Pistole.

„Lass die Waffe fallen!", herrschte sie eine Stimme an. „Ich sage es nur einmal. Ich werde deiner Tochter die Kehle durchschneiden, wenn du nicht auf der Stelle die Pistole auf den Boden legst!" Das Kind vor sich her schiebend, trat Björn Magnus aus dem Wohnzimmer.

„Mama", wimmerte Julia, an deren Kehle er ein langes, scharfes Küchenmesser hielt.

Mit zitternden Händen ließ Sabine die SigSauer zu Boden gleiten. Björn hob sie auf, schob Julia bis zur Haustür und legte dann den Riegel vor.

„Björn, bitte, tu das nicht. Es ist vorbei. Du hast keine Chance mehr. Sie haben deine Fingerabdrücke in der Hütte gefunden. Thomas weiß alles. Mach es doch nicht noch schlimmer."

„Ihr habt mir mein Lebenswerk zerstört. Ich war so nah dran! Doch ich lasse es mir von euch nicht verderben. Dann wird eben Julia mein vollkommenes Modell sein!", zischte er. In seinen Augen glänzte der Wahnsinn.

Sabine trat langsam näher. „Warum, Björn, warum?"

„Immer diese furchtbaren Toten", jammerte er, „zerstückelt, zerrissen, von Kugeln und Messern zerfetzt, überfahrene Kinder, aufgedunsene Wasserleichen. Ich wollte schöne Bilder machen, von ästhetischen Körpern, von lieblicher, weicher Haut. Doch Maria hat gesagt, ich sei nicht normal. Sie ist zu ihrer Mutter zurückgegangen, als sie die Fotos von Susanna gesehen hat." Seine Stimme klang verletzt. Tränen schimmerten in seinen Augen.

„Bleib zurück!“, schrie er plötzlich und zog Julia wieder mit sich ins Wohnzimmer.

„Und dann?“, fragte Sabine, um ihn wieder zum Reden zu bringen. „Bist du dann zu Ronja gegangen?“ In ihrem Kopf arbeitete es fieberhaft. Wie konnte sie an ihn herankommen, ohne Julia zu gefährden?

„Ronja kenne ich schon lange. Von ihr habe ich viele Bilder. Ihr werdet staunen, wenn ihr mein Archiv findet! Und dann war da plötzlich dieses süße Mädchen!“ Seine Augen strahlten. „Endlich konnte ich meine Bilderreihe fortsetzen. Diese Bilder sind ein Kunstwerk – doch es ist noch nicht vollendet!“

„War Ronja denn damit einverstanden?“, fragte Sabine äußerlich ruhig, obwohl ihr fast das Herz brach, als sie die lautlosen Tränen ihrer Tochter sah.

Björns Miene verfinsterte sich. „Nein, es war wie bei Maria. Als sie es bemerkte, machte sie einen Riesenaufstand, drohte mir, dass sie mich wegen Kindesmisshandlung anzeigen würde.“ Ein triumphierendes Lächeln huschte über sein Gesicht. „Aber andererseits war es auch gut so, denn sie brachte mich auf die Idee, ein neues Projekt zu beginnen. Der ästhetische Tod! Wundervoll! Ich habe es geschafft, dem Tod sein hässliches Gesicht zu nehmen. Ausstellen müsste man mein Werk, statt mich zu verdammen!“

„Und Sandra?“, fragte Sabine leise.

„Habe ich in meinem Labor erwischt, das neugierige Biest, und da hat sie Fotos von Ronja gesehen.“ Er grinste. „Und so bekam sie Gelegenheit, an meinem großen Kunstwerk teilzuhaben.“

Sabine fühlte, wie brennend Magensäure in ihr aufstieg.

„Aber warum hast du dich mit diesem Zuhälter zusammengetan?“, fragte sie verwirrt. Die Lösegeldforderung passte so gar nicht ins Bild.

„Ha!“, rief Björn, und sein Gesicht wurde rot vor Wut. „Diese Kanalratten, diese Trittbrettfahrer. Nichts hatten sie damit zu tun. Behaupteten einfach, sie hätten das süße Ding, doch sie haben nicht mit mir gerechnet!“

„Du warst es! Du hast versucht, mich zu erwürgen!“ Unwillkürlich fasste sich Sabine an den Hals.

Björn lächelte. „Ja, es war zu verlockend, ich musste es einfach versuchen. Der ganze Aufmarsch dort um das Gelände und dann, unter ihren Augen, ihnen ihre teure Kommissarin wegschnappen.“ Er senkte vertraulich seine Stimme. „Weißt du, es macht süchtig. Wenn man mal angefangen hat, dann kann man nicht mehr aufhören. Die Sekretärin war nur eine zufällig ergriffene Gelegenheit.“ Ein Lächeln huschte über sein Gesicht. „Ja, dort auf dem Gelände musste ich ganz schön tricksen, damit hinterher keiner dumme Fragen stellt: warum meine Kleider schmutzig sind und warum ich ein geprelltes Knie habe!“ Er sah Sabine böse an, doch dann warf er einen Blick auf seine Uhr. „Es ist schön, endlich einen Zuhörer gefunden zu haben, aber die Zeit läuft mir davon. Ich muss gehen. Du verstehst doch, dass ich dich jetzt töten muss, damit du uns nicht hinterherläufst.“

Er ließ das Messer sinken und zog Klebeband aus der Tasche, um das Kind damit zu fesseln. In diesem Moment trat Sabine zu. Zwei Schritte, dann schnellte ihr Fuß hoch, um ihn zwischen den Beinen zu treffen, doch im letzten Moment gelang es ihm, sich zur Seite zu drehen, sodass ihr Tritt seinen Oberschenkel traf. Dennoch stöhnte er vor Schmerz.

„Lauf, Julia, lauf!“, schrie Sabine und schlug mit der Faust nach ihm. Das Messer in seiner Hand blitzte. Die Kommissarin fuhr zurück, sodass die Klinge nur ihren Ärmel aufschlitzte. Sabine taumelte und griff nach einer Steingutvase auf der Anrichte. Wieder schoss das Messer nach vorn, doch die Kommissarin sprang zur Seite und schlug mit aller Kraft zu. Ein Schmerzensschrei erklang, das Messer fiel zu Boden. In wahnsinniger Wut drang Björn auf sie ein. Sabine wich zurück, bis sie gegen den Esstisch stieß. Da traf seine Faust ihre Schläfe. Sie verdrehte die Augen, wankte und brach zusammen. Im Fallen riss sie die Tischdecke und einen Obstkorb herunter. Ihr Kopf streifte die Lehne eines Stuhls. Er kippte krachend auf den Boden und blieb neben Sabine liegen.

„Du wirst mir nicht mehr in die Quere kommen!", flüsterte Björn und kam langsam näher, die Hände wie Krallen weit von sich gestreckt. Doch plötzlich hielt er inne. Julia schrie und weinte und schlug mit den Fäusten gegen die versperrte Wohnungstür. Mit ein paar Sätzen war der Mann an ihrer Seite. Er riss ein Stück Klebeband ab und verschloss dem Mädchen den Mund. Dann fesselte er ihre Arme. Einen Augenblick zögerte er, doch dann hob er das Kind hoch und eilte die Treppe hinunter. Er trat in den Hof, lief zur Koppel hinüber, warf Julia auf den Rücksitz seines Wagens und raste dann davon.

Kühle Hände strichen über ihr Gesicht, sanfte Finger betasteten Hals und Schläfen. Sabine fühlte sich emporgehoben, dann zwang ihr jemand die Lippen auseinander, und kaltes Wasser drang in ihren Mund. Sie schluckte und hustete, in ihrem Kopf dröhnte es. Langsam öffnete sie die Augen. Es war dunkel im Zimmer, schemenhaft hob sich eine schlanke Männergestalt gegen das vom Straßenlicht orange schimmernde Fenster ab.

„Peter", stöhnte die Kommissarin und griff sich an den Hals, doch dann fuhr sie hoch, ohne auf den stechenden Schmerz zu achten.

„Julia! Wo ist mein Kind?" Hektisch flog ihr Blick durch das düstere Zimmer.

„Er hat sie in seinem Wagen mitgenommen", antwortete Peter von Borgo und half Sabine beim Aufstehen. Sie taumelte und musste sich an seinem Arm festhalten.

„Ich muss gehen, muss mein Kind retten", murmelte Sabine, Tränen rannen ihr übers Gesicht. „Ich lasse es nicht zu, dass er ihr etwas antut, dieser Mistkerl."

Sie schwankte in den Flur, schaltete das Licht ein und griff nach ihrer Jacke.

„Wie willst du sie finden?", fragte Peter von Borgo, der hinter ihr hergekommen war.

Sabine funkelte ihn wütend an. „Ich werde jeden Stein in Hamburg umdrehen, und ich werde mein Kind retten – mit oder ohne die Hilfe des LKA!", schnaubte sie und warf den Kopf zurück. Der Schmerz ließ sie zusammenzucken. Farbige Punkte tanzten vor ihren Augen.

Peter von Borgo seufzte. „Alleine wirst du es nicht schaffen. Komm mit, ich fahre dich hin." Er legte den Arm um ihre Schulter, doch sie schob ihn weg.

„Einen Moment", wehrte sie verwirrt ab. „Was tust du überhaupt hier und warum lebst du noch? Gestern Nacht bist du von Kugeln nahezu zerfetzt worden und lagst in deinem Blut. Ich habe es mit eigenen Augen gesehen! Sag mir, wie ist das möglich?"

„Kugelsichere Weste", murmelte der Vampir und knöpfte ihr die Jacke zu.

„Das glaube ich nicht!", schrie Sabine und riss ihm sein schwarzes Jeanshemd auf. Seine Haut schimmerte wächsern im Lampenschein. Fassungslos starrte sie ihn an: von der haarlosen, muskulösen Brust bis hinunter zu seinem straffen Bauch: nur weiße, makellose Haut.

„Aber das ist nicht möglich!", stotterte Sabine.

Der Vampir knöpfte sein Hemd wieder zu. „Wir sollten

gehen. Es ist nicht gut, ihm einen zu großen Vorsprung zu lassen." Höflich reichte er Sabine ihren Schal.

„Woher weißt du, wohin er sie gebracht hat?", begehrte sie misstrauisch auf.

„Ich weiß es nicht, aber ich ahne es, denn ich habe ihn viele Nächte beobachtet und kenne seine Verstecke. Er wandte sich nach Süden, bis zu den Elbbrücken bin ich ihm gefolgt." Seine Hand schob sich unter Sabines Arm.

„Warum tust du das?"

„Deine Gedanken und Gefühle sind gefangen. Erst wenn diese Geschichte zu Ende ist, besteht Hoffnung, dass du frei bist, große Entscheidungen zu treffen", antwortete Peter von Borgo und schob Sabine vor sich die Treppe hinunter.

„Ich habe nicht einmal eine Waffe", gab Sabine zu bedenken, als sie sich hinter ihm auf die Hayabusa schwang und die Arme um seine Mitte legte. „Soll ich nicht lieber im Präsidium anrufen?"

„Nein", sagte er fest und startete den Motor. „Vertraue mir!"

Das Motorrad schoss davon in die Nacht. Sie jagten auf die neuen Elbbrücken zu und flogen dann über die Autobahn bis Moorfleet. Sabine drückte ihr Gesicht in Peters Rücken. Der eisige Fahrtwind trieb ihr die Tränen in die Augen. Verschwommene Schatten huschten vorbei. Unter ihnen blitzte die Elbe im Sternenlicht, dann war sie schon verschwunden. Die Straße machte einen scharfen Knick, doch Peter von Borgo raste weiter. Sabine schrie auf, als das Hinterrad ausbrach. Sie schlitterten durch die Kurve, doch er fing das schwere Motorrad geschickt ab und jagte weiter zwischen Obstplantagen und Gewächshäusern nach Süden. Kleine Teiche und geduckte Bauernhäuser flogen vorbei, dann endlich drosselte Peter von Borgo die Maschine. Er holperte einen schmalen

Feldweg entlang, bremste dann und drehte den Schlüssel herum. Das Motorengeräusch erstarb.

„Du wartest hier, bis ich zurückkomme!", befahl er Sabine und schwang sich von seinem Sitz. „Dort vorn, am Ende des Weges, steht ein altes Bauernhaus. Dort hat er sich verkrochen!"

Kaum hatte er die Worte gesprochen, war er verschwunden, wie vom Erdboden verschluckt. Verwirrt drehte sich Sabine im Kreis. Sie lauschte in die Nacht. Ein schmaler Mond erhob sich über dem flachen Land, Sterne funkelten am blau-schwarzen Himmel. Ungeduldig starrte Sabine immer wieder auf ihre Uhr, doch die Sekunden flossen nur träge dahin. War dort hinter der Biegung nicht ein Lichtschein? Entschlossen folgte Sabine dem von Unkraut überwucherten Weg, bis er nach links abbog. Da tauchte auch schon das Haus auf. Schemenhaft, mit tief gezogenem Dach, von verkrüppelten Weiden eingerahmt. An der Rückseite des Hauses zog sich schnurgerade ein breiter Entwässerungsgraben entlang, dahinter erhob sich ein Damm.

In einem Bogen schlich Sabine geduckt näher. Zwei verrostete Fässer, ein paar niedrige Sträucher und ein Baumstumpf boten ihr Deckung. Gedämpft durch dichte Vorhänge, drang Licht aus den kleinen, quadratischen Sprossenfenstern und spiegelte sich in einem silbergrauen Wagen, der vor dem Haus parkte, wider. Unschlüssig kauerte Sabine hinter einer verkrüppelten Weide und beobachtete das Haus. Nichts regte sich, doch plötzlich erscholl der wütende Schrei eines Mannes und kurz darauf Julias heller Ruf. Sabine packte den nagelbestückten Holzpflock, der zu ihren Füßen im Gras lag, und rannte zur Tür hinüber. Den Stock mit beiden Händen umklammert, stieß sie mit dem Fuß die Tür auf und stürmte in das niedrige Zimmer. Als Erstes fiel ihr Blick auf Björns

Gesicht. Ungläubiges Erstaunen stand in den weit aufgerissenen Augen. Sabine sah Peter von Borgos Rücken und seine Arme, die Björn umklammerten, sein Kopf war über Björns Hals gebeugt.

„Mama!“, schrie Julia auf und rutschte aus dem tiefen, verschlissenen Ohrensessel an der Wand. Sabine ließ den Pflock fallen und zog ihre Tochter in die Arme.

„Mama, der Mann hat Björn gebissen!“

„Ja, ist schon gut, mein Schatz.“ Sie hob das Kind auf ihre Arme. Da drehte sich der Vampir um. Er ließ sein Opfer zu Boden fallen, wo es mit geschlossenen Augen liegen blieb. Außer einem Kratzer am Hals konnte Sabine keine Verletzung erkennen, und doch war er erschreckend bleich.

„Ist er tot?“, fragte die Kommissarin erschrocken. Es kam ihr vor, als wandle sie durch einem furchtbaren Albtraum.

„Noch nicht, aber bald“, antwortete der Vampir kalt.

„Nein, nein, das darfst du nicht tun!“, rief Sabine aufgeregt. „Das ist Totschlag – auch wenn er es verdient hat. Bitte, bring dich nicht in Schwierigkeiten.“ Doch Peter von Borgo hörte nicht auf sie.

„Warte fünf Minuten, dann kannst du deine Kollegen verständigen, aber denke daran – ich war nicht hier! Du kannst ihnen ja sagen, er hätte euch beide mitgenommen.“

Julia sah den Vampir aufmerksam an. „Warum sagst du, du bist nicht da gewesen? Ich seh dich doch! Und warum hast du ihn gebissen?“

Ein winziger Blutstropfen schimmerte in seinem Mundwinkel, als der Vampir seine Lippen zu einem Lächeln öffnete.

„Du bist ganz schön neugierig für dein Alter.“ Er näherte sich dem Kindergesicht und sah in die großen blauen Augen. „Schlaf, Kleines, schlaf und vergiss, was du hier gesehen hast“, hauchte er und drückte sanft ihre Lider zu.

„Ich kann Thomas nicht einfach anlügen", begehrte Sabine auf und folgte Peter, der sich abgewandt hatte, den bewusstlosen Björn wie eine Puppe über die Schulter geworfen.

„Nein?" Der Vampir fuhr herum. „Das ist schade. Ich dachte, ich könnte auf dieses Mittel verzichten."

Es war ihr, als würde er wachsen, sein Schatten erhob sich, schien über sie und das Kind zu fließen und hüllte sie wie ein eisiger Luftzug ein. Seine Augen funkelten feurig rot. Von tiefem Entsetzen gelähmt, konnte Sabine ihn nur anstarren.

Was war das? Was ging hier vor? Litt sie wirklich unter Halluzinationen, wie der Doktor es vermutete? Der Wahnsinn lauerte in ihrem Kopf, höhnisch lachend, bereit, mit vernichtender Gier über ihren Verstand herzufallen.

„Sabine, sieh mir in die Augen, ja, so ist es gut, sieh mir tief in die Augen."

In ihren Ohren rauschte es. Seine Stimme schien direkt in ihrem Kopf zu entstehen. Sie breitete sich aus und flutete mit Macht durch ihren Körper, bis er nur noch aus dieser Stimme zu bestehen schien.

„Björn Magnus kam in deine Wohnung", raunte die Stimme in ihr, „er bedrohte dein Kind und schlug dich nieder. Lange warst du bewusstlos, doch dann bist du hier in diesem fremden Haus erwacht."

Sabine wiederholte die Worte, den Blick starr geradeaus gerichtet. Sie tappte hinter ihm her zu einer kleinen, niedrigen Kammer.

„Wir werden uns wiedersehen", flüsterte der Vampir und berührte ihre Hand mit den Lippen, „bald schon, ohne Angst, ohne Entführer und Mörder – ganz frei. Dann wirst du dich entscheiden müssen!"

Der Schlüssel knirschte im Schloss. Lautlos verschwand der Vampir mit seiner Last auf der Schulter in der Nacht.

„Ohlendorf." Die Stimme des Hauptkommissars klang verärgert.

„Entschuldige, dass ich dich störe, Thomas, es ist spät, nicht? Ich weiß nicht", ein unsicheres Lachen am Ende der Leitung. „Vielleicht ist meine Uhr stehen geblieben."

Der Tonfall in ihrer Stimme ließ ihn aufhorchen. „Sabine, was ist mit dir? Hast du getrunken?"

Sabine lachte hysterisch auf, doch dann schlug ihre Stimme in ein Schluchzen um. „Nein, aber ich habe eines über den Schädel bekommen, und ich glaube, jetzt verliere ich wirklich den Verstand."

„Soll ich dir einen Arzt schicken?"

„Nein!", schrie sie panisch. „Du musst kommen und Sönke und Uwe und Klaus, bitte, holt uns hier raus!"

„Was ist passiert?", fragte er und betonte jedes Wort, als spreche er zu einem Kind.

„Passiert? Oh, eine Menge! Björn war in meiner Wohnung und hat Julia ein Messer an die Kehle gehalten. Er wollte sie mitnehmen und hat versucht, mich zu töten, und dann hat er mich niedergeschlagen und weiter weiß ich nicht."

„Wo bist du?"

Sabine zitterte am ganzen Leib, doch sie schaffte es, das Schluchzen zu unterdrücken. „Ich weiß es nicht. In einem Haus, irgendwo auf dem Land. Ich kann einen Wassergraben sehen und einen Damm, aber das Fenster ist zu klein. Da kommen wir nicht hinaus, und die Tür ist abgeschlossen. Thomas, beeile dich. Ich habe Angst, dass er zurückkommt. Ich habe Angst, dass er Julia etwas antut."

„Wir kommen sofort. Pass gut auf: Ich werde jetzt auflegen und das kannst du auch tun, aber schalte das Telefon nicht aus, hörst du? Wie sieht es mit deinem Akku aus?"

„Er ist noch halb voll."

„Gut! Es wird nicht lange dauern, dann haben wir die Sendezelle gefunden – und dann durchsuchen wir jedes Haus bis in den letzten Winkel. Wir finden euch!“

Die schlafende Julia in ihren Armen, saß Sabine auf dem kalten Boden der finsteren Kammer und wartete. Nur das grünliche Leuchten ihres Telefons schenkte ihr ein wenig Trost. Minuten dehnten sich zur Ewigkeit. Grübelnd zog sich Sabine in ihre Gedanken zurück. Was war passiert, nachdem sie das Bewusstsein verloren hatte? Etwas huschte durch ihre Erinnerung, ein Schatten. Eine Saite schwang in ihrer Seele, doch je mehr sie nach ihm zu greifen suchte, desto tiefer zog er sich in die Winkel zurück, die ihr Bewusstsein nicht mehr erreichen konnte. So blieb ihr nur die finstere Einsamkeit und die Angst um das Leben ihres Kindes.

Der Vampir fuhr durch die Nacht. Er hatte die Scheinwerfer ausgeschaltet, doch seine scharfen Augen durchdrangen mühelos die Finsternis. Immer weiter fuhr er nach Süden. Westlich der Straße vereinigten sich die Norder- und die Süderelbe zu einem mächtigen Strom, ein schimmernder See schob die Fahrbahn landeinwärts, schlafende Höfe huschten zu beiden Seiten vorbei. Endlich fand er eine geeignete Stelle. Er fuhr den Wagen von der Straße die Böschung hinunter. Peter von Borgo schlüpfte aus dem Auto und zog Björn auf den Fahrersitz herüber. Sein Herz schlug noch, doch es war kaum noch Blut in ihm, das es durch die Adern pumpen konnte. Es ging zu Ende, sein Atem wurde schwächer. Da öffnete Björn die Augen und sah den Vampir an.

„Du hättest deine Finger von ihr lassen sollen“, sagte Peter von Borgo ruhig und entblößte sein Gebiss, dann riss er Björns Kehle auf, zerfetzte sein Hemd und grub seine Fangzähne in dessen Brust. Mit einem wilden Knurren biss er das Fleisch von den Rippen, bis das Herz offen dalag. Unter seinen Händen zitterte es noch einmal und erlosch.

Der Vampir wischte sich Mund und Hände ab, kroch aus dem Auto und schlug die Tür zu. Dann gab er dem Wagen einen kräftigen Stoß. Für einen Moment schwebte er zwischen Ufer und Strom, dann versank der silbergraue Ford gurgelnd in der braunen Flut.

Der Vampir sah ihm nicht einmal nach. Er wandte sich um und lief zurück. Als er die Straße hinter sich gelassen hatte und das weiche Gras unter den Füßen spürte, als der Nachtwind ihn umwehte und der Duft von Erde und Wasser in seine Lungen drang, erwachte der Wolf in ihm. Seine Bewegungen waren flink, sein Körper schoss geschmeidig vorwärts, leicht und ohne eine Spur zurückzulassen. Die roten Augen glühten in der Nacht. Er nahm die Witterung auf und folgte seinem Weg, ohne einmal zu zögern.

Als er sich dem Bauernhaus näherte, hielt er für einige Augenblicke inne. Er sog prüfend die Luft ein. Sie war noch da, sie und das Kind. Die Polizei ließ wie üblich auf sich warten. Der Vampir schob die Hayabusa auf den Weg zurück, steckte den Schlüssel ins Schloss und schwang sich in den Sattel. Langsam fuhr er bis zum nächsten Dorf und verbarg sich dann zwischen einer Scheune und einem Gewächshaus. Lauschend blieb er stehen. Endlich rührte sich etwas. Mehrere Fahrzeuge kamen die Hauptstraße entlang. Vorneweg ein Streifenwagen, doch das Blaulicht war dunkel, und die Sirene schwieg. Ihm folgten drei schwere Zivilfahrzeuge. In schneller Fahrt durchquerten sie das Dorf und folgten dann der Straße nach Süden. Peter von Borgo wartete, bis sie verschwunden waren, dann fuhr er wieder auf die Straße und jagte nach Hamburg zurück.

Kies knirschte unter Reifen, die Haustür knarrte, Schritte näherten sich der versperrten Kammer. Sabine fuhr hoch und schob das Kind hinter sich. Ihr Atem ging schneller, ihre Augen glänzten fiebrig. Kampfbereit ballte sie die Fäuste. Sie war entschlossen, ihr Kind mit ihrem Leben zu verteidigen. Der Schlüssel knackte im Schloss, die Tür schwang auf. Das helle Licht blendete sie, sodass sie im ersten Moment nur die Silhouette einer Männergestalt wahrnahm. Ihre Sehnen und Muskeln waren bis zum Zerreißen gespannt.

„Sabine, es ist vorbei", erklang Thomas Ohlendorfs Stimme, erstaunlich sanft, so wie sie sie noch nie vernommen hatte.

Die Angst, die Anspannung, der Schmerz in ihrem Kopf entluden sich in einem krampfhaften Schluchzen. Sie hob Julia auf und wankte aus der Kammer ins Licht, wo sie ein Dutzend Polizisten erleichtert begrüßten. Thomas legte schützend seinen Arm um Mutter und Tochter und führte sie hinaus.

Ein weinroter Daimler raste in den Hof und kam knapp hinter dem Kofferraum eines Streifenwagens zum Stehen. Die Tür flog auf, Sönke Lodering sprang heraus und lief auf die kleine Gruppe an der Schwelle der Haustür zu.

„Sabine!", rief er und zog sie in seine Arme. „Hast du mir einen Schreck eingejagt! Ist die Kleine in Ordnung?"

Sabine nickte und vergoss ein paar Tränen in seine Jacke.

„Ich dachte, wenn du solche Verrücktheiten machst, dann nimmst du wenigstens mich mit."

Sie lachte ein wenig verschnupft. „Björn hat mich nicht gefragt."

Die Miene des Kriminalobermeisters verfinsterte sich. „Apropos, wo ist die verfluchte Ratte?"

Thomas Ohlendorf zuckte die Schultern. „Bisher noch keine Spur von ihm, doch wir werden ihn schon finden."

Sönke sah den Hauptkommissar mit wachsendem Interesse an. „Überhaupt, warum bist du schon hier? Bist du geflogen?"

Ein schiefes Lächeln verzog Thomas' Lippen. „Nein, aber gefahren, dass mir selbst himmelangst wurde. Ich schätze, das dauert, bis Uwe und Klaus kommen." Er legte nachdenklich die Stirn in Falten und sah sich um. „Ich werde eine Hundertschaft anfordern, die das Gelände durchkämmen soll – die Jungs hier aus der Gegend in Ehren, immerhin wussten sie schnell, welche Gebäude in Frage kommen –, aber jetzt ist das eine Aufgabe unserer Einsatzgruppen." Er zog sein Handy hervor.

Sönke nahm Julia auf den Arm und führte Sabine zu dem vorn an der Kreuzung wartenden Krankenwagen.

„Ich komme mit!", sagte Sönke, seine Stimme ließ keine Widerrede zu. Der Sanitäter nickte und schloss die Türen. Sabines Hand tastete nach der seinen.

„Danke!"

„Da nicht für, mien Deern. Ich mache heute Nacht kein Auge zu, wenn ich dich nicht persönlich in dein Bett gesteckt habe und sicher sein kann, dass die Krankenschwestern dich streng bewachen."

Erschöpft lehnte Sabine ihren Kopf an seine Schulter und schloss die Augen. Der Krankenwagen schwankte langsam in die Stadt zurück.

Entscheide dich!

Zehn Tage blieben Sabine und Julia im Krankenhaus. Die Ärzte gaben sich gegenseitig die Klinke in die Hand, vor allem die Kinderpsychologin und Professor Langberger kamen immer wieder vorbei. Erstaunlicherweise schien Julia ihre Entführung ohne Schaden überstanden zu haben. Es war, als habe sie nur einen Ausflug in ein Bauernhaus auf dem Land gemacht. Julia blühte auf. Sie genoss es sichtlich, die Mutter den ganzen Tag für sich zu haben, und sobald die Nachtschwester das Licht gelöscht hatte, kroch sie aus ihrem Bett und tappte zu Sabine hinüber, um in ihren Armen einzuschlafen.

So froh die Kinderpsychologin war, so unzufrieden schien Professor Langberger. Er kam mit Sabine einfach nicht weiter, egal was er auch versuchte.

„Sie müssen mitarbeiten!", rief er verzweifelt. „Wie soll ich Ihnen sonst helfen?"

„Muss man mir denn helfen?", fragte Sabine, erhob sich und verließ sein Sprechzimmer.

Jeden Tag kam Besuch, Thomas brachte ihr Bücher, Klaus und Uwe bauten stundenlang mit Julia auf dem Fußboden Lego, Sönke stellte ihr einen Fresskorb auf den Nachttisch. – „Etwas gegen den Krankenhausfraß!" – Ingrid schenkte Julia eine Puppe und versorgte Sabine mit Klatsch und Zeitschriften, und dann kam Lars mit einem Arm voller Moosrosen und neuen Geschichten zum Vorlesen.

„Ich habe mich ein paar Tage in eine Hütte am Meer

zurückgezogen." Seine Augen leuchteten. „Der Wind, die Wellen und das Möwengeschrei! Ich sage dir, es war fantastisch. Ich habe Tag und Nacht geschrieben."

Sabine küsste ihn auf beide Wangen. „Danke und – entschuldige!"

„Entschuldigen? Was denn?" Er sah sie aus großen blauen Augen an.

Trotz des fremden Bettes schlief Sabine tief und friedlich. Ein großer, dunkelhaariger Mann schritt durch ihre Träume, doch sie empfand keine Furcht. Er wachte über ihren Schlaf und hielt ihre Hand.

Am zehnten Tag kam Jens Thorne, um seine Tochter abzuholen. Sabine fiel der Abschied schwer, und auch Julia weinte, als ihr Vater sie zum Wagen trug.

„Dass du meine Tochter in solche Gefahr gebracht hast, kann ich dir nicht verzeihen", fuhr er Sabine an. „Das wird Konsequenzen haben!" Ohne ein Abschiedswort drehte er sich um und ging davon.

Fröstelnd stand die Kommissarin vor der gläsernen Tür der Klinik und sah dem großen schwarzen BMW nach, bis er ihren Blicken entschwand. Auf dem Weg zurück in ihr Zimmer traf sie Professor Langberger.

„Ich kann nicht empfehlen, Sie wieder in den Kriminaldienst aufzunehmen", sagte er streng. „Überlegen Sie es sich. Solange Sie nicht mitarbeiten wollen, kann ich nichts für Sie tun."

Ohne ein Wort zu sagen, ließ sie ihn stehen. Ihre Füße waren schwer wie Blei, als sie die Treppe hochstieg, um ihre Sachen zu packen. Bevor sie nach Hause fuhr, besuchte sie Lilly noch einmal.

„Sie macht gute Fortschritte", sagte die Kinderpsychologin und nahm das Mädchen in die Arme. „Außerdem haben wir Ronjas Schwester aufgetrieben. Sie lebt mit Mann und zwei Kindern in München. Sie werden Lilly bei sich aufnehmen – sobald sie aus dem Krankenhaus entlassen wird. Am Wochenende kommen sie zu Besuch."

Sabine strich dem Mädchen über die rotblonden Locken. „Viel Glück, Lilly", sagte sie leise und winkte ihr zum Abschied noch einmal zu, als sie da mit der Ärztin im Gang stand, den alten Stoffhasen fest an ihre Brust gedrückt.

Ein Taxi brachte Sabine nach Hause. Tränen brannten hinter ihren Augen, als sie die Wohnungstür aufschloss. Erinnerungen an ohnmächtige Angst, Hass und Wut hüllten sie ein. Es war später Nachmittag, und der wolkenverhangene Himmel drückte grau auf die Stadt herab. Sabine ging ins Schlafzimmer und schaltete das Licht ein. Ein Ausruf des Erstaunens entschlüpfte ihren Lippen. Auf ihrem Bett lag ein großes, flaches Paket, in silbernes Papier gehüllt, mit einer schwarzen Schleife. Eine schwarz glänzende Rose und ein versiegelter Brief steckten unter dem breiten Samtband. Mit zitternden Händen brach sie das Siegel und faltete das handgeschöpfte Blatt Papier auseinander.

Liebe Sabine,

der Strom der Ereignisse hat uns mit sich gerissen, der Strudel des wild schäumenden Wassers die Gedanken und Gefühle verwirrt. Doch nun sind die Stromschnellen vorüber und unsere Seelen liegen wieder ruhig da wie ein spiegelnder See im Mondlicht.

Die Zeit ist gekommen, eine Entscheidung zu treffen. Eine große Entscheidung, die dein Leben für immer verändern wird. Egal, in welche Richtung du dich wendest, nichts wird dann mehr sein, wie es war. Es wird Zeit, Wolken und Nebel zu vertreiben und die geheimnisvolle Weite des nächtlichen Universums zu enthüllen. Ich will deinen Blick schärfen und dir eine Welt zeigen, die deine Augen nicht sehen können und die dein Geist erst zu ahnen beginnt.

Der erste Schritt ist dein freier Wille. Was dann geschieht, vermag auch ich nicht vorherzusagen. Ich werde auf dich warten.

Peter von Borgo

Verwirrt ließ Sabine den Brief sinken. Welch wunderschöne Worte in altmodischer, verschlungener Schrift, doch was sollten sie bedeuten? Noch einmal las sie ihn durch, und es war ihr, als würde eine verborgene Saite in ihr zum Klingen gebracht. Hastig löste sie die Schleife, wickelte das silberne Papier ab und öffnete den flachen Karton.

Oben lag ein Umschlag. Ein Flugticket, eine Eintrittskarte und eine Hotelreservierung flatterten auf ihr Bett. Doch was war das? Sie hielt zwei schmale, tiefrote Pumps in den Händen, dann griffen ihre Finger nach glänzend rotem Stoff. Vorsichtig zog sie das Kleid aus der Schachtel und hielt es vor sich hin.

„Ich träume, ganz bestimmt träume ich!“ Sabine lief in den Flur und stellte sich vor den großen Spiegel. „Dieses Mal wird Cinderella bestimmt ihren Schuh verlieren.“

Die nächsten Tage strich sie immer wieder mit der Hand über den weichen Stoff oder roch an der Rose, die einen betäubenden Duft verströmte. Sollte sie die Einladung annehmen? Sollte sie mit Ingrid darüber sprechen oder mit Lars oder Sönke? Sie blätterte in den Aquarellen, die ihr Peter von Borgo geschenkt hatte.

„Nichts wird mehr sein, wie es war – wie dramatisch!“, sagte sie spöttisch zu ihrem Spiegelbild, und doch flatterten

Schmetterlinge in ihrem Bauch und ihre Haut kribbelte vor Aufregung. Die Tage verstrichen, und am Freitag stieg sie in Fuhlsbüttel in ein Flugzeug, das sie nach Stuttgart brachte.

Vor Aufregung bebend stieß Sabine die Schwingtür zur Eingangshalle des Musicaltheaters auf. Zaghaft setzte sie die Füße in den roten Pumps auf die breite Treppe, die zum Eingang hinaufführte. Ihr Blick wanderte zu dem deckenhohen Gemälde. Fledermäuse am samtblauen Nachthimmel, der silberne Schein des vollen Mondes in den Wolken, ein Rudel Wölfe mit glühenden Augen. Ihr Blick schweifte weiter zu alten Mauern mit spitzbogigen Fenstern und blieb dann an einer bleichen Gestalt in Schwarz hängen. Sein langes graues Haar flatterte im Wind, sein Mund war weit geöffnet und entblößte spitze, weiße Zähne. In seinen Armen lag eine junge Frau in einem roten Kleid. Den Kopf in den Nacken geworfen, bot sie ihm ihren schlanken Hals.

Sabines Körper prickelte. Es war nicht nur ein Bild. Es war eine Ahnung, die sich in einem verborgenen Winkel ihrer Seele regte. Rasch raffte sie das lange blutrote Kleid ein Stück, sodass der gebauschte schwarze Tüllunterrock hervorlugte, und stieg die letzten Stufen hinauf.

„Herzlich willkommen zum *Tanz der Vampire*", begrüßte sie eine jungenhafte Stimme. Ein Mann in Rot und Schwarz mit einem weiten Umhang lächelte sie freundlich an. „Ihre Karte bitte."

Hastig kramte Sabine die Eintrittskarte aus ihrer Tasche und streckte sie dem jungen Mann entgegen.

„Einen schönen Abend wünsche ich Ihnen."

„Danke."

Neugierig trat Sabine in die von Säulen getragene Halle. Blutrote Farbe rann in dicken Tropfen an ihnen herab, das

Licht flackerte warm. Künstliche Spinnweben und Fledermäuse, alte Gemälde und Schaufensterpuppen in üppig verzierten Kostümen ließen Bilder einer fantastischen, längst vergangenen Welt in ihr entstehen.

Langsam schritt Sabine an den goldgerahmten Gemälden vorbei, die Vlad Tepes zeigten, aber auch Christopher Lee und Gary Oldman als Graf Dracula. Nervös wanderte ihr Blick auf die Uhr. Es war noch früh, und dennoch bebte sie vor Ungeduld. Würde er kommen? Wieder wandte sie sich den Gemälden zu.

Sie fühlte seinen Blick auf sich ruhen, noch ehe sie ihn sah. Ihr Kleid raschelte, als sie herumfuhr. Erleichterung und Freude strahlten in ihren Augen, als sie auf ihn zuging, doch auch Verwunderung, als ihr Blick an ihm herabwanderte. Er trug ein weißes Seidenhemd, ein Spitzentuch floss wie ein schäumender Wasserfall um seinen Hals. Auch aus den Ärmeln der eng anliegend geschnittenen, langschößigen Jacke quollen üppig Spitzen hervor. Unter der schwarzen Jacke trug er eine silbern bestickte Weste, glänzende Kniehosen, weiße Strümpfe und schwarze, schmale Schnallenschuhe. Ein weiter Mantel mit drei Kragen vervollständigte seine Garderobe. Das Haar fiel ihm bis auf die Schulter und wurde im Nacken von einer schlichten silbernen Spange zusammengehalten.

„Peter, willst du Graf Krolock Konkurrenz machen?“, begrüßte Sabine ihn und strich mit den Fingerspitzen bewundernd über den edlen Stoff seiner Jacke. „Oder spielst du in dem Stück mit?“

Er beugte sich über ihre Hand und berührte sie mit seinen Lippen.

„Nein, ich werde neben dir sitzen“, sagte er lächelnd. „Doch was sollte ich sonst anziehen, damit ich mich neben dir sehen lassen kann?“

Wohlgefällig nahm er ihr Bild in sich auf: das hochgesteckte blonde Haar, zwei Strähnen lösten sich wie zufällig aus dem Knoten und umschmeichelten in weichen Locken den schlanken Hals. Das Make-up schimmerte sanft im Lampenschein, ihre von langen, dunkel getuschten Wimpern umrahmten Augen strahlten, der Mund glänzte blutrot wie die Seide des Kleides. Ihre festen Brüste wölbten sich über den Rand der mit winzigen Perlen bestickten Corsage, unter der sich in weichen Wellen der seidige Rock bis zu den Füßen ergoss.

Sabine sah sich um und seufzte. „Ja, ich bin schrecklich overdressed! Obwohl, dahinten sind noch zwei Frauen in langen Kleidern, aber ich habe auch Jeans gesehen."

Peter von Borgo bot ihr den Arm. „Das soll dich nicht stören. Heute ist die Nacht, auf die es Jahrhunderte zu warten lohnte."

Sabine warf den Kopf in den Nacken und lachte. „Ich habe nie einen Mann getroffen, der so altmodische und doch so schöne Worte ausspricht."

Der Vampir führte sie zu ihren Plätzen in der ersten Reihe. Langsam füllten sich die roten Sitze des prächtigen Theaters, die Lampen erloschen, und im Rausch der Musik und der wirbelnden Lichterflocken versank die Welt dort draußen.

„Jahrelang war ich nur Ahnung in dir, jetzt suchst du mich und hast Sehnsucht nach mir", sang Kevin Tarte, als Graf Krolock in Schwarz und Silber gekleidet. Ein gleißender Lichtstrahl modellierte harte Kanten in seine Gesichtszüge und warf den Schatten seines weiten Mantels übergroß an die Wand. „… uns beide trennt nur noch ein winziger Schritt, wenn ich dich rufe, hält dich nichts mehr zurück, getrieben von Träumen und hungrig nach Glück."

Groß, beinahe hager, in überheblichem Stolz stand er da.

Der lange Mantel glänzte mal silbern und mal tiefblau und verwandelte sich in seinem Schatten zu riesigen Fledermausschwingen. Fasziniert sah Sabine zu ihm auf. Ihre Hand drückte die kalten Finger neben sich. Der große Smaragd bohrte sich in ihre Haut. Es war wie ein Strudel, in dem sie sich immer schneller drehte und der sie schließlich verschlang. Sie fühlte Sarahs Sehnsucht nach Freiheit und träumte ihren Traum von Liebe und Abenteuer, spürte die Angst vor dem großen Schatten und lief mit ihr durch die Nacht.

„Totale Finsternis, ein Meer von Gefühl und kein Land“, sang Barbara Köhler und ließ den Blick ängstlich über die lebenden Porträts der Ahnen des Grafen wandern. „Totale Finsternis, ich falle und nichts, was mich hält.“

„Sich verliern heißt sich befrein, du wirst dich in mir erkennen, was du erträumst, wird Wahrheit sein, nichts und niemand kann uns trennen, tauch mit mir in die Dunkelheit ein …“ Gemessenen Schrittes stieg der Vampir die schwere Wendeltreppe hinunter. „Die Ewigkeit beginnt heut Nacht …“

Vor Spannung ein Stück vorgebeugt, wandte Sabine keinen Blick von der Bühne.

„Wird er sie aussaugen?“, keuchte sie, als Sarah in ihrem blutroten Ballkleid die Wendeltreppe zu der untoten Festgesellschaft herunterstieg, und umklammerte Peter von Borgos Hand.

„Ja!“

„Und dann? Wird sie sterben?“

„Nein, sie wird ein Vampir wie er, ein unsterblicher Jäger in der Dunkelheit, getrieben von ihrer unstillbaren Gier nach Blut.“

Sabine war noch immer in den Bildern und der Musik gefangen, als Peter von Borgo ihr die Wagentür aufhielt. Sie fragte nicht, wohin er fuhr. Die Augen geschlossen, den Kopf zurückgelehnt, summte sie die Melodien.

„Wie immer, wenn ich nach dem Leben griff, blieb nichts in meiner Hand, ich möchte Flamme sein und Asche werden und hab noch nie gebrannt …"

Peter von Borgo steuerte den Jaguar nach Hohenheim und hielt dann neben dem Schloss an. Es schneite. Dicke Flocken wirbelten vom nächtlichen Himmel herab. Das Gras und die Wege waren unter einer weichen Decke versunken, die Bäume hatten sich in weiße Spitze gehüllt.

„Komm!", sagte der Vampir leise und hielt der jungen Frau die Wagentür auf. Er kniete nieder, vertauschte die roten Pumps mit gefütterten Stiefeln und legte ihr einen warmen Pelzmantel um die Schultern. „Komm mit!", forderte er sie noch einmal auf. Er führte Sabine durch den alten botanischen Garten, über eine sanft geneigte Wiese, unter alten Bäumen hindurch. Plötzlich rissen die Wolken auf, und ein voller Mond tauchte die Winterlandschaft in silbernen Glanz. Weit wanderte ihr Blick ins Tal, über verzauberte Wälder und verschneite Wiesen. Da blieb der Vampir stehen und griff nach Sabines Händen.

„Der Augenblick, den ich ersehnt habe, ist da."

Das hört sich an, als wolle er dir einen Heiratsantrag machen, spottete eine Stimme in ihrem Kopf, dabei kennt er dich doch gar nicht. In was für einem Jahrhundert leben wir denn?!

„Tritt einen Schritt zurück und öffne deine Augen. Sage mir, was du siehst."

„Was gibt das für ein Spiel?", fragte die junge Frau und lachte ihn an. „Ich sehe verschneite Bäume und Büsche, ich sehe den Mond, der die Wolken anstrahlt …"

„Sieh mich an – sieh ganz genau hin!"

„Ich sehe einen Mann, er ist groß, hat ein wunderschönes Kostüm an und trägt eine langhaarige Perücke ..."

„Nein!", unterbrach er sie. „Nimm alle deine Sinne zusammen, dein Herz, deinen Geist, deine Ahnung, dein Gefühl, nicht nur deinen durch falsches Wissen und Vorurteile getrübten Blick. Komm her, fühle mit deinen Händen und stelle dich dem, was dein Verstand zu unterdrücken sucht. Wie oft haben wir uns nun schon getroffen? Fällt dir nichts auf? Lass die Zweifel zu und sprich sie aus!"

„Dein Gesicht – die Haut ist blass und glatt – so jung, und doch steht in deinen Augen so viel Erfahrung, dass ich denken würde, du bist viel älter als ich."

„Gut, weiter! Fasse in mein Haar."

Sabine strich über das schwarze Haar. Seidig lag es in ihrer Hand.

„Das ist keine Perücke! Aber wie kann das sein? Noch vor ein paar Tagen war dein Haar kurz."

„Kannst du mir sagen, welche Farbe es im Sonnenlicht hat?"

Sabine runzelte die Stirn. „Nein, wir haben uns immer nur abends oder nachts gesehen."

„Gut. Kannst du mir sagen, was ich gerne esse oder trinke?"

Die junge Frau überlegte. „Nein, ich glaube, ich habe dich nie irgendetwas essen oder trinken sehen." Ein Lächeln huschte über ihre Lippen. „Lebst du von Luft und Liebe?"

„Nein. Komm, nimm meine Hand. Was fühlst du?"

„Deine Hände sind schön, gepflegt, richtige Pianistenhände, lang und schmal – und wie üblich eiskalt."

Er riss seinen Tuchrock auf und legte ihre Hand auf seine Brust. „Was fühlst du?"

„Nichts."

„Und, welche Schlüsse ziehst du aus alldem?"

Sabine zuckte die Schultern. „Vielleicht leidest du an einer Krankheit, du musst das UV-Licht meiden und Diät halten …“

„Nein!“, schrie er. „Da sieh her, wie erklärst du dir das, mit deinem ach so wissenschaftlichen Verstand?“

Er zog die Lippe hoch und entblößte lange, nadelspitze Zähne, die gefährlich im Mondlicht blitzten. Einen Augenblick starrte sie ihn verblüfft an, doch dann warf sie den Kopf in den Nacken und lachte, bis ihr die Tränen kamen.

„Wunderbar! Einen Augenblick hatte ich wirklich eine Gänsehaut. Deine Zähne sind ja noch besser als die der Darsteller. Wie machst du das?“

Peter von Borgo stieß einen verzweifelten Schrei aus. „Sie wachsen, wenn die unbändige Gier nach frischem Blut in mir erwacht!“

„Oh ja, natürlich“, sagte Sabine in gespieltem Ernst, „und jetzt fällst du gleich über mich her und beißt mich.“ Sie hob den Arm und bot ihm ihr Handgelenk an. „Nur zu, ich habe nur ein klein wenig Angst vor dir.“

Peter von Borgo fasste ihren Arm mit beiden Händen und zog ihn an die Lippen. Er schloss die Augen und sog ihren Duft ein. Da war er wieder, der Rausch, der seine Sinne verwirrte und seine Seele zum Klingen brachte. Mit einem Stöhnen stieß er zu. Die scharfen Spitzen fuhren tief in ihren Arm, stachen durch Haut und Fleisch und schnitten die pulsierende Lebensader auf. Hell und warm schoss das Blut in seinen Mund. Er stöhnte vor Lust. Welch ein Geschmack, welch ein Duft, welch ein Rausch der Sinne!

Einen Moment war Sabine wie erstarrt, doch dann schrie sie auf: „Was machst du da? Bist du verrückt? Lass mich los!“ Sie zog mit aller Kraft, doch seine Hände waren wie aus Stahl. „Nein!“, kreischte sie.

Als er sie plötzlich freigab, taumelte Sabine ein paar Schritte zurück. Sie presste ihre Hand auf die blutende Wunde und starrte den Vampir aus weit aufgerissenen Augen an.

„Aber was war das? Ich verstehe nicht."

Mit einer hastigen Bewegung wischte er sich die dunklen Linsen weg und sah sie aus glühenden Augen an.

„Weil du dich weigerst, das zu glauben, was alle deine Sinne dir sagen."

Er hob sie hoch und trug sie zu einer Steinbank. Seine Füße schienen über den Schnee zu schweben, schneller, als ein Mensch oder selbst ein Tier laufen kann. Sanft setzte er sie ab und sah sie eindringlich an.

„Nun?"

Ihr Blick wurde trüb.

„Nein!" Peter von Borgo schüttelte sie grob. „Heute lasse ich es nicht zu, dass du ins Vergessen fliehst. Sieh mich an!"

„Es gibt keine Vampire", wimmerte sie und schlug die Hände vors Gesicht. „Das sind Märchen und Geschichten. Es gibt keine Untoten, die Blut saugen."

„Und wie lautet deine Erklärung?", fragte er ruhig.

„Ich habe keine", schluchzte Sabine. „Ich bin verrückt, wie der Professor es gesagt hat. Ich bin wahnsinnig!"

„Nein, bist du nicht. Nur weil die Wissenschaft nicht alles weiß und nicht alles beweisen kann, sind die, die das Unglaubliche erfahren, noch lange nicht verrückt. Ich bin 391 Jahre alt. Ich habe den Dreißigjährigen Krieg erlebt, die Französische Revolution und zwei Weltkriege, ich habe in Wien gelebt, bin durch den Osten und ganz Europa gereist. Jeden Tag, wenn die Sonne aufgeht, lege ich mich an einen dunklen Ort schlafen und erwache, wenn ihre letzten Strahlen erlöschen. Ich war achtunddreißig, als mich ein Untoter zum Vampir machte, und seitdem muss ich jede Nacht auf die Jagd gehen, um meinen Hunger nach Blut zu stillen. Egal, was in der Nacht geschieht, wenn ich nach einem langen Tag erwache, sehe ich wieder so aus wie an jenem Tag, als ich zum letzten Mal die Sonne aufgehen sah."

Sabine starrte ihn an. Ihre Brust hob und senkte sich mit ihrem keuchenden Atem.

„Du hast keine kugelsichere Weste getragen." Es war keine Frage, es war die Lösung eines nicht lösbaren Rätsels.

„Nein, habe ich nicht. Kugeln und Messer können mich nicht töten, nur schwächen, ja fast lähmen, doch wenn ich einen Tag im Dunkeln verbracht habe, bin ich vollständig geheilt."

„Tötest du jede Nacht einen Menschen?"

„Nein, anfangs war ich gierig und unbeherrscht. Es war ein Leben im ersten Rausch meiner dunklen Unsterblichkeit, doch heute habe ich gelernt, mich zu zügeln." Er lächelte leicht. „Wie würde mich die Hamburger Kriminalpolizei jagen, wenn ich jede Nacht meinen Weg mit Leichen pflastern würde? Ich trinke das Blut der Menschen, doch ich lasse sie leben. Mehr als eine vorübergehende Schwäche bleibt nicht zurück. Ich habe gelernt, die Gedanken der Menschen zu beherrschen. Sie wissen nicht, dass sie mir je begegnet sind."

„Kann ich mich deshalb an so viele Dinge nicht mehr erinnern?", fragte sie leise. Er nickte.

„Sag mir, hast du von mir getrunken?"

„Nein, obwohl ich seit Wochen nichts sehnlicher begehre."

„Warum? Ich meine, warum hast du so lange gewartet?"

Peter von Borgo zögerte, dann erzählte er von Antonia, dem Rausch dieser Nacht und dem Duft, den er unwiederbringlich verloren geglaubt hatte.

„Ich wollte dich kennenlernen, deine Gedanken und Gefühle studieren und den Augenblick zur Ewigkeit werden lassen, bis zur Erfüllung. Das Blut, das ich Nacht für Nacht sauge, ist mehr Qual denn Lust, zu schnell vergeht der kurze Moment, da mir die Lebenskraft durch die Kehle rinnt. Immer Beherrschung, immer alles unter Kontrolle. Das wilde Tier in mir regt sich. Es schreit nach Lust, nach zügelloser Raserei, nach Ekstase, nach hell sprudelndem Lebenssaft, bis der Herzschlag erlahmt. Dieser köstliche Moment, bevor der Tod alles in die Tiefe reißt!“ Erschöpft schwieg er.

Sabine schluckte. „Du hast gelauert und gewartet, du hast mich gejagt und beobachtet wie die Katze, die mit einer Maus spielt. Und jetzt bist du bereit zuzuschlagen. Jetzt und hier willst du über mich herfallen und mich töten.“

„Ja und nein. Erst dachte ich daran, immer wieder zu dir zu kommen und mich an deinem Blut zu erfrischen, doch mit jedem Mal würdest du schwächer werden, dahinsiechen und irgendwann sterben. Dann wollte ich das rauschende Fest, den Genuss, deinen herrlichen Lebenssaft, bis dein Atem verstummt, doch wie könnte ich es ertragen, wieder Jahrhunderte umherzuirren, bis ich diesem Gefühl wieder begegne?“ Er nahm Sabine in die Arme und presste sie an sich.

„Ja, ich werde dein Blut trinken, ich werde mich an dir berauschen, doch bevor dein Herz zu schlagen aufhört, werde ich dir zurückgeben, was ich dir genommen habe: Blut, meinen Lebenssaft. Wenn du es willst. Es wird dich stark machen und schnell, du wirst sehen, wie du es dir nicht vorzustellen vermagst, du wirst riechen, dass du der Fährte eines Tieres folgen kannst, das Stunden vorher hier seines Weges gegangen ist, dein Ohr wird scharf sein, sodass du das Wispern des Windes verstehst.“

„Und ich werde das Blut anderer Menschen trinken?“, rief sie entsetzt und befreite sich aus seinen Armen.

„Ja, und du wirst immer jung bleiben. Jung und schön, nie werden dich die Gebrechen des Alters plagen, nie Krankheit und Trübsinn niederdrücken. Du wirst nicht verblühen."

„Warum? Warum willst du das tun?", fragte sie leise.

„Weil ich dich nie verlieren will! Ich möchte eine Gefährtin an meiner Seite, jede Nacht, jede Stunde der Ewigkeit. Ich will dich!"

Ein Schauder lief Sabine über den Rücken. Sie hatte von ihm geträumt, sie hatte diesen Mann begehrt, wenn auch nicht auf diese Weise. Sie hörte Jens' drohende Worte, sie sah den Psychiater mit erhobenem Zeigefinger, sie sah den Polizeioberrat, der bedauernd den Kopf schüttelte. Was blieb ihr von ihrem Leben? Sie hatte alles verloren: ihren Vater, ihren Mann, ihr Kind und ihre Arbeit. Wie würde das Leben an der Seite dieses faszinierenden Wesens sein? Sie spürte, wie ihr Herz bis zum Hals schlug, in ihrem Bauch kribbelte es, und sämtliche Härchen ihres Körpers stellten sich auf. Zögernd legte sie ihm die Arme um den Hals und küsste ihn sanft auf den Mund. Er rührte sich nicht, doch als ihre Lippen sich fordernd bewegten und ihre Zungenspitze ihn berührte, öffnete er den Mund. Er küsste sie, dass ihr Atem stockte. Sie schmeckte ihr eigenes Blut. Er saugte an ihren Lippen und an ihrer Zunge. Ein lustvolles Stöhnen entrang sich seinem Mund.

„Sabine, sag, willst du mich in meinen einsamen Nächten begleiten, bis der Mond sich für immer verdunkelt? Du musst es freiwillig tun!"

Sie seufzte nur und warf den Kopf zurück. Der Pelz glitt von ihren Schultern. So lag sie in seinen Armen, mit entblößtem Hals und nackten Schultern, in ihrem blutroten Kleid, mitten in der Weite des verschneiten Gartens. Der volle Mond spiegelte sich in den feurigen Augen, als der Vampir zubiss.

Die Jahre rauschten an ihm vorbei, die Zeiten vergingen. Er war wieder jung, er roch den Hauch des Sommers der blütenschweren Ballnacht. Doch dieses Mal würde er sie nicht verlieren! Es war, als würde seine Haut glühen und seine Lunge bersten. Im Taumel seiner Lust schrie er zum Mond hinauf.

Sabine schloss die Augen. Sie spürte seine Zähne in ihrem Hals verschwinden, doch es schmerzte nicht. Der ruhende See ihrer Seele geriet in Bewegung, Wellen tanzten und wirbelten im Kreis. Immer schneller begann sich der Strudel zu drehen. Verlorene Erinnerungen flogen vorüber. Sie sah sich an seinem Arm durch Hamburg schlendern, sie war wieder auf dem Boden in der Speicherstadt, sie lief mit ihm über den Friedhof und lag nackt auf dem glänzend schwarzen Flügel. Doch plötzlich erhob sich eine helle Stimme.

„Mama!", schrie Julia. „Mama, bleib bei mir. Mama, ich brauche dich!"

Sabine riss die Augen auf. Vergeblich versuchte sie den Vampir wegzustoßen, doch plötzlich ließ er selbst von ihr ab. Er riss sich die feine Spitze vom Hals und öffnete sein Hemd.

„Komm, komm her zu mir!" Er fuhr mit seinen Fingernägeln über seinen Hals und zog eine blutige Spur. Noch einmal schlug er seine Nägel in sein eigenes Fleisch, bis dicke Tropfen hervorquollen und an seiner Brust herabperlten.

Sabine drehte den Kopf weg. „Nein, ich kann das nicht! Mein Kind, Julia, sie braucht mich. Ich kann das nicht tun."

Schwankend tappte sie ein paar Schritte rückwärts. Sie stöhnte, das Atmen fiel ihr schwer, ihre Knie fühlten sich so weich an. Dann gaben die Beine nach und knickten ein. Sabine fiel in den Schnee, doch sie merkte es kaum. Eisige Kälte umfing sie. Die Finsternis griff mit langen Fingern nach ihr.

„Sabine!", schrie Peter von Borgo und riss sie hoch. „Trink, du musst trinken! Du bist schon viel zu schwach." Er schob ihr Gesicht in seine Halsbeuge, doch mit letzter Kraft drehte Sabine den Kopf weg.

„Warum tust du mir das an?", rief er. „Du wirst sterben!"

Hastig griff er nach dem Pelz und hüllte sie darin ein. Die bewusstlose Frau eng an sich gepresst, lief er zum Wagen, schob Sabine auf den Sitz neben sich und fuhr los. Wie ein Wahnsinniger raste er über die nächtlichen Straßen dahin, und noch ehe der Michael fünfmal schlug, erreichte er seine Villa am Baurs Park.

Drei Tage und drei Nächte lag Sabine bewusstlos in dem prächtigen Bett unter der gelben Daunendecke. Immer wieder flößte ihr Peter von Borgo stärkende Getränke ein, doch ihr Herz schlug unregelmäßig, ihr Atem blieb schwach.

Am vierten Tag um die Mittagszeit erwachte Sabine und schlug die Augen auf. Sonnenlicht flutete ins Zimmer. Eine Weile brauchte sie, ehe sie begriff, wo sie war. Sie fühlte sich schwach und hungrig. Erschöpft schloss sie wieder die Augen. In wilder Macht stürzten die Erinnerungen auf sie ein. Erschrocken setzte sie sich auf. Ihr Blick fiel auf den zerstörten Spiegel. Hastig warf sie die Decke von sich und wankte zu dem Frisiertisch hinüber. Tief liegende Augen und ein blasses, ernstes Gesicht spiegelten sich in den Scherben.

Mit unsicheren Schritten tastete sich Sabine die Treppe hinunter und tappte in die Küche. Der Kühlschrank brummte, und auf dem Tisch stand eine große Schale mit Obst und Schokolade. Mühsam schleppte sie Milch, Bananen und eine Tafel Schokolade nach oben, und es war ihr, als habe sie einen ganzen Tag schwer gearbeitet. Erschöpft sank sie ins Bett zurück. Als sie wieder erwachte, stand die Sonne schon tief über der Elbe. Sabine trat ans Fenster und beobachtete, wie die Sonne blutrot im Alten Land versank und die Elbe in ein Flammenmeer tauchte.

Wer weiß, wie viele Sonnenuntergänge ich noch sehen werde?, dachte sie. Wer weiß, ob ich ihm noch einmal widerstehen kann?

Sie lächelte, als sie seinen Blick auf sich ruhen spürte. Langsam drehte sich Sabine um und ging ihm entgegen.

Danksagung

Ich möchte mich ganz herzlich bei allen bedanken, die mir geholfen haben, Peter von Borgo zum „Leben“ zu erwecken. Oliver Mack, der mir in Hamburg Rundumversorgung geboten hat, Hauptkommissar Dieter Rohwedder vom LKA 41 in Hamburg, der mich in die Geheimnisse der Kripoarbeit einweihte, der Rechtsmediziner Dieter Hagmayer, der für die richtigen Details rund um die Leichen sorgte, die Mitarbeiter vom „Ragazza“, die mir von ihrer Arbeit berichteten, Claudia Reik, die aus dem Polizeialltag erzählte, Wiebke Lorenz, die mich mit Vampirliteratur eindeckte, meine ersten Leser und Kritiker Renate und Dietmar Jaxt und mein Mann Peter Speemann, der nicht nur ein scharfer Kritiker ist. Wie immer sorgte er dafür, dass die Technik läuft und mein Vampir nicht im Hyperspace verloren ging. Ihnen und allen anderen, die meine neugierigen Fragen mit Ausdauer und Geduld beantwortet haben, herzlichen Dank.

Ganz lieben Dank auch meinem Agenten Thomas Montasser, der schon immer der Vampirfan an meiner Seite war.

Zum Schluss möchte ich mich noch herzlich bei Volker Busch bedanken, der Peter von Borgo bei EGMONT LYX eine Heimat gibt.